A. E. SCHIKORA

JOSEPHINES ALBTRAUM

JOSEPHINES ALBTRAUM

A. E. Schikora

DARK URBAN FANTASY

„Wer hat Angst vorm
Schattenmann?“
„Niemand!“
„Und wenn er kommt?“
„Dann laufen wir!“

Kinder-Fangspiel

Bibliografische Information der Deutschen Nationalbibliothek:
Die Deutsche Nationalbibliothek verzeichnet diese Publikation in der
Deutschen Nationalbibliografie; detaillierte bibliografische Daten sind
im Internet über http://dnb.dnb.de abrufbar.

1. Ausgabe 2024
Copyright ©2024 A. E. Schikora

Lektorat: Angelika Seibl
Korrektorat: Sara Lopes
Cover und alle enthaltenen Grafiken: Angelika Seibl

Verlag: BoD · Books on Demand GmbH, In de Tarpen 42, 22848 Norderstedt
Druck: Libri Plureos GmbH, Friedensallee 273, 22763 Hamburg

ISBN: 978-3-7597-9230-3

Wäre der Schattenmann
der wahre Grund für deine Qual,
könnte man ihn eines Tumors gleich
herausschneiden und die Welt
wäre endlich in Ordnung.

IM HIER
UND
JETZT

1. Eintrag

Liebes Tagebuch,

sie sind tot. Es war ein Autounfall. Sie mussten nicht leiden, der Aufprall tötete sie auf der Stelle. So sagte man mir.

Jetzt sind sie einfach nicht mehr da.

Gestern war die Beerdigung. Der Pfarrer fragte mich im Vorfeld, ob ich einige Worte sagen will. Ich verneinte. Was sollte ich denn auch sagen?

In der Kirche waren ein paar Leute, die ich noch nie gesehen hatte. Sie stellten sich mir als Nachbarn und Arbeitskollegen vor und sprachen mir ihr Beileid aus. Ich sah ihre traurigen Gesichter, hörte ihre mitfühlenden Worte. Eine Frau weinte sogar.

Ich beneidete sie.

Ich hab versucht, zu weinen. Ich hab versucht, traurig zu sein. Ich BIN traurig. Aber nicht, weil sie gestorben sind.

Wenn ich diese Zeilen lese, fühle ich mich schrecklich herzlos. Gab es jemals eine schlechtere Tochter? Meine Eltern sind tot.

Aber ich fühle nichts. Als wären sie zwei Fremde, von deren Hinscheiden ich zufällig im Radio hörte. Wie kann das sein?

Es ist, als wohne ein Loch in meinem Innern. Ein Loch, das immer größer wird. Es füllt mich mit Leere. Vielleicht sollte ich wieder zu Dr. Dyroff gehen.

KAPITEL *eins*

Phine verabscheute dieses Geräusch. *Tick tack. Tick tack.* Sie wusste nicht warum, aber es erzeugte in ihr ein tiefes Gefühl der Unbehaglichkeit. Die Zeit war für immer und unwiderruflich verstrichen. Zukunft wurde zu Gegenwart. Gegenwart zu Vergangenheit. Innerlich schüttelte sie heftig den Kopf.

Hör mit dieser Grübelei auf, sagte sie sich.

Um sich abzulenken, betrachtete sie die neuen Bilder, die dem tristen Wartezimmer der Hausarztpraxis ein bisschen Farbe einzuhauchen versuchten. Grüne und rote Aras, ein Tukan mit einem gewaltigen gelben Schnabel und ein Kakadu mit rosafarbener Elvisfrisur. Was hatte zuvor die Wände geziert? Ach ja, die obligatorischen Landschaftsfotografien. Die gefiederten Strahlemänner erschienen ihr genauso fehl am Platz, wie sie sich selbst in diesem Moment fühlte. Die anderen Patienten im Wartezimmer waren tatsächlich krank — soweit Phine das an den schniefenden roten Nasen beurteilen konnte — ganz im Gegensatz zu ihr. Zu allem Überfluss würde sie sich einen ekligen Infekt einholen, der sie eine Woche lang ans Bett fesselte.

Phine ertappte sich dabei, wie sie an ihren Fingernägeln kaute und zwang sich, damit aufzuhören. Es dauerte keine dreißig Sekunden, da mussten die Haarspitzen ihres Flechtzopfes darunter leiden. Ihr rechter Fuß begann zu zappeln, als würde er den Takt eines ziemlich rasanten Schlagzeugsolos begleiten.

Warum zum Teufel war sie so furchtbar nervös?! Ihr Problem war doch nicht ungewöhnlich. Tausende Menschen gingen deshalb zum Arzt. Wovor hatte sie solche Angst?

Tick tack. Tick tack.

Die nächste Patientin wurde aufgerufen. Noch könnte Phine einfach gehen. So schnell könnte die Empfangsdame gar nicht gucken. Und sie würde nicht zu spät zur Arbeit erscheinen.

„Frau Koenigs!"

Och, verdammt. Phine sprang von ihrem Stuhl, als hätte ihr dieser einen elektrischen Schlag verpasst. Sie grapschte nach ihrem Rucksack und folgte der freundlich lächelnden Arzthelferin.

„Dr. Dyroff ist sofort bei Ihnen", versicherte die Dame im weinroten Kasack und verschwand wieder. Das Behandlungszimmer war gleichzeitig das Büro des Hausarztes, den Phine seit ihrer Kindheit kannte. Dr. Dyroff und davor dessen Vater, Dr. Dyroff Senior, begleiteten die Familie Koenigs bereits in dritter Generation. Schon Phines Großeltern hatten sich in jener Praxis ihre Rezepte abgeholt. Sie kannte diesen Raum sehr gut, denn als Kind war sie ständig hier gewesen. Immer noch derselbe wuchtige, aber imposante Schreibtisch aus den 1920ern, das gleiche deckenhohe Regal, vollgestopft mit medizinischer Fachliteratur und Plastiken menschlicher Organe. Doch das große Bild hinter dem Schreibtisch war neu. Zuvor hatte hier ein gruseliges Ölgemälde von einem Clown mit roten Luftballons gehangen. Sie hatte dieses Bild stets verabscheut.

Der neue Blickfang war eine gewaltige Verbesserung. Thematisch an das Wartezimmer angepasst hingen auch hier Vögel. Doch dieses Gemälde mochte Phine auf Anhieb. In Blau- und Grüntönen breitete sich das dichte Geäst einer Baumkrone aus. Auf den Ästen verteilt saß ein kleiner Schwarm anmutiger Spatzen. Jeder Vogel war auf seine eigene Art ein kleines Kunstwerk aus goldenen und silbernen

Ornamenten. Das Bild war nicht nur eine ästhetische Perle, es strahlte eine tiefe und friedvolle Ruhe aus. Kein Wunder, dass Dr. Dyroff dieses Schmuckstück für sein Büro auserkoren hatte.

„Hallo, Josephine." Die ruhige Rednerstimme ihres Arztes holte Phine sofort aus ihren Gedanken. Sie nickte zum Gruß und Dr. Dyroff umfasste ihre Hand mit festem, aber angenehmen Händedruck und setzte sich ihr gegenüber an seinen Schreibtisch. Während er einen Blick in eine Patientenakte warf, betrachtete Phine den bereits in die Jahre gekommenen Arzt. Er trug wie eh und je seine kleine, filigrane Brille auf der Nasenspitze, ein pastellfarbenes Hemd — heute in altrosa — und seine altbewährte Blue jeans. Dr. Dyroff klappte die Akte zu und schenkte Phine ein zuvorkommendes Lächeln. Dies war eines dieser Lächeln, die von Herzen kamen, das spürte man. Ohnehin war Dr. Dyroff ein Arzt wie aus dem Bilderbuch. Verständnisvoll und freundlich. Nur deshalb saß Phine heute hier und traute sich, ihr Vorhaben in die Tat umzusetzen.

„Was kann ich heute für dich tun, Josephine?"

Und da war sie wieder. Die Nervosität aus dem Wartezimmer. Sie warf einen Blick auf die Spatzen, räusperte sich und sagte: „Das neue Bild gefällt mir."

Er ging auf ihr Ausweichmanöver ein. „Ja, nicht wahr? Viel besser als der alte Clown", meinte der Doktor und lachte herzhaft auf.

„Viel besser", pflichtete Phine bei und grapschte nach ihrem Zopf, um an ihren Haaren zu kauen. Dr. Dyroff hob die Augenbrauen und musterte Phine zwar freundlich, aber eindringlich. Ihm entging nichts.

„Du siehst müde aus, Josephine. Möchtest du mir erzählen, was los ist?"

Phine unterließ das Gekaue und zappelte stattdessen mit dem Fuß. Sie mied den Blick des Arztes.

„Nichts ...“, stammelte sie, „also eigentlich doch, aber es ist nicht ... ich meine ...“

„Einmal tief durchatmen“, meinte Dr. Dyroff und demonstrierte seinen Vorschlag. Phine schloss die Augen und machte es ihm nach. Tief durch die Nase einatmen. Lange durch den Mund ausatmen. Sie öffnete wieder die Augen und fasste ihren Mut zusammen.

„Ich brauche Schlaftabletten“, platzte es aus ihr heraus.

Oh mein Gott, du hörst dich ja an wie ein Junkie!

So hatte sie das bestimmt nicht angehen wollen. Was musste er nur in diesem Augenblick von ihr denken? Sie setzte sofort neu an: „Ich meine, ich kann nicht schlafen oder besser gesagt, ich will nicht schlafen! In letzter Zeit habe ich ständig diese Albträume. Ich wache schweißgebadet und manchmal auch schreiend auf, ohne mich zu erinnern, was genau ich geträumt hab, aber umso deutlicher ist dieses schreckliche Gefühl, das bleibt. So ... ich weiß gar nicht, wie ich es beschreiben soll ... so *bedrückend*. Ja, das trifft es gut. Ich muss dann alle Lichter im Zimmer anmachen, sonst flipp ich aus.“ Sie verstummte abrupt. Phine wendete beschämt den Blick ab und lauschte ihrem galoppierenden Herzen. Dr. Dyroff wartete einen Moment, ob ihrem Sprechdurchfall noch etwas folgte. Sie spürte deutlich seinen mitfühlenden Blick.

„Das klingt sehr belastend, Josephine.“

„Ja ...“, pflichtete sie ihm kleinlaut bei.

„Wie lange geht das schon so?“

„Ich weiß nicht genau ... ein paar Wochen vielleicht.“

„Hast du in letzter Zeit ungewöhnlich viel Stress?“

Sie zuckte mit den Schultern. „Eigentlich nicht.“

Dr. Dyroff räusperte sich und Phine vernahm das Kratzen eines Kugelschreibers auf Papier. Sie hob endlich den Blick. Die Stirn des Arztes hatte sich in sorgenvolle Falten gelegt. *Oje.*

„Du möchtest, dass ich dir Schlaftabletten verschreibe?“

„Ich möchte einfach mal wieder eine Nacht schlafen“, flehte sie.

Wieso war ihr jetzt nach Heulen zumute?

„Ich verstehe ...“, meinte Dr. Dyroff und tippte etwas in den Computer. Phine sog gebannt die Luft in ihre Lungen.

„Ich werde dir etwas verschreiben, dass dich traumlos schlafen lässt. Aber bitte nimm die Tabletten nicht länger als eine Woche. Sie machen leicht abhängig und das wollen wir natürlich nicht. Ich weiß, dass du vernünftig bist und dich an diesen Rat hältst.“ Er lächelte freundlich, doch sein Blick war eindringlich. „Sollte dies aber nicht helfen und die Albträume kehren zurück, dann ...“

„... dann komme ich wieder“, beendete Phine rasch den Satz. „Versprochen!“ Plötzlich hatte sie es sehr eilig. Ruckartig stand sie auf und schnappte nach dem Rezept, das ihr Dr. Dyroff überreichte. Er beäugte sie skeptisch.

„Danke, Dr. Dyroff. Ich wünsche Ihnen noch einen schönen Tag. Jetzt muss ich aber los!“

„Das wünsch ich dir auch, Josephine. Sowie angenehme Nächte.“ Er schüttelte ihr zum Abschied die Hand und Phine stürzte aus dem Zimmer.

•••

Fünf verflixte Minuten! Doch das genügte. Das Gesicht ihres Chefs sprach Bände.

„Es tut mir sehr leid, Herr Städter!“, beeilte sie sich zwischen ihren Schnaufern zu erklären. Sie war den ganzen Weg quer durch die Stadt gerannt. Den Bus hatte sie natürlich verpasst. „Ich war heute Morgen noch beim Arzt gewesen. Ich hätte vielleicht anrufen ...“

„Beim Arzt? Sind Sie krank?“

Sie schüttelte schnell den Kopf. „Mir geht es gut, alles in-“

„Na dann husch an die Arbeit!“ Herr Städter wartete keinerlei Antwort ab und rauschte in sein Büro ab. Dieses war lediglich durch Glaswände vom Großraumbüro abgetrennt - so hatte er seine Untertanen stets im Blick und konnte alles überwachen. Phine atmete erleichtert auf. Ihr Puls raste immer noch, als sie ihren Schreibtisch ansteuerte. Alle anderen waren bereits anwesend.

Phine spürte die Blicke ihrer Kollegen und starrte angestrengt auf ihren Bildschirm. In diesem Moment war sie froh darum, keinerlei freundschaftliche Beziehung zu den anderen Mitarbeitern zu pflegen. So konnte sie sich Erklärungen sparen. Die meisten waren in Ordnung und weniger anstrengend, als es Herr Städter sein konnte. Phine hatte sich schon immer schwer damit getan, sich auf andere einzulassen. Über höflichen Smalltalk und Gespräche über die Arbeit kam sie nicht hinaus. Mittlerweile hatten es auch die anderen aufgegeben, sich näher mit ihr anzufreunden.

In diesem Moment vermisste sie ihre alte Schulfreundin Jule, die letztes Jahr aus der Stadt gezogen war. Diese hatte geheiratet und blühte nun in ihrer neuen Rolle als frischgebackene Mutter auf. Phine und Jule telefonierten manchmal miteinander, doch es wurde zunehmend schwerer, ihre alte und einzige Freundin in einem Moment zu erwischen, in dem sie nicht mit Stillen oder Windeln wechseln beschäftigt war. Phine wollte ihr mit ihren Problemen nicht noch die Ohren vollquatschen.

Der Vormittag plätscherte ohne weitere Vorkommnisse dahin. Phine vertiefte sich in ihre Grafiken und versuchte dabei das ständige Gähnen zu unterdrücken, das gefühlt alle fünf Minuten seinen öffentlichen Tribut forderte. Es war ein Tag wie jeder andere in der Werbeagentur *Städter GmbH - Ihr Partner in Sachen Werbung*. Oder Sklavenstätte für Mediengestalter, Grafiker, Programmierer und sonstige Kreative, die absolut nicht wussten, wohin mit sich. Ihr Partner in Sachen unendlicher Arbeitszeiten, unbezahlten Überstunden und bodenlos unverschämter finanzieller Vergütung. Hatte sie etwas vergessen? Den grauenhaften Kaffee. In der Mittagspause huschte Phine in die Stadt und gönnte sich einen überzuckerten Mocca Latte, den sie zu ihren mitgebrachten Käsebroten hinunterstürzte. Eine kleine Investition gegen ihre Müdigkeit, ein weiteres Quäntchen auf ihrem Hüftgold und das absolute Highlight ihres Tages.

Der Booster zeigte allerdings kaum bis gar keine Wirkung. Bevor sie wieder an die Arbeit ging, schlurfte sie in den Waschraum des Büros und spritzte sich kaltes Wasser ins Gesicht.

„Du siehst sowas von scheiße aus", hauchte sie ihrem Spiegelbild zu. Ihre dicke Hornbrille konnte die lilafarbenen Augenringe nur geringfügig verdecken. Das langweilige braune Haar ruhte in einem laschen Flechtzopf auf ihrer Schulter, die Spitzen vor lauter Gekaue ausgefranst. Wie ihr auffiel, trug sie zu allem Überfluss noch die Klamotten vom Vortag: ein schlabberndes Shirt ihrer Lieblingsband *Muse* und eine Jeans, die ihr bestimmt eine Nummer zu groß war. Sie wusste, dass sie sich mit den schicken Blazern und Anzugshosen ihrer Kolleginnen nicht messen konnte. Sie versuchte das erst gar nicht. Ihr Chef duldete diesen Aufzug nur, weil sie keinen direkten Kundenkontakt hatte. Welch Glück.

Phine seufzte. Sie trocknete sich das Gesicht ab und ihre Augen huschten dabei zufällig erneut über den Spiegel. Sie musste sich beide Hände auf den Mund pressen, um den Schrei zu ersticken, der plötzlich ihrer Kehle entsprang.

Ihr Spiegelbild. Es hatte sich verändert. Etwas *anderes* starrte sie mit vor Schreck geweiteten Augen an. Etwas, das Phine zwar *ähnlich* sah, aber jegliche Menschlichkeit verloren hatte. Verzehrte Gesichtszüge. Eine graue, lederartige Haut, die sich um ihre Schädelknochen spannte. Augen, trüb und leer.

Phine drehte sich um, kniff die Augen zusammen, bemühte sich, ihre Atmung unter Kontrolle zu bekommen.

Du bist erschöpft, sagte sie sich. *Du brauchst dringend Schlaf. Dann hört das auch wieder auf…*

Phine zwang sich, die Augen zu öffnen, zwang sich, erneut in den Spiegel zu blicken. Erleichtert stöhnte sie auf.

Die Fratze war verschwunden.

…

Die Sonne beugte sich bereits wieder herab, als endlich der wohlverdiente Feierabend nahte - besser noch: Freitagabend. Vor ihr lagen zwei wundervolle Tage, in denen Phine nichts anderes tun würde, als sich in ihrem Nest aus Decken und Kissen zu verkriechen, um sich die neue Staffel ihrer aktuellen Lieblingsserie reinzuziehen. Utopische Aussichten.

Von ihrem Schreibtischnachbarn Daniel - Programmierer und Phines liebster Arbeitskollege - kam bereits der obligatorische Seufzer am Ende eines Tages. Trotz ihrer Erschöpfung war Phine mit ihrem heutigen Projekt gut vorangekommen. Die neuen Entwürfe lagen seit der Mittagspause beim Chef in der Ablage zur Freigabe. Den Rest des Tages hatte sie sich mit Kleinkram beschäftigt und krampfhaft versucht, nicht an die Fratze im Spiegel zu denken. Daniel streckte sich auf seinem Stuhl und gähnte unverhohlen. Doch klappte er den Mund schnell wieder zu, als Herr Städter geräuschvoll sein Büro verließ und sich - wie könnte es auch anders sein - vor Phines Schreibtisch stellte. Sein Gesichtsausdruck und Körpersprache ließen das Schlimmste annehmen.

„Wieso sehe ich diese Entwürfe erst jetzt, Frau Koenigs?", fragte er in einem latent verärgerten Ton.

Phine schluckte den plötzlichen Kloß in ihrem Hals herunter. „Die Entwürfe liegen seit der Mittagspause in ihrer Ablage, Herr Städter — ich dachte, Sie hätten sie bereits durchgesehen …"

„Nun, das habe ich nicht. Sie wissen doch, dass es damit eilt! Sie hätten doch nachhaken können!", posaunte Herr Städter hinaus - streng darauf bedacht, die Stimme nicht lauter als nötig zu erheben. „Ändern Sie die Grafiken entsprechend meiner Notizen ab ... das sollte heute noch an den Kunden."

Er klatschte ihr die Auftragsmappe auf die Tastatur.

„Ich mach mich sofort dran ..."

Ohne ein weiteres Wort verschwand der Chef in seinem gläsernen Überwachungsturm. Und Phines Feierabend-Feeling mit ihm.

...

Unter dem teilweise flackernden Schein der Straßenlaternen schleppte sich Phine zu dem großen, etwas heruntergekommen wirkenden Mehrfamilienhaus am Ende der Straße und kramte nach ihren Schlüsseln. Sie war heilfroh, niemandem im Treppenhaus zu begegnen. Zuhause verriegelte sie die Tür vor der Außenwelt und betätigte den Lichtschalter.

Zum Vorschein kam ihre winzige 1,5-Zimmer-Wohnung, die sie schon den ganzen Tag lang herbeigesehnt hatte. Man könnte meinen, man befände sich im Reich eines Teenagers. An den Wänden hingen Poster von diversen Bands der modernen Rockkultur, die mit Filmplakaten aus dem Fantasygenre konkurrierten. In den Regalen, die bis oben mit Büchern vollgestopft waren, stand weiterer Merchandise aus Buch, Film und Musik wie ein Wackelkopf von *Eddie*, dem *Iron Maiden*-Maskottchen. Die Möbel waren wild durcheinander gewürfelt und doch auf eine passende Art miteinander arrangiert. Mit sarkastischen Sprüchen bestickte Kissen und flauschige Wolldecken gaben dem Ganzen noch einen heimeligen Touch. In der Spüle stand das Geschirr vom Vortag. Auf der einen Hälfte ihres Bettes, das sich an der Wand hinter der Couch befand, lag ein Berg gewaschener Wäsche.

Nun, ein Teenager wohnte hier nicht, dafür die beinahe schon dreißigjährige — *aber hallo, drei volle Jahre hast du noch, Phine!* — Josephine Koenigs. Zu ihrer Verteidigung: Sie war beinahe noch ein Teenager gewesen — immerhin zarte neunzehn —, als sie diese Wohnung bezogen und sie mit Möbeln aus Ebay-Kleinanzeigen bestückt hatte. Seitdem hatte sich kaum etwas geändert.

Es begrüßte Phine ein ärgerlich klingendes Maunzen. Der Besitzer der Stimme, ein schöner, rotgetigerter Kater mit langem Fell, rammte ihr unsanft den Kopf in den Unterschenkel.

„Ja, du Armer, ich weiß, ich komm zu spät und du bist am Verhungern", entschuldigte sich Phine und kraulte das ungehaltene Tier zwischen den Ohren. Der Kater mochte das nicht und wollte nach ihren Fingern schnappen, doch Phine wusste es besser und zog ihre Hand schnell genug zurück.

„Du bist und bleibst ein Arschloch, weißt du das?", meinte sie resignierend und kramte aus dem Küchenschrank eine Dose Katzenfutter heraus. Durfte sie vorstellen? Ihr flauschiger Mitbewohner namens *Arschloch*, auch liebevoll *Arschi* genannt. Arschi war die meiste Zeit über ein recht angenehmer Mitbewohner: leise, sauber, zuweilen sogar zutraulich. Wenn er seine Schmuseattacken hatte, konnte er sehr nett sein und man bekam einen guten Eindruck davon, wie es sein musste, eine Katze zu besitzen, die ihren Menschen gern hatte. Doch dann wurde irgendein Hebel im Gehirn dieses gestörten Wesens umgeschaltet und man bekam aus heiterem Himmel seine Krallen zu spüren. Arschloch eben. Der Mistkerl war ihr in den letzten drei Jahren dennoch ans Herz gewachsen.

Vielleicht war auch zu erwähnen, dass Phine und Arschi einander nicht ausgesucht hatten. Er war ein Geschenk von Frau Hellrich gewesen, der liebenswerten alten Nachbarin, die auf dem selben Stockwerk wohnte und die Phine seit ihrem Einzug damals vor acht Jahren als persönlichen Schützling auserkoren hatte. Die nette alte Dame verköstigte sie regelmäßig mit überaus schmackhafter Hausmannskost - *Reste*, wie sie Frau Hellrich nannte. Im Gegenzug half ihr Phine die Wocheneinkäufe die Treppen hinaufzutragen und leistete ihr ab und zu einmal an einem Sonntagvormittag Gesellschaft bei Kaffee und Kuchen. Man könnte sagen, die Nachbarinnen hatten einander als Großmutter und Enkelin adoptiert. Dennoch würde Phine nie vergessen, was Frau Hellrich zu ihr sagte, als sie ihr das süße Kätzchen in die Arme drückte: „Damit du nicht mehr so einsam bist, mein liebes Kindchen." Nett gemeint, aber auch ein Tritt in die metaphorischen Eier.

Während der Kater seinen stinkenden Thunfisch in sich hineinschlang, warf Phine ihren Rucksack in die Ecke und öffnete den Kühlschrank.

„Hhhmmmm ... leider nichts mehr da von Ihrem köstlichen Linseneintopf, Frau Hellrich", seufzte Phine enttäuscht. Sonst war da nicht mehr viel, außer einer Tube Curryketchups und einem einsamen Joghurtbecher, der wer weiß schon wie lange in der hintersten Ecke sein Dasein fristete.

Auch im Gefrierschrank herrschte eine trostlose Leere bis auf eine vereiste Packung Pizza Hawaii. Phine spielte kurz mit dem Gedanken, in den Keller zu flitzen, wo eine Tiefkühltruhe voller herrlicher Fertigmahlzeiten für die Mikrowelle auf sie wartete. Doch sie mied den Keller bereits seit Wochen. Sie wollte da nicht herunter.

Bevor sich Phine daran machte, das gefrorene Stück Etwas aus seiner Verpackung zu befreien, schaltete sie das Radio ein und schon dröhnte *Every Breath You Take* von *The Police* durch die Wohnung. Sogleich fühlte sich Phine ein Stückchen behaglicher. Absolute Stille konnte sie nicht vertragen ... zu viel Raum für Grübeleien. Nicht, dass die neurotische Denkmaschine nicht auch so mahlen und walzen würde, aber die Musik konstruierte immerhin eine angenehme Atmosphäre. Sie schaltete den Fernseher an und stellte die nächste Episode ihrer Serie ein, sodass alles einsatzbereit war, sobald die Eieruhr schrillend das dekadente Dinner ankündigte. Sie checkte noch schnell ihr Handy und musste mit einer gewissen Gereiztheit feststellen, dass die einzige Nachricht von ihrer Mutter stammte. Phine solle sie doch bitte zurückrufen. Sie warf das Handy seufzend aufs Sofa, wobei sie Arschi übersah, der mit seinen körperlichen Reinigungsarbeiten beschäftigt war. Das Handy verfehlte ihn nur knapp, doch das reichte, um ihn fies fauchend vom Sofa zu vertreiben. *Ups!*

„Sorry, Arschi", murmelte sie, doch der Kater hatte sich bereits unters Bett verkrochen.

Endlich kreischte die Eieruhr. Phine machte es sich auf dem Sofa unter einer Wolldecke und zwischen einem Dutzend Kissen bequem und startete ihre allabendliche Routine mit Essen und Netflix auf der Couch.

Der Pizza folgte noch ein Magnum am Stiel und eine halbe Packung Butterkekse und am Ende war der winzige Couchtisch zugemüllt und vollgekrümelt. Phine war von der langen Arbeitswoche und den kurzen Nächten, die sie neuerdings plagten, so ausgelaugt, dass sie der Handlung immer schwerer folgen konnte. Letztendlich verlor sie den Kampf und sabberte das Kissen voll, auf welchen *Darth Vader* sie auf der dunklen Seite der Macht willkommen hieß.

Sie erwachte mit aufgestellten Härchen auf den Armen.

Da war die unrückbare Gewissheit, dass die Wohnung viel dunkler war, als sie eigentlich sein sollte. Sie rieb sich über die Augen und warf einen Blick auf ihr Handy. 22:46 Uhr. Sie hatte zwei Stunden geschlafen. Sie musste dringend aufs Klo, aber irgendwie behagte es ihr nicht, sich aus der schützenden Wärme ihrer Decke hervorzuwühlen. Sie spürte, wie sich ihr Herzschlag beschleunigte, ohne dass sie sagen konnte, weshalb. Ihr Atem wurde flacher und mit einem Mal fror sie entsetzlich. Verstört sah sie sich im Raum um und suchte nach dem Kater, aber dieser war nirgends zu sehen.

Phine hatte das grauenerregende Gefühl, dass noch jemand im Raum war. Die Angst trieb ihr Tränen in die Augen, als sie eine plötzliche Stimme erschütterte.

„Komm zu mir ...", flüsterte diese.

Phine schrie auf. Da hatte doch ganz deutlich jemand gesprochen!

Dann Stille. Phine lauschte, doch ihr Herzschlag übertönte jegliches Geräusch.

„Komm zu mir ..."

Diesmal konnte Phine ganz genau lokalisieren, woher die dunkle, doch ruhige Stimme gekommen war. Während ihr Körper wie erstarrt schien, drehte Phine ganz langsam den Kopf.

Das Herz blieb ihr stehen, als sie die regungslose Gestalt erblickte, die auf ihrem Sofa saß — keine fünfzig Zentimeter von ihr entfernt. Sie wollte schreien, doch ihre Stimmbänder gehorchten nicht. Sie wollte aufspringen, doch sie war nicht länger Herrin über ihre Gliedmaßen. Drei fürchterlich lange Atemzüge starrte Phine in die roten Kohleaugen einer vollkommen schwarzen Silhouette. Erst das entrüstete Fauchen des Katers befreite Phine aus ihrer Paralyse. Sie wandte den Blick ab und registrierte im selben Moment, erschrocken wie auch erleichtert, dass sie geträumt hatte.

Es war nur ein Traum gewesen. Nur ein Traum!

Sie schnappte nach ihrem Handy. 22:46 Uhr. Was für ein irrer Zufall. Sie sah sich in der Wohnung um. Alles ganz normal. Sie wusste gar nicht, warum sie die Helligkeit des Lichts prüfte, während ihr Atem und Puls sich allmählich beruhigten.

Josephine Koenigs hatte noch nie zu den Tapferen gehört, die alleine verreisten, Bungee Jumping betrieben oder für jemanden in die Presche sprangen, der dringend Zivilcourage benötigte. Nein, das gewiss nicht. Aber sie hatte noch nie Angst vor ihrem eigenen Schatten gehabt. Doch nun ... Sie zitterte fürchterlich und zog die Decke bis zur Nasenspitze hoch. Der Traum war rasch verblasst, doch was blieb, war ein grässliches Unbehagen. Da war dieses schreckliche Gefühl, niemals wieder Glück empfinden zu können. Jegliche positive Emotion schien ihr in diesem Augenblick unmöglich. Als hätte ihr jemand ein schweres Leichentuch übergeworfen, das ihr die Luft zum Atmen raubte und sie vom Rest der Welt verbarg.

Reiß dich zusammen!, sagte sie sich. *Das ist nur deine dämliche Fantasie, die da mit dir durchgeht. Du hast schlecht geträumt. Das ist alles. Und jetzt beweg deinen dicken Arsch hoch und geh endlich aufs Klo!*

Zögerlich befreite sich Phine von den unzähligen Falten ihrer Wolldecke und huschte endlich zur Toilette. Anschließend schaltete sie den Fernseher aus und zog ins Bett um. Sie wagte es nicht, das Licht über dem Herd auszuschalten. In letzter Zeit schlief sie häufig mit Licht. *Du bist so jämmerlich, Phine. Ein jämmerliches, kleines Riesenbaby.* Morgen früh würde sie als allererstes Dr. Dyroffs Rezept einlösen. Komme, was wolle.

Phine zwang sich, die Augen zu schließen. Sie wälzte die Laken. 23:34 Uhr. Sie versuchte sich im Schäfchenzählen, probierte diverse Einschlafpodcasts. 01:52 Uhr. Phines Unbehagen verwandelte sich in Verärgerung und schließlich in Wut. 03:18 Uhr. Phine gab auf.

Sie starrte auf das uralte eingerahmte Foto, das auf ihrem Nachttisch stand. Drei Generationen Koenigs waren darauf zu sehen. Phine stand zwischen ihrem Vater und Opa Ferdi. Schweiß glänzte auf ihren Gesichtern, doch sie strahlten. Aufgenommen hatte das Foto ihre Mutter während einer gemeinsamen Wandertour vor unzähligen Jahren. Damals war die Welt noch eine andere gewesen.

Heute lag einer von ihnen im Koma, ein anderer saß hinter den dicken Mauern einer geschlossenen Anstalt und die dritte im Bunde war auf dem besten Weg, allmählich den Verstand zu verlieren.

Liebes Tagebuch,
Dr. Dyroff hat mich an einen Kollegen überwiesen.

Ich hab meinen neuen Psychiater heute kennengelernt. Dr. Koenigs. Kein unbekanntes Gesicht in seiner Branche. Verfasste allerlei Artikel über klinische Depressionen und veröffentlichte Studien dazu.

Er ist nett. Wenn er lächelt, dann lächeln auch seine Augen. Ich durfte ihm meine Geschichte erzählen, was natürlich vieles wieder aufgewühlt hat.

Als Einzelkind aufgewachsen, Eltern arbeiteten viel. Ich verbrachte viel Zeit bei Nachbarn und falschen Tanten. Ich hab früh gelernt, für mich selbst zu sorgen. Ich weiß, dass es weitaus schlimmere Kindheiten gibt, als die meine. Ich wurde nie missbraucht oder misshandelt. Hatte ein Dach über dem Kopf und immer genug zu essen. Und ich hatte meine Bücher.

Dr. Koenigs meinte, es ist in Ordnung zu fühlen, wie ich fühle. Und ich sollte mich nicht mit anderen vergleichen. Nur weil ich nicht geschlagen, eingesperrt oder missbraucht wurde, heißt das noch lange nicht, dass meine Kindheit glücklich und unbeschwert war. Er sagt, das Kind in mir lebt nach wie vor in dieser Welt von damals. In Einsamkeit und auf sich allein gestellt. Und er hat Recht.

Oft fühle ich es. Das kleine Mädchen.

Heute bin ich erwachsen. Steh auf eigenen Beinen. Habe was erreicht, auf das ich stolz sein kann. Er sagt, mein erwachsenes Ich solle dem kleinen Mädchen von damals die Hand reichen. Es trösten, den Rücken streicheln. Meine Situation heute hätte sich verändert, meint der gute Doktor. Heute bin ich nicht mehr allein und hilflos. Nicht mehr abhängig von den Erwachsenen um mich herum, die mich so oft im Stich gelassen hatten.

Aber stimmt das wirklich?

Ja, ich bin nicht mehr hilflos. Bestreite meinen eigenen Lebensunterhalt und brauche niemanden, um das Leben zu führen, für das ich mich entschieden habe.

Und doch fühlt es sich oft so an, wie damals. Vor allem nachts, wenn ich alleine in meinem Bett liege, das eigentlich viel zu groß für mich ist. Manchmal, wenn es ganz leise ist, kein Fernseher, keine Musik, kein Verkehr draußen auf den Straßen, dann ist es beinahe, als wäre ich wieder dort. Oder wenn ich die Nachbarn durch die dünnen Wände meiner Wohnung höre. Wenn sie streiten. Auch dann fühl ich mich wie damals. Ich kann nichts dagegen tun, dass das kleine Mädchen in mir zusammenzuckt und sich unter der Decke verkriechen will. Der Impuls ist zu stark, um ihm nicht nachzugeben.

Vielleicht sollte ich mir eine Katze anschaffen.

3. Eintrag

Liebes Tagebuch,
habe ich schon erwähnt, dass Dr. Koenigs in einer Villa wohnt? Seine Behandlungsräume befinden sich im Dachgeschoss. Sein prächtiges Anwesen liegt inmitten des Stadtwaldes. Verborgen vor den Augen aller. Ein kleines architektonisches Juwel am Rande der Stadt. Ich dachte erst, die Adresse könne nicht stimmen, doch der Name auf dem eisernen, verschnörkelten Briefkasten belehrte mich eines Besseren. Bisher hatte ich den Doktor in der Gemeinschaftspraxis meines Hausarztes getroffen. Nun sollten wir die Sitzungen in seinen eigenen Räumlichkeiten fortführen.

War ich jemals an einem solchen Ort gewesen?

Sobald man die Füße über die Schwelle des gusseisernen Tores setzt, bekommt man das Gefühl, die Zeitrechnung hätte einen Knick gemacht. Nicht nur, dass die Uhren an diesem Ort anders zu ticken scheinen, es ist auch noch ein seltsamer Hauch in der Luft, der einem eine Gänsehaut beschert.

Auf eine gute Art wohlgemerkt.

Alles an diesem Ort - das verschachtelte Gebäude aus dem 18. Jahrhundert, der leicht verwilderte Garten, der Wald um das Grundstück herum, ja sogar die Krähen, die auf den Obstbäumen sitzen und die Fremde mit Argusaugen mustern - ist in eine elektrisierende Aura gehüllt. Diese Aura wirkt keinesfalls bedrohlich, nein, ich weiß es kaum zu beschreiben. Vielleicht ist ehrfurchterfüllend *das richtige Wort.*

Ich mag diesen Ort.

Und ich mag Dr. Koenigs.

KAPITEL zwei

JOSEPHINE

Ein schrilles Kreischen ließ Phine aus dem Bett hochfahren. Arschi, der es sich am Fußende bequem gemacht hatte, fauchte verärgert. Phine grapschte auf ihrem Nachttisch nach ihrer Brille und strampelte sich aus den Decken, als es erneut an der Tür läutete.

„Ja, ja, ja, ich komm ja schon!", murmelte sie genauso verärgert wie der Kater und schleppte sich zur Tür. Schnell wünschte sie sich, sie wäre im Bett geblieben.

„Was machst du denn hier?", fragte Phine entgeistert.

„Dir auch einen guten Morgen, Tochter." Elisa Koenigs drängte sich - zusammen mit ihrer kaum zu ertragenden Parfümwolke - in die Wohnung und beäugte Phine mit einem stoischen Ausdruck im Gesicht. „Na, du siehst ja aus. Hast du etwa bis eben geschlafen? Es ist halb elf. Auf meine Anrufe hast du auch nicht reagiert."

Phine rieb sich über die Augen und floh ins Bad. „Ja, ich hatte keine so gute Nacht ...", erklärte sie halbherzig.

Das hatte ihr wirklich noch gefehlt.

Während sie sich das Gesicht wusch, die Zähne putzte und das verstrubbelte Haar kämmte, lauschte sie, wie ihre Mutter bereits die Küche in Beschlag nahm und mit den Tassen klimperte. Typisch. Elisa musste immer das Ruder an sich reißen. Nur widerwillig verließ Phine das Bad und setzte sich an den winzigen Tisch. Das Sofa wäre ihr lieber gewesen, aber Mutter würde sie ohnehin an den Tisch zitieren. Gefrühstückt wurde am Tisch. So wie es zivilisierte und anständige Menschen eben taten.

Während der Kaffee durch die Maschine zischte, das Brot im Toaster röstete und Phine an ihren Fingernägeln kaute, warf Mutter einen prüfenden Blick auf die Wohnung. Beim Vorbeigehen schlug sie ihrer Tochter wortlos auf die Finger und stellte anschließend Phines Frühstück sowie zwei Tassen Kaffee auf den Tisch und setzte sich ihr gegenüber. Augenblicklich sprang Arschi auf Elisas Schoss und schmiegte sich an ihre Hand. Der Kater liebte Phines Mutter abgöttisch. Niemals würde er es wagen, ihr gegenüber schlechtes Benehmen vorzuweisen.

Gleich und Gleich gesellt sich gern.

„Vielen Dank, Mama, aber das wäre nicht nötig gewesen. Weißt du, ich bin schon selber groß", meinte Phine und biss brav vom Toast ab.

„Ach ja? Dafür sorgst du aber nicht besonders gut für dich."

Phine seufzte innerlich und wartete geduldig die anstehende Ansprache ab.

„Du bist blass wie ein Geist und du meine Güte, diese Augenringe, Josephine! Schläfst du denn gar nicht mehr? Ihr jungen Leute verbringt eindeutig zu viel Zeit vor dem Fernseher. Als gäbe es keine andere Freizeitbeschäftigung mehr. Du solltest dich wirklich nicht so gehen lassen, mein Schatz. Du könntest viel mehr aus dir machen, weißt du das eigentlich?"

Phine atmete tief ein und wieder aus. „Ja, denn du versäumst es ja nie, es mir unter die Nase zu reiben", meinte sie so gelassen, wie nur irgend möglich.

„Jetzt hab dich nicht so, Josephine", meinte Mutter gleichwohl stoisch. „Du weißt doch, dass ich es nur gut meine."

Phine schluckte ihren bissigen Kommentar zusammen mit dem Stück Toast hinunter. Selbst wenn sie die perfekteste Tochter auf dem Planeten wäre, hätte Elisa Margarethe Koenigs dennoch irgendetwas auszusetzen. Arschi miaute und sah Phine wie zur Bestätigung mit zuzsammengekniffenen

Augen an.

Du Verräter, warf sie ihm gedanklich an den Kopf. *Ab jetzt nur noch Billigfraß für dich.*

„Wieso schläfst du denn schlecht?", wollte Mutter wissen. „Ist ja nicht so, dass dich ein Mann in deinem Bett davon abhalten würde ...". Elisa lachte über ihren eigenen Witz, doch verstummte sie sofort, als sie Phines gekränkte Miene registrierte. Phine war der Appetit vergangen. Sie warf das letzte Stück Toast auf den Teller und begann abzuräumen.

„Es tut mir leid, Schätzchen, das war nicht so gemeint."

Phine ignorierte sie und widmete sich der Spüle.

„Es ist nur", fuhr Mutter fort - ihre Stimme nahm einen so eigenartigen Unterton an, dass Phine tatsächlich aufhorchte. „Ich mache mir Sorgen um dich, Schatz. Ich sehe nun schon zu lange dabei zu, wie du dich abstrampelst, ohne von der Stelle zu kommen. Meinst du nicht, dass es an der Zeit wäre, dich dem zu stellen, was auch immer an dir nagt? Seit deine Freundin Jule weggezogen ist, verkriechst du dich. Deine Probleme zu ignorieren lässt sie nicht verschwinden. Ganz im Gegenteil. Ich will nicht, dass du wie deine Großmutter endest." Irritiert drehte sich Phine um und sah in Elisas erschrockene Gesicht. Der letzte Satz war ihr ungewollt rausgerutscht.

„Was soll das heißen? Ich dachte, Oma wäre an Krebs gestorben?" Mit klopfendem Herzen forderte sie eine Antwort von ihrer Mutter. Diese wendete betroffen den Blick ab.

„Entschuldige, Phine, ich wollte nicht, dass du es so erfährst. Deine Großmutter war in der Tat sehr krank, doch hatte sie keinen Krebs. Sie litt an schweren Depressionen und Wahnvorstellungen." Es folgte eine bleierne Pause. „Letztendlich nahm sie sich selbst das Leben."

Phine war sprachlos. Sie hatte ihre Großmutter zwar nie kennen gelernt und doch traf sie diese neue Erkenntnis unerwartet tief. Sie wusste nicht, wie sie damit umgehen sollte und beschloss, für den Moment *gar nicht* damit umzugehen. Doch dann wanderten ihre Gedanken zu ihrem Vater, der seine Mutter auf solch tragische Weise und so früh in seinem Leben verloren hatte ...

... der unerwartete Gedanke an ihren Vater übergoss sie mit Schuldgefühlen. Sie hatte ihn schon lange nicht mehr besucht. Ganz anders als Mutter, die drei Mal die Woche an seinem Bett saß und ihm vorlas. Auf ihre eigene Art und Weise versuchte Elisa sich zu kümmern, so gut sie nur konnte. Phine wusste, dass dieser Besuch ein verzweifelter Versuch war, das, was von der Familie Koenigs noch übrig geblieben war, zu erhalten. Vielleicht könnte auch Phine mehr dazu beitragen, aber dazu fehlte ihr ehrlich gesagt die Kraft.

„Hab ich dir eigentlich erzählt, was neulich im Museum vorgefallen ist?", nahm Mutter das Gespräch wieder auf und beendete das bedrückte Schweigen. Dass sie auf solch plumpe Weise das Thema wechselte, schien niemanden zu stören. Phine war gar dankbar dafür.

Während Mutter von ihrer Arbeit als Restauratorin erzählte, betrachtete Phine gedankenverloren jenen Menschen, der ihrer Meinung nach viel dazu beigetragen hatte, dass die Familie Koenigs ein so trauriges und voller Makel behaftetes Exemplar war.

Während Phine nichts lieber am Leib trug als bequeme Jeans und weite Shirts, war Elisa der Inbegriff von Eleganz. Marineblauer Hosenanzug, weiße Seidenbluse, schicke Schuhe mit niedrigen Absätzen, dezenter Schmuck. Die dunklen Haare waren zu einem ordentlichen Dutt am Hinterkopf zusammengebunden — kein Hippie-Yoga-Dutt, Gott bewahre! Hier und da verirrten sich graue Strähnchen im Schwarz, doch Mutter trug diese mit Würde. An sich war Elisa eine Frau von klassischer Schönheit, doch jahrelange Verbitterung meißelten ihr unfreundliche Falten ins Gesicht.

„Wo bist du nur schon wieder mit deinen Gedanken?"

Phine fühlte sich ertappt und räusperte sich. „So, ich bedanke mich vielmals für deinen Besuch, Mama, aber ich muss wirklich dringend in die Stadt, was einkaufen, also muss ich dich leider bitten, zu ...“

„Ich könnte dich mitnehmen“, fiel ihr Elisa ins Wort. „Ich bin mit dem Auto da.“

Phine wollte ablehnen, doch dann gab sie sich einen Ruck. „Danke, das wäre nett.“

Über Elisas Gesicht huschte ein Lächeln. So tiefverwurzelt auch die Zerwürfnisse zwischen Mutter und Tochter waren, Elisa freute sich ehrlich darüber, dass Phine ihre helfende Hand annahm, statt sie wie üblich abzuweisen.

Zu Phines großen Erstaunen entpuppte sich die Autofahrt als recht schweigsam. Sie hatte vergessen, welch hoch konzentrierte Autofahrerin Mutter war. Beim Aussteigen fasste Elisa kurz Phines Arm, was diese mit einem erstaunten Blick quittierte.

„Das hätte ich beinahe vergessen, Schatz. Schau doch zu, dass du heute eine Zeitung in die Finger bekommst. Ich glaube, es erscheint im Südkurier ...“

„Was denn?“, wollte sie wissen, doch Elisa parkte in zweiter Reihe und der Autofahrer hinter ihnen drückte ungeduldig auf die Hupe.

„Mach's gut, Schatz!“

„Tschüss, Mama. Und danke fürs Fahren.“ Sie schloss die Autotür und eilte auf den Gehsteig.

...

Phine löste als allererstes ihr Rezept ein. Sie konnte der Apothekerin kaum ins Gesicht sehen und fühlte sich wie ein Teenager, der Kondome aufs Kassenband legte. Als sie wieder auf der Straße stand, fiel ihr eine ungeheure Last von den Schultern.

Heute Nacht würde sie endlich schlafen.

Traumlos schlafen.

Phine erledigte ihre Einkäufe, besorgte eine Packung *Werther's Original* und dann stand nur noch eines für heute an.

Opa Ferdi in der geschlossenen Anstalt besuchen.

•••

„Ach, Frau Koenigs, schön, Sie wiederzusehen", kam es brummend, aber nicht unfreundlich, von Herrn Drexler, einem der Pfleger des Stationspersonals. Auf den ersten Blick ein furchteinflößender Kerl mit den Körperproportionen von Dwayne „The Rock" Johnson - nur in Blond, blauäugig und mit albinomäßiger Hautfarbe. Ein einschüchternder, massiger Körper, in dem die Seele eines zarten Hundewelpen steckte.

„Hallo", erwiderte Phine dennoch schüchtern.

„Ihr Großvater sitzt im Gemeinschaftsraum. Sie haben Glück. Heute scheint einer dieser guten Tage zu sein." Mit einem Augenzwinkern verschwand er im Personalbüro.

Phine ging durch eine Tür, die den Wohnbereich der Patienten vom Bereich der Arbeits- und Isolierungsräume trennte. Aus Letzterem drangen eigenartige Geräusche, über die Phine lieber nicht nachdenken wollte. Sie fand sich in einem großzügigen Zimmer mit verblassten türkisen Wänden wieder. Ein weiter Flur führte am gegenüberliegenden Ende zu den Patientenzimmern. An einer Säule im Zentrum des Aufenthaltsraums hing ein Fernseher mit urzeitlicher Auflösung, welcher eine Reportage über einen Zoo ausstrahlte. Davor standen im Raum verteilt abgewetzte Sofas und Sessel. Etwa ein Dutzend Patienten hielt sich momentan hier auf. Die meisten verfolgten die Sendung oder starrten ein Loch in die Wand. Einige saßen an den Tischen weiter hinten, sortierten

Karten oder puzzelten. Anders als es einem diverse Spielfilme oder Romane suggerieren wollten, trugen die Patienten ganz gewöhnliche Kleidung anstelle von geblümten Kitteln und grauen Strickjacken. Auch das Pflegepersonal trug Zivil, was auf den ersten Blick den Anschein einer Jugendherberge weckte. Auf den zweiten Blick wurde einem jedoch schnell bewusst, dass man sich hier auf keiner freiwilligen Freizeit befand. Man traute sich kaum, den zum Teil starrenden, vor sich hin sabbernden oder mit einer imaginären Erscheinung sprechenden Menschen in die Augen zu sehen. Bloß keine Aufmerksamkeit erregen.

Phine fand ihren Großvater allein auf einem quietschgelben Stoffsofa, das zum Fernseher ausgerichtet war. Sie prüfte erst das Sitzpolster auf eventuelle Schmierereien, fand aber keine — zumindest keine frischen — und setzte sich behutsam. Sie wandte sich ihrem Großvater zu, der gedankenverloren in den Fernseher starrte. Sein eleganter, hölzerner Gehstock — den er nur aufgrund einer Sondergenehmigung hier drinnen behalten durfte — lehnte an der Sofakante. Vor ihm, auf dem Couchtisch, lag ein abgegriffenes Schachbrett. Es wirkte bespielt, einige Figuren standen auf dem Brett, andere lagen wie geschlagen daneben.

An seinem Äußeren konnte sie bereits erkennen, dass ihr *The Rock* nicht zu viel versprochen hatte. Großvater wirkte heute sehr gepflegt — was, wie die Götter wussten, nicht immer der Fall war. Er trug einen seiner üblichen Pullunder über einem karierten Flanellhemd - darunter schien sich ein praller Medizinball zu verstecken -, dazu die obligatorischen Cordhosen und seine abgetragenen Herrenpantoffeln. Das schneeweiße Haar und der dichte Bart waren ordentlich frisiert. Auf der großen Nase saß eine zierliche, goldene Brille. Seit Phine die *Harry-Potter*-Bücher gelesen hatte, konnte sie nicht anders, als in ihm einen schrulligen Professor aus der *Hogwarts-Schule für Hexerei und Zauberei* zu sehen. Natürlich einen von der beliebten Sorte. Im echten Leben war Ferdinand Koenigs zwar kein Professor, dafür ein Mediziner, der die meiste Zeit seines Berufslebens als Psychiater tätig gewesen war.

Welch Ironie des Schicksals, wenn man bedachte, wo er sich in diesem Augenblick befand.

„Opa Ferdi?" Behutsam berührte sie seine Hand, die ruhig auf seinem Knie ruhte. Großvater wühlte sich aus seinen Gedanken — die sicherlich nicht der Reportage über Tiger und Zebras in Gefangenschaft gewidmet waren — und drehte den Kopf langsam in ihre Richtung. Es war, als würde man im Zeitraffer einer Frühlingsblume beim Öffnen der Knospen zusehen. Der zuvor apathische und etwas sorgenvolle Ausdruck auf Großvaters Gesicht lichtete sich, ungezählte Lachfalten kamen zum Vorschein. Phine hatte schon als Kind dieses Lächeln geliebt. Ein Lächeln, das einem vollste Zuwendung versprach. Ob das von seiner Arbeit als Psychiater kam? Phine glaubte daran, dass dieses Lächeln zu hundert Prozent Opa Ferdi war. Der Mensch, nicht der Psychiater.

„Josephine!", entfuhr es ihm freudestrahlend, wenn auch etwas krächzend. Es schien, als hätte er seine Stimme seit ihrem Besuch vor einer Woche nicht mehr gebraucht. „Wie herrlich, dich zu sehen, Liebes! Du glaubst kaum, welche Freude es mir macht, meine Lieblingsenkelin bei mir zu haben."

Phine schmunzelte. „Ich bin ja auch deine einzige Enkelin."

Großvater drückte liebevoll ihre Hand. „Das schmälert die Sache nicht im Geringsten."

„Du wirst mich gleich noch viel mehr lieben", meinte Phine schelmisch und holte die knisternde Bonbontüte hervor, die sie hinter ihrem Rücken versteckt hatte.

„Hoho! Du weißt, wie du deinem alten Opa eine Freude bereiten kannst, ja das weißt du, Liebes!" Großvater nahm die

Tüte freudig entgegen, drückte Phine einen Schmatzer auf die Backe und riss die Packung auf. „Greif zu, Liebes! Eigentlich sollte ein Großvater seiner Enkelin Bonbons schenken und nicht andersherum."

Phine griff beherzt in die Tüte. „Schon gut, Opa", beschwichtigte sie ihn. „Aus dem Alter bin ich ohnehin schon raus."

Großvater lachte. „Dann bin ich wohl niemals aus dem Alter herausgewachsen!"

„So scheint es."

Sie unterhielten sich eine Weile über einen Film, den Ferdinand im Abendprogramm verfolgt hatte, und den Phine tatsächlich auch kannte - mit dem alten Doktor konnte man wunderbar über Filme diskutieren, Figuren analysieren und Handlungsstränge bis zum Äußersten auseinanderrupfen. Herrlich!

Mit jeder Minute wurde Phines Freude im Herzen größer und größer. Schon lange hatte sie sich mit ihrem Großvater nicht mehr so angeregt unterhalten können. Es fühlte sich an wie früher in ihrer Kindheit. Ferdinand war voll und ganz da. Er war klar und konzentriert. Das bedeutete, dass er möglicherweise bald wieder nach Hause konnte.

Sie wollte seine Entlassung soeben ansprechen, als ein Patient, der zuvor friedlich auf einem Sessel vor dem Fernseher verweilt war, plötzlich aufsprang. Drohend richtete er einen Zeigefinger gegen die Mattscheibe. „Ich weiß, dass ihr da drin seid! Ihr könnt mir nichts vormachen, ich weiß es!"

Eine Frau vom Pflegepersonal, die einen Tisch weiter Memory mit einer Patientin gespielt hatte, stand auf und näherte sich ihm. Der Verwirrte schnappte nach einer vergessenen Zeitung auf einem Sessel und fuchtelte damit vor ihrer Nase herum. „Aber es ist wahr!", brüllte er. „Sie werden kommen und uns alle holen!" Die Pflegerin sprach beschwichtigend auf den Patienten ein, doch dieser begann, sich selbst mit der

Zeitung auf den Kopf zu schlagen. Während ihn das Personal aus dem Raum führte, warf er die Zeitung hinter sich, wo sie geräuschvoll zu Boden flatterte.

„So ein Irrer", brummte Großvater. Phine sah ihn an und konnte nicht anders, als zu schmunzeln. Großvater lachte auf: „Wie war das noch gleich ... wer im Glashaus sitzt ..." Er beendete den Satz nicht und seufzte. Phine sah verlegen zu Boden. Da entdeckte sie die Zeitung und klaubte sie auf. Es war der Südkurier. Ihr fiel ein, was Mutter noch im Auto erwähnt hatte. Sie blätterte durch die Seiten, ohne genau zu wissen, wonach sie suchte. Doch als sie es fand, war es klar. **Seit elf Jahren im Dornröschenschlaf** lautete die wie Phine fand, provokative Überschrift. Es war ein Artikel über einen bekannten und seinerzeit recht erfolgreichen Schriftsteller hier aus der Region. Über Phines Vater.

Seit elf Jahren liegt der renommierte Schriftsteller Viktor Koenigs im Koma. 2012 wurde dem damals 41-Jährigen ein steiler Abgrund auf einer Wandertour durch die hiesige Region zusammen mit seiner Frau Elisa Margarethe Koenigs, einer erfolgreichen Portraitmalerin, zum Verhängnis. Der einst als Lehrer für Kunstgeschichte und Literatur arbeitende Familienvater erlitt ein schweres Schädel-Hirn-Trauma, das zwar im Klinikum erfolgreich behandelt werden konnte, ihn jedoch nicht mehr erwachen ließ. Die Ärzte sind ratlos. Das Trauma, sowie diverse weniger gravierende Verletzungen, die der Unfall verursacht hatte, seien bereits vor Jahren verheilt, alle benötigten Hirnfunktionen seien bestätigt, einer Wiederkehr ins Leben stehe nichts im Wege ...

Weiterhin wurde über seine erfolgreichsten Werke berichtet und darüber, dass ihr Vater dafür nominiert wurde, von der Stadt für sein Lebenswerk ausgezeichnet zu werden.

Phine konnte nicht weiterlesen, denn ihre Augen füllten

sich mit Tränen. In ihrem Hals steckte ein dicker Kloß.

Sie wollten Vater für sein Lebenswerk auszeichnen ... das klang, als hätten sie ihn abgeschrieben. Aufgegeben.

Phine spürte eine tiefe Wut in sich aufkommen. Sie entwuchs ihren dunkelsten Winkeln, gleich eines dornigen Gewächs', das sich im ganzen Körper ausbreiten wollte. Sie zwang sich, tief durchzuatmen. Und mit jedem weiteren Atemzug drängte sie die kalte Wut zurück in ihren Kerker und verschloss die Tür.

Sie las den Artikel zu Ende und blieb auf den Überschriften der weiteren hängen. Dem Thema Koma war eine ganze Doppelseite gewidmet. Die erste Seite gehörte der lokalen Berühmtheit Viktor Koenigs, die zweite Seite war eine Ansammlung kleinerer Artikel. Zum Großteil wissenschaftlicher Natur: Ärzte, die den Unterschied zwischen Koma, Wachkoma und künstlichem Koma erklärten, Überlebenschancen und berühmte Fälle, wie dieser:

Nach 27 Jahren ist eine Patientin in einer Fachklinik im oberbayerischen Bad Deutling aus dem Wachkoma wieder zu Bewusstsein gekommen. Die Frau aus Island hatte 1989 als damals 31-Jährige einen Autounfall erlitten ...

Phine überflog die Artikel nur, doch einer fiel ihr besonders ins Auge:

Ein Fluch der Region?
Ist es nur ein Zufall, dass in den letzten 50 Jahren, statistisch gesehen, mehr als dreifach so viele Fälle von Langzeit-Komapatienten auf die Region ausfallen als im gesamten Rest des Landes? Der Schriftsteller Viktor Koenigs stellt hierbei lediglich das bekannteste Beispiel dar. Ebenso noch im Bewusstsein unserer Leser:innen präsent ist der traurige Fall des Darian Fink, eines ehemaligen Schülers des hiesigen Gymnasiums, der vor zwei

Darian Fink? Derselbe Darian Fink, der in der Schule hinter ihr gesessen hatte? Diese nun schon zwei Jahre alte Neuigkeit erschütterte sie unerwartet. Phine hatte seit dem Schulabschluss keinen Kontakt mehr zu Darian, hatte ihn vielleicht zwei, drei Mal in dem Supermarkt getroffen, in dem er später gejobbt hatte. In der Schule waren sie sich stets freundlich begegnet, waren aber nie dickste Freunde gewesen, und doch ... hatte sie ihn gemocht. Er war immer nett zu ihr gewesen. Und still. Genau wie Phine. Zusammen waren sie still und einsam gewesen. Ja, so könnte man ihre Beziehung wohl am besten beschreiben. Doch sie erinnerte sich ganz deutlich an ein besonderes Erlebnis im Zusammenhang mit dem Jungen mit dem dunkelblonden Lockenschopf. Das war noch gewesen, bevor Darian in ihre Klasse gekommen war. Seine Familie war gerade hergezogen und Darian lungerte allein auf dem Spielplatz herum, auf welchem Phine auf einer Schaukel saß. Mutter hatte sie mit in die Stadt genommen, Phine hatte aber keine Lust auf die Geschäfte gehabt und wollte auf dem Spielplatz vor dem Laden warten.

Sie erinnerte sich heute noch an den traurigen Ausdruck in seinen Augen. Er hatte sich auf die Schaukel neben sie gesetzt und Phine war sofort der Gegenstand in seiner Hand aufgefallen. Es war ein weißer, flacher Stein gewesen, ein Bergkristall. Er schimmerte leicht im Sonnenlicht. Darian bemerkte Phines Neugier und reichte ihr den Stein, damit sie sich ihn genauer ansehen konnte. Dann erzählte er ihr vom Umzug und sie redeten eine Weile miteinander, auch wenn sich Phine nicht mehr daran erinnerte, worüber. Doch eines wusste sie noch ganz genau. Auch wenn sie schon seit Jahren nicht mehr daran gedacht hatte. Als ihre Mutter sie abholte, war ihr Darian hinterhergelaufen. Zum Abschied hatte er ihr den Stein geschenkt.

Sie hatte ihn all die Jahre aufgehoben. Er schlummerte in einem alten Schuhkarton im Kleiderschrank.

„Er ist immer noch im Schattenreich ...“

Phine brauchte einen Moment, um sich aus ihrem plötzlichen Kummer, alten Erinnerungen und ihren sich überschlagenden Gedanken herauszuarbeiten. Sie hob den Blick und sah ihren Großvater an.

„Sorry, was sagtest du, Opa?“

„Ich sagte, dass er immer noch dort ist.“ Er tippte auf die Zeitung auf Phines Schoss. „Dein Vater. Mein Viktor. Er ist nach wie vor im Schattenreich gefangen.“

Phine rutschte das Herz in die Hose.

„Er wird auch nicht erwachen, solange ... solange der Schattenmann ihn dort festhält“, sagte Großvater.

O nein, es lief doch so gut! Warum musst du wieder mit diesem Mist anfangen? Warum nur?

Die Traurigkeit, die die Artikel über ihren Vater und ihren einstigen Mitschüler verursacht hatten, wuchs ins Unermessliche. Heute hatte sie die wunderbare Hoffnung verspürt, dass es Großvater wieder besser ging. Dass der Aufenthalt in der Klinik und seine Medikation Wirkung zeigten und dass er vielleicht bald wieder entlassen werden könnte. Sie hatte es sich so sehr gewünscht!

Vielleicht bemerkte Großvater Phines Bestürzung, vielleicht aber auch nicht. Doch sein Blick offenbarte tiefstes Mitgefühl. Phine fühlte sich so elend, dass sie am liebsten an seine Brust sinken und sich unter seinen Armen vergraben wollte.

Verstand er denn nicht, dass sie ihn brauchte?

Wie so oft überkam sie gleichwohl eine ungeheure Wut. Wut auf ihn, oder besser gesagt, auf seine psychische Erkrankung, die Phine diesen wundervollen Menschen immer wieder für Wochen und Monate stahl. Paranoide Schizophrenie lautete Ferdinand Koenigs‘ klinische Diagnose. Eine Erkrankung, die sich in Wahnvorstellungen, einer Störung des Ich-Bewusstseins und Halluzinationen definierte. Schon als sie ein Kind gewesen war, war Großvater bereits egozentrisch und manchmal auch etwas verwirrt gewesen, doch war ihr nie in den Sinn gekommen, dass er krank oder gar verrückt sein könnte. Da sie ihn nie anders erlebt hatte, hatte sie diesen Umstand als Teil seines Charakters akzeptiert. Erst als Phine älter wurde, erfuhr sie von seinen Klinikaufenthalten. Richtig schlimm wurde es, als sie zwölf Jahre alt war. In dieser düsteren Phase hatte Großvater für einen Augenblick komplett den Bezug zur Realität verloren. Er hatte damals mit einer Erkältung im Bett gelegen und Mutter hatte in seinem Haus nach ihm gesehen. Während sie ihm ein Tablett mit Essen und Medikamenten auf den Nachttisch gestellt hatte, war Ferdinand plötzlich aus dem Schlaf erwacht und hatte sich auf Elisa gestürzt. Er hatte sie nicht als seine Schwiegertochter erkannt — nur die Götter wussten, welch Grauen ihm seine Erkrankung in diesem Augenblick vorgegaukelt hatte —, denn er griff nach seinem Gehstock und schlug auf Phines Mutter ein. Elisa war so überrumpelt gewesen, dass sie erst einige heftige Hiebe abbekommen hatte, ehe sie Großvater überwältigen und den Notruf wählen konnte. Großvater war niemals zuvor und auch niemals danach gewalttätig gegenüber anderen oder sich selbst gewesen. Doch dieses schreckliche Erlebnis hatte dazu geführt, dass er umgehend auf die geschlossene Station des psychiatrischen Zentrums gebracht worden war und Phine für viele Jahre kaum noch Kontakt zu ihrem geliebten Großvater gehabt hatte. Elisa hatte schon viele Jahre zuvor — wahrscheinlich seit dem Tage, an dem sie ihren etwas schrulligen Schwiegervater kennen gelernt hatte — keine besonders gute Meinung über ihn gehabt. Nur mit großem Widerwillen hatte sie die besondere Beziehung zwischen Phine und Ferdinand gebilligt, doch gutgeheißen hatte sie diese niemals. Dieser Vorfall hatte ihr endlich alle Macht und jeden Grund gegeben, die Beziehung zwischen ihrer einzigen Tochter und ihren ungeliebten Schwiegervater auf Eis zu legen. Selbst noch lange nach Großvaters Entlassung aus der Klinik. Auch dies war seither stets ein Streitpunkt in der Familie gewesen. Zwischen Elisa und Viktor genauso wie zwischen Phine und ihrer Mutter. Erst nach dem Unfall ihres Vaters vor elf Jahren hatte Phine beschlossen, nichts mehr auf die Befehle, Gebote oder geschweige denn auf die Meinung ihrer Mutter zu geben.

Wenn das nicht nach der verspäteten Rebellion eines trotzigen Teenagers klingt ...

Sie begann Großvater zu besuchen und sie knüpften an ihrer alten Beziehung an, als wären all die Jahre der Trennung nicht gewesen. Und mehr noch: Seit nun zwei Jahren fungierte Phine als Großvater Ferdis gesetzliche Betreuerin. Und ihr lag einfach alles daran, Ferdinand endlich wieder aus der Geschlossenen herauszuholen und in sein Zuhause, der alten Waldvilla der Familie Koenigs, zu bringen. Aber dazu musste Großvater wieder psychisch stabil sein. Und diesen Eindruck hatte er bisher in der Tat erweckt, doch die Bemerkung mit dem Schattenreich ließ in Phine alle Alarmglocken klingeln.

„Solange wir den Schattenmann nicht loswerden, gibt es für Viktor keine Chance zu entkommen", meinte Großvater dieses Mal eindringlicher und griff nach Phines Hand.

Sie rückte näher an ihren Großvater heran und umarmte ihn. „Ich weiß", flüsterte sie ihm ins Ohr. „Aber irgendwann wird alles wieder gut."

Ferdinand lachte auf und drückte seine Enkelin fest und herzlich. Als er die Umarmung wieder löste, besah er sie mit einem Blick, als wüsste er etwas, das Phine verborgen blieb.

„Tust du mir einen Gefallen, Liebes?", wechselte Großvater schließlich das Thema.

„Natürlich."

„Könntest du für mich in die Villa fahren und nach dem

Rechten sehen? Vielleicht könntest du auch schon mal Frau Reichert vorwarnen, dass das Haus wieder auf Vordermann gebracht werden müsste."

Phine staunte über Ferdinands Bitte und den damit verbundenen Zukunftsplänen. „Meinst du, du wirst schon so bald wieder entlassen?"

Der alte Mann grinste schelmisch. „Ich bin guter Hoffnung, Liebes." Dann senkte er die Stimme: „Das heißt natürlich, wenn du für dich behalten kannst, was ich soeben vom Stapel gelassen habe." Er zwinkerte. Phine konnte nicht anders, als zu lächeln. Auch wenn sie Großvaters Zuversicht als gutes Omen sah, so war sie auch irritiert. Er hatte sie noch nie darum gebeten, Stillschweigen über seinen Zustand zu halten. Nun, zugegebenermaßen hatten sich seine verwirrenden Äußerungen heute im Rahmen gehalten, doch sie bekam das Gefühl nicht los, dass er irgendetwas im Schilde führte.

„Ich rufe deine Haushälterin an und warne sie vor, dass möglicherweise bald ein Großputz ansteht", versicherte sie. „Und morgen könnte ich der Villa einen Besuch abstatten. Ich hab eh nichts vor."

„Du bist ein Schatz, Liebes."

Phine erwiederte Ferdinands dankbares Lächeln und erhob sich. „Dann muss ich jetzt aber los, Opa." *Und mit deinem behandelnden Arzt sprechen.* Vorher entnahm sie jedoch dem Südkurier die bereits gelesene Doppelseite, faltete sie fein säuberlich und verabschiedete sich mit Wangenküssen und einer Umarmung. Sie wandte sich bereits zum Gehen, als Großvater kurz ihre Hand berührte und ihre Aufmerksamkeit auf das Schachbrett lenkte, das vergessen auf dem Couchtisch stand. Ihr fiel auf, dass sich auf dem Brett fast ausschließlich schwarze Figuren befanden. Hauptsächlich Bauern sowie der schwarze König. Ein weißer Springer stand völlig allein und von allen Seiten eingekesselt in ihrer Mitte. Großvater entnahm den übrigen Figuren, die umgestoßen um das Spielbrett herumlagen, den zweiten weißen Springer und setzte ihn neben seinen Zwilling aufs Brett.

„Bald sind es zwei, die dem dunklen König Einhalt gebieten werden. Und zwei sind immer besser als einer", meinte Großvater geheimnisvoll. Phine konnte damit nichts anfangen und lächelte befangen.

„Da wirst du schon recht haben", meinte sie schulterzuckend.

Liebes Tagebuch,
ich habe diesen einen Albtraum, der mich seit meiner Kindheit begleitet. Er ist immer gleich. Jemand - ich glaube, es sind meine Eltern - schiebt mich in einen dunklen Raum. Dieser Raum ist so finster, dass man seine Wände nicht sehen kann. Keine Fenster, keine Türen, bis auf die eine, durch die ich geschoben werde. In dieser unendlichen Schwärze steht ein Kinderkarussell. Kein großes, wie von einem Jahrmarkt, sondern ein kleineres mit fünf oder sechs alten Schaukelpferdchen mit abgeblätterter Mähne und blinden Augen. Es ist bunt beleuchtet. Gelbe, rote, orangene und weiße Lämpchen strahlen mich an. Jemand setzt mich auf eines der hölzernen Pferdchen. Ich beobachte, wie dieser Jemand mir den Rücken kehrt und auf das helle Rechteck zugeht, durch das wir gemeinsam gekommen sind.

Während ich begreife, was passiert - und sich das Karussell gleichzeitig in Bewegung setzt -, reiße ich den Mund auf, fülle meine Lungen mit Luft und will schreien.

Komm zurück!
Lass mich nicht allein!
Ich will hier nicht bleiben!
KOMM ZURÜCK!

Doch aus meinem Mund kommt kein Ton.
Ich versuche es wieder. Schreie so laut, ich nur kann, aber nicht der winzigste Laut verlässt meine Lippen. Mein ganzes Dasein gerät in eine Panik, die mich mit kalten Fingern umfasst. Das Karussell dreht sich weiter und ich kann nur zusehen, wie dieser Jemand, der

mich an diesen Ort gebracht hat, im kleinen Rechteck aus Licht verschwindet. Dann wird dieses Rechteck immer schmaler, als die Tür sich langsam schließt, und mir wird bewusst, dass ich diesen Ort nie wieder verlassen werde, sobald der letzte Spalt aus Licht verschwindet.

Dieser letzte Gedanke ist zu viel.

An dieser Stelle wache ich stets schweißgebadet und schwer atmend auf. Die Angst und die Panik hallen noch lange nach. Sie haften an mir wie Kletten, bis das erste Morgenlicht und der beginnende Alltag sie abstreift.

Auch heute noch, als erwachsene Frau, lähmt mich das Gefühl nach diesen Träumen. Die Unfähigkeit, der Situation zu entkommen, scheint immer wieder aufs Neue mein Herz zu lähmen. Sich nicht bewegen zu können, nicht schreien zu können. Machtlos gegenüber der Grausamkeit der Situation zu sein, das erschüttert immer wieder mein Inneres. Es fühlt sich an wie ein Wadenkrampf im Herzen. Einer, der nicht aufhört.

KAPITEL *drei*

Sie stand vor einem geschwungenen Ziertor, das mit eisernen Efeuranken und dem Familienwappen der Koenigs verschnörkelt war. Es war mit einer schweren Kette und einem faustgroßen, rostigen Schloss verriegelt. Phine öffnete es und es ächzte so laut, dass ein Schwarm Krähen erschrocken aus den Baumwipfeln aufflatterte. Sie folgte der Auffahrt hinauf zum Haus, unter ihren Schuhen knirschte der Kies. Ein frostiger Wind rauschte durch das kahle Geäst der Bäume, die den Weg säumten. Phine zog ihre Jacke enger um die Schultern. Nach einer scharfen Rechtskurve erwarteten sie zwei monströse Steinwächter, die den Weg flankierten. Als Kind hatte Phine Angst vor den Gargoyles gehabt und war immer so schnell wie möglich daran vorbeigerauscht. Heute amüsierte sie die Erinnerung, denn sie fand die beiden Ungeheuer eigentlich ganz niedlich. Sie tätschelte dem Rechten beim Vorbeigehen den mit Moos überwucherten Kopf.

Die Waldvilla der Familie Koenigs thronte hinter den beiden Skulpturen: Der Wohnsitz aus dem achtzehnten Jahrhundert war von Generation zu Generation weitervererbt und im Laufe der Jahrzehnte immer wieder ausgebaut, renoviert und restauriert worden.

Die Villa dominierte dunkel und bedrohlich vor dem nebelverhangenen, nackten Wald und fügte sich an diesem farblosen Tag perfekt inszeniert ins Bild. Der dunkelgraue Stein der unteren beiden Etagen trotzte jeder Witterung, doch hatten die Dekaden ihre Spuren hinterlassen. Efeu und Weinreben überwucherten Teile der Mauern und kämpften um die Vorherrschaft. Das ausgebaute Dachgeschoss aus schwarzem Fachwerk trug die grünen Ziegel des Mansardendachs, das diversen Pilz- und Mooskulturen eine Heimat bot. Aus demselben Holz wie das Fachwerk bestanden alle Fensterrahmen, Fensterläden, Türen sowie Brüstungen und Balustraden des verwinkelten Baus. Ein steinerner Turm zur Linken des Haupteingangs bildete das Herzstück und damit auch den höchsten Punkt. Der Anblick der Waldvilla war prächtig.

Und auch ein wenig unheimlich.

Wie immer beschwörte das alte Gemäuer ein Kribbeln tief in Phines Innersten herauf - wie das unterschwellige Gefühl einer drohenden Gefahr. Manche Zimmer, Ecken oder Flure im Haus verursachten eine grundlose Gänsehaut. Es knarrte und ächzte — bevorzugt in den späten Abendstunden. Unterm Dachstuhl war hin und wieder ein leises Trippeln oder Kratzen zu vernehmen und die alten Wasserleitungen fügten ihr dunkles Gluckern und Gurgeln hinzu.

Es war ein Haus wie aus einem *Tim-Burton*-Film, nur ohne sprechende Skelette oder ambinionierte Friseure. Mit dem gravierenden Unterschied, dass in der Waldvilla noch nie etwas Unheimliches passiert wäre. Keine unerklärlichen Todesfälle, keinerlei Geistererscheinungen, kein unverschuldetes Stühleverrücken. Nichts. Ausgenommen ekelerregender Spinnen im Obergeschoss und der einen oder anderen Maus im Keller.

Und doch stieg Phines Puls merklich an, als sie die fünf Stufen zum Haupteingang emporstieg.

Dekorative Eisenbeschläge verzierten die doppelflügige Tür und umrahmten das kunstvoll geschnitzte Familienwappen: Der Springer als Schachfigur in Form eines anmutigen Pferdekopfes, dahinter zwei sich überkreuzende Langschwerter. Einen Augenblick lang musste Phine an die beiden weißen Springer auf Opa Ferdis Schachbrett denken, doch die Assoziation verschwand, sobald sie nach dem Schlüsselbund in ihrer Jackentasche kramte.

So wie es sich gebührte, quietschte die Eingangstür unheilvoll auf. Phine schlüpfte in den dunklen Schlund der Waldvilla. In diffuser Dunkelheit grapschte sie nach dem Lichtschalter. Sofort flackerte das Licht in diversen Lampenschirmen an Wänden und Decken in der Eingangshalle auf. Phine vernahm das leise Summen von Elektrizität — wie das Brummen in einem tiefenentspannten Bienenstock. Die Eingangshalle war nicht weniger eindrucksvoll als die Villa selbst, mit ihrer mit Teppich besetzten Wendeltreppe bis ins Dachgeschoss, der Empore im ersten Stock, den alten, in Goldrahmen gefassten Ölportraits verstorbener Familienmitglieder entlang der ungezählten Stufen, und dem Oberlicht aus verzierten Buntglas. Auch hier dominierte das dunkle Holz in Form von Wandvertäfelungen, der Treppe selbst und aller Balustraden.

Das Gefühl jenseits von Raum und Zeit zu sein oder sich inmitten eines fiktionalen Gruselromans zu befinden, übermannte sie, nun in den Eingeweiden der Residenz eingedrungen, vollständig. Vollkommen war der Kontrast zwischen der modernen Außenwelt mit ihren Autos, Handys, Bürogebäuden, öden Jobs und hektischem Alltag und der Altertümlichkeit, der Stille und dieser scheinbar entrückten und etwas muffigen Zeitrechnung, die innerhalb der Gemäuer tickte.

Ohne sich ihrer Winterklamotten zu entledigen, machte Phine einen Rundgang durch das Erdgeschoss. Mit einem starken Gefühl der Nostalgie schlenderte Phine durch die beiden Wohnzimmer. Das eine diente einst dem Empfang einer Gesellschaft, das andere war vielmehr eine Bibliothek. Weiter ging es durch den Speisesaal und die Küche, durch welche sie wieder in die Eingangshalle gelangte. Alles wirkte in Ordnung. Die antiken Möbel waren mit weißen Laken verdeckt sowie einer sechs Wochen alten Staubschicht. Die Luft roch abgestanden und es war kalt.

Phine nahm sich das erste Stockwerk vor. Die hölzerne

Treppe knarzte und ächzte fürchterlich.

Alte Ölgemälde in verzierten, vergoldeten Rahmen folgten dem Treppengeländer. Es waren Portraits verstorbener Mitglieder der Familie Koenigs, die, wie sich Phine erinnerte, bis zu sieben Generationen zurückreichten. Stoisch dreinblickende und überwiegend männliche Exemplare von Hausbesitzern, die ihre Schritte unter buschigen Augenbrauen überwachten. Phine kannte die Gemälde seit ihrer Kindheit und schon damals war ihr aufgefallen, dass ein Großteil der Herren zusammen mit einem Schachbrett oder gekreuzten Schwertern im Hintergrund abgebildet waren. Ferdinands Großvater – Phines Ururopa – hatte gar einen Pferdekopf als Springerfigur gut sichtbar auf dem Unterarm tätowiert. Die offenkundige Affinität der Koenigs zu den Symbolen ihres Familienwappens stellte beinahe eine Art Fetisch dar. Ihr Großvater war da nicht ausgenommen.

Im ersten Stockwerk befanden sich die Schlafzimmer, sowie zwei Gästezimmer. Eines davon gehörte Phine seit ihrer Kindheit. Großvater hatte es selbst in den Jahren des Kontaktverbots nicht angerührt und es durch Frau Reichert, der Hauswirtschafterin, in Schuss halten lassen. Phine warf einen Blick hinein. Ein Jugendbett, ein Schrank, ein Schreibtisch, ein Sessel und ein kleines Regal füllten das gemütliche Zimmer, dessen Fenster zum Garten hinterm Haus sehen ließ. Alte Zeichnungen und Fotos hingen mit Reißzwecken befestigt an den Wänden. Die vergilbte Tapete hatte ein verspieltes Rankenmuster aus Rosen und kleinen Spatzen. Phine strich mit der flachen Hand über die glatte Wand. Sie hatte diese Tapete immer geliebt.

Es war schon eigenartig mit der Waldvilla der Koenigs. So schaurig dieser Ort – vor allem an solch wolkenbehangenen Wintertagen wie diesem – auch anmutete, so verband Phine viele glückliche Erinnerungen mit ihm. Sie hatte hier wunderbare Sommer als Kind verbracht. Alle großen Familienfeste wie Weihnachten, Ostern oder Geburtstage waren hier gefeiert worden. Ferdinand hatte sich in seinen guten Jahren viel um sie gekümmert und sich ausgiebig Zeit genommen, ihr Schach oder Kartenspiele beizubringen. Sie waren stundenlang durch den Wald gewandert, hatten Pilze gesammelt oder Frösche im Waldteich gefangen. Sie hatten Verstecken im Haus gespielt — selbstverständlich nur bei Tageslicht! — oder hatten Frau Reichert beim Backen geholfen. Während andere Kinder auf Freizeiten und Camps gingen oder in den Urlaub fuhren, hatte Phine ihre Zeit am allerliebsten mit ihrem Großvater verbracht. Sie hatte ihren Vater immer darum beneidet, in der Waldvilla aufgewachsen zu sein. Doch dieser hatte kaum jemals über seine Zeit hier gesprochen. Auch hatte Phine stets den Eindruck gehabt, dass es ihm nie behagte, hier zu sein. Ganz zu schweigen von Mutter.

Sie löste sich vom Anblick ihres alten Zimmers und den damit verbundenen Erinnerungen und schloss die Tür. Sie spazierte über die Galerie, warf einen Blick über die Empore hinunter in die Eingangshalle, wo sich das Buntglas des Oberlichts unten auf dem Boden spiegelte, und nahm die letzten Stufen hinauf ins Dachgeschoss. Hier oben war sie nur selten gewesen. Neben zwei Abstellkammern befand sich hier Ferdinands Büro und sein seit mindestens fünfzehn Jahren nicht mehr gebrauchtes Behandlungszimmer. Er hatte dieses Zimmer den *Therapieraum* genannt. Phine warf einen Blick hinein. Auch hier waren alle Möbel mit weißen Laken behangen, es herrschte die gleiche Aufgeräumtheit, aber auch Muffigkeit in der Luft, wie im restlichen Haus. Phine wusste, dass sich unter dem größten Laken eine riesige grüne Polstergarnitur befand, auf welcher die Patienten Platz genommen hatten. Das Sofa war so ausgerichtet, dass man freien Blick auf die großen Giebelfenster hatte, die das Augenmerk auf den Wald richteten. Ein friedvoller und beruhigender Anblick, selbst im grauen Winter. Die Wände hatten dieselbe Farbe wie die

Sitzgarnitur unter dem Laken, ein pastellfarbenes Waldgrün. Das Holz an den Schrägen und an der Decke war weiß getüncht. Wohlgemerkt der einzige Raum im Haus, in dem man sich den Aufwand aufgebürdet hatte. Hier konnte man vergessen, dass man sich auf einem Schauplatz für Gruselmärchen und Horrorfilme befand.

Phine wandte sich der letzten Tür zu. Großvater hatte ihr nie verboten, dieses Zimmer zu betreten und doch hing seit ihrer Kindheit ein unausgesprochenes Tabu in der Luft. Das Büro genoss einen Sonderstatus im Haus. Es war der einzige Raum, den Frau Reichert nicht putzen, aufräumen oder sonst irgendetwas darin anstellen durfte.

Phine öffnete die unverschlossene Tür mit zunehmendem Herzschlag. Schlagartig bekam sie das Gefühl, etwas Verbotenes zu tun.

Im Büro herrschte das blanke Chaos. Der gewaltige antike Schreibtisch aus Zedernholz war überhäuft mit Dokumenten, Notizheften, Stiften, einem altertümlichen Brieföffner und einem Briefbeschwerer — ein selbstbemalter Stein, den Phine ihrem Großvater mit fünf Jahren geschenkt hatte. Dasselbe Chaos in den Regalen: Bücher, Ordner, Stapel voller Mappen. Auch der Sessel am Fenster war beladen mit durcheinandergeratenen Fachzeitschriften. Auf der Fensterbank stand ein Becher, halb voll mit wochenaltem Kaffee. Frau Reichert traute sich wohl wirklich nicht in dieses Zimmer hinein. Es machte den Eindruck, als hätte Ferdinand kurz vor seinem letzten psychischen Zusammenbruch eifrig gearbeitet. Sie fragte sich, woran, denn als Psychiater praktizierte er schon lange nicht mehr. Sie käme niemals auf die Idee, seine Unterlagen zu durchwühlen, auch wenn es sie brennend interessierte. Beim Vorbeigehen blieben ihre Augen an einer Skizze auf dem Schreibtisch hängen, die halb unter einem dicken Fachbuch über klinische Depressionen herauslugte. Phine blieb stehen und rang mit sich. Die Neugierde siegte. Vorsichtig fischte sie das Skizzenpapier hervor. Es war aus einem Ringbuch herausgerissen; die Fetzen hingen noch am oberen Papierrand. Es war eine Kohlezeichnung. Die Strichführung wirkte sehr dynamisch und hektisch, als hätte der Zeichner nur wenig Zeit gehabt oder als wäre er sehr aufgeregt gewesen. Phine fühlte sich sofort in den Bann gezogen.

Unbehagen legte sich wie ein Gürtel um ihre Brust.

Sie legte die Zeichnung wieder unter das Buch und verließ raschen Schrittes das Büro. Ihre Füße führten sie hinunter in die Küche, wo sie sich ein großes Glas Wasser einschenkte und dieses in gierigen Schlucken leerte. Sie schüttelte den Kopf, um die düstere Wolke zu verscheuchen, die das Bild heraufbeschworen hatte, zwang sich, tief durchzuatmen, so wie es ihr Dr. Dyroff vor zwei Tagen vorgemacht hatte. Es half. Sie stellte das Glas in die Spüle und ging in die Bibliothek. Dort riss sie das Laken von einem Sessel vor dem Kamin und ließ sich, plötzlich jeglicher Kraft beraubt, in ihn fallen. Wie dankbar wäre sie jetzt für ein prasselndes Feuer, das Licht, Wärme und Geborgenheit spendete. Phine sah ihren Rundgang und damit Großvaters Bitte als ausgeführt an und wollte aufbrechen, doch nicht, ohne sich vorher ein paar Minuten auszuruhen. Sie hatte sich den ganzen Mittag lang recht gut und tatkräftig gefühlt, doch nun überraschte sie eine tiefe Erschöpfung. *Ja klar, was hast du denn gedacht? Dass EINE gute Nacht Wochen voller Albträume und Wälzerei wettmachen kann?*

Sie hatte die letzte Nacht dank der Schlaftabletten traumlos überstanden und hatte sich nach einem langen und erholsamen Schlaf wie neu geboren gefühlt. Doch davon war nichts mehr zu spüren.

Phine gähnte, zog die Beine an die Brust und rollte sich wie eine kleine Katze zusammen. Sie würde nur fünf Minuten ausruhen und anschließend mit dem nächsten Bus nach Hause fahren. Den Rest des Tages würde sie die Beine hochlegen.

Ihr Blick blieb auf dem großen Ölgemälde über dem Kamin hängen. Das Portrait einer blonden Frau mit schulterlangem Haar, das Gesicht anmutig und schön. Das war Großmutter Linda, Opa Ferdis früh verstorbene Frau. Phine hatte sie nie kennengelernt. *Sie lächelt zwar, doch ihre Augen wirken so abgrundtief traurig,* dachte sie noch, ehe ihr die eigenen Augen zufielen.

…

Sie träumte. In manchen Träumen war man sich dessen bewusst, selbst wenn sie sich noch so real anfühlten. In diesem Traum saß Phine in dem Ohrensessel, in dem sie eingeschlafen war. Die Bibliothek sah genau so aus, wie sie es in Wirklichkeit tat — die von weißen Laken verdeckten Möbel, die bis an die Decke vollgestopften Bücherregale, der große Kamin aus Naturstein und das Ölgemälde ihrer Großmutter über dem Kamin. Alles war da und wirkte erschreckend echt. Jedes noch so kleine Detail.

Und doch war alles ganz anders.

Als sehe man durch einen schwarzen Filter: Die Farben waren so verblasst, dass man sie lediglich erahnen konnte … als wäre ihnen die Lebendigkeit abhanden gekommen.

Es war kalt. Die Zentralheizung lief lediglich auf Sparflamme, damit die Leitungen nicht einfroren — aber diese Kälte war anders. Gleich eines frostigen Schauers, wie beim Erhalt einer schockierenden Nachricht.

Es war still. Kein Gluckern in den Wasserleitungen, kein Knacken im Dachgebälg. Nichts.

Es war ein Schweigen, das in den Ohren dröhnte.

Phine löste sich langsam — als fürchtete sie, hektische Bewegungen könnten ein Unheil hervorrufen — aus ihrer Fötusstellung und stellte die Füße auf den Teppich. Ihr Herzschlag beschleunigte sich, während ihr Atem Wolken in der kalten Luft bildete. So beunruhigend die Farblosigkeit, die Kälte und die Stille auch waren, so war es aber die vierte Veränderung, die ihr den größten Schock versetzte.

Die Waldvilla war von Zerfall gezeichnet. Als wären ganze Jahrzehnte der Vernachlässigung verstrichen. Die Tapeten blätterten ab, in den Ecken wucherte giftiger schwarzer Schimmel, an der Decke sammelten sich unheilvolle Wasserflecken. Die Laken auf den Möbelstücken waren grau, fleckig und von Motten zerfressen. Ein kleiner Bonsai, der auf einem schmalen Beistelltischchen stand, war verwelkt und verrottet.

Es herrschte der Tod in allen Winkeln und Ecken.

Das ist alles nur ein Traum, sagte sie sich. *Wach auf, Phine! Wach auf, verdammt nochmal!*

Doch sie konnte nicht. Quälend langsam erhob sie sich und machte ein paar vorsichtige Schritte. Erst jetzt fiel ihr ein eigenartiger Staub in der Luft auf. Er war golden und glitzerte wie Wasser in der Sonne. *Wie wunderschön*, kam ihr in den Sinn. Die einzige Farbe in dieser trostlosen Welt. Sie versuchte die strahlenden Körnchen zu berühren, doch der Luftzug ihrer Handbewegung reichte aus, um den goldenen Staub in wilde Wirbel zu versetzen. Phine hatte sich im Staunen verloren, als sie plötzlich eine Veränderung der Temperatur wahrnahm.

War es zuvor kalt gewesen, so herrschte nun ein erbarmungsloser Frost. Eisblumen nahmen die milchigen Fensterscheiben in Beschlag. Ein starkes Gefühl des Unbehagens und der drohenden Gefahr überkam sie eines unerwarteten Regenschauers gleich. Doch ehe ihr Nervensystem über Flucht oder Kampf entscheiden konnte, hörte sie es bereits.

„Komm zu mir", flüsterte es.

Phine erstarrte.

„Du kannst dich nicht verstecken."

Sie drehte sich um, denn es klang, als stünde jemand direkt neben ihr und flüsterte ihr die Worte ins Ohr. Doch da war niemand.

„*Ich finde dich*“, kam es von hinten. Phine schrie erschrocken auf und stürzte nach vorne zum Kamin. Sie stolperte über den Teppich und hielt sich am Kaminsims fest. Sie sah hinter sich, doch sie war allein. ***Wach endlich auf!***

„*Ich hole dich*“, verkündete die dunkle, leise Stimme nun direkt vor ihr. Langsam drehte Phine den Kopf wieder zum Kamin. Ihre Augen wanderten hinauf zum Ölgemälde.

Diesmal blieb ihr der Schrei in der Kehle stecken. Ihr Körper schien paralysiert. Sie wollte schreien. Sie wollte weglaufen. Doch nichts davon war möglich.

Mit anhaltendem Atem starrte Phine in das Gesicht ihrer Großmutter, die sie niemals hatte kennenlernen dürfen. Da war keine hübsche, blonde Frau mehr zu sehen. Noch nicht einmal mehr ein menschliches Wesen. An ihrer Stelle füllte ein dunkles Etwas die Leinwand aus.

Es lebte. Es atmete. Es bewegte sich.

Und seine, wie heiße Kohlen glühenden Augen, starrten direkt in Phines.

„*Ich warte auf dich*“, hauchte der Schattenmann und seine Atemwolke entschwebte in den Raum.

Ein Wimmern entkam Phines Lippen. Endlich lösten sich ihre zuvor wie festgeklebten Füße vom Teppich. Sie taumelte rückwärts. Der Schattenmann ließ sie nicht aus den Augen. Er beobachtete sie. Abwartend. Geduldig.

Phines Beine stießen an den Sessel, sie verlor das Gleichgewicht und fiel rücklings in die Polstergarnitur und …

…

… erwachte.

Sie riss die Augen auf und schnappte gierig nach Luft. Panisch schlug sie mit Armen und Beinen um sich, denn für eine schreckliche Sekunde lang beherrschte sie immer noch das starke Gefühl des Fallens. Ihre Finger krallten sich endlich in die gepolsterten Sessellehnen.

„Du bist wach!", sagte sie laut. „Du bist wach ... das war nur ein Traum!" *Zugegeben, ein wahnsinnig verstörender und realistischer Traum, aber nur ein dummer Traum.* Während sich ihr Herzschlag allmählich beruhigte, musste sie über sich selbst lachen. Sie führte schon laute Selbstgespräche. Wie eine Irre. *Erzähl das bloß nicht Opa Ferdi!* Ihr Blick fiel auf das Ölgemälde überm Kamin. Da waren lediglich das anmutige Gesicht von Großmutter Linda und ihre traurigen Augen. Phine stand ruckartig auf. Sie eilte in die Küche und füllte ihr Glas erneut mit Wasser aus dem Hahn auf.

Irgendetwas war anders. Sie spürte es. Sie hatte das Gefühl aus der Bibliothek hinter sich hergezogen wie einen schwarzen Schleier.

Es verblasste nicht. Es entschwand ihr nicht. Sie erinnerte sich an jedes noch so kleine Detail, als wäre das eben Erlebte tatsächlich real geschehen und hätte nicht bloß in den Synapsen ihres Gehirns stattgefunden. Sie erinnerte sich an das Wesen mit den roten Augen.

An den Schattenmann.

Es traf Phine wie ein Schlag. Als hätte jemand einen Vorhang gelüftet. Sie erinnerte sich an jeden Traum einer jeden Nacht der vergangenen Wochen. Sie hatte von nichts anderem geträumt. Es war immer der Schattenmann gewesen, der sie Nacht für Nacht verfolgt hatte. Der ihr stets zuflüsterte, dass er sie holen würde.

Derselbe Schattenmann, den sie auf der Zeichnung in Opa Ferdis Büro entdeckt hatte.

Phine wurde plötzlich so schlecht, dass sie sich in die Spüle übergeben musste.

Liebes Tagebuch,
es war noch etwas geschehen, als ich damals als Kind das erste Mal jenen Karussell-Traum geträumt hatte. Jenen schrecklichen Traum, in dem ich allein und machtlos zurückgelassen worden war, erstarrt im Angesicht der Situation. Seit jener Nacht begleitet mich etwas. Es ist ein Schatten, der mich lange Zeit schrecklich ängstigte. Seine Augen gleichen zwei roten Lämpchen, die das Karussell in meinem wiederkehrenden Traum beleuchten.

Niemals werde ich den Schock vergessen, jenes Wesen das erste Mal im Wachzustand erblickt zu haben. Es saß reglos da, sein Körper ein pulsierender Umriss aus Schwärze. Seine Augen ganz und gar auf mich gerichtet, als wäre ich das Zentrum seiner Existenz.

Es sagte nichts. Es tat nichts. Genau wie ich in meinem Albtraum. Seine Augen starrten lediglich tief in die meinen, als suche es etwas in meinem Innern, von dem ich selbst nicht wusste, dass es da war. Und dann verschwand ER einfach.

Seit jenem ersten Mal sah ich IHN ständig. In meinem Schlafzimmer, wenn ich erwachte. In der Ecke des Esszimmers, wenn ich mein Abendbrot zu mir nahm. Neben der Rutsche, wenn ich auf der Schaukel im Schulhof saß und den anderen Kindern beim Fangenspielen zusah. ER war nicht immerzu anwesend, aber seine Besuche häuften sich.

ER wollte mir nichts tun. Auch wenn seine Erscheinung unheimlich anmutete, so spürte ich, dass da keine Bösartigkeit in ihm war.

ER wollte nur nicht allein sein.
Genau wie ich.

Liebes Tagebuch,
ich war schon den ganzen Morgen wie aufgekratzt. Mir war nicht bewusst, weshalb, doch als ich Platz auf dieser tannengrünen Couch in Dr. Koenigs Behandlungszimmer genommen hatte, fiel es mir wie Schuppen von den Augen.

Es liegt an ihm.

An Ferdinand Koenigs. Nicht an den unangenehmen Fragen, die er mir stellt und die mich aufwühlen. Nicht an den Erinnerungen an längst verdrängte Kindheitstage, die sich wieder wie kleine Filmchen vor meinen Augen abspielen. Es liegt an ihm. Ich bin im Laufe meines Erwachsenenlebens vielen Ärzten begegnet, seitdem ich beschlossen hatte, dass ich die Dämonen meiner Vergangenheit nicht mehr alleine bändigen will.

Er stellt mir die gleichen Fragen wie alle anderen und doch stellt er sie irgendwie anders. Auch die Ärzte zuvor hatten Mitgefühl und Verständnis gezeigt, doch Dr. Koenigs gibt mir das Gefühl, als könne er wahrhaftig verstehen, *was mich daran hindert,* normal *zu sein. Als verstünde er jedes von mir ausgesprochene Wort tief in seiner Seele. Als begreife er, was es heißt, ICH zu sein.*

Als ich Dr. Koenigs das erste Mal von IHM erzählte, wirkte er nicht sonderlich beunruhigt. Vielmehr war da ein Bedauern in seinen Augen. Kein übliches Mitleid, das man als verständnisvoller und emphatischer Psychiater für seine Patienten mit Halluzinationen aufzubringen vermag, sondern ein Bedauern, als täte es ihm um diesen Umstand leid, weil er ihn selbst umso besser kannte. Wie das Einverständnis zwischen zwei Wissenden in einer Welt der Ahnungslosen.

Wieso gab er mir dieses Gefühl?

Er konnte mir ja nicht wirklich glauben. Er musste doch wissen, dass ER nichts anderes als das Produkt eines Verstandes war, der sich den Körper mit einer ver-einsamten Seele teilte. Ein erfüllter Wunsch nach Ge-sellschaft in einer Welt des Alleinseins. Nichts anderes ist ER. Ein imaginärer Freund, den sich ein einsames Mädchen erdacht hatte, das sich von der Welt vergessen fühlte.

Mit dem Unterschied, dass imaginäre Freunde die Gewohnheit hatten, mit fortschreitendem Alter der Kinder, auch wieder zu verschwinden.

Während ich also auf der tannengrünen Couch in Dr. Koenigs Behandlungszimmer sitze und in den Wald hi-nausstarre, der sich hinter den Fenstern erstreckt, muss ich etwas schmunzeln. Ich bin so aufgekratzt, so freudig erregt, weil mir plötzlich etwas klar wird.

Es ist das erste Mal, dass ich jemanden ohne Scham von meinem düsteren Begleiter erzählen kann.

Das fühlt sich an wie Akzeptanz. Ganz tief im In-nern meines Ichs. Eine Akzeptanz, die weniger vom Doktor herrührt, als von mir selbst.

Ich glaube, das war der Augenblick, als ich mich in Dr. Ferdinand Koenigs verliebte.

7. Eintrag

Liebes Tagebuch,
heute ist etwas Eigenartiges geschehen. Ich bin mir nicht sicher, wie ich damit umgehen soll. Tatsächlich versetzt es mich regelrecht in Panik!
Ich hatte heute wieder eine Sitzung bei Dr. Koenigs. Wie immer im Laufe unseres Gesprächs fragte er mich,

ob ich IHN heute schon gesehen hab. Normalerweise lautet die Antwort auf diese Frage stets ja. Meistens begleitet mich mein düsterer Begleiter ein Stück die Auffahrt hinauf, manchmal auch bis zur Haustür der Waldvilla. Ich stelle mir gern vor, dass er mir mit seiner Anwesenheit Trost spenden will. Ich sehe ihn oft über den Tag verteilt. Morgens oder des Nachts an meinem Bett. Manchmal auch in der Universität, wenn ich eine Vorlesung halte. Doch heute bleibt er verschwunden.

Als ich dies Dr. Koenigs erzählte, lächelte er. Er lächelte! Er freute sich für mich. Und eigentlich hat er ja Recht. Das war ein gutes Zeichen.

Ich arbeite mit Dr. Koenigs seit mehreren Wochen und wenn ich genauer darüber nachdenke, dann wurden seither SEINE Besuche rarer.

Wieso machte mir das Angst? Wieso suche ich ihn in jedem dunklen Winkel, in jedem Schatten?

Was macht Dr. Koenigs anders als seine Vorgänger zuvor? Was mache ich anders? Wieso verlässt ER mich?

Ich komme mir so töricht vor! Sollte ich mich denn nicht freuen? Meine Halluzinationen verschwinden! Ich wage sogar, zu behaupten, dass ich mich zum ersten Mal seit langer Zeit gut fühle. Ist das zu fassen?

Ich dachte, der plötzliche Verlust meiner Eltern hätte mich in ein bodenloses Loch gestürzt, weil ich nichts fühle. Weil ich nicht trauern kann. Zugegebenermaßen hatte ich bereits seit vielen Jahren keinen Kontakt mehr zu ihnen gehabt. Ich hab sie das letzte Mal vor über zwei Jahren gesehen. Sie spielen schon so lange Zeit keine Rolle mehr in meinem Leben. Ich bin froh darum, auch wenn es tief im Herzen doch auf eine unbewusste Art immer schmerzte.

Muss ich mich schlecht fühlen, weil es mir trotz allem besser geht? Ich weiß nicht, was schlimmer ist. Dieses

Gefühlschaos oder das Fühlen von Nichts.

Eines jedoch fühlt sich gut an: Mein Empfinden dem Doktor gegenüber. Und wenn ich mich nicht täusche, dann empfindet auch Dr. Koenigs etwas für mich. Und sei es nur platonische Zuneigung.

8. Eintrag

Liebes Tagebuch,
ich bin so aufgeregt! Was ist es, was mein Leben plötzlich so durcheinanderwirbelt wie der Herbststurm das Laub? Ich weiß, dass bereits viele Wochen vergangen sind, seit ich mich dir das letzte Mal offenbart habe, aber so vieles ist in letzter Zeit geschehen! Wo soll ich nur anfangen! Vielleicht damit, dass ER verschwunden bleibt. Seit jenem letzten Tag habe ich ihn nicht mehr gesehen. Nicht in meinen Träumen, nicht hier draußen in der realen Welt. Ich glaube, das liegt daran, dass es mir wirklich besser geht. Ich laufe über den Campus zu meinem Hörsaal und freue mich über die warmen Sonnenstrahlen auf meinem Gesicht. Ich sehe eine junge Mutter mit ihrem kleinen Mädchen an der Hand und freue mich über die Liebe, die beide einander so bedingungslos schenken. Irgendetwas tief in mir drin ist aufgeblüht. Etwas, das so lange Zeit im Dunkeln verborgen war und sich nun langsam und vorsichtig an die Oberfläche wagt.

Und daran ist Ferdinand schuld. Ja, richtig, ich nenne ihn beim Vornamen. Außerdem betreut er mich nicht mehr. Er hat mich an eine liebe Kollegin überwiesen, die mich weiterhin behandeln soll, doch eigentlich brauche ich sie nicht. Ich brauche nur Ferdinand.

Ich hatte mich nicht getäuscht. Vor gut zwei Wochen

fragte er mich, ob ich einen Kaffee nach der Sitzung mit ihm trinken wollte. Und natürlich sagte ich ja. Was für herrliche Gespräche wir hatten! Und was für ein herrliches Haus die Waldvilla doch ist! Ich hatte bisher nur die Eingangshalle und den Behandlungsraum gekannt, doch Ferdinand hat mich nun auch dem Rest des Hauses vorgestellt.

Ich hätte niemals gedacht, dass das Leben doch noch eine Scheibe Glück für mich parat hält. Ich bin so dankbar dafür. Dankbar für diesen Mann, der in mein Leben gefunden hat. Dankbar für dieses Leben, das sich plötzlich so lebenswert anfühlt. Ich glaube kaum, dass ich die nächsten Worte nun wirklich schreiben werde.

Ich bin glücklich.

KAPITEL
vier

JOSEPHINE

Sie spielte mit dem Gedanken, sich krank zu melden. Die Versuchung war groß, sich unter unzähligen Decken und Kissen zu verstecken und ihren Verstand mit dem harmlosen Inhalt einer Serie auf Netflix zu betäuben. Doch momentan ertrug sie nicht den Gedanken, allein zu sein. Arschi zählte nicht. Der Kater verbrachte achtzig Prozent des Tages damit ausgiebige Nickerchen zu halten, den Rest der Zeit leckte er seinen Hintern.

Immerhin hatte sie geschlummert wie ein Bär im Winterschlaf, traumlos und durchgehend.

Ein Hoch auf die Schlaftabletten.

Sie durfte bloß nicht daran denken, was passierte, wenn sie zur Neige gingen ...

Ehe sie sich versah, saß sie im Büro und starrte auf einen von zwei Bildschirmen. Sie durchforstete ein Sammelsurium von Fotos, um einen Kalender zusammenzustellen. Unter anderen Umständen eine Aufgabe, die ihr Spaß bereitete — stimmungsvolle Impressionen von Wäldern aus aller Welt — doch konnte sie sich kaum eine Minute auf ihre Aufgabe konzentrieren. Ihre Gedanken schweiften augenblicklich ab, in Gefilde, die ihr ganz und gar zuwider waren. Wenigstens war heute die halbe Belegschaft nicht im Büro: auswärtiger Kundentermin. Nur sie und Daniel, der Programmierer, hielten die Stellung.

Ihr kam ein Gedanke. Sie warf einen prüfenden Blick auf ihren Kollegen, doch dieser schien tief verstrickt in eine hochkomplizierte Java Script-Programmierung zu sein.

Phine startete folgende Suchanfrage: *Schattenmann.*

Zu ihrem Erstaunen erschien als erster Eintrag etwas über einen Gipfel im rheinland-pfälzischen Eifelkreis Bitburg-Prüm. Nicht gerade das, wonach sie gesucht hatte. Sie musste sich schon ordentlich durchscrollen und durchklicken, bis sie auf Sachen stieß, die mehr in ihrem Sinne waren. Neben mehr oder weniger seriösen Wikipedia-Einträgen stieß sie auf dubiose Foren, die sich um Horror, Spiritualität und Geistergeschichten drehten. Der Begriff des Schattenmannes tauchte vor allem in einem Kinder-Fangspiel auf, das Phine selbst noch aus ihrer Kindheit kannte.

Wer hat Angst vorm Schattenmann?
Niemand!
Und wenn er kommt?
Dann laufen wir!

Eine Theorie besagte, dass der wahrscheinliche Ursprung dieses Spiels auf die düstere Zeit der Pestepidemie im Mittelalter zurückzuführen war. Wobei der Pestkranke der Schattenmann sei, der vom Tod infiziert war, weshalb sich die Kinder keinesfalls von ihm berühren lassen durften, um sich nicht anzustecken. Makaber. Andere Theorien erzählten vom Schattenmann als Schreckfigur, der Kindern Angst vor Fremden machen und gleichwohl Gehorsam einbläuen sollte - *sonst holt dich der Schattenmann!* Phine stieß noch auf allerhand diverser Alternativen wie auf einen Verweis auf Schornsteinfeger, Bergarbeiter, die dunkle Seite der Macht — *Darth Vader lässt grüßen!*—, den Tod, den Henker und auch den Totengräber, der Pestopfer begrub. So weit so gut. Und so viel zu den historischen Hintergründen aus seriösen Quellen.

Irgendetwas tief in ihrem Innern warnte sie davor, doch Phine konnte nicht anders, als sich darüber hinaus in die Forumeinträge aus den weniger wissenschaftlich fundierten Websites einzulesen. Und mit jedem Eintrag wuchs ihr Unbehagen. Alles in ihr schrie danach, die Seiten zu schließen und sich endlich wieder auf die Arbeit zu konzentrieren. Ebenso gut konnte man an die Vernunft eines Kettenrauchers appellieren, sich keine weitere Zigarette anzuzünden.

Der Schattenmann erscheint oft Kindern im Traum oder in der Nacht. Er steht still in einer dunklen Ecke des Zimmers oder sitzt auf der Bettkante.

Er bleibt oft regungslos, starrt einen schweigsam an.

Er fordert mit dunkler, ruhiger Stimme: „Komm zu mir."

Er verschwindet, sobald das Licht angeht.

Er hinterlässt ein beklemmendes Gefühl.

Während seiner Erscheinung fühlen sich Betroffene vor Schreck gelähmt, bekommen keinen Ton heraus.

Der Schattenmann berührt einen niemals.

Er fügt niemanden körperlichen Schaden zu.

Seine Gestalt ist groß, schlank und schwarz.

Er ist gesichtslos. Er hat rote Augen.

„Alles in Ordnung mit dir, Josephine?"

Phine brauchte einen ausgedehnten Moment, um sich vom Bildschirm zu lösen. „Ähm, was?"

„Ich fragte, ob alles in Ordnung ist. Du bist plötzlich so blass?"

Phine kam wieder zu sich, klickte schnell den Browser weg und räusperte sich. „Alles gut ... ähm ... ist es kalt hier drin?" Sie rieb sich über die Oberarme. Sie fror nicht, sie zitterte regelrecht.

„Eigentlich ist es sogar recht warm. Soll ich die Heizung aufdrehen?"

Phine schüttelte den Kopf. „Nein, danke. Das wird schon wieder." Sie stand auf und ging in den Pausenraum, um Daniels besorgten Blick zu entgehen. Nervös tigerte sie zwischen Kaffeemaschine und Mikrowelle auf und ab.

Ein schweres Gefühl der Irrealität erfasste sie. Die Geschichten aus den Foren waren lediglich erfundene Spukgeschichten von irgendwelchen Wichtigtuern und esoterischen

Spinnern!

Aber warum ähneln sie deinen Albträumen? Und wie erklärst du dir die Zeichnung in Opa Ferdis Büro? Und seine Bemerkung bei deinem letzten Besuch?

Opa Ferdi hat nicht mehr alle Tassen im Schrank, er sitzt nun mal nicht zum Spaß in der Irrenanstalt!

Dann fehlen dir wohl auch allmählich ein paar Tassen, was?

Dieser Gedanke traf sie wie ein Schlag.

Phine vergaß für einen kurzen Moment das Atmen. Als ihre Brust zu schmerzen begann, blähte sie die Nasenflügel und sog den Sauerstoff gierig in ihre Lungen.

WERDE

ICH

VERRÜCKT

?!

Das war doch absurd. Sie hatte lediglich Albträume. Albträume! Dass diese zufällig den Geschichten in irgendwelchen dubiosen Foren ähnelten, bewies rein gar nichts. Wahrscheinlich würde zu jeder Art von Traum ein ähnlicher Eintrag im Netz zu finden sein, wenn man nur lang genug danach suchte. Sie ertappte sich dabei, wie sie an den Fingernägeln kaute. Sie bemerkte es oft erst, wenn ihre rissigen Nägel bereits bluteten. Stattdessen nahm sie ihren Zopf zwischen die Zähne. Sie war wieder so weit, über sich selbst zu lachen.

Du bist mir vielleicht so ein kleiner, verrückter Spinner, Phine. Sie schüttelte den Kopf, um ihre Gedanken zu verstreuen und ging zurück ins Büro. Sofort spürte sie Daniels Blick auf sich.

„Ist wirklich alles in Ordnung?"

Phine fühlte sich von seiner Anteilnahme geradezu überfordert. Sie winkte ab und zwang sich zu einem Lächeln, das ihr nicht sonderlich glaubhaft gelang. Innerlich seufzend setzte sie sich wieder und löschte ihren Browserverlauf. So eine dumme und völlig sinnlose Recherche würde sie sich ein zweites Mal verkneifen.

Phine beschloss hoch und heilig, sich endlich auf die Arbeit zu konzentrieren und widmete sich den Waldfotografien. Sie sammelte Impressionen für die Herbstmonate zusammen. Bunte, fröhliche Laubbäume im brechenden Sonnenschein, nebelumwobene Tannen im ersten Morgenlicht — als ihr ein bestimmtes Bild ins Auge fiel. Es übte eine magische Anziehung auf Phine aus, auch wenn ihr sofort klar war, dass diese Fotografie nicht in den Kalender passte — dafür war die eingefangene Stimmung etwas zu düster. Das Foto zeigte eine Szene aus einem Kiefernwald. Die Nadelbäume wuchsen eng und dicht über einen Hügel; die langen, geraden Stämme zeichneten sich schwarz im Schatten der untergehenden Sonne ab. Nebel verdichtete sich über dem Boden und war im Begriff aufzusteigen. Schön und mystisch zugleich. Phines

Augen wanderten zu einem dunklen Fleck in den hinteren Baumreihen. Sie dachte erst an ein Buschwerk oder ähnliches. Als sie erkannte, was es in Wirklichkeit war, sprang sie so plötzlich von ihrem Schreibtischstuhl auf, dass ihre Knie heftig gegen die Tischplatte donnerten. Der Schlag stieß allen möglichen Krimskrams auf ihrem Pult um. Daniel entfuhr vor lauter Schreck ein lautes „Scheiße!" Er starrte Phine entgeistert an.

„Was ist denn jetzt los!"

„Ich ...", stammelte sie heiser.

Jetzt wurde es eindeutig zu viel.

„Könntest du dem Chef bitte mitteilen, dass ich mich für den Rest des Tages krankmelde? Mir ... ähm, ich glaube, mir geht es nicht so gut."

„Das glaube ich allerdings auch ...", meinte Daniel.

Phine hechtete zur Garderobe und schnappte sich ihre Sachen. Einen Teufel würde sie tun, zurück zum Schreibtisch zu gehen, um ihr Zeug aufzuräumen. Fluchtartig verließ sie das Büro. Und damit die Fotografie mit den düsteren Kiefern.

Und den Schattenmann mit den roten Augen.

...

Phine stand vor dem Hauseingang und kramte zunehmend unruhig in ihrem Rucksack nach dem Schlüsselbund.

„Josephine! Halte mir die Tür auf, ja?"

Phine erkannte die fröhliche Stimme sofort. Frau Hellrich, ihre Nachbarin, stand auf der anderen Straßenseite und suchte eine Lücke im Verkehr. Phine hätte so tun können, als hätte sie die Nachbarin nicht gehört, aber sie wollte nicht unhöflich sein. Sie winkte ihr zu und fand endlich ihren Schlüssel.

„Ich danke dir vielmals, meine Teuerste!", rief Frau Hellrich schon von Weitem und ganz außer Atem. Sie zog in einer Hand einen blau karierten Einkaufstrolley hinter sich her und mit dem anderen Arm klemmte sie eine überdimensionierte Handtasche an den Leib. Die alte Dame trug unter ihrem offen stehenden Mantel ein geblümtes Kleid und darüber eine rosafarbene Strickjacke. Sie war klein und rundlich und erfüllte ganz klassisch das Klischee einer liebenswerten Großmutter.

„Dass ich dich um diese Zeit zu Hause antreffe? Solltest du nicht auf Arbeit sein, Kindchen? Aber was für ein Glück für mich! Ich hab im Supermarkt etwas übertrieben, weißt du, aber diese Angebote!" Die Nachbarin rauschte in den Hausflur — ohne eine Antwort von Phine abzuwarten — und drückte ihr beim Vorbeigehen den Trolley in die Hand. Phine rollte im Geiste mit den Augen, als sie das Gewicht des Einkaufhelfers testete. Die beiden machten sich auf den Weg und schleppten sich und ihre Last unter lauten Schnaufen und Stöhnen Stockwerk für Stockwerk hinauf. Phine stand der Schweiß auf der Stirn, als sie endlich ihre Etage erreichten.

„Du bist so ein Schatz! Wirklich, Gott segne dich, mein Kind! Wenn du nicht gewesen wärst!"

„Das hab ich doch gern getan. Ich wünsche noch einen schönen Tag, Frau Hellrich", sagte Phine und wandte sich bereits an ihre Wohnungstür. Jeder andere Mensch hätte verstanden, dass das Gespräch nun beendet war, doch nicht Frau Hellrich.

„Kindchen, du hast mir noch gar nicht gesagt, warum du um diese Uhrzeit überhaupt zu Hause bist? Hast du dir frei genommen? Hast du gekündigt? Also wenn du gekündigt hast, dann war es allerhöchste Zeit! Das hättest du schon längst tun sollen, Schätzchen!"

„Ich hab mich krank gemeldet", sagte Phine, als sie endlich eine Atemlücke in Frau Hellrichs Monolog fand.

„Krank?! Och nein, was fehlt dir denn, Josephine? Und ich dämliche Gans lass dich meine schweren Einkäufe hinaufschleppen! In der Tat bist du blass, Kind. Und müde siehst du in letzter Zeit ständig aus — verzeih mir die Bemerkung. Möchtest du auf ein Tässchen Tee hereinkommen und mir erzählen, wo der Schuh drückt? Ich hab auch noch irgendwo eine Packung Butterkekse ..."

„Das ist sehr aufmerksam, Frau Hellrich", beeilte sich Phine zu sagen und lächelte entschuldigend. „Wirklich sehr nett. Aber ich sollte mich hinlegen ..." Sie entriegelte die Wohnungstür und quetschte sich schnell hindurch, ehe die alte Dame auf die Idee kam, sich als Krankenschwester bei ihr einzuquartieren.

„Och, dann koche ich eine kräftige Brühe für dich, Kindchen! Das bringt dich wieder auf die Beine!"

„Ich danke Ihnen!", rief Phine noch, bevor die Tür ins Schloss fiel. Dieses Angebot abzulehnen, hätte nur eine Disskusion herbeigeführt, die Phine unmöglich hätte gewinnen können.

Phuuuu. Wieso fühlte sie sich immer so schrecklich dabei, die alte Dame abzuwimmeln? Nun, zugegeben, Frau Hellrich konnte eine überaus neugierige Quasselstrippe sein. Aber sie war eine gute Seele.

Phine warf Rucksack und Winterklamotten in eine Ecke und durchstöberte ihre Küchenschränke nach ein paar Keksen, die ihr das Warten auf Frau Hellrichs Brühe versüßen sollten. Mit einem vorwurfsvollen Maunzen kam Arschi in die Kochnische getrabt und beäugte seinen menschlichen Dosenöffner vorwurfsvoll. *Um diese Zeit ist das hier ganz allein mein Reich!*, schien er zu sagen.

„Ist das jetzt mein Problem, oder was?", maunzte Phine zurück. „Fressen gibt es später, das weißt du doch." Wie zur Antwort kehrte der schöne Kater Phine das Hinterteil zu und stolzierte zurück zu seinem Platz auf der Couch. Phine schlüpfte in Jogginghosen und machte es Arschi gleich.

Sie seufzte. „Es tut mir leid", meinte sie versöhnlich. „Manchmal kann ich selbst ein Arsch sein." Die Schultern hängend, starrte sie den Kater an, der sie misstrauisch beäugte. Dieser blinzelte, gab sich einen Ruck und sprang ihr auf den Schoss. Die Überraschung darüber entlockte Phine ein kleines Lächeln. Arschi machte es sich bequem. Ein dunkles Schnurren verriet ihr, dass die Luft rein war. Behutsam strich sie mit einer Hand über sein dichtes, rotes Fell, was sich der Tiger gefallen ließ.

„Es muss wohl schlimm um mich stehen, wenn sogar du Mitleid mit mir hast", murmelte sie schulterzuckend. Das tiefe Brummen und die Wärme, die der kleine Körper ausstrahlte, waren Phine ein Trost.

Sie versuchte, nicht daran zu denken, dass sie allmählich an ihrem Verstand zweifelte. War es vielleicht möglich, dass sie einen Burn-out hatte? Sie war überarbeitet, litt an Schlafmangel, war erschöpft - der Gedanke war naheliegend. Ihr letzter Besuch bei Großvater kam ihr in den Sinn.

Arschi miaute und sprang von ihrem Schoss, um es sich anschließend auf der Fensterbank gemütlich zu machen. Phine registrierte das kaum, denn sie dachte an den Zeitungsartikel, den sie in der psychiatrischen Klinik gelesen hatte.

Einem plötzlichen Impuls folgend, erhob sie sich und ging zu ihrem Schrank. Aus dem obersten Regal fischte sie einen abgegriffenen Schuhkarton heraus. Eine *Schatzkiste*, wie sie wohl jedes Kind im Laufe der Jahre anlegte. Phine lagerte hier Postkarten, Fotos, Muscheln aus längst vergangenen Strandurlauben ... und Darians Bergkristall. Sie nahm den etwa Handteller großen, flachen Quarz an sich und verstaute die Kiste wieder an ihren Platz. Wieder auf dem Sofa ließ sie ihre Finger mit dem weißen Stein spielen. Lange Zeit hatte sie nicht mehr an den Bergkristall und seinen einstigen Besitzer gedacht. Es tat ihr leid, was mit Darian geschehen war. Das hatte er nicht verdient ...

Ein unerwartetes Klopfen ließ Phine erschrocken zusammenzucken. Im selben Moment war ihr klar, dass es sich um niemand anderes als Frau Hellrich handeln musste. Ihr forderndes Klopfen war charakteristisch und unverkennbar. Phine steckte den Stein in ihre Hosentasche und eilte an die Tür.

„Kindchen! Schau mal, sie ist noch heiß und dampfend, und genau so solltest du sie auch essen, dann wird es dir bald besser gehen!", versicherte die alte Dame mit einem liebevollen Lächeln und drückte Phine eine gewaltige Tupperschüssel mit Deckel in die Hände. Das Hartplastik war so heiß, dass Phine damit sofort in die Küche eilen musste. Sie war gezwungen, die Tür offen stehen zu lassen, was für die Nachbarin eine unausgesprochene Einladung bedeutete, Phine zu folgen.

„Ich danke Ihnen vielmals, Frau Hellrich, wirklich! Ich wüsste nicht, was ich ohne Sie tun würde. Ich werde ...“

„Nichts zu danken, Kind! Das hab ich doch gern gemacht!", sagte diese und durchsuchte bereits Phines Küchenschränke nach einer Schüssel. „Setz dich, Josephine! Ich schöpfe dir was ab, dann kannst du sofort essen, während ich", sie warf einen ähnlich kritischen Blick auf Phines chaotische Wohnung wie ihre Mutter vor einigen Tagen, „hier ein wenig Ordnung schaffe. Du wirst ja sicherlich nichts dagegen haben!"

Eigentlich habe ich sehr wohl etwas dagegen, hätte Phine am liebsten gesagt, doch sie traute sich nicht. Wie könnte sie nur? Frau Hellrich wäre bis aufs Tiefste beleidigt. Aber merkte die Gute denn nicht, dass sie hier persönliche Grenzen überschritt? Kapitulierend setzte sich Phine an den Tisch und ließ sich mit hochrotem Kopf bedienen. Sie wünschte, sie wäre nicht so ein Feigling.

Es wurden Helden geboren. Es wurden Bösewichte geboren. Und ebenso Feiglinge. Ohne Feiglinge konnte es keine Helden geben, oder?

Während Phine brav ihre Suppe löffelte, die wirklich vorzüglich schmeckte, redete Frau Hellrich ununterbrochen. Sie hatte Tratsch für ihr Leben gern und Phine konnte sehen, wie sehr es die alte Dame genoss, ihn mit Phine zu teilen und sie gleichzeitig zu bemuttern.

„Du glaubst nicht, was ich von Herrn Thomas gehört habe, der unten in 3B wohnt, Josephine! Du wirst lachen!", meinte Frau Hellrich, während sie mit dem Rücken zu Phine stand und die Kissen auf dem Sofa ausklopfte.

„Da bin ich aber gespannt", meinte Phine pflichtbewusst und sah die alte Dame erwartungsvoll an. Diese drehte sich um ...

... und Phine blieb das Herz stehen.

Das freundliche Großmuttergesicht der Nachbarin war verschwunden.

Ein tiefer, finsterer Schatten verdeckte ihr Antlitz.

Zwei glühend rote Augen starrten sie an.

Gleichzeitig nahm die Luft in Phines Wohnung die Temperatur eines gewaltigen Kühlschranks an.

„*Komm zu mir*", forderte die dunkle, leise Stimme aus einem nicht sichtbaren Mund. „*Du willst es doch ...*"

Phine war nicht imstande etwas zu sagen, auch wenn sie schreien wollte. Sie war auch nicht imstande sich zu rühren; als hätte ihr jemand ein Nervengift gespritzt, das ihr jegliche Kontrolle über ihren Körper entzog. Sie konnte nicht anders als in diese schrecklichen flackernden Augen zu starren, die sie bis ins Mark hypnotisierten.

„Kindchen, was ist mit dir?"

Phine hatte lediglich für einen Wimpernschlag die Augen geschlossen, doch das hatte gereicht. Der Schatten war verschwunden.

„Du siehst aus, als hättest du einen Geist gesehen ..."

Phine fand ihre Stimme wieder und räusperte sich. „Ich ... ich muss mich ... unbedingt hinlegen", stammelte sie und stand unbeholfen auf.

„Aber natürlich! Ich bin doch so ein Dummerchen! Dir

geht es nicht gut und ich schwafel dich hier bis über beide Ohren zu!", sagte Frau Hellrich und tätschelte ihr liebevoll die Schultern. „Sicher, dass du keinen Arzt brauchst, mein Kind? Oder etwas aus der Apotheke?"

Phine schüttelte langsam den Kopf. „Nein, danke", meinte sie matt. Phine entzog sich sanft ihren Händen und geleitete die alte Dame zur Tür.

„Sag mir bitte Bescheid, sobald du was brauchst, in Ordnung? Du weißt ja, wo ich wohne", fügte sie mit einem Zwinkern hinzu. Phine nickte und schloss die Tür hinter der Nachbarin so leise und respektvoll wie nur möglich. Sie wartete noch einen Moment, bis die gegenüberliegende Tür ins Schloss fiel. Erst dann gestatte es sich Phine, an der Wohnungstür angelehnt, zu Boden zu rutschen und auf dem Teppich in Tränen auszubrechen.

Das ist doch alles nicht wirklich passiert, oder? Sie hatte sich das eingebildet. *Wie du dir auch den Schattenmann in der Fotografie heute Morgen eingebildet hast?*

Eine tiefgreifende Panik drohte Josephine Koenigs zu verschlingen. Das hatte sich so wahnsinnig real angefühlt ... Aber, wenn sie nicht verrückt war, wie konnte sie dann Dinge sehen, die definitiv nicht existierten? War denn nicht genau das die Definition von Verrücktheit? Dinge zu sehen und zu hören, die andere nicht sehen und hören konnten?

Phine vergrub das Gesicht in ihren Händen.

Nein nein nein nein nein nein nein nein nein ... Wieso passierte ihr das nur? Wieso?! War ihr Leben nicht schon kompliziert genug?!

Zum ersten Mal wagte es Phine, den scheußlichen und überaus beängstigenden Gedanken, der schon seit Tagen in ihrem Hirn umherflatterte, zuzulassen. Sie gestattete ihm, zu gedeihen.

Psychische Erkrankungen waren erblich.

War es tatsächlich möglich, dass in ihren Genen dasselbe

Leiden gespeichert war, an dem auch Großvater schwer knabberte?

Phine atmete drei Mal tief ein und wieder aus und trocknete ihre nassen Wangen. Sie musste das Ganze von der rationalen Seite aus betrachten. Was genau wusste sie über Großvaters Erkrankung ... als seine gesetzliche Betreuerin hatte sie sich in der Vergangenheit mit der Diagnose etwas genauer auseinandergesetzt. Was ja auch wichtig war, um erste Anzeichen einer neuen psychotischen Episode zu erkennen. Sie dachte an ihre eigenen Recherchen und daran, was ihr die Ärzte in der Klinik erzählt hatten.

Frühwarnzeichen. Ein typisches erstes Anzeichen war das allgemeine Gefühl, dass irgendetwas nicht stimmte. Dass eine Bedrohung in der Luft lag, die man nicht fassen konnte. Es hatte mit diesen schrecklichen Träumen angefangen ... und nun schien es, als wäre die Welt aus ihren Träumen in die Realität eingedrungen. Als vernünftiger und rational denkender Mensch wusste sie, dass dies nicht möglich war.

Halluzinationen waren ein eindeutiges Symptom einer paranoiden Schizophrenie.

Sie musste den Tatsachen ins Gesicht blicken. Sie musste. So konnte sie unmöglich weiterleben.

Wenn sie sich dem stellte und Dr. Dyroff davon erzählte, erwartete sie ein Dutzend neurologischer Untersuchungen, ganz zu schweigen von unangenehmen Gesprächen. MRT, CT, Blutanalysen, Drogentests und wusste der Teufel, was noch alles.

Wollte sie das alles über sich ergehen lassen?

Das ist doch keine Frage des Wollens, du Vollidiot.

Nein, das war es wirklich nicht. Es war eine Notwendigkeit. Wie sah denn die Alternative aus? Alles so laufen lassen, wie bisher? Bis sie irgendwann komplett durchdrehte und sich letztendlich ein Zimmer mit Ferdinand auf der Geschlossenen teilte? Oder sie so endete wie Großmutter Linda? Hatte auch sie Dinge gesehen, die sie zutiefst erschreckt und in den Wahnsinn getrieben haben? Gar in den Suizid?

Phine musste es so sehen: Sie hatte es früh genug erkannt. Ihr konnte noch mit allerbester Wahrscheinlichkeit geholfen werden. Sie hatte noch die Chance auf ein normales Leben. Ein Leben voller Neuroleptika und Antidepressiva zwar, aber immerhin. Alles war besser als das, was sie gerade durchmachte.

Fuck you paranoide Schizophrenie.
Fuck you Schattenmann.

FUCK you.

9. Eintrag

Liebes Tagebuch,
manchmal vermisse ich IHN. Ist das nicht verrückt? Wie kann ein endlich gesunder Mensch seine Halluzinationen vermissen? Vielleicht, weil ich mich über die Jahre mit ihnen angefreundet, ja sie sogar lieb gewonnen habe. Ist das normal? Ich wage nicht, darüber nachzudenken, was das zu bedeuten hat. Ebenso wenig wage ich es, es Ferdi zu sagen. Er denkt, dass es mir gut geht, und in diesem Glauben soll er auch bleiben. Schließlich geht es mir auch gut! Zur neuen Psychiaterin will ich nicht mehr gehen. Sie ist nett, aber ich brauche sie nicht mehr. Ich gehe nur Ferdi zuliebe hin, damit er beruhigt ist. Er macht sich immer zu viele Sorgen. Er arbeitet immer so viel, eigentlich ständig. Doch das macht nichts. Auch ich liebe meine Arbeit. Es ist schön, das zu sagen. Eigentlich mochte ich sie immer schon, die Arbeit mit den Studenten, den jungen Menschen, denen der Weg noch so offen steht und Fortuna noch voller Möglichkeiten. Doch jetzt erst kann ich es so richtig genießen.

Es ist doch unglaublich, welch Wendungen das Leben nehmen kann. An einem Tag ist die Welt in eine Gewitterwolke gehüllt, am nächsten bricht diese Wolkendecke auf und die Sonne scheint.

10. Eintrag

Liebes Tagebuch,
beinahe hab ich ein schlechtes Gewissen, weil ich dich in letzter Zeit so selten zur Hand nehme. Ich werte es als gutes Zeichen, dass ich dich nicht mehr brauche. Aber es

ist dennoch schön, immer wieder reinzuschauen, und ein paar Zeilen zu hinterlassen.

Es ist so viel passiert seit meinem letzten Eintrag. Es ist verrückt, aber Ferdi hat mich vor zwei Wochen gefragt, ob ich bei ihm einziehen will. Ich hab keine Sekunde gezögert und ja gesagt. Ich weiß, wir kennen uns erst seit einigen Monaten, aber wozu warten?

Wir lieben uns.

Das Herz geht mir auf bei diesen Worten.

Es ist noch nicht so lange her, da wollte ich … es tut weh, es zuzugeben, aber ja, ich … wollte nicht mehr. Das Leben war zu viel. Purer Selbsterhaltungstrieb hat mich überleben lassen.

Und sieh mich doch nur jetzt an! Die Linda von heute ist ein ganz anderer Mensch.

11. Eintrag

Liebes Tagebuch,
ich liebe dieses Haus! Die Waldvilla ist ein Märchenschloss. Ein wenig düster vielleicht im Auge des Betrachters, aber nicht für jene, die hier ihr Zuhause gefunden haben. Dieser Ort ist magisch. Ein Nest der Geborgenheit. Ein wahrhaftiges Zuhause.

Wenn doch nur Ferdi nicht bis spät nachts in seinem Büro festsitzen würde. Ich will mich nicht beschweren. Es ist natürlich bewundernswert, wie sehr er sich für seine Patienten einsetzt, was er alles investiert, um ihnen zu helfen. Ein wahrer Menschenfreund, mein Ferdi. Ich schätze mich überglücklich, die Frau an seiner Seite zu sein. Außerdem habe ich so genügend Zeit, mich jenen Büchern zu widmen, die ich so lange Zeit schon lesen wollte.

KAPITEL *fünf*

JOSEPHINE

Josephine! Ich hätte nicht erwartet, dich so schnell wiederzusehen. Was führt dich zu mir?" Dr. Dyroff schloss die Tür hinter sich und setzte sich in seinen Bürostuhl. Sein Lächeln war so einladend wie eh und je. Plötzlich wollte Phine nicht, dass sie dieser Mann, den sie seit gut zwanzig Jahren kannte und den sie sehr schätzte, für bekloppt hielt. Irgendwie ging ihr das gegen den Strich.

Schluck deinen mickrigen Stolz herunter!, ermahnte sie sich. Doch war sie derart nervös, dass es ihr die Kehle abschnürrte. Wie erklärte man jemanden, dass man nicht mehr alle Tassen im Schrank hatte, ohne sein Gesicht zu verlieren?

„Gibt es ein Problem mit den Schlaftabletten? Hast du irgendwelche Nebenwirkungen festgestellt?"

Die Worte des Arztes ließen sie aufhorchen. Nebenwirkungen? Ha! Wieso war sie denn nicht selbst drauf gekommen? So schusselig, wie sie manchmal war, war sie vor Gebrauch der kleinen Pillen überhaupt nicht auf die Idee gekommen, sich mal den Beipackzettel genauer, geschweige denn überhaupt anzusehen.

Phine klatschte sich gedanklich mit der flachen Hand heftig auf die Stirn.

„Ja ...", begann sie und überlegte fieberhaft, wie sie ihre Erlebnisse schildern konnte, ohne komplett irre dazustehen. „Ich hatte während der Arbeit und dann später auch zu Hause so eine Art ... ähm ... naja ... Panikattacke?" Sie schluckte schwer.

Dr. Dyroff nickte verständnisvoll. „Das tut mir sehr leid,

Josephine. Tatsächlich sind Panikattacken, Sehstörungen, Gedächtnisstörungen und weiteres als Nebenwirkungen von diesem und diversen ähnlichen Präparaten bekannt. Vielleicht sollten wir sie absetzen ...“

„Absetzen? Und meine Albträume?“ Bei dem Gedanken packte sie das nackte Grauen.

„Naja, es gibt noch andere Arten - natürlichere Arten - von Helferlein ... normalerweise hätte ich diese auch zuerst eingesetzt, aber dein Leiden schien mir bereits so weit fortgeschritten, dass ...“ Er verstummte und beäugte Phine gleichwohl besorgt, als auch schuldbewusst. Oje, gab sich der herzensgute Doktor nun selbst die Schuld für Phines Situation? Das wollte sie ganz und gar nicht. Dieser Mann war wahrscheinlich der letzte Mensch auf Erden, der irgendwem irgendetwas Böses wünschte.

„Schon gut, Dr. Dyroff, ich hatte Sie ja mehr oder weniger dazu gedrängt. Sie wollten mir nur helfen“, beschwichtigte sie und lächelte so versöhnlich, wie nur möglich. „Und das haben Sie auch. Ich hab endlich ein paar Nächte schlafen können.“

Doch der Doktor schien innerlich große, ethische Kämpfe auszufechten.

„Wir probieren es zunächst einmal mit einer pflanzlichen Variante“, beschloss er schließlich. „Baldrian kann eine ungeahnte Einschlafhilfe sein oder Melatonintropfen auf Hanfölbasis. Ich werde dir was aufschreiben.“ Er wandte sich seinem Monitor zu. „Ich bin mir sicher, dass sich die Nebenwirkungen in Luft auflösen werden, sobald du die Tabletten absetzt, und das sollte möglichst sofort sein. Weiterhin solltest du dich - wenn nicht schon geschehen - mit einer Schlafroutine befassen. Jeden Tag zur selben Zeit zu Bett zu gehen und mit ausreichend Abstand zur letzten Mahlzeit kann schon große Wunder wirken.“ Er druckte ein Rezept aus und reichte es Phine. Als sie danach griff, sah er ihr eindringlich in die Augen. „Wir kriegen das wieder hin, Josephine. Bitte komme sofort wieder auf mich zu, sollten die Panikattacken nicht verschwinden. Vielleicht sind sie auch ein Hinweis für etwas ganz anderes ... in Anbetracht deiner Familienhistorie." Er betrachtete Phine über seine Brille hinweg mit einem Blick, den sie nur schwer ertragen konnte.

Er ahnt es, schoss es ihr durch den Kopf.

„Vielen Dank, Dr. Dyroff."

Als sie die Praxis verließ, fühlte sie sich, als wäre sie nur knapp etwas entkommen. Sie war erleichtert und zugleich verwirrt, besorgt und auch schuldbewusst. Ihr war klar, dass Dr. Dyroffs Worte ein Türöffner gewesen waren, eine Einladung, sich anzuvertrauen.

Wieso hatte sie es nicht gekonnt?

Sie musste an Großvater denken. Wenn sie selbst als übergeschnappt galt, wer sollte dann den gesetzlichen Betreuer für ihn spielen? Mutter gewiss nicht — bei den Göttern, sie würde ihn für immer einsperren lassen! — und an den Staat wollte sie diese Aufgabe auch nicht abgeben.

Vielleicht sollte sie Großvater aufsuchen. Sie musste heute nicht zur Arbeit und hatte ohnehin nichts zu tun. Ein Überraschungsbesuch würde sie beide aufmuntern. Sie musste ihm ja nichts erzählen. Doch ehe sie das älteste Mitglied der Familie Koenigs mit einem Besuch beehrte, musste sie noch jemand anderen aufsuchen. Sie hatte das bereits viel zu lange vor sich hergeschoben.

Tut mir leid, Papa.

...

Laut Definition ist das Koma der schwerste Grad einer quantitativen Bewusstseinsstörung oder Bewusstlosigkeit. Die Betroffenen sind weder ansprechbar, noch zeigen sie Reaktionen auf Reize jeglicher Art. Immerhin konnte Viktor Koenigs noch selbstständig atmen und war an keine Beatmungsmaschine angeschlossen. Dennoch waren da ein Haufen Schläuche und Monitore, die diverse Vitalfunktionen überwachten und dokumentierten. Seit nun elf Jahren schon.

So vieles war seitdem passiert. So viele Veränderungen, ob zum Guten oder zum Schlechten. Manchmal wusste Phine den Unterschied nicht.

Sie war damals sechzehn Jahre alt gewesen. So beschäftigt mit ihrem eigenen Drama des Erwachsenwerdens, dass sie für die Zankereien ihrer Eltern keinerlei Verständnis hatte aufbringen können. Phine war durchaus innerhalb einer harmonischen Ehe glücklich aufgewachsen, mit all den gewöhnlichen Auf und Abs einer stinknormalen Familie. So normal man die Koenigs eben nennen konnte. Vorstadthäuschen, Garten, Familienurlaube. So normal eben wie auch schön. Auch Großvater hatte dazugehört, zumindest so lange, bis er eines Tages auf Mutter losgegangen und schließlich in einer Gummizelle gelandet war.

Phine war schon immer ein Papa-Kind gewesen, was der Tatsache verschuldet war, dass sie charakterlich und emotional ein Ebenbild ihres Vaters war. Seelenverwandte. Dieselben Interessen und Hobbys und Meinungen. Wie Mutter es niemals müde wurde zu sagen: Sie waren zwei naive Träumer.

Elisa Margarethe Koenigs war von einem ganz anderen Schlag. Pragmatisch, stark, selbstbewusst. Schonungslos. Sie wusste immer, was sie wollte und wie sie es bekam. Sollte nicht heißen, dass sie emotionslos und kaltherzig war. Es war eher so, dass sie kein Taktgefühl besaß und immer aussprach, was sie dachte. Ihre harten Worte hatten mehr als ein Mal ihre guten Absichten sabotiert.

Phine hatte eigentlich nie so richtig verstanden, wie Mutter und Vater zusammenkommen konnten. Die beiden waren so gegensätzlich, wie man nur sein konnte und doch waren sie den Großteil ihrer Ehe stets glücklich miteinander gewesen. Doch nach Ferdinands Einweisung war irgendetwas zerbrochen.

Irgendetwas in Vater war zerbrochen.

Phine erinnerte sich an eine Schreibblockade, die ihn sehr zu schaffen gemacht hatte. Schreibblockaden und kreative Pausen hatte es im Laufe seiner Karriere als Schriftsteller immer wieder gegeben und schienen wohl im natürlichen Schreibprozess durchaus nichts Ungewöhnliches zu sein, doch dieses Mal schien sie von besonders hartnäckiger Art. Phine wollte es damals nicht wahrhaben — da ihr Vater stets ihr hochgelobter Held gewesen war —, doch heute gestand sie sich ein, was sie einst unbedingt hatte ignorieren wollen: Ihr Vater war ein Trinker gewesen. Keiner von der brutalen Sorte, der in einem *Stephen-King*-Roman Frau und Kind das Leben zur Hölle machte. Nein. Er war stets der liebevolle Vater geblieben, doch hatte er in seinen *flüssigen Phasen* nie etwas auf die Reihe bekommen. Er wurde unzuverlässig, vergesslich und schrecklich melancholisch. Er hatte es vor Phine verbergen wollen, doch das war ihm selten gelungen.

In jenen Episoden hatte es viel Streit zwischen ihren Eltern gegeben. Was dazu geführt hatte, dass Papa das Trinken immer raffinierter vor seiner Familie verheimlichte. Natürlich funktionierte solch Theater nur kurzfristig und auch nur dann, wenn es Papa mit dem flüssigen Trösterchen nicht übertrieb. So wie auch eines bestimmten Tages, als er beschlossen hatte, mit seiner Frau eine nette Wanderung zu unternehmen. Eine der wenigen Tätigkeiten und Interessen, die Viktor und Elisa Koenigs mit großer Leidenschaft miteinander teilten.

Phine wusste bis heute nicht, was ganz genau passiert war, doch Mutter hatte ihr folgende Geschichte erzählt: Sie waren mit dem Auto in die angrenzenden Hügel der Region gefahren und hatten ihre Rucksäcke für eine vierstündige Tour gepackt. Sie waren schon gut eine Stunde vom Auto entfernt, als sie eine kleine Rast einlegten, um das mitgebrachte Frühstück einzunehmen. Während Vater kurz in die Büsche gegangen war, durchwühlte Elisa seinen Rucksack nach einem Taschenmesser, um einen Apfel aufzuschneiden. Statt dem Messer fand sie einen bereits halb geleerten Flachmann. Das Donnerwetter musste groß und laut gewesen sein, als Viktor zurückkehrte. Jedenfalls trennten die beiden nach ihrem Streit ihre Wege, denn er wollte zu Fuß nach Hause laufen und Elisa zurück zum Auto.

Phine hatte ihrer Mutter nie verziehen, dass sie ihren Vater allein in den Hügeln gelassen hatte.

Elisa sich selbst ebenso wenig.

Sie war nach Hause gefahren. Wütend und verletzt polterte sie vor Phine ihren Unmut und ihren Zorn hinaus, was zwischen Mutter und Tochter zum Streit führte. Als das Unwetter vorüber war, verzogen sich beide in jeweils verschiedene Ecken des Hauses. Nach einigen Stunden war Mutter zu ihr gekommen und Phine hatte heute noch ihren Gesichtsausdruck vor Augen: Verschwunden war jegliche Wut und Enttäuschung, stattdessen gruben sich tiefste Sorgenfalten in Elisas Gesichtszüge. Phine kannte ihre Mutter als gefasste Person mit stets kühlem Kopf und einem Plan in der Hinterhand. Doch dieses eine Mal schien sie hilflos zu sein.

„Er geht nicht ran", war alles, was sie zu Phine sagte. Und das reichte. Es gab eine goldene Regel zwischen den leidenschaftlichen Wanderern Elisa und Viktor: Wenn einer von beiden allein loszog, dann hatte er ranzugehen, wenn jemand anrief; und anzurufen, wenn sich die Heimkehr verzögerte. Natürlich galt dies nur für Regionen, in denen Empfang gewährleistet war. Was für die besagte Tour galt, denn diese waren sie schon einige Male gelaufen. Dass Vater nicht ranging, konnte natürlich mehrere Gründe haben. Ein leerer Akku vielleicht. Nicht auszuschließen war eben auch die Möglichkeit, dass ihm das Handy runtergefallen und damit kaputtgegangen war.

Sie malte sich bereits das Schlimmste aus, während sie im Auto saßen und in die Hügel hinauf rasten.

Sie fanden Vater nicht weit von der Stelle, an der sie sich zuvor getrennt hatten. Was genau passiert war, wussten sie natürlich nicht, aber wie es aussah, war Papa einen steilen Abhang hinabgerutscht, wobei sein Kopf mit einem Felsen kollidiert war. Ein Helikopter brachte Viktor ins hiesige Krankenhaus, wo er sofort operiert wurde. Sein Schädel-Hirn-Trauma konnte rechtzeitig behandelt werden und die Ärzte waren guter Dinge, dass er schnell und ohne Folgeschäden wieder auf die Beine kam. Doch das war nie geschehen. Viktor Koenigs' Augen blieben bis heute geschlossen. Sein Herz schlug, seine Lungen atmeten, sein Hirn war intakt.

Doch Vater war fort.

Die nächsten Jahre waren zäh gewesen. Zäh und kalt. Mutter und Tochter hatten noch nie das innigste Verhältnis gehabt, doch nun erreichte ihre Beziehung ein Niveau, das man getrost ein mit Brandbomben und Minen gespicktes Schlachtfeld nennen konnte. Phine strafte ihre Mutter abwechselnd mit Vorwürfen und Gleichgültigkeit. Elisa konterte mit Sticheleien und Kritik. Ein Schlagabtausch der frostigen Superlative.

Drei Jahre später verloren sie das Haus. Elisa hatte zuvor ihre Arbeit als selbstständige Potraitmalerin aus nie genannten Gründen aufgegeben und das Geld aus Viktors Tantiemen reichte wohl nicht aus. Vielleicht hatte Mutter das Haus auch einfach nicht mehr behalten wollen. Phine wusste es nicht. Jedenfalls war seit dem Verkauf des Hauses das Familienleben der Koenigs endgültig vorbei. Mutter und Tochter zogen jeweils in eigene Wohnungen und führten seither eigene Leben. Phine war damals neunzehn gewesen und wunderte sich heute noch, dass Mutter sie in jenem zarten Alter hatte ziehen lassen. Und vielmehr war zu Phines Leben auch gar nicht mehr zu sagen. Sie hatte nach dem Abitur eine Ausbildung zur Mediengestalterin gemacht und war seither in jener Werbeagentur verharrt. Ihre Freundinnen aus Schultagen hatten sich weiterentwickelt und sich in alle Himmelsrichtungen verstreut. Phines Leben wiederholte sich Tag für Tag. Eine Endlosschleife, aus der sie nicht in der Lage war, zu entkommen.

Während sie über all dies nachdachte, ging sie über die Flure des Krankenhauses und betrat jene sonderbare Station, die unglückseligen Menschen wie Viktor Koenigs vorbehalten war. Vater teilte sich den Raum mit zwei weiteren Langzeitschläfern, weshalb es nicht unüblich war, dass sich Besuch im Zimmer befand. Doch mit diesem Besuch hatte Phine nicht gerechnet, als sie zur Tür hereinkam.

„Phine? Du hier?", kam es von Mutter, die mit einem Buch auf dem Schoß an Viktors Bett saß. Der überraschte Ausdruck in ihrem Gesicht überschwemmte Phine mit einem Schamgefühl, das kaum zu ertragen war. Sie wusste selbst, dass sie sich schon lange nicht mehr blicken lassen hatte. Anstatt darauf rumzureiten, sagte Mutter lediglich: „Schön, dich zu sehen." Phine fühlte sich derart vor den Kopf gestoßen, dass sie sich wortlos auf den freien Stuhl auf der anderen Seite des Bettes setzte.

„Schön, dass du es auch wieder mal geschafft hast."
Ha! Da ist er doch, der Vorwurf.
Sie schwieg und zwang sich, einen Blick auf Vater zu werfen. Elisa hatte ihm kürzlich eine Rasur verpasst, denn hier und da waren winzige, frische Schnitte auf seinen Wangen zu sehen. Sein kurzes, graues Haar war ordentlich gekämmt. Obwohl er diese Frisur aus praktischen Gründen schon viele Jahre lang trug, konnte sich Phine nach wie vor nicht daran gewöhnen. In ihrer Vorstellung sah er noch so aus wie kurz vor seinem Unfall: hager und hochgewachsen — jetzt eher knochig und dürr —, langes und graues Haar, immer in einem lockeren Pferdeschwanz — nicht diese langweilige Altherren-

frisur, die er jetzt hatte. Viktor hatte schon immer kantige Gesichtszüge gehabt, die ihm eine gewisse Strenge verliehen hatten, doch nun wirkte er wie die personalisierte Härte. Zu lebendigeren Zeiten waren es sein immerwährendes Lächeln, sowie seine dunkle, freundliche Stimme, die das optisch Drakonische milderten. Ohne dies wirkte er nicht mehr wie er selbst. Was Phine auch schmerzlichst fehlte, war sein lässiger Kleidungsstil. Hier im Bett trug er einen bequemen Pyjama und eine Strickjacke, wenn es kühler war, doch in der Welt da draußen bestand sein Markenzeichen aus ausgefransten Jeans, schwarzen Leinenhemden und ausgetretenen Chucks. Mutter hatte ihn immer — nicht unbedingt unfreundlich — einen schmuddeligen Hippie genannt. Sie hatten darüber gelacht. Jetzt lachte niemand mehr.

Kein Wunder, dass Phine es nicht ertrug, herzukommen. Zwischen dem Bild ihres Vaters in ihrem Herzen und dem Anblick hier im Krankenhaus bestand eine Kluft, die nur schwer zu begreifen war.

Phine spürte, wie ihre Augenwinkel feucht wurden, und wandte sich ab. Es war bei jedem Besuch dasselbe. Sie hatte es satt ... so satt!

„Wie erträgst du das nur?", hörte sich Phine leise sagen. Sie hatte nicht gewusst, dass sie die Frage stellen wollte, ehe die Worte aus ihr rausgesprudelt waren. Um Vater nicht ansehen zu müssen, sah sie in das Gesicht ihrer Mutter. In das so vertraute Gesicht, das sich innerhalb der letzten elf Jahre so verändert hatte.

Mutter brauchte einen Moment, ehe sie antwortete. Sie legte ihre Hand auf die ihres Mannes und tätschelte sie sanft.

„Gar nicht, Josephine, gar nicht", sagte sie schließlich ebenso leise.

„Und wie lange willst du es noch *nicht ertragen*?"

Phine war entsetzt über ihre eigenen Worte. Sie hatte noch nie etwas in der Art gesagt. Sie beide nicht. Es war noch nie zur Debatte gestanden, Viktor ziehen zu lassen. Ihr hämmerte das Herz bis in die Kehle, als Elisa ihr in die Augen sah.

Phine hatte ihr einen Dolch zwischen die Rippen gejagt. Sie konnte es sehen und sie konnte es spüren. Trotz ihrer miserablen Beziehung hatte sie das nicht gewollt. Sie wusste nicht, was da in sie gefahren war.

„Du willst ihn gehen lassen? Die Hoffnung aufgeben?“, fragte Mutter. Jegliche Freundlichkeit war aus ihrer Stimme gewichen. Ihre Augen waren wie frostige Eissplitter. Phine verlor jeglichen Trotz, geschweige denn Standhaftigkeit.

„Nein, ich ...“, stammelte sie und sah verzweifelt hinab auf ihre Hände. „Ich weiß es nicht, ich ertrag es nicht, ihn so zu sehen ...“

„Dann sieh nicht hin.“

Phine hatte einen dicken Kloß im Hals. Sie wollte in Tränen ausbrechen, aber das gestattete sie sich nicht. Eine andere Mutter wäre vielleicht auf ihre Gefühle eingegangen. Hätte ihr gesagt, dass es okay war, so zu empfinden. Dass sie sich deswegen nicht schlecht fühlen musste. Aber sie hatte keine andere Mutter. Sie hatte diese.

Sie wusste gar nicht, weshalb sie hergekommen war.

Phine wollte soeben aufstehen, doch stattdessen blieb sie wie eingefroren auf ihrem Stuhl sitzen. Ihre Nackenhaare sträubten sich, wie das Fell eines erregten Hundes.

„Komm zu mir ...“, flüsterte es ganz dicht an ihrem Ohr. Phine wagte es nicht, sich der düsteren Stimme zuzuwenden. Selbst wenn sie es gewollt hätte, es wäre ihr gar nicht möglich gewesen, denn ihr Körper hörte nicht mehr auf sie. Doch ihre Augen nahmen ganz deutlich die Veränderung im Raum wahr. Die Farben wurden verschluckt, das Licht verkroch sich und machte einem finsteren Schatten Platz. Die Raumtemperatur sank so plötzlich, dass sich an dem Fenster neben Vaters Bett Eisblumen bildeten.

Das war keine Einbildung. Sie sah es doch mit eigenen Augen! Sie fühlte es. Sie hörte es.

„Ich habe lange genug gewartet“, hauchte ihr die Stimme des Schattenmannes ins Ohr. *„Nun komme zu mir.“*

Phine kniff die Augen so fest zusammen, dass es schmerzte, und atmete so heftig und laut, dass es das Flüstern überdeckte.

Dann packte sie etwas an den Schultern.

…

Phine schrie laut auf.

„Schatz! Was ist mit dir, Josephine?!“

Die Hände auf ihren Schultern verschwanden.

Als sie die Augen öffnete, war da nur eine irritiert dreinblickende Elisa, die vor ihr stand. Kein Schattenmann. Keine Eisblumen.

Mutter erholte sich allmählich von ihrem Schreck. Der besorgte Gesichtsausdruck wich einem, den man durchaus verärgert nennen konnte. „Was hast du denn plötzlich?“

„Nichts!“, kam es von Phine eine Spur zu heftig, während sie abrupt aufstand. „Gar nichts!“

Sie eilte Richtung Tür.

„Renn doch jetzt nicht weg! Was soll denn das?“, rief ihr Mutter hinterher, doch Phine achtete nicht auf sie. Sie flüchtete über die weiten, taubenblau gestrichenen Korridore, wich einer Pflegekraft oder einem Arzt aus und versuchte mit aller Macht die Tränen zu unterdrücken, die einer Armee gleich mit einem Rammbock vor den Toren standen.

Als sich die automatischen Türen des Haupteingangs hinter ihr schlossen, schossen die Tränen regelrecht aus ihr heraus. Phine war gleichermaßen erschüttert, verängstigt und wütend.

So konnte es nicht weitergehen!

Das musste aufhören! SOFORT!

Jetzt atme erst mal durch und komm wieder runter.
Sie versuchte, einen klaren Gedanken zu fassen. Plötzlich hatte sie das große Bedürfnis mit Großvater zu sprechen. Sie hatte das Gefühl, dass sie mit ihm darüber reden konnte. Dass sie sich ihm anvertrauen konnte.

Nennst du das die Definition eines klaren Gedankens?! Bist du nicht ganz dicht?!

Anscheinend ja nicht. Sonst wäre sie jetzt nicht in dieser Lage. Aber sprach Ferdinand denn nicht selbst vom Schattenmann? Vom Schattenreich?

Burn-out, Schlaftablettennebenwirkungen - hatte sie denn daran tatsächlich nur eine Sekunde lang geglaubt?

Aber wie wahrscheinlich war es, dass zwei Personen unabhängig voneinander dieselben Wahnvorstellungen hatten? Oder hatte sich ihr Unterbewusstsein für speziell diese Art von Inhalt ihrer Verrücktheit entschieden, gerade *weil* ihr Großvater diese Dinge gemeint hatte, zu sehen und zu hören? Wie aus einer Art gestörten Solidarität heraus?

Phines sich überschlagende Gedanken überforderten sie maßlos. Sie wollte laut schreien. Sie wollte toben, treten, wahllos irgendwelche Dinge zerstören. Stattdessen zügelte Angst ihre Wut.

Während sie im Bus saß und ihre Nägel blutig kaute, fiel ihr wieder etwas ein. Das letzte Mal, als sie Großvater besucht hatte, hatte dieser etwas ganz Bestimmtes gesagt. Sie hatte sich den Zeitungsartikel über Vater durchgelesen und dann hatte er etwas erwähnt, dass sie damals nicht verstanden hatte - sie verstand es auch jetzt nicht, doch eine dunkle Ahnung keimte allmählich ganz tief in ihrem finstersten Dunkel auf.

Papa sei im Schattenreich gefangen.

Der Schattenmann hielte ihn dort fest.

Es bestand kein Zweifel mehr. Sie musste sofort zu Großvater. Auf der Stelle.

Ferdinand saß auf der quietschgelben Couch und spielte mit sich selbst eine Partie Schach. Diesmal bemerkte er ihr Kommen augenblicklich und begrüßte Phine freudestrahlend. „Liebes! Wie schön, dich zu sehen! Und das an einem Wochentag!"

Ohne zu antworten, setzte sich Phine zu ihm und umarmte ihren Großvater fest. Er löste die Umarmung und schob sie ein Stückchen von sich, um ihr ins Gesicht zu blicken.

„Was hast du, Josephine?", fragte er besorgt.

Phine wäre am liebsten schamlos in Tränen ausgebrochen, doch das konnte sie hier nicht. Wer wusste schon, was die Pfleger da hineininterpretierten. Sie wollte Großvaters baldiger Entlassung keinesfalls im Wege stehen.

„Können wir irgendwo ungestört reden?"

Großvater nickte. „In meinem Zimmer."

Am anderen Ende des Gemeinschaftsraumes befand sich ein langer breiter Flur. Hier führten in regelmäßigen Abständen eierschalenfarbene Türen zu den Patientenzimmern. Die Tür stand einen Spalt offen, Ferdinand trat als erstes hinein und diskutierte kurz mit seinem Mitbewohner. Dieser rauschte kurz darauf mit einer Handvoll Wachsmalstiften an Phine vorbei. Großvater bat sie herein und schloss hinter ihnen die Tür.

„Ist das auch okay für deinen Mitbewohner?"

Opa Ferdi grinste. „Mach dir seinetwegen keine Sorgen. Ich hab ihm meinen Pudding versprochen. Dafür würde er fast alles machen."

Phine lächelte halbherzig zurück und sah sich in dem kleinen Zimmer um. An zwei Wandseiten standen jeweils gespiegelt ein schmales Bett, ein abschließbarer Wandschrank mit integriertem Nachttisch, sowie ein kleiner Schreibtisch. Jeder freie Wandzentimeter sowie die Schranktüren seines

Zimmergenossen waren mit bunten Zeichnungen tapeziert. Sie alle stellten Mandala ähnliche Spiralen dar. Der kleine Schreibtisch, sowie das Nachttischchen waren zugestellt mit Päckchen und Dosen voller Wachsmalstifte. Opa Ferdis Seite hingegen war ein Musterbeispiel von Zucht und Ordnung. Sein Bett war ordentlich gemacht, faltenlos in Militärmanier. Sein Schreibtisch aufgeräumt und sauber. Man könnte meinen, der Bewohner sei bereits ausgezogen. Wenn Phine an Großvaters Arbeitszimmer dachte, dann erstaunte sie diese Aufgeräumtheit allemal. Er bemerkte ihren Blick.

„Ich versuche lediglich, einen guten Eindruck zu machen. Die Tage wird entschieden, ob ich nach Hause kann", zwinkerte er Phine zu.

„Hoffen wir das Beste", meinte Phine wohlwollend. Das bedeutete auch, dass sich die Stationsleitung bald mit ihr in Verbindung setzen würde, um weitere Schritte zu besprechen. Sie konnte es kaum erwarten, dass ihr Großvater endlich wieder hier herauskam.

Doch was sie nun ansprechen wollte, könnte gefährlich sein. Was, wenn es irgendetwas in ihm auslöste? Wenn es seine Krankheit wieder erweckte? Großvater bemerkte ihre Zerrissenheit, fasste sie an der Hand und deutete ihr, sich auf die Bettkante zu setzen. Er selbst zog den Stuhl seines Schreibtisches heran und setzte sich ihr gegenüber.

„Dich quält doch etwas, Liebes", meinte er sanft.

Sie sah zu ihm auf und konnte die Tränen nicht mehr unterdrücken. Großvater reichte ihr ein Taschentuch.

„Danke", murmelte sie und säuberte sich das Gesicht. Nach einigen Minuten hatte sie sich wieder einigermaßen im Griff.

„Da musste wohl etwas raus", meinte Großvater und lächelte freundlich.

Phine nickte. „Ich will dir etwas erzählen, Opa, aber ich hab Angst, dass es ... dass ..."

„Dass es was, Liebes? Sag es frei heraus."

„Dass es dir schaden könnte.“

Großvater zuckte überrascht mit seinen weißen Augenbrauen. Er dachte einen Moment über ihre Worte nach. „Wenn es dir dadurch aber besser geht, dann will ich das Risiko eingehen.“

„Aber-“

„Nichts aber“, fuhr ihr Großvater über den Mund. „Jetzt mach dir meinetwegen keine Sorgen. Sag mir, was dir auf dem Herzen liegt.“

Es lag weniger auf ihrem Herzen, als in ihrem Hirn, dachte Phine. Ihr Herz klopfte heftig und laut, als sie ihren ganzen Mut zusammenkratzte.

„Ich denke, ich sehe ihn auch“, flüsterte Phine über ihr galoppierendes Herz hinweg. „Den Schattenmann.“

Sie sah ihren Großvater gebannt an. Dieser lehnte sich ein Stückchen zurück und sagte nichts. Phine war irritiert. Sie hatte alles Mögliche erwartet. Dass er vielleicht ausrastete. Dass er vielleicht lachte. Dass sein Gesicht im Angesicht des Schocks entgleiste. Doch nichts davon geschah. Ferdinand blieb nicht nur ruhig - er wirkte nicht einmal überrascht. Und das machte Phine am meisten Sorgen.

„Opa, hast du mich verstanden? Ich sagte, ich-“

Großvater nickte. „Jaja, ... das hab ich, Liebes. Wann bist du ihm zuletzt begegnet?“, fragte er in einer Tonlage, als erkundigte er sich nach dem Verbleib des Postboten.

Phine traute es sich kaum zu sagen. „Ich war gerade eben bei Papa und dann war da ... dieses Flüstern. Und den Tag zuvor sah ich in das Gesicht meiner Nachbarin und ... und ihr Gesicht, es ...“

„Es verschwand“, griff Ferdinand vor. „Stattdessen war da ein Schatten mit roten Augen.“

Phine konnte kaum glauben, dass sie diese Unterhaltung tatsächlich führten. Sie nickte. „Woher weißt du das?“

„Weil ich ihn kenne, Liebes. Ich kenne ihn seit meiner

Kindheit. Genau wie du."

Da musste Phine widersprechen. Sie schüttelte heftig den Kopf. „Nein, nein. Meine Albträume haben erst vor wenigen Wochen angefangen. Erst sah ich ihn ausschließlich dort, aber ich erninnerte mich nicht daran. Und dann ... dann eines Tages plötzlich erinnerte ich mich doch an all die Albträume und seitdem sehe und höre ich ihn überall. Es wird immer häufiger! Ich habe Angst, dass ich durchdrehe, dass ich verrückt werde! Ich habe solche Angst, dass-"

Großvater legte einen Finger auf die Lippen und Phine verstummte. Sie hatte gar nicht bemerkt, dass sie lauter geworden war. Panisch blickte sie zur Tür. Doch dort schien es ruhig zu sein.

Sie fasste Großvaters große Hand, drückte sie fest und sah ihm in die Augen. „So fing es bei dir auch an, richtig? Ich habe dieselbe Krankheit wie du, nicht wahr?" Als die Worte aus ihr heraussprudelten, registrierte sie, wie ihre ganze Welt zerbrach. Wie ein Bauklotzturm, den ein Kleinkind einfach zerstörte und freudig darüber lachte.

„Du hast keine Krankheit, Liebes", meinte Großvater tröstend. „Genauso wenig wie ich."

Phine seufzte innerlich laut auf. Sie entzog Ferdinand ihre Hand. Es war ein Fehler gewesen, herzukommen und ihn damit zu behelligen. Ein gewaltiger Fehler. Was hatte sie sich nur dabei gedacht?

Jetzt ziehst du Opa noch tiefer in den Sumpf.

Doch Großvater ließ nicht locker. „Hör mir bitte zu, Liebes. Hör mir dieses eine Mal ganz genau zu", meinte er so eindringlich wie selten zuvor. Und Phine tat ihm den Gefallen. „Ich weiß ganz genau, wo ich mich befinde. Ich weiß, welche Diagnose mir die Ärzte gestellt haben. Ich weiß, dass ich hin und wieder, naja, wie soll ich es nennen ... *abdrifte.* Ja, das trifft es ganz gut. Aber ich bin nicht krank. Zumindest nicht auf die Weise, wie es die Ärzte denken. Was ich höre und was du hörst, ist real. Was ich sehe und was du siehst, ist real. Der Schattenmann existiert, Liebes. Und das ist ein Fakt."

Phine ließ alle Vorbehalte fallen. „Und das soll jetzt nicht verrückt klingen? Jeder an Schizophrenie Erkrankte würde genau das behaupten. Für ihn sind diese Dinge real. Aber nur real in seinem Kopf", erklärte Phine traurig.

Großvater machte mit der Hand eine wegwerfende Bewegung. „Lass uns mal für einen Moment so tun, als gäbe es all diese psychischen Erkrankungen nicht, in Ordnung? Ich sage nicht, dass es sie nicht gibt, denn weiß der Teufel, dass wir in einem Nest der Verrücktheit sitzen, doch tu mir diesen Gefallen, Liebes, ok? Nur für diese verrückte Unterhaltung mit deinem verschrobenen Opa, ja?"

Phine wusste zwar nicht, was das bringen sollte, doch sie nickte.

„Gut", meinte Großvater und über sein Gesicht huschte ein kurzes, triumphierendes Lächeln. „Hör mir nun einfach nur zu, ja? Egal, wie sich das nun Folgende in deinen Ohren anhört, behalte nur eines im Hinterkopf: Dein Großvater würde dich niemals belügen, Liebes. Niemals. Ich habe nur das Beste für dich im Sinn. Nur ist das Beste nicht immer komfortabel oder angenehm."

Er wartete kurz ab und Phine nickte abermals.

„Du hattest schon als kleines Kind schreckliche Albträume. Genauso wie dein Vater und genauso wie ich. Wir erinnern uns nicht mehr daran, was wir geträumt haben, genauso wenig, wie du dich vor Kurzem noch nicht an deine Albträume erinnern konntest. Doch auch damals schon war es der Schattenmann, der uns heimsuchte. Irgendwann hörten diese Albträume wieder auf und wir konnten sie gänzlich vergessen. Doch der Schattenmann hat uns nicht vergessen. Er wartet nur ab, bis die Zeit reif ist.

Du weißt es wahrscheinlich nicht, aber dein Vater hatte dieses Wesen als erwachsener Mann auch gesehen. Er erinnerte sich plötzlich an seine Albträume und von da an wurden die Albträume zum Teil der Wirklichkeit ... wie bei dir jetzt. Er fand seinen eigenen Weg, damit umzugehen ...“

Phine konnte kaum glauben, was sie da hörte. Stimmte das wirklich, oder waren das Ferdinands Hirngespinste? „Du meinst, er begann deshalb zu trinken? Weil er den Schattenmann sah? Nicht, weil ihn seine Schreibblockaden frustrierten?“

„Das hat dir Elisa erzählt, nicht? Nun, ich an ihrer Stelle damals hätte dir wahrscheinlich auch nicht die Wahrheit gesagt.“

Großvater sprach, als wäre er wirklich von all diesen Dingen überzeugt. Nun, das war er natürlich auch, denn das war seine selbst erschaffene Realität ... doch ...

... doch was, wenn da etwas dran ist?

Phine fühlte sich wie in einem falschen Film.

Aber was war schlimmer? Dass sie verrückt war und sich den Schattenmann nur einbildete, oder dass sie vollkommen gesund war und der Schattenmann tatsächlich existierte?

„Dein Vater hatte damals nicht einfach nur einen Unfall“, nahm Ferdinand das Gespräch wieder auf und gewann damit Phines vollkommene Aufmerksamkeit. „Es war der Schattenmann, der ihn holte. Und er befindet sich nach wie vor in dessen Reich. Doch vielleicht nicht mehr lang ...“

Neue Tränen verklärten Phines Sicht. „Was soll das heißen?“ Ihre Worte kamen als kaum wahrnehmbares Flüstern heraus, doch Großvater hatte sie verstanden.

„Ich bin ein Springer, Liebes. Ich kann zwischen unserer Welt und der des Schattenmannes hin und her springen. Und du kannst das auch.“

···

Phine konnte kaum glauben, dass sie dieses wahnwitzige Gespräch tatsächlich fortführte. Aber sie konnte nicht anders. Großvater hatte sie in seinen Bann gezogen. Sie musste wissen, wovon er da redete. Auch wenn es wahrscheinlich nur gequirlter Humbug war ... aber was machte es schon aus? Sie saß ohnehin schon so tief in der Scheiße, auf ein bisschen mehr Kot kam es da auch nicht mehr an.

„Ich bin auch ein Springer? *Was?!*"

Großvater nickte. „Ja, Liebes. Es tut mir sehr leid um diese Bürde. Die hast du von mir. Es liegt an unserer Familie, fürchte ich."

Phine erinnerte sich an ihr Nickerchen in der Waldvilla. Dieser Albtraum war so anders gewesen, als all jene zuvor. Sie wusste noch, wie real es sich angefühlt hatte und auch daran, dass sie gewusst hatte, dass sie träumte. War sie da in die Welt des Schattenmannes eingedrungen? In das Schattenreich? In eine düstere Version der Welt ohne Farben, Wärme und Geräusche? Eine Welt so zerfallen wie auch kalt und tot?

„Du erinnerst dich, nicht wahr?", meinte Großvater und holte sie aus ihren Gedanken. „Du erinnerst dich an einen Sprung." Das war keine Frage mehr, das war eine Feststellung.

„Wenn wir alle Springer sind, wieso ist dann Papa nicht wieder zurückgesprungen?", fragte sie herausfordernd.

„Ich sagte nicht, dass dein Vater ein Springer ist", antwortete er prompt. „Du und ich sind Springer. Diese Gabe — oder besser gesagt, dieser Fluch — *überspringt* im wahrsten Sinne des Wortes eine Generation."

Phine schluckte. „Du willst mir also sagen, dass Papa nicht einfach nur im Koma liegt ... er ist in einer Art anderer Dimension gefangen?"

Ferdinands Augen hinter der kleinen filigranen Brille leuchteten auf. „So ist es, Phine, Liebes. Allmählich verstehst du es ..." Er lehnte seinen Gehstock an den Schreibtisch und fasste Phines Hände. „Aber wir können es. Oder vielmehr du. Meine Zeit der Sprünge liegt, fürchte ich, hinter mir. Mehr verträgt mein Verstand nicht ... die Springerei hat seinen Preis, weißt du. Du jedoch bist noch jung, dein Springer-Konto steht praktisch auf Null. Du könntest es schaffen."

„Was könnte ich schaffen?"

Doch wollte sie es überhaupt wissen? Diese Unterhaltung wurde immer absurder.

Ein sanftes Lächeln umspielte Großvaters Lippen. „Du könntest deinen Vater retten, Liebes. Du könntest ihn zurück ins Leben holen."

Es reicht.

Phine entriss Großvater ihre Hände und erhob sich. „Ich weiß nicht, was du da von mir willst, ich versteh das alles nicht", entgegnete sie schroff. Die Wut half ihr, neue Tränen zu unterdrücken. „Und was noch wichtiger ist: Ich will das alles nicht! Das ist doch verrückt! Totaler Blödsinn!" Sie wollte hinausstürmen, doch Ferdinand polterte ein scharfes „Phine!" heraus und sie konnte nicht anders als mit der Hand am Türgriff stehen zu bleiben. Sie kehrte ihm den Rücken und hörte, wie er sich von seinem Stuhl erhob.

„Ich verstehe, wenn dir das jetzt alles zu viel ist. Bei den Göttern, ja, das kann ich verstehen. Aber eines will ich dir noch geben, bevor du verschwindest."

Phine wartete stumm und lauschte, wie Großvater in seinem Schrank nach etwas suchte. Sein Gehstock machte *klack klack klack*, als er schließlich zu ihr kam. Phine wollte ihn nicht ansehen — selten war sie mit Großvater derart im Konflikt —, doch sie konnte nicht anders, und ließ ihre Deckung fallen, als er erneut nach ihrer Hand griff.

„Das solltest du stets bei dir tragen", sagte er und drückte ihr etwas kleines Zylinderförmiges in die Hand. Sie sah herab und entdeckte eine schmale, schwarze Taschenlampe mit einem kleinen Karabinerhaken. So eine, wie sie manche Leute am Schlüsselbund trugen.

Verständnislos sah sie ihren Großvater an. War das nun

der Gipfel aller Absurdität?

„Die Schattenwesen haben Angst vor dem Licht. Deshalb solltest du sie immer bei dir tragen. Immer."

Als Phine darauf nicht reagierte, wurde Ferdinand eindringlicher. „Versprich es mir, Liebes. Ich bitte dich!"

Sie nickte rasch, um diese groteske Szene endlich hinter sich zu bringen. Es war eine blöde Idee gewesen, hierher zu kommen. Aber was hatte sie denn bitte erwartet? Erlösung? Den Heiligen Gral?

„Und noch etwas will ich dir geben, bevor du gehst." Großvater kramte in der Seitentasche seiner Cordhose. Dann legte er den kleinen Gegenstand neben die Taschenlampe. Es war eine abgegriffene hölzerne Schachfigur. Ein weißes Pferd.

Der Springer.

Es entfuhr ihr ein bitteres Lachen, denn jetzt machte Opas Fetisch für Schachbretter und Schachfiguren tatsächlich einen Sinn.

„Damit du es nicht vergisst", flüsterte er ihr zu.

Phine wollte darauf nichts erwidern. Sie sah Großvater lediglich mitfühlend an. Er war gestört. Sie war gestört. Sie waren zwei Gestörte in einer Irrenanstalt. Nur mit dem Unterschied, dass sie jederzeit gehen konnte, da noch niemand von ihrer Gestörtheit wusste. Und genau das würde sie jetzt auch tun.

„Auf Wiedersehen, Opa", sagte sie und öffnete die Tür. Sie war schon im Flur, als er ihr noch leise hinterher rief: „Halte durch, solange bis ich wieder zu Hause bin, Liebes. Dann werde ich dir alles erklären."

...

Phines Kopf dröhnte fürchterlich, als sie in den nächsten Bus stieg. Sie rieb sich die Schläfen und suchte sich einen freien Platz am Fenster. Sie achtete peinlich darauf, keinen anderen

Fahrgast anzusehen. Stattdessen blickte sie hinaus auf die vorbeiziehenden Straßen. Die Sonne stand heute hoch am Himmel. Es war einer dieser Tage, die den Frühling erahnen ließen. Phine liebte diese Tage, denn sie liebte den Frühling. Er war so belebend und hoffnungsvoll. Alles begann zu grünen, die Knospen sprossen, kleine Gänseblümchen bevölkerten die Wiesen und die ersten Sonnenstrahlen wärmten die Wangen. Doch heute konnte sie sich nicht daran erfreuen.

Da war so ein Rauschen in ihrem Kopf, das sie als ihren wummernden Herzschlag interpretierte. Doch aus dem Rauschen wurde ein Flüstern. Als sie es erkannte, fielen ihr fast die Augen aus vor Schreck.

„Komm zu mir", flüsterte die bekannte dunkle Stimme.

Nein nein nein nein nein nein nein nein nein nein, versuchte es Phine in ihrem Innern zu überdecken.

NEIN!

Doch es hörte nicht auf.

„Ich warte auf dich."

„NEIN!", schrie Phine plötzlich lauthals und sprang ruckartig von ihrem Sitzplatz. Der älteren Frau, die ihr gegenüber saß, entfuhr ein spitzer Schrei. Alle im Bus Sitzenden starrten sie an. Entgeistert. Erschrocken. Manche gar verängstigt. Unter anderen Umständen wäre Phine vor Scham in Grund und Boden versunken, doch die Panik, die in ihrem Brustkorb zu platzen drohte, machte solche Dinge unwichtig. Phine schwankte zur Tür und drückte wie verrückt auf den Halteknopf. Es kam ihr wie eine Ewigkeit vor, bis der Bus endlich hielt. Als sich die Flügeltür öffnete, sprang Phine heraus und rempelte dabei die umstehenden Wartenden an. Ohne auf ihre Umgebung achtend, rannte sie die Straße herunter, dann fiel ihr auf, dass sie sich in einem Teil der Stadt befand, der ihr weniger bekannt war. Es war ein ruhiges Wohnviertel, bestehend aus Mehrfamilienhäusern und vereinzelt alleinstehenden Gebäuden.

Irgendetwas mit ihren Augen stimmte nicht.

Da war eine Düsternis, eine Art Nebel, der alle Farben verschluckte. Phine rannte. Sie konnte sich nicht daran erinnern, jemals so schnell gerannt zu sein.

Das ist nicht real!

Real war aber der Schmerz in ihrer Lunge, ein Stechen bei jedem Atemzug. Real war ihre kreischende Beinmuskulatur, die diese Art von Fortbewegung nicht gewohnt war.

Und da war er, der Schattenmann, der plötzlich in einer Gasse zwischen zwei Mehrfamilienhäusern erschien. Phine blieb ruckartig stehen. Ihre Augen weiteten sich, ihr entfuhr ein spitzer Schrei. Eine alte Dame, die auf der anderen Straßenseite ihren Yorkshire-Terrier spazieren führte, hielt erschrocken inne und starrte sie an. Phine wandte sich hilfesuchend an sie, doch ehe auch nur ein Wort ihren Lippen entweichen konnte, schüttelte die Hundehalterin verärgert, aber auch ein wenig verängstigt, den Kopf und zerrte an der Leine ihres Schützlings, um rasch das Weite zu suchen.

Tränen traten Phine in die Augen, als sie begriff, dass sie keinerlei Hilfe zu erwarten hatte. Ein Blick auf die Gasse offenbarte ihr jedoch, dass der Schatten verschwunden war. Sie setzte ihre Flucht fort. Sie eilte um eine hohe Hecke und rannte einen Postboten um, der vor lauter Schreck seine Briefe fallen ließ.

„Was soll der Scheiß!", zeterte der Bursche verärgert. Phine blieb keine Zeit für Entschuldigungen.

Ihre Füße trugen sie, ohne dass sie es bewusst entschieden hätte, in eine belebtere Straße mit Geschäften, kleinen Cafés und deutlich mehr Passanten. Die Menschen waren geschäftig unterwegs, kaum jemand schenkte ihr Beachtung. Der eine oder andere jedoch spürte einen Hauch des finsteren Nebels, der die junge Frau verfolgte, spürte für einen kurzen Moment die eiskalten Finger der Angst, die eine Gänsehaut verursachte, an die er sich noch tagelang erinnern würde, selbst wenn er die Frau schon längst vergessen hatte.

Der Schattenmann erschien hinter einer Straßenlaterne und zwang Phine die Richtung zu wechseln. Sie rempelte eine junge Mutter an, die einen magentafarbenen Kinderwagen schob, dessen Farbe in ihren Augen jedoch so trist und grau wie die Wolken im November war. Denn die Welt hatte jegliche Farbe verloren. Sie schien erloschen, wie das Licht einer Kerze. Die entsetzte Mutter schimpfte lauthals, doch Phine hörte sie kaum, während sie weiter einen hastigen Schritt nach dem anderen tat.

Die Welt hatte ihre Geräusche verloren.

So nahm sie auch nicht die quietschenden Reifen wahr, deren Gummi sich tiefschwarz in den Asphalt gruben und ebenso wenig den markerschütternden Schrei der jungen Mutter, die ahnen konnte, was unweigerlich folgen musste. Sie spürte lediglich die Wucht, die sie auf Höhe ihrer Hüfte traf, spürte für kurze Zeit eine plötzliche Schwerelosigkeit und schließlich den dumpfen Aufprall ihres Körpers auf dem schmutzigen Asphalt. Die Welt drehte sich um sich selbst, überschlug sich, oben und unten tauschten ihre Rollen, bis endlich der Stillstand erreicht war. Phines Augen stierten in einen farblosen Himmel, während lebendiges Rot das Grau um ihren Kopf herum tränkte.

Und dann war da der schwarze Nebel, der sich um alles legte, das jemals existierte. Der Schattenmann trat an die reglos am Boden liegende Phine heran. Er beugte sich herab — seine glühenden Augen strahlten in dieser leblosen grauen Welt so unendlich hell — öffnete die Arme für eine zärtliche und liebevolle Umarmung und umschlang Josephine Koenigs mit gnadenloser Finsternis.

Liebes Tagebuch,
manchmal komme ich mir vor wie Bastian aus Michael Endes „Die Unendliche Geschichte". Vielleicht sitzt mein wahres Ich irgendwo auf einem staubigen Dachstuhl und steckt die Nase tief in ein gestohlenes Werk, das mich in dieses andere Leben hier entführt hat.

Manchmal fühlt es sich an, als könnte ich all die vielen - aber guten! - Veränderungen nicht ertragen. Als könnte mein von jahrelanger Depression verseuchter Verstand nicht akzeptieren, so viel Glück aufzunehmen. Irgendetwas in mir scheint sich zu sträuben. Ich fühle es ganz tief in mir. Wie ein kleiner Kieselstein, der sich zwischen Fuß und Schuh geklemmt hat und mit jedem Schritt ein bisschen mehr drückt.

Freu dich, Linda! Erfreue dich am neuen Glück, das dir so unverhofft zuteil wurde. Wer bist du, dieses Geschenk mit Füßen zu treten?

Fühle ich mich schlecht, weil ich denke, dieses Glück nicht verdient zu haben? Wieso fällt es mir so schwer, es mit offenen Armen und einem strahlenden Lächeln im Gesicht anzunehmen? Hatte ich es denn nicht mehr als verdient? Nach all der Traurigkeit, den Jahren der Isolation, dem Leben voller Alleinsein?

Was ist nur los mit dir, Linda, was ist nur los mit dir ...

Liebes Tagebuch,
gab es jemals einen hoffnungsloseren Fall als mich? Ich
weiß nicht, was mich wütender macht. Der Umstand,
dass ER weg ist. Oder jener, dass es mir etwas aus-
macht.

Heute gab es einen kleinen Moment, der meine so zar-
te und fragile neue Wirklichkeit bedrohlich erschütterte.
Und dabei fing der Tag an wie jeder andere, seitdem ich
zu Ferdi in die Waldvilla gezogen bin.

Ich war noch spät abends in der Uni und korrigier-
te Seminararbeiten, die schon seit längerem in meiner
Ablage Staub ansetzten. Ferdi würde ohnehin lang
arbeiten, da konnte ich die Zeit genauso gut auch dort
verbringen. Nach getaner Arbeit benutzte ich noch die
Toilette und wusch mir das Gesicht. Draußen wurde es
bereits dunkel, denn der Winter steht vor der Tür. Dann
flackerte die Glühbirne der einzigen Deckenleuchte des
Waschraums. Als mache sie ihre letzten verzweifelten
Atemzüge, ehe sie auf alle Ewigkeit erlosch. Ich war in
Dunkelheit gehüllt. Meine Augen brauchten einen Mo-
ment, bis sie sich an die Finsternis gewöhnten. Ledig-
lich schales Mondlicht und das einer Straßenlaterne ir-
gendwo auf dem Campus drang in den Raum. Zufällig
streiften meine Augen den Spiegel überm Waschbecken
- und mein Herz machte einen Satz.

Ich war mir sicher! - dort im Spalt der Toilettenka-
bine stand eine dürre, schwarze Gestalt im Schatten.
Zwei glühende Kohleaugen flammten in der Dunkelheit
auf. Sie starrten mich an, bohrten sich förmlich durch
die Tore meiner Seele.

Nach dem anfänglichen Schreck breitete sich ein Ge-
fühl der Erleichterung in meinem Innern aus. So warm

und wohlig wie nach dem Mahl einer herzhaften, heißen Suppe an einem regnerischen Herbsttag.

Dann fuhr ein Auto über den Campus, die Scheinwerfer streiften den finsteren Spalt der Toilettenkabine und offenbarten - nichts. Da war kein Schatten. Kein Paar glühender Augen. Kein Irgendwas.

Hatte ich IHN mir nur eingebildet? Oder hatte ER mich tatsächlich wieder besucht? Wieso hatte ich mich erleichtert gefühlt, als ich noch dachte, er wäre zurückgekehrt? Ist das nicht verrückt? Und wieso ist da diese sich ausbreitende Leere nach der Enttäuschung, die der Erleichterung folgte?

Ich weiß nicht, was schlimmer ist: Dass ich IHN sehe oder dass ich IHN nicht sehe. Dieser Gedanke zerreißt mich.

Ich habe beschlossen, Ferdi nichts davon zu erzählen.

14. Eintrag

Liebes Tagebuch,
immer wieder ertappe ich mich dabei, wie meine Augen dunkle Ecken absuchen, Schatten in den Zimmerecken und Nischen zwischen Schränken und Regalen. Dunkle Gassen in der Stadt ziehen mich wie magisch an.
Du musst damit aufhören, Linda.

ER hat dich verlassen.

Und das ist gut so.

AKT *zwei*

IM DORT UND DAMALS

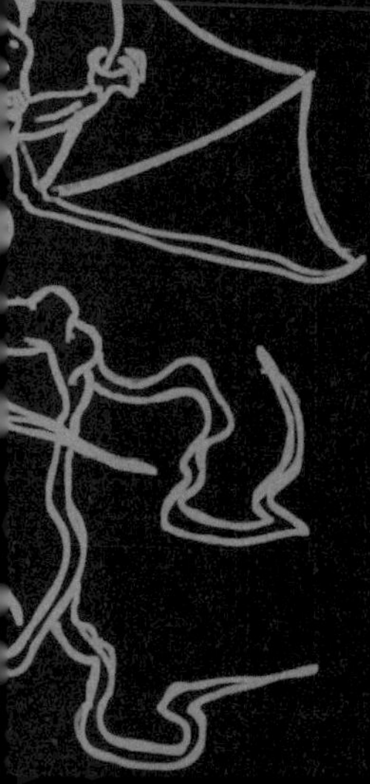

KAPITEL *sechs*

Die Realwelt ... 2 Jahre zuvor ...

DARIAN

Darian strich sich die blonden Locken aus der Stirn, massierte beide Schläfen mit den Fingern und entkam einen Moment der Außenwelt, indem er die Augen schloss. Da die Musik im Club jedoch so laut und dröhnend war, war das gar nicht so leicht, selbst hinten im Vorratsraum nicht.

Eine Migräne-Attacke. So eine verfluchte Scheiße. Ihm fiel ein, dass er ein Novalgin-Fläschchen im Rucksack hatte. Hoffnungsvoll öffnete er die Augen, durchquerte den Vorratsraum voller Kisten mit *Red Bull*, *Jack Daniels* und weiterem Zeug, das einzig aus dem Grund existierte, sich der Realität abzuwenden. Eine schmale Tür führte in eine winzige Abstellkammer, die als Umkleideraum und Garderobe für die Mitarbeiter diente. Darian öffnete sein Spindfach und durchwühlte seinen Rucksack. Seine Hoffnung wurde belohnt, als er die kleine gelbe Flasche fand, die noch halb voll war.

„Dann wollen wir mal guter Dinge sein", murmelte Darian vor sich hin und nahm die Höchstdosis von vierzig Tropfen ein - vielleicht auch mehr, wenn er sich verzählt hatte.

Drauf geschissen.

„Da bist du! Drückst du dich etwa vor der Arbeit?", kam es plötzlich, eindeutig gestresst, vom Vorratsraum. Das war Sven. Sie hatten beide Dienst an der Bar. „Beweg deinen Arsch endlich hinter die Theke. Die rennen uns heute die Bude ein. Mach schon!" Und damit verschwand er wieder.

Darian setzte alles auf die Schmerztropfen. Wenn die nicht

bald Wirkung zeigten, hatte er keine Ahnung, wie er seine Schicht, die eben erst begonnen hatte, überleben sollte. Wenn er doch wieder ein paar Stunden am Stück pennen könnte, dann wäre alles halb so wild. Es kam ihm vor, als wäre seine letzte qualitativ gute Nacht schon Wochen her. Er wünschte sich sehnlichst sein Bett herbei, doch gleichzeitig graute ihm bereits vor dem, was geschah, wenn er tatsächlich ein wenig Schlaf fand. Er hatte schon früher hin und wieder Albträume gehabt, aber die aktuelle nächtliche Scheiße war von einem ganz anderen Kaliber. Und das Witzige daran war, dass er sich nicht daran erinnerte, *wovon* verflucht noch mal er eigentlich träumte.

Darian seufzte trotzig vor Resignation und ging zurück an die Bar. Die Musik gewann deutlich an Lautstärke, als er die letzte Barriere in Form einer Schwingtür passierte. Der Bass pochte in seinem Kopf und pulsierte in seinem Brustkorb. Normalerweise machte ihm das nichts aus, aber heute war das kaum zu ertragen. Wenigstens war der Barbereich dunkel, die blitzenden Lichter befanden sich über der Tanzfläche, und die war hinter einer Wand mit im Schwarzlicht leuchtenden, esoterisch anmutenden Gemälden.

An der Bar drängelten sich die Gäste und klopften mit ihren Kredit- und Platinkarten ungeduldig auf dem Tresen herum. Für die Uhrzeit war es ungewöhnlich voll. Darian heimste von Sven immer wieder ein *husch husch* und *hop hop* in Form von Handgestiken ein, wenn er Svens Meinung nach zu lange dafür brauchte, einen *Hurricane* zu mixen. Er wusste ehrlich nicht, was er mehr hasste: nachts überteuerte Drinks an überschminkte Barbies und besoffene Vollidioten auszuschenken oder mittags Supermarktregale mit Dosen voller Kichererbsen erster Güteklasse aufzufüllen. Er wusste es wirklich nicht.

Wenn er doch nur schlafen könnte ...

Es dauerte nicht lange und es wandte sich ein Gast mit

einer ganz besonderen Bestellung an Darian. Einer dieser neureichen Schnösel, die von Papi so viel Geld in den Arsch geblasen bekamen, dass sie nicht mehr wussten, was sie damit anstellen sollten.

„Glücksbärchis! Zwei Mal!", schrie ihm der Typ im eng anliegenden rosa Hemd ins Ohr. Darian sah ihn an und schüttelte den Kopf. Verständnislos stierte ihn der Gast an und beugte sich abermals vor. „Glücksbärchis! Das ist doch das Codewort? Ich will zwei!" Zur Verdeutlichung zeigte er Darian den ausgestreckten Daumen und Zeigefinger. Darian seufzte lautstark und schüttelte abermals den Kopf. *Ist aus*, formulierte er deutlich mit den Lippen. Endlich drang es zu dem Hohlkopf durch. Verärgert verließ dieser den Tresen und verschwand im Gewusel der Menge.

Die Stunden seiner Schicht flossen nur zäh dahin und das trotz der vielen Drinks und Cocktails, die zu mixen waren. Drei weitere *Glücksbärchis*-Bestellungen waren noch abzuwimmeln. Darian fühlte sich nicht mehr richtig wach, er funktionierte nur noch stupide, so wie es ein Haushaltsroboter tun würde. Wenigstens zeigte das Novalgin Wirkung. Die Kopfschmerzen waren nicht gänzlich verschwunden, doch immerhin nicht schlimmer geworden. Sein Hirn fühlte sich angenehm betäubt an.

Darian schreckte allerdings abrupt aus seinem nebulösen Zustand auf, als er ein bekanntes Gesicht hinter dem Tresen entdeckte. Er verharrte für einen Augenblick und vergaß das Getränk in seiner Hand, schluckte jedoch seinen Schock ganz schnell herunter. Er servierte das Glas mit quietschgelbem Inhalt und kleinem Sonnenschirmchen und wandte sich an den fies dreinblickenden Kerl, der in dem überhitzten und muffigen Club eine Kapuze über den Kopf und das halbe Gesicht gezogen hatte. Andere Gäste, die vorher an der Reihe gewesen wären, regten sich demonstrativ auf, als Darian ihnen keine Beachtung schenkte, und warfen ihm obszöne

Gesten an den Kopf. Darian interessierte das herzlich wenig.

Er hatte damit gerechnet, dass einer von denen auftauchen würde. Aber so schnell? Ihm sank das Herz in die Hose, doch er ließ sich nichts anmerken.

„Hinterausgang. Sofort", lautete der spartanische Befehl. Darian blickte dem Kerl verständnislos ins Gesicht und breitete die Arme aus, um auf die mit wartenden Leuten vollgestopfte Bar zu verweisen. *Ich kann hier unmöglich weg!*

Doch das war dem Typen in der Kapuze piepegal. Dieser drehte sich nämlich um und verschwand in der Menge. Er würde an der Hintertür warten. Und wehe, zu lang.

Darian war klar, dass er keine Wahl hatte. Glasklar.

Einen winzigen Moment lang erlaubte er sich, mit dem Gedanken zu spielen, einfach durch den Haupteingang abzuhauen. Aber so blöd konnte man nicht sein, zu glauben, dass da nicht einer von denen wartete, um ihn, in diesem Fall begrenzter Hirnaktivität, abzufangen. Und dann wäre er noch schlimmer dran. Nach einem kurzen Seitenblick auf Sven, der ihm glücklicherweise den Rücken kehrte, huschte Darian durch die Schwingtür. Er wollte direkt zum Hinterausgang, doch irgendetwas sagte ihm, dass er besser erst sein Zeug holen sollte. Irgendwie hatte er nicht das Gefühl, dass er heute noch an die Bar zurückkehrte. Und da seine Schicht noch gute drei Stunden dauerte, war das heute wohl auch die letzte Schicht für alle Zeiten.

Arrivederci, du Kloake von einem Club.

So zog er rasch seine Jacke an, schloss den Reißverschluss bis zum Kinn, stülpte seine Mütze über die blonden Locken und schulterte den Rucksack. Er spürte seinen rasenden Herzschlag als pulsierenden Schmerz in seinem Kopf, als er auf den Notausgang zusteuerte, der hinaus in den Hinterhof führte.

Wo bereits das Verderben auf ihn wartete.

Sie waren zu dritt. Der fies dreinblickende Kapuzentyp stand in der Mitte, flankiert von einem Lulatsch mit lächerlich hochgestellten Capi und einem Hünen im schicken Security-Outfit inklusive Headset. Als Darian durch die Tür kam, schaltete er es ab und verstaute es in seiner Jackentasche. Darian erkannte ihn als einen der Türsteher des Clubs. *Ha, hab ich doch gewusst, dass du Sack da mit drin steckst!* Ihm waren nicht die Blicke entgangen, die ihm der riesenhafte Kerl stets zugeworfen hatte. Dieser Fettsack machte seinen Job nicht gerade diskret. Nun wusste er auch, warum er so schnell aufgeflogen war.

„Warum kriegen die Leute keine Ware mehr von dir?", kam es vom Kapuzenkerl. Darian kannte bis heute seinen Namen nicht, also würde es wohl bei Kapuzenkerl bleiben.

„Wir kommen gleich zur Sache, ich verstehe", meinte Darian und grinste dümmlich. „Hab euch auch vermisst."

„Halt die Fresse und beantworte meine Frage", zischte Herr Häuptling entnervt, während Dick und Doof sich künstlich aufplusterten wie Pfaue während der Balz. Bei dem Hünen mochte das Eindruck machen, aber beim Lulatsch musste sich Darian ernsthaft zusammenreißen, nicht lauthals loszulachen.

„Du müsstest noch mehr als genug auf Lager haben."

Darian nickte, öffnete seine Jacke, griff in die Innentasche — dabei zuckte der Securitykerl zusammen und griff nach seinem Taser, wobei Darian sofort beide Hände hob und ihm die leeren Handflächen zeigte. „Bleib cool, Alter, ich will euch nicht abknallen, ich will nur das Päckchen aus meiner Jacke holen."

Der Hüne entspannte sich, nickte und beobachtete mit Argusaugen, wie Darian das versprochene Päckchen langsam aus der Innentasche fischte. Er streckte den Arm aus, trat vorsichtig näher und hielt den Druckverschlussbeutel, in dem noch fünf Dutzend kleinerer Beutelchen mit je einer weißen Pille steckten, dem Kapuzenkerl hin. Dieser schnappte sich den Rest der Glücksbärchis und begutachtete den Inhalt mit gekonntem Blick, während Darian wieder den Abstand zu Tick, Trick und Track vergrößerte.

Der Kapuzenkerl blaffte Darian verständnislos an: „Wieso vertickst du es nicht? Gab es etwa Beschwerden?"

Darian verkniff sich ein Grinsen und antwortete: „Nein, alles super. Aber ich will es nicht länger an den Mann bringen. Ich hab euch den Gewinn der verkauften Ware in bar in den Beutel getan, natürlich abzüglich meines Honorars."

Der Kapuzenkerl sah ihn im Schein der grünen Leuchtstoffröhre an, die über dem Hinterausgang hing, und zum ersten Mal an diesem Abend verschwand für etwa drei Sekunden der hundsgemeine Ausdruck in seinem Gesicht. Es machte einem amüsierten Lächeln Platz.

„Du willst also aussteigen, ja? Einfach so? Hast plötzlich moralische Bedenken, oder was?"

Darian zuckte mit den Schultern. „Ja, so könnte man es nennen."

Der Kapuzenkerl fing an zu lachen. Der Lulatsch und der Hüne stimmten mit ein, während Darian lediglich ein nervös klingendes Kichern entwich. *Jetzt zeig denen bloß nicht, dass du den Hosenboden voll hast!*

Das Lachen erstarb urplötzlich. „Das wird dem Boss nicht gefallen", meinte der Chef des Trios und schaute wieder gewohnt fies drein.

„Es tut mir echt leid, Leute", meinte Darian und versuchte, ehrlich betrübt zu klingen. „Es war mir jedenfalls eine Freude, dass ich das so lange machen durfte, ehrlich! Richtet dem Boss die herzlichsten Grüße von mir aus! Aber ja, ihr wisst es ja selbst, ist ein Arbeitnehmermarkt heutzutage und dann noch die Work-Life-Balance und so, da muss man Prioritäten setzen- hey, hey, hey! Warte mal! Stop-" Darian hob die Arme, um sein Gesicht zu schützen — und kassierte vom Hünen einen ordentlichen Schlag in die Magengrube. Ihm blieb die Luft weg, seine Beine knickten wie Stöckchen zusammen. Er landete auf dem nassen und zerbröselten Teerboden des Innenhofs. Es folgte noch ein Tritt in den Rücken und einer in die Rippen. Als Darian wieder Luft bekam, heulte er auf vor Schmerz und bekam einen Hustenanfall.

Warum du auch nie dein verfluchtes Maul halten kannst!

Er stellte sich bereits auf weitere Liebkosungen ein, doch die blieben dankenswerterweise aus. Darian wagte es nicht, aufzustehen, geschweige denn hochzublicken oder irgendetwas zu sagen. Die abgetragenen roten Nikes vom Kapuzenkerl traten in sein Gesichtsfeld.

„Soll der Boss doch entscheiden, was mit dir wird, ist mir persönlich echt scheißegal. Aber du rückst noch die Kohle für den verkauften Stoff raus."

Ok, jetzt musste Darian doch etwas sagen: „Was? Ich hab euch euren Anteil gegeben. Den Rest hab ich doch verkauft! Meinen Anteil behalte ich!" Er sah auf und das war ein Fehler. Einer der roten Nikes traf ihn am Kinn und Darian sah nur noch explodierende Sterne. Ein metallischer Geschmack füllte seinen Mund. Benommen spuckte er auf die Straße. Dann packte ihn jemand unsanft am Kragen und zog ihn ein Stück weit hoch. Darian ließ es anstandslos geschehen.

„Ich will meine Kohle", bellte der Kapuzenkerl und besprühte Darian mit Speichel.

„Ich habs bereits ausgegeben", nuschelte Darian. Er erwartete für diese unbefriedigende Antwort einen weiteren Schlag, doch auch der blieb aus.

„Ich geb dir vierundzwanzig Stunden, du Wichser. Dann will ich meine Kröten. Wenn nicht, wirst du es bereuen, das kannst du mir glauben." Er wurde unerwartet losgelassen und prallte mit dem Hinterkopf schmerzhaft auf den Boden.

Darian blieb volle fünf Minuten reglos liegen, ehe er sich im Schneckentempo aufrappelte. Die Schmerzen feuerten und kreischten und dröhnten und pochten an dutzend Stellen gleichzeitig. Er fühlte sich wie der berühmte Porzellanladen, durch den der ebenso berühmte Elefant gepoltert war.

Hatte er etwas anderes erwartet? Prügel war das Mindeste, womit er gerechnet hatte. Aber das mit der Kohle ärgerte ihn. Er hatte es immerhin auf ehrliche Weise — wenn man im kriminellen Sektor überhaupt davon sprechen konnte — verdient. Und selbst wenn er das Geld zurückgeben wollte, so war es ihm gar nicht möglich. Er hatte es tatsächlich ausgegeben. Für die Miete, Lebensmittel und die neue Jacke, die nun dank seiner liebenswerten Freunde aussah wie von der Heilsarmee.

Er hatte keine Ahnung, wie er bis morgen so viel Schotter ansammeln sollte. Er beschloss, dass das ein Problem war, das bis morgen warten musste. Er brauchte jetzt dringend Schlaf. Schlaf. Schlaf. Schlaf.

Während Darian sich langsam und behutsam durch den Hof hinaus auf die Straße schleppte, vernahmen seine klingelnden Ohren ein leises Flüstern. Mitten auf der Straße blieb Darian stehen. Zwei Gäste, die eben aus dem Club kamen, den er nun seinen Ex-Arbeitsplatz nennen konnte, rempelten ihn an, was seine schmerzenden Körperteile fürchterlich aufheulen ließ. Er schloss die Augen, aber das verursachte nur Schwindel und Übelkeit.

„Komm zu mir.“

So schnell es sein pochender Schädel zuließ, drehte sich Darian zu allen Seiten und hielt Ausschau nach dem Besitzer der dunklen, ruhigen Stimme. Doch auf der Straße war niemand. Die beiden Clubbesucher waren bereits um die Ecke verschwunden, er konnte noch ihre trunkenen Stimmen vernehmen. Darian wartete und lauschte angestrengt. Bis auf die gedämpfte Elektromusik aus dem Club blieb es still. Er schlurfte nach Hause.

...

Verstand und Körper waren derart malträtiert, dass Darian in der Sekunde einschlief, in der sein Kopf das Kissen berührte. Es fühlte sich an, als wache er nur wenige Minuten später wieder auf, auch wenn in Wahrheit etliche Stunden verstrichen waren. Ihm war kalt. Nein, tatsächlich fror er so entsetzlich, dass seine Zähne klapperten. Er öffnete die Augen und registrierte sofort seinen Atem, der als grauer Nebel in die Luft ging. Irritiert setzte er sich auf und stöhnte lauthals, als sich seine gepeinigten Rippen meldeten. Doch der Schmerz war schnell vergessen, als Darians Aufmerksamkeit von etwas ganz anderem beansprucht wurde.

Er war sich ganz sicher, dass er keine Drogen zu sich genommen hatte — tatsächlich hatte er die kleinen weißen Pillen, die nach den bei Kindern beliebten fröhlichen Bären mit Herzen und Regenbögen auf dem Bauch benannt waren, noch nie selbst probiert —, auch hatte er keinen Alkohol getrunken. Er war nicht zugedröhnt. Er war wach. So hellwach, wie es nur irgend möglich war. Und doch sahen seine hellwachen und nicht zugedröhnten Augen, was es schier nicht geben konnte.

Da, an der Kante seines Bettes, keinen Meter von ihm entfernt, saß eine tiefschwarze Gestalt — lediglich eine konturlose Silhouette — und starrte ihn an. Die glühenden, roten Augen bohrten sich tief in sein Inneres. Darian konnte rein gar nichts tun, außer in vollkommener Regungslosigkeit das Atmen nicht zu vergessen.

Dieses über allen Maßen grauenvolle und bis ins Mark furchteinflößende Starduell hielt vielleicht zehn Sekunden an, ohne, dass irgendetwas geschah. Und dann flüsterte es:

„Komm zu mir.“

Darian erkannte die Stimme sofort. Er schnappte nach Luft und wollte schreien, doch dann war die Gestalt plötzlich verschwunden und der Schrei blieb ihm in der Kehle stecken. Mit der Erscheinung verschwand die schauderhafte Kälte und — wie ihm erst jetzt auffiel — eine erdrückende Düsternis, die sein Schlafzimmer eingenommen hatte. Draußen schien die Sonne und der Raum wirkte so lichtdurchflutet und freundlich, dass ihm das eben Erlebte vollkommen absurd erschien. Er musste wohl geträumt haben. Eine Art Wachtraum vielleicht. Jedenfalls hinterließ er ein schrecklich beklemmendes Gefühl.

Dasselbe Gefühl wie nach all den Albträumen zuvor innerhalb der letzten Wochen.

Sein Leben war ein einziges Fiasko. Eine Aneinanderreihung von Fehlschlägen und falschen Entscheidungen. Wie jene, neben seinem Studium Drogen zu verticken, um sich das WG-Zimmer und den Lebensunterhalt zu leisten. Vielleicht wäre das sogar gut gegangen, wenn er durch die idiotische Unachtsamkeit eines Freundes mit seiner Dealerware nicht erwischt worden wäre, um daraufhin hochkant von der Uni und dem Campusgelände zu fliegen.

Zu den Eltern war er nicht zurückgekrochen und DAS war definitiv eine GUTE Entscheidung gewesen. Keine zehn Pferde würden ihn jemals zurück in jene winzige Plattenbauabsteige im berühmt und berüchtigtsten Viertel der Stadt schleifen, das er einst zu Hause geschimpft hatte. Selbst einige frostige und überaus verstörende Nächte in einem verranzten Zelt unter einer Brücke am Stadtrand hatten ihn an seinem Entschluss nicht rütteln lassen.

Darian hatte große Lust, es einfach darauf ankommen zu lassen. Er war es so leid, von Scheiße zu Scheiße zu hetzen. Wann hatte das Leben mal etwas Gutes für ihn parat? Er musste es versäumt haben, sich dafür in irgendeinem Formular einzutragen. Das Glück war aus. Und aus die Maus.

Doch der nackte Überlebenstrieb, der allen atmenden und wachsenden Lebewesen eigen war, zwang Darian - unter Stöhnen und Ächzen zwar - sich aufzurappeln. Ein Blick auf die Uhr verriet ihm, dass seine Schicht im Supermarkt in zwei Stunden begann. Da sollte er lieber nicht zu spät kommen, denn dieser Job war nun das Einzige, was ihm möglicherweise jetzt noch den Arsch retten konnte. Wenn er vor dem Filialleiter zu Kreuze kroch, konnte er ihn vielleicht — und das war ein gewaltiges *Vielleicht* — zu einem Vorschuss überreden. Der reichte zwar nicht, um seine *Schulden* zu begleichen, würde aber hoffentlich die hitzigen Gemüter besänftigen und ihm noch etwas Zeit verschaffen. Das hatte er nun davon, sich mit zwielichtigen Hohlköpfen und Möchtegern-Mafiabossen anzulegen. Er hatte gewusst, dass diese Typen wie Hundescheiße an seinen Schuhsohlen kleben bleiben würden. Aber ja ... irgendwie hatte ihn all das Wissen auch nicht vor der Bredouille bewahrt.

...

„Scheiße, wie siehst du denn aus?", entfuhr es Eierkopf entsetzt, als dieser Darian zum Personaleingang hereinschneien sah. Natürlich hieß der Filialleiter nicht wirklich so, das war lediglich Darians heimlicher, aber liebevoller Kosename für den schmächtigen Mann mit glatt polierter Glatze.

Er zuckte mit den Schultern. „Bin auf Glatteis ausgerutscht. Hat scheiße wehgetan."

„Ja, das sieht man", meinte Eierkopf und beäugte das Kunstwerk des Kapuzenkerls mit ehrlichem Mitgefühl.

„Du, während wir grad so nett miteinander plaudern", fing Darian an und beeilte sich, seine Jacke gegen die Supermarkt-Uniform zu tauschen. „Ich hab einen ... naja, nennen wir es persönlichen Notfall. Meinst du, dass es möglich wäre ... unter gewissen Umständen ... ich weiß ja, dass das eigentlich nicht üblich ist-"

„Komm bitte auf den Punkt, Fink", meinte Eierkopf. „Die Marmeladengläser da in den Kisten räumen sich nicht von selbst ins Regal."

Darian kratzte sich am Kopf und beschloss, die Katze aus dem Sack zu lassen. „Ich bräuchte dringend einen Vorschuss." Er versuchte, besonders mitleiderregend auszusehen. „Man könnte sagen ...es geht um Leben und Tod", fügte er hinzu und lachte innerlich bitter darüber. Eierkopf beäugte ihn kritisch. In seinem Oberstübchen voller Eigelb wurde ein glibriger Pingpong hin und her geschlagen.

„Schon wieder?"

„Diesmal dringender als beim letzten Mal, fürchte ich ..."

„Und beim dritten Mal so dringend wie noch nie, nicht wahr?"

Darian versuchte es mit einem Unschuldslächeln, doch das zog beim Eierkopf nicht. Wenn dieser zu lange überlegte, riskierte Darian ein Nein und das konnte er wirklich nicht zulassen. Was gäbe er jetzt nur für einen Knackarsch in einer viel zu engen Hose und einem hübschen Pärchen wohlgeformter Brüste in einem ebenso engen Oberteil. Die Frauen wussten doch gar nicht, wie einfach sie es manchmal hatten.

„Komm schon, Boss! Ich übernehme von mir aus auch alle Wochenenden nächsten Monat und schrei als erster Freiwilliger bei der nächsten Inventur. Versprochen!"

„Das klingt schon besser", meinte Eierkopf zufrieden. „Von mir aus. Komm nach Schichtende in mein Büro."

„Danke, Boss!" Darian schickte ein Amen an die Engel an der Decke der Lagerhalle.

Etwas besserer Laune belud er einen Rollwagen mit Waren und ging zuversichtlich seiner Arbeit nach. Seine Schicht verlief so ereignislos und langweilig wie immer. Es galt noch dreißig Minuten totzuschlagen. Darian schlenderte durch die

Regale und zog hier und dort Dosen, Päckchen und Verpackungen aus den hinteren Reihen nach vorn, sortierte abgelaufene Artikel aus dem Sortiment und warf sie in den Einkaufswagen, den er vor sich herschob.

„Entschuldigen Sie, bitte, könnten Sie mir helfen, junger Mann", kam es hinter seinem Rücken. Darian drehte sich um und blickte in das Antlitz einer freundlichen alten Dame, die dem Magazin-Cover *Die herzallerliebste Bilderbuch-Oma* entsprungen sein könnte. Darian hatte nie eine Großmutter gehabt, doch genau so hatte er sich schon immer eine vorgestellt: etwas rundlich — weil kann gut backen und kochen —, die obligatorischen Blümchenkleider und selbst gestrickten Baumwolljäckchen und immer dazu aufgelegt, einem zwar liebevoll, aber dennoch schmerzhaft in die Wange zu kneifen. Darian kannte Frau Hellrich schon eine ganze Weile, denn die Dame kaufte beinahe täglich hier ein und hatte ihn zu ihrem Lieblingsmitarbeiter auserkoren. Wenn er an der Kasse saß und ihre Einkäufe abkassierte, steckte sie ihm gerne einen Fünfer oder eine Tafel Schokolade zu. Einmal hätte ihr Darian beinahe aus Reflex ein Tütchen *Glücksbärchis* im Austausch zu dem Schein ausgehändigt.

Doch als die hochbetagte Dame heute sein entstelltes Gesicht erblickte, bekam sie beinahe einen Herzinfarkt. „Was ist denn mit dir passiert, Kindchen?"

„Ach, das", meinte Darian und fasste sich behutsam an sein zerschlagenes Kinn. „Sie sollten mal den anderen Kerl sehen!" Er zwinkerte ihr zu. „Wie geht es heute meiner Lieblingskundin?"

Frau Hellrich winkte freudestrahlend ab. „Ach, alles beim Alten! Ich kann nicht klagen, wenn ich an Frau Ulrich aus 2E denke! Die Ärmste hatte einen schweren Arbeitsunfall letzte Woche, du meine Güte! Sie hatte doch allen Ernstes ..." Die großmütterliche Kundin quasselte in einem fort und berichtete das Neueste von ihren Nachbarn, dem ausländischen Postboten und der unverschämten Metzgerin, von der sie eben bedient worden war. Darian schaltete auf Durchzug, nickte hier und da interessiert oder machte vor Staunen große Augen. Er mochte die alte Dame gern, aber ihren heiß geliebten Klatsch konnte er beim besten Willen nicht abhaben. Er tat sich das nur an, weil er sie nicht vor den Kopf stoßen wollte. Und natürlich, weil er nichts gegen gratis Schokolade und Extrascheinchen hatte.

„... jedenfalls koche ich einfach ein bisschen mehr und stelle es vor ihre Tür, dann bekommt sie wenigstens etwas Gescheites in den Magen. Ein kleines Dankeschön für all die Male, die sie mir immer die Einkäufe hoch schleppt. Wirklich ein nettes Mädchen, diese Josephine. Du würdest sie mögen, sage ich dir! Ihr seid sogar im selben Alter, wenn ich raten müsste ...“

„Sie sind einfach durch und durch eine Wohltäterin, Frau Hellrich! Ich würde auch liebend gerne weiter mit Ihnen plaudern, aber ...“, versuchte Darian den Monolog der Kundin zu beenden und zu signalisieren, dass er noch zu tun hatte, indem er seinen Wagen Richtung Lager manövrierte.

„Ach was, nein, das mach ich doch gern!“, meinte sie und machte Anstalten, ihm zu folgen. Stattdessen blieb sie stehen und rief entsetzt: „Jetzt hätte ich fast vergessen, zu fragen, wo ihr denn eigentlich die saure Sahne stehen habt?“

„Gang drei, gleich neben den Eiern.“

„Ich danke dir, Kindchen!“

„Kein Ding!“

Sie kehrten einander den Rücken und Darian seufzte leise, aber nicht minder erleichtert auf. Vielleicht war es ja doch nicht so tragisch, keine Großmutter zu haben.

Er war beinahe schon im Lager verschwunden, als er Frau Hellrichs laute Stimme durch den Gang trällern hörte: „Einen Moment noch, junger Mann!“

Er verdrehte die Augen, wandte sich jedoch freundlich lächelnd um.

Was er lieber nicht getan hätte.

Darian bekam einen so gewaltigen Schrecken, dass er rücklings in einen Aufsteller mit Energy Drinks stürzte. Viele der Dosen krachten laut polternd zu Boden, eine platzte auf und versprühte ihr zuckersüßes Gift im ganzen Gang. Drei volle Sekunden lag Darian wie gelähmt inmitten der Dosen, die sich ihm unbequem in den Rücken bohrten und starrte in das Gesicht, das vor wenigen Atemzügen noch ganz sicher Frau Hellrichs gewesen war. Nun war es gesichtslos. Dunkel wie die schwärzeste Nacht — mit Augen wie glühende Kohlen.

Wie in seinem Wachtraum heute Morgen. Genau so.

Aus einem Mund, der in den Schatten nur zu erahnen war, kam jenes Flüstern, das Darian ebenso bekannt war: *„Komm zu mir ...“*

So schnell wie irgend möglich, rappelte er sich auf. Dabei rutschte er auf dem verschütteten Energydrink aus und landete hart auf Händen und Knien.

„Ich warte auf dich“, versicherte die leise, dunkle Stimme, während Darian panisch versuchte, auf die Beine zu kommen. Als es ihm endlich gelang, hetzte er ins Lager, durch die Reihen mit Kisten und Paletten hindurch und unter ein Rolltor hinaus auf die Straße. Einen Straßenblock weiter blieb er schweratmend stehen und stemmte die Hände in die Knie.

Das war nicht echt, Mann! Nie und nimmer ist das eben wirklich passiert!

Verdammte Scheiße, was war nur los mit ihm?!

Vielleicht hatte der Tritt gegen seinen Kopf gestern irgendetwas kaputt gemacht — so zumindest sein erster tröstender Gedanke —, doch eigentlich war ihm klar, dass das nicht stimmte. Seine Träume hatten schon lange vor der Prügel begonnen und nun — just in diesem Moment — erinnerte er sich an sie. An sie alle.

Diese dunkle Gestalt ... sie hatte ihnen allen beigewohnt.

Doch Albträume waren das eine ... Halluzinationen das andere. Drehte er allmählich durch, weil er momentan so unter Stress stand? Möglich war schließlich alles.

Während er ohne Jacke und in seiner Supermarkt-Uniform mitten im tiefsten Winter auf dem Gehsteig stand und über seinen Geisteszustand sinnierte, machten die vorbeigehenden Passanten einen großen Bogen um ihn. Darian räusperte sich, richtete sich wieder auf und strich sich mit einer Hand die blonden Locken aus der Stirn. Gerade als er den Entschluss gefasst hatte, wieder zurückzukehren und sich der Situation zu stellen - die sich gewiss aufgelöst hatte - wurde er unsanft von der Seite angerempelt. Er wollte schon einen unfreundlichen Fluch aussprechen, als er seinen Peiniger erkannte.

Der Kapuzentyp. Und der dürre Lulatsch. Beim Anblick der beiden meldeten sich seine schmerzenden Rippen und Eingeweide zu Wort.

„Ach, was für ein Zufall", meinte der Kapuzentyp und starrte ihn gewohnt bösartig an. „Ich hoffe, du denkst an meine Kohle heute Abend", zischte er ihm zu und musterte selbstzufrieden Darians malträtiertes Kinn.

„Was das angeht ..." Darian setzte eine Unschuldsmiene auf. Er dachte an die Dosen, die er zu Fall gebracht hatte, und daran, dass er wie ein Irrer aus dem Laden geflohen war. Würde sich Eierkopf dennoch an ihre Abmachung halten und ihm den versprochenen Vorschuss gewähren? Darian hatte so seine Zweifel.

„Komm mir jetzt nicht mit irgendwelchen beschissenen Ausreden, du Wichser", spuckte ihm Kapuzenkerl ins Gesicht und bohrte ihm einen Zeigefinger in die Brust. Darian bemühte sich, seine Klappe zu halten — was ihm wirklich, wirklich, *wirklich* außerordentlich schwer fiel.

Doch sein Drang, sich tiefer in die Scheiße zu reiten, wurde durch eine erneute Schockwelle gezügelt. Es durchfuhr ihn eiskalt bis in die Zehenspitzen, als er zufällig einen Blick in das Schaufenster warf, vor dem sie alle drei standen.

Die gegenüberliegende Straßenseite spiegelte sich im dunklen Fenster des leer stehenden Gewerberaums. In der Spiegelung waren die vorbeifahrenden Autos zu sehen, die Passanten, die Häuser auf der anderen Seite.

Und die reglose, stille Silhouette einer großen schwarzen Gestalt mit glühenden, roten Augen.

Darian konnte es einfach nicht fassen.

Er verlor hier und jetzt seinen Verstand.

Der Schatten war ein Stückchen nähergekommen. Darian hatte nicht gesehen, dass er sich bewegt hatte und doch stand die Gestalt nun mitten auf der Fahrbahn. Zwei Autos fuhren einfach durch sie hindurch. Panisch drehte sich Darian zur Straße und stellte erleichtert fest, dass dort keine gruselige Schattengestalt mit blutroten Augen stand.

„Hörst du mir eigentlich zu, Arschloch?!"

Darian wandte sich erneut dem Kapuzenkerl zu, dabei fiel sein Blick erneut auf das dunkle Schaufenster.

Das stumme Wesen stand direkt vor ihm. Darian stolperte rücklings vom Gehweg herunter und wäre beinahe in ein vorbeifahrendes Auto gelaufen, das jedoch laut hupend und mit quietschenden Reifen ausweichen konnte.

Er vergaß alles um sich herum. Den Kapuzenkerl, den Lulatsch, den Eierkopf. Er rannte einfach los. Es galt, so viel Abstand wie nur möglich, zwischen sich und der schaurigen Gestalt zu bringen. Am Rande verbuchte sein in vollkommene Hysterie geratener Verstand, dass er vom Kapuzentyp und dem Lulatsch verfolgt wurde.

„Bleib stehen, du Wichser!"

Einen Scheiß werde ich tun!

„Komm zu mir!", flüsterte es direkt an seinem linken Ohr.

„Du bist sowas von tot!"

„Ich warte auf dich ..."

Fickt euch doch alle!

Darian schlitterte um eine Hausecke und floh in einen Hinterhof, dann weiter durch einen Torbogen in eine Gasse. Ihm rutschte das Herz in die Hose, als er die großen Müllcontainer erblickte, die ihm den Weg versperrten. Eine Sackgasse. Endstation, mein Lieber.

Schwer atmend drehte er sich um. Vom Schatten nirgends eine Spur. Dafür erschienen Kapuzentyp und Lulatsch im Torbogen. Als sie seine ausweglose Lage bemerkten, drosselten sie ihre Schritte. Der Kapuzenkerl spuckte auf den Boden. Seine finstere Miene erhellte sich im Angesicht der aktuellen Situation.

„Wolltest dich wohl einfach verpissen, was?", zischte er wie eine Schlange, die ihr Opfer vor dem Todesstoß noch ein wenig drangsalieren wollte. „Ich nehme mal an, du hattest nie vor, mit der Kohle rauszurücken, du Wichser." Darian ahnte, dass er an dieser Mutmaßung nichts mehr ändern konnte, ganz gleich, was er jetzt noch sagte.

Am besten, du hältst einfach dein dummes Maul.

„Ich dachte, ich hätte bis heute Abend Zeit?", sprudelte es doch aus ihm heraus. „Ich krieg das Geld schon noch zusammen. Vielleicht nicht alles auf einmal, aber ich bin zuversichtlich, dass-"

„Ach, halt doch einfach mal die Fresse!" Der Kapuzenkerl kam mit einer Geschwindigkeit auf ihn zu, die er ihm nicht zugetraut hätte. Darian konnte nichts dagegen ausrichten, dass ihm eine Faust den rechten Wangenknochen zertrümmerte. Stöhnend landete er in einer Pfütze und wälzte sich zum zweiten Mal innerhalb von weniger als vierundzwanzig Stunden auf dem Boden. Schützend hielt er sich die Arme vors Gesicht. Ungezählte Tritte in Rücken und Bauch ließen ihn hin und her rollen. Zwischen seinen dumpfen Japsern blickte er durch den Spalt seiner Arme hinauf und entdeckte im Hintergrund — genau unter dem Torbogen — den Schattenmann. Reglos stand dieser da und beobachtete aus glühenden Augen die Szene, die sich ihm darbot.

„Ich bin bei dir", flüsterte er mit dieser dunklen, leisen Stimme, die in Anbetracht der Zustände tröstend klang.

Der Schattenmann kam langsam näher, ohne dass man seine Schritte bemerkte. Eine schwere Finsternis überflutete die Gasse. Wie ein Himmel, der sich unter plötzlich heraufgezogenen Gewitterwolken verdunkelte. Darian hatte keine Zeit, sich darüber Gedanken zu machen, denn in diesem Moment forderte der Kapuzenkerl, der sich zu ihm herabgebeugt hatte, seine vollkommene Aufmerksamkeit.

„Gute Nacht, du Wichser", spie ihm dieser ins Gesicht. Dann verpasste er Darian einen Tritt gegen den Schädel, der alle Lichter ausknipste.

Gute Nacht.

15. Eintrag

Liebes Tagebuch,
ich habe das Gefühl, beinahe zu platzen! So viel Glück
ist mein Brustkorb nicht gewöhnt, es droht mich von
innen zu zerreißen. Meine Mundwinkel sind praktisch
bis zu den Augen hochgezogen, während ich diese Zei-
len schreibe. Aber jetzt will ich dich nicht länger auf die
Folter spannen, liebes Tagebuch: Ferdi hat mich gefragt,
ob ich seine Frau werden will.

Und ich hab Ja gesagt.

Keinen Moment habe ich gezögert. Ich muss geste-
hen, dass ich das jedoch nicht erwartet habe. Aber ich
bin glücklich damit, wie unser Leben aussieht. Dass
ich mich nun bald Frau Koenigs nennen kann, schmeckt
wie die Kirsche auf dem Sahneberg einer herrlichen
Schwarzwälder Kirschtorte.

16. Eintrag

Liebes Tagebuch,
ist es nicht komisch, wie unerwartete Ereignisse zu
weiteren unerwarteten Ereignissen führen?
Es gibt Themen in meinem Leben, die für mich nie
eine nennenswerte Rolle gespielt haben. Heiraten war
eines davon. Doch nun bin ich seit einer Woche Frau
Professor Koenigs und stolz, diesen Namen tragen zu
dürfen. Stolz, würdig zu sein. Jetzt ist es wichtig für
mich geworden.
Nun drängt sich plötzlich ein ganz neuer Gedanke in
die Synapsen meiner Nervenbahnen.

Zum ersten Mal blitzte diese eigensinnige Idee am Tag unserer Abreise aus jener Pension in den Bergen, in denen wir unsere Flitterwochen verbrachten, auf. Nichtsahnend hievte ich meine Reisetasche in den Kofferraum unseres Mietwagens und schloss den Deckel, als mein Blick auf eine kleine Menschengruppe auf der anderen Straßenseite gelenkt wurde. Dort befand sich ein kleines Restaurant mit großen Schaufenstern. Der Innenraum war hell beleuchtet. Zwei Kinder besetzten die Fensterplätze, naschten genüsslich an riesenhaften Waffeln, belegt mit einem Berg aus Obst, Sahne und bunten Streuseln. Die Eltern saßen daneben, unterhielten sich angeregt. Eines der Kinder biss in den Sahneberg und erfreute sich eines unfreiwilligen Bartwuchses im halben Gesicht, was die ganze Familie zum Lachen brachte. Ich weiß nicht, ob ich ihr Lachen tatsächlich durch das Fensterglas hörte oder ich mir es lediglich einbildete. Doch ob echt oder nicht - eine wohlige Wärme breitete sich im Zentrum meines Herzens aus. Und gleichzeitig erfasste mich eine tiefgreifende Sehnsucht.

Ich wollte Teil dieses Glücks sein.

Eine Art von Glück, die mir mein Leben lang verwehrt geblieben war.

Ferdi und ich hatten nie über Kinder gesprochen. Eigenartig, oder nicht? War das nicht ein Thema, das selbstverständlich im Laufe einer Beziehung aufkommt? Für mich hatten Kinder bisher nie zur Debatte gestanden. Ich weiß nicht, ob mich Ferdi in diesem Augenblick der Erkenntnis beobachtete oder nicht. Doch als ich mich unerwartet zu ihm drehte, sah ich in ein Gesicht, aus dem eine unbekannte Sorge sprach. Ich fragte ihn, was er gerade dachte. Er zuckte nur mit den Schultern und antwortete, dass er hoffe, dass wir auf dem Rückweg in keinen Stau gerieten.

KAPITEL sieben

Das Schattenreich ... Gegenwart ...

Jemand

Stille füllte ihre Ohren. So laut und eindringlich, dass jene selbst zu dröhnen und summen begann. Das rhythmische Pochen ihres Herzens drang zu ihr durch. Auch das Rauschen ihres Blutes durch die kilometerlangen Bahnen ihres Körpers.

Sie öffnete die Augen, blinzelte, und starrte in einen düsteren Himmel. Ungezählte Minuten lag sie da — die Zeit schien ihr nicht greifbar —, während ihre Augen das zähe Weiterziehen der Wolken beobachteten.

Goldener Staub glitzerte in der Luft.

Sie erinnerte sich daran, dass sie einen Körper besaß. Arme, Beine, die man bewegen konnte. Sie hob eine Hand und versuchte, den goldenen Staub zu berühren, doch der Luftzug ihrer Bewegung wirbelte die schimmernden Körnchen auf. Eine Weile betrachtete sie dieses Funkeln, das sie faszinierte.

Quälend langsam setzte sie sich auf. Sie befand sich auf einer staubigen Straße. Der Asphalt war bröckelig und reich an Schlaglöchern. Verkümmertes Unkraut wuchs aus den Rissen. Hohe Gebäude säumten die Straße. Zerschlagene Schaufenster und milchige Scheiben gähnten sie an. Einzelne Glassplitter hingen wie Fetzen an den Rahmen und erweckten den Eindruck von Mäulern mit scharfen Zähnen. Spinnweben und welke Kletterpflanzen versuchten, ihr Antlitz zu verbergen. Die Fassaden waren runtergekommen und schäbig, in eine breite Palette von Schwarz- und Grautönen getaucht.

Zersplitterte Ziegelsteine, wuchernde Pilze und Flechten zierten die Dächer. Vereinzelt standen Autos am Straßenrand - verrostet, die Reifen platt und nutzlos.

Sie rappelte sich auf und zog ihre Jacke enger um die Schultern. Es war so kalt. Sie tat einen vorsichtigen Schritt und stieß mit dem Schuh gegen etwas. Ein Rucksack. Wie selbstverständlich schulterte sie ihn und schlenderte die Fahrbahn entlang. Diese Welt war so voller Schweigen, dass sie es kaum wagte, selbst Geräusche zu verursachen.

Hier gab es keinen Platz für Freude oder das Geräusch eines Lachens. Keinen Platz für Licht oder die Wärme eines Sonnenstrahls. Es existierte kein Volgelgezwitscher, geschweige denn der Laut einer menschlichen Stimme. Kein Glück, geschweige denn der Hauch einer Hoffnung.

Diese Welt war tot.

Und sie war vollkommen allein in dieser Welt.

…

Sie wusste nicht, wie lange sie der Straße schon folgte, denn die Uhren dieser Welt schienen nach eigenen Regeln zu spielen. Es musste jedoch eine beachtliche Weile sein, denn ihre Füße schmerzten. Tatsächlich begrüßte sie den Schmerz, denn er drängte für den Augenblick die Düsternis beiseite, die begonnen hatte, ihr Herz zu befallen. Schmerz musste etwas Gutes sein, denn wo Schmerz war, war noch Leben.

Sie fühlte ihre Beine und Arme, ihre Finger und Zehen. Sie spürte ihr Herz, das tüchtig Blut durch ihre Adern pumpte, spürte ihre Eingeweide, die seufzten und rumorten. Sie hörte ihren Magen knurren. Sie blieb stehen. Sie hatte ... Hunger? Da fiel ihr der Rucksack ein. Sie stellte ihn ab und begann in seinem Inneren zu wühlen. Da waren lauter Dinge, die sie nicht zuordnen konnte. Ein Geldbeutel, ein Buch, eine Packung Taschentücher, ein Schlüsselbund, und ein zerknautschter Müsliriegel! Sie empfand etwas, das an Freude erinnerte. Sie riss die Verpackung auf. Das Gefühl zerbröselte gleich der trockenen Masse, die zu Boden fiel und sich in Staub auflöste.

Hoffnungslos und mit einer Trauer im Herzen, als wäre jemand von ihr gegangen, setzte sie ihren einsamen Marsch fort.

Sie gelangte in einen Teil der Stadt, der ihr vage bekannt vorkam. Auch hier war alles runtergekommen und voller Schutt. Sie blieb stehen und blickte hinauf in den trostlosen Himmel. Die Sonne fand sie nicht. Das eigenartige Licht dieser Welt hatte sich kaum verändert. Es war nicht richtig dunkel, auch nicht wirklich hell. Ein immerwährender Zustand des Zwielichts. Doch wieso funkelte der goldene Staub, der vereinzelt durch die Lüfte schwebte? Es wirkte, als breche sich das Licht einer untergehenden Sonne darin. Während sie reglos verharrte, schwebten drei der Körnchen an ihrem Gesicht vorbei. Wenn man ganz genau hinsah, bekam man den Eindruck, dass sie von innen heraus leuchteten. Das goldene Licht pulsierte, als wäre es etwas Lebendiges.

Ein plötzlicher Reiz forderte ihre Aufmerksamkeit - eine Bewegung ein ganzes Stück weiter die Straße herauf. Etwas Großes und Helles verschwand hinter einer Hausecke. Sollte sie rufen? Ihr Instinkt riet ihr, sich weiterhin still zu verhalten. Auf leisen Sohlen trabte sie die Straße herauf und hielt sich an die Häuserfront zu ihrer Linken. Hinter der nächsten Ecke, wo die Straße in eine Kreuzung überging, blieb sie stehen und spähte um die Hauswand herum. Und da entdeckte sie es erneut. Etwa zwanzig Meter von ihr entfernt schwebte ein weißer Schatten eine Handbreit über dem Boden. Auch dieser schien aus sich selbst heraus schwach zu leuchten. Der Schatten war konturlos, doch seine Form erinnerte an eine dünne, menschliche Gestalt. War das ein Geist? Er verschwand durch die offen stehende Haustür eines Altbaus. Daneben thronte eine von Moos überwucherte Leuchtreklame in Form einer gigantischen Brille über einem zerbrochenen Schaufenster — das verwaiste Geschäft eines Optikers.

Sollte sie der Erscheinung folgen? Was, wenn der weiße Schatten gefährlich war?

Ein markerschütterndes Heulen durchdrang das Schweigen und hallte zwischen den zerfallenen Wänden wieder. Erschrocken wirbelte sie herum, doch konnte sie nicht lokalisieren, woher der unheimliche Laut gekommen war. Es ertönte erneut und sie zuckte zusammen. Es klang nicht wie das klassische Wolfsgeheul um Mitternacht, dafür war es zu ... zu *menschlich*. Das Geräusch ging in ein klagendes Wimmern über. Es zu hören schien ihr rasendes Herz in eine Schraubzwinge zu quetschen. Es war kaum zu ertragen und sie musste sich die Ohren zuhalten. Sie kauerte sich an Ort und Stelle zusammen und hatte das dringende Bedürfnis zu weinen, gar hemmungslos zu schluchzen. Der nächste Klagelaut kam aus erschreckender Nähe. Ehe sie entscheiden konnte, in welche Richtung sie fliehen sollte, erstarrte sie im Angesicht der Szene, die sich ihr in diesem Augenblick bot.

Ein Rudel dunkler Gestalten — die meisten von ihnen auf allen Vieren — trottete über die Kreuzung in jene Richtung, in welche der weiße Schatten verschwunden war. Sie wusste nicht, wie sie die Kreaturen, die ihr eine Heidenangst einflößten, überhaupt beschreiben sollte. Jede sah ein wenig anders aus, doch waren sie allesamt dürr, haarlos, deformiert und schwarz wie die Nacht. Sie wirkten wie eine missglückte Mutation zwischen Mensch und Tier. Einige von ihnen waren mehr humanoid, vor allem jene, die sich auf zwei Beinen fortbewegten. Doch sie alle stießen diese fürchterlichen Laute aus, dass sich einem die Nackenhaare sträubten. Und als wäre dies nicht schon grässlich genug, krönten ihre gesichtslosen Köpfe die Schauerlichkeit: Lediglich ein lippenloser Schlund zerteilte ihre Fratzen.

Hatte sie jemals etwas so gleichwohl Widerliches als auch Schauderhaftes gesehen? Als hätten die Angst und die Hässlichkeit ein Kind gezeugt.

Sie presste sich an die Wand in ihrem Rücken — da bröselte ein Stück poröse Mauer herab. Schrecklich laut fiel es zu Boden. Als hätte jemand den Ton abgestellt, verstummten die scheußlichen Laute der Kreaturen. Abrupt blieben sie stehen. All ihre gesichtslosen Köpfe wandten sich in einer beängstigenden Synchronität in ihre Richtung.

Ohne, dass sie es wollte, schlitterten ihre Füße rücklings an der Mauer entlang. Das Rudel setzte sich in Bewegung.

Was sollte sie bloß tun?! Wo sollte sie bloß hin?!

Sie stolperte und plumpste schmerzhaft auf ihr Hinterteil, woraufhin ein kurzer Schrei der Überraschung ihren Lippen entwich.

Das genügte.

Ihr Schrei ließ die Kreaturen allesamt aufkreischen. Sie stürzten auf sie zu. Trabend, humpelnd, rennend, hüpfend, galoppierend. Eine von ihnen breitete fledermausähnliche Flügel aus und schoss in die Lüfte hinauf.

Ich werde STERBEN!

Die beflügelte Hässlichkeit stürzte raubvogelartig und laut kreischend auf sie herab. Ihr blieb nichts anderes übrig, als schreiend auf den Tod zu warten — als sich plötzlich jemand zwischen sie und dem Schatten am Himmel drängte. Ein mit Nägeln bestückter Baseballschläger zerteilte die Luft und zertrümmerte noch im Anflug den Schädel der Kreatur. Ihr Kampfruf endete abrupt. Ihr Körper krachte auf den Asphalt und zersprang in eine goldene Wolke. Mit aufgerissenen Augen erkannte sie darin den schimmernden Staub, der sich in der Luft verteilte. Der Mann — ihr Retter war eindeutig und den Göttern sei Dank ein Mensch — beeilte sich, Abstand zwischen sich und der Wolke zu gewinnen. Denn der Rest des Rudels stürzte sich auf die goldenen Körnchen gleich eines Schwarms Piranhas. Der Tumult, den sie dabei verursachten, schmerzte in den Ohren.

Der Mann reichte ihr eine Hand. „Schnell, wir müssen hier verschwinden!"

Sie ergriff die Hand, die sie kräftig auf die Beine zog, und folgte ihm. Er führte sie in eine schmale Seitenstraße, durch einen Innenhof, in dessen Mitte ein von dunklem Efeu überwucherter und zersprungener Brunnen stand und schließlich durch ein offenes, bodentiefes Fenster in ein Gebäude hinein. Sie erklommen eine zerklüftete Marmortreppe und schlüpften durch eine Tür. Der Mann verriegelte sie mit einer verrosteten Türkette. Schwer atmend tappten sie über die verschimmelten Läufer, die den Flur zierten, und fanden sich in einem Raum wieder, der einst ein sehr behagliches und stattlich eingerichtetes Wohnzimmer gewesen sein musste. Die zum größten Teil verrotteten Holzmöbel wirkten antik und teuer, genauso wie die marmorne Kaminumrandung, auf deren Sims eine von grauem Moos verschlungene griechische Büste thronte.

Während sich ihr Retter am Kamin zu schaffen machte, setzte sie sich auf einen mit Blumenranken bestickten Polstersessel, der zwar staubig und fleckig, aber ansonsten von Schimmel und Moos verschont geblieben war. Jetzt, da sie sich allmählich beruhigte, bemerkte sie, wie erschöpft sie war. Ihr war nach Weinen zumute. Die Traurigkeit, die sich in ihrem Herzen festgesetzt hatte, nagte mit scharfen Zähnen an ihr.

Es begann leise zu knistern und der wunderbar warm anmutende Schein eines Feuers drängte die Finsternis in die Ecken. Der Mann wärmte sich die Hände an den Flammen, dann kam er zu ihr. Er ging in die Hocke und zog sich die Mütze vom Kopf, woraufhin verstrubbelte, blonde Locken sein Gesicht umrandeten. Er war noch recht jung, Mitte zwanzig vielleicht, doch sein aschgraues Gesicht, die stoppeligen Wangen und die dunkelvioletten Ringe unter seinen Augen ließen ihn viel älter erscheinen. Das Lächeln, das seine Lippen umspielte, war freundlich.

„Du hattest ein scheiß Glück, dass ich in der Nähe war", sagte er.

Sie nickte. „Ja, ohne dich wäre ich jetzt wohl Hackfleisch ... Danke." Sie wollte lächeln, doch sie war so müde, dass sie das kaum zustande brachte.

Der Fremde musterte sie besorgt. „Du siehst ganz schön erledigt aus. Wie lange bist du schon hier?"

Sie dachte über seine Frage nach, doch sie konnte lediglich mit den Schultern zucken. Stunden? Tage? Sie konnte es beim besten Willen nicht beantworten.

„Du brauchst dringend eine Oase", meinte er. „Doch wir müssen warten, bis die Verlorenen weitergezogen sind. Fürs Erste sollte dich das Feuer ein wenig aufputschen. Komm ein wenig näher heran." Er reichte ihr eine Hand und half ihr erneut auf die Beine. Zusammen setzten sie sich ans Feuer. Und tatsächlich fühlte sie sich nach wenigen Augenblicken bereits ein wenig besser.

„Ich bin übrigens Darian", stellte er sich vor und beäugte sie neugierig.

Sie öffnete die Lippen, doch ihre Antwort blieb ihr im Hals stecken. Verwirrt starrte sie ihren Gegenüber an.

Darian lächelte matt. „Schon gut, du wirst dich wieder erinnern. So ist es uns allen ergangen."

„Euch allen?", fragte sie, als sie ihre Stimme wiederfand. „Es gibt hier noch mehr Menschen?"

Darian nickte. „Wir waren mal zu fünft." Eine düstere Erinnerung durchzuckte sein Gesicht. „Jetzt sind wir nur noch zu dritt, doch ich hab die andern vor ein paar Tagen verloren. Wir wurden getrennt, als uns eine Bande dieser Schönheiten - du durftest sie eben kennenlernen - überraschte. Ich verschanz mich seither hier in dieser Wohnung und versuch, die anderen wiederzufinden.“

„Wo sind wir hier überhaupt?“ Erst jetzt wurde ihr bewusst, dass sie rein gar nichts über sich oder diese Welt wusste. Sie ahnte lediglich, dass dies nicht normal sein konnte. Mit dieser Welt stimmte etwas nicht. Sie war kalt und tot und alles andere als *natürlich*.

„Das wüsste ich auch gerne“, meinte Darian achselzuckend. „Nenn es die Hölle, den Weltuntergang, Armageddon oder sonst etwas. Stephen jedoch hat eine ganz besondere Theorie über diesen Ort hier, aber die kann er dir persönlich erläutern, wenn wir ihn finden. Das heißt natürlich, wenn du mitkommen willst.“

Sie beeilte sich, zu nicken. Um nichts auf der Welt würde sie alleine weiterziehen. Wo andere Menschen waren, musste es auch Hoffnung geben. Und was auch immer dieser Ort war, er war jedenfalls der Inbegriff der Hoffnungslosigkeit.

„Und wie lange bist *du* schon hier?“

Er zuckte mit den Schultern. „Wie du vielleicht bemerkt hast, laufen die Uhren hier irgendwie anders. Vielleicht liegt das auch daran, dass es nie Nacht wird ... oder richtig Tag. Alles läuft ineinander. Das macht dich total mürbe, sag ich dir.“

Ein Schatten legte sich über sein Gesicht. Sie spürte, wie der schwarze Fleck hinter ihrer Brust, den sie seit Erwachen in dieser Welt spürte, anschwoll.

„Aber es muss schon eine ganze Weile sein ...“, fuhr er fort und starrte in die Flammen. „Mein altes Leben scheint mir bereits so fremd, dass es mir wie ein Traum vorkommt. Wenn damals auch bei Weitem nicht alles rosig war ... will ich verdammt nochmal zurück.“

Sie starrte ihn an und flüsterte: „Ist das möglich? Kann man wieder zurück?“ Auch wenn sie sich nicht an sich selbst oder ihr Leben erinnern konnte, so konnte sie sich sehr wohl an die Welt erinnern, wie sie einst gewesen war. Bevölkert mit Menschen, Häusern, Autos, Jobs, Familie, Freunden ...

Leben. Mit Sonnenschein, Wärme, Lachen, Glück, Freude. Hier schien nichts davon zu existieren.

Darian lachte gequält auf. „Auch dazu hat Stephen eine Theorie." Statt diese zu erläutern, verstummte er. Sie wagte es nicht, noch mal zu fragen.

Die jüngsten Ereignisse hatten sie derart unter Schock gesetzt, dass sie erst jetzt bewusst zu ihr durchdrangen.

„Was waren das für Monster?", brach sie das Schweigen, das sich für Minuten ausgebreitet hatte. Darian sah sie an. Ihr fiel auf, dass er grüne Augen hatte. Alles an diesem Ort war trist und farblos, doch nicht seine Augen. Sie starrte einen Moment zu lange hinein und sah rasch wieder weg, spürte, wie ihre Wangen heiß wurden.

Nimm dich in Acht, schoss es ihr durch den Kopf. *Er hat dich zwar gerettet und in Sicherheit gebracht, was jedoch nicht ausschließt, dass er selbst gefährlich sein könnte.*

„Endlich eine Frage, die ich beantworten kann", meinte er. „Wir nennen sie *Verlorene* oder auch Schattenwesen. Auch wieder so ein Einfall von Stephen. Jedenfalls sind sie das, was aus uns wird, wenn wir keine Oasen mehr finden. Dann verwandeln wir uns nach und nach in diese scheiß Dinger. Wir verlieren unsere Menschlichkeit und ich schätze, dann ist es für immer aus."

Die Angst drohte sie zu überwältigen. „Was? Wir verwandeln uns in diese ... diese Monster? Wie soll das gehen?!"

Darian zuckte mit den Schultern. „Dieser ganze beschissene Ort dürfte doch eigentlich gar nicht existieren, oder? Aber er tut es. Die Verlorenen tun es. Und das ist bei Weitem nicht alles."

„Was noch?", wollte sie wissen, doch ihre Frage war lediglich ein heiseres Flüstern. Darian antwortete nicht. In seinen grünen, lebendigen Augen spiegelte sich eine Traurigkeit von unendlicher Tiefe. Zu tief, als dass sie ein Mensch allein ertragen könnte.

Er räusperte sich, stand auf und sagte schließlich: „Komm, es wird Zeit. Du brauchst dringend Nahrung, wenn du dich nicht *verlieren* willst. Und ich könnte auch etwas vertragen." Wie zur Untermalung seines Vorschlags begann ihr Magen plötzlich laut zu knurren. Sie sahen einander an und lachten kurz auf. Doch selbst ein Lachen klang in dieser Welt hohl.

„Keine Sorge, das hört bald auf", meinte er und reichte ihr zum dritten Male an diesem schrecklichen Tag seine Hand.

Sie verließen die Wohnung, doch als sie über die Türschwelle trat, blieb sie wie angewurzelt stehen. Ihr war etwas eingefallen.

„Mein Name ist Josephine", sagte sie leise. „Phine."

Darian lächelte matt. „Hallo, Phine. Willkommen im Land der Albträume. Ihr Aufenthalt wird beängstigend und über alle Maßen unbefriedigend sein."

Josephine

Von den Verlorenen war nirgends eine Spur. Die Straßen könnten Schauplatz eines alten Western, kurz vor dem Showdown sein — es fehlte nur noch das trockene Gestrüpp, das der Wind durch das Bild trieb. Aber ein Wind wehte nicht, es schwebte lediglich ein Hauch des goldenen Staubs durch die Luft.

„Werden auch wir zu Goldstaub, wenn wir an diesem Ort sterben?", wollte Phine wissen, während sie über eine Fußgängerzone schlichen. Sie stellte ihre Frage nur flüsternd, denn laute Geräusche wirkten fehl am Platz.

„Ja", meinte Darian knapp.

„Hast du es schon mal gesehen?"

Darian nickte nur und konzentrierte sich darauf, die Häuser nach etwas Bestimmten abzusuchen. Er wollte auf dieses

Thema wohl nicht näher eingehen. Phine akzeptierte es, auch wenn es ihr unter den Nägeln brannte.

„Da ist es!", rief Darian und deutete auf ein schmales Gebäude, das sich seine Mauern an den Seiten mit zwei anderen Häusern teilte. Es war ein Wohnhaus, und Phine fiel sofort auf, dass es weniger runtergekommen wirkte, als die übrigen Gebäude.

Darian öffnete die Haustür, die mit einem Stein im Rahmen gesichert war. Er hielt ihr die Tür auf und verbeugte sich wie ein galanter Gentleman aus dem neunzehnten Jahrhundert. „Nach Euch", sagte er grinsend. „Über den Flur und dann hinauf bis ins Dachgeschoss."

Phine lächelte errötend und folgte seiner Anweisung.

Wieder kam ihr der misstrauische Gedanke, ihm nicht einfach den ungeschützten Rücken zuzukehren. Sie tat es dennoch. Wenn er ihr wirklich schaden wollte - auf welche Weise auch immer - dann würde sie kaum etwas dagegen ausrichten können. Sie besaß keine Waffe, geschweige denn, dass sie sich groß zur Wehr setzen könnte. Ihr wurde klar, dass sie ihm ausgeliefert war.

Eine knarrende Holztreppe führte fünf Stockwerke hinauf und beide schnauften, als sie endlich am Zielort ankamen. Mit jedem Stockwerk fiel einem auf, dass das von schwarzen Kletterpflanzen überwucherte Treppenhaus Stufe für Stufe weniger vernachlässigt wirkte. Im obersten Stockwerk war kein Schimmel, Moos oder Efeu zu sehen. Die Wandfarbe war von einem ganz eindeutigen und farbenfrohen Gelb. Phine konnte nicht anders, als mit den Fingern über die Wand zu streichen. Sie wirkte fest und war keinesfalls im Begriff unter Phines Berührung zu zerbröckeln.

„Was ist das für ein Ort?", fragte sie, doch Darian antwortete nicht. Er öffnete eine Wohnungstür, die er ebenfalls mit einem Stein gesichert hatte.

Phine wusste nicht, was sie erwartet hatte, doch ganz gewiss nicht das, was sie plötzlich — sobald sie über die Türschwelle getreten war — mit allen Sinnen fühlen konnte. Es verschlug ihr regelrecht die Sprache. Es war, als wäre sie durch ein unsichtbares Portal gegangen.

Greller Sonnenschein drang durch alle Fenster.

Die kleine Wohnung war gemütlich eingerichtet, überladen mit Topfpflanzen, Büchern, persönlichen Gegenständen der Einwohner, mit Spielzeug, das auf ein Kleinkind hindeutete, und in einer Ecke entdeckte Phine sogar ein Körbchen mit einem Kauknochen. Die Farben strahlten und überforderten Phines Augen, die sich an das düstere Grau und Schwarz bereits gewöhnt hatten.

Es überströmte sie ein Gefühl von Geborgenheit. Erst an diesem Ort begriff Phine, wie schwer ihr Herz bisher gewesen war. Doch in diesem kleinen, schnuckeligen Heim hatten Traurigkeit und Hoffnungslosigkeit keinen Platz. Stattdessen füllten Freude und Lebenslust ihr Innerstes und gaben Phine das Gefühl, dass alles wieder ins Lot kommen könnte. Am Ende würde alles gut werden.

Nur eines hatte sich nicht verändert. Das Schweigen. Wenn Phine genauer darüber nachdachte, dann stimmte das jedoch nicht. Die Stille hatte sich verändert ... sie war nicht länger jenes schauderhafte Stillschweigen wie im Innern eines Sargs. Nein. Diese Stille fühlte sich friedvoll an.

„Ein wunderbares Gefühl, nicht wahr?", meinte Darian und strahlte bis über beide Ohren. „Man fühlt sich fast wie auf Droge." Er lachte laut auf und ließ sich auf die braune Couch plumpsen. Phine konnte sich nicht daran erinnern, jemals Drogen genommen zu haben, doch sie musste Darian zustimmen. Genau so musste es sich anfühlen, wenn man gewisse Stimmungsaufheller konsumierte. Sie ließ Rucksack, Jacke und Schal — es war so angenehm warm hier drin! — auf den bunt gestreiften Teppich fallen und setzte sich neben ihn. Sie konnte nicht anders, als nach einem grünen Kissen zu greifen und mit den Händen über sein weiches Material zu streicheln. Sie blickte zu Darian auf und lächelte glücklich.

Plötzlich erschien es ihr absolut absurd, ihm zu misstrauen. Er hatte ihr geholfen. Wenn er nicht gewesen wäre, dann …

„Wir dürfen bloß nicht zu lange bleiben", warnte Darian. „Sonst wird es gefährlich."

Phine konnte sich nicht vorstellen, was an diesem Wunderbarsten von allen wunderbaren Orten gefährlich sein sollte. „Wieso? Ich könnte für immer hierbleiben."

„Ja, genau das ist der Punkt. Manchmal sollte man aufpassen, was man sich wünscht, denn es könnte in Erfüllung gehen."

Diesen Satz hatte Phine schon einmal gehört.

„Wir nennen solche Orte *Oasen*", begann er zu erklären. „Wie du bestimmt schon bemerkt hast, verscheuchen sie die depressive Stimmung, die man da draußen aufgedrückt bekommt. Man kann hier auftanken, etwas Hoffnung schöpfen. In gewisser Weise ernähren wir uns von den Oasen, dadurch bleiben wir am Leben. Ohne sie verwandeln wir uns nach und nach in eines dieser scheußlichen Dinger, vor denen ich dich vorhin so heldenhaft gerettet habe."

Dieser Gedanke war beängstigend. Sogar hier, an diesem Ort.

„Und was passiert, wenn wir uns hier zu lange aufhalten?"

Er seufzte. „Auch dann verwandeln wir uns. Nicht in einen Verlorenen, aber in einen — wie Stephen sie getauft hat — *Umgekehrten*. Stell dir einen Umgekehrten als weißen Schatten vor. Als eine Art Geist. Sie bleiben nicht lange in dieser Welt. Irgendwann lösen sie sich einfach auf. Nicht einmal goldener Staub bleibt zurück."

„Ich glaube, ich habe so einen weißen Schatten gesehen", fiel Phine ein. „Kurz bevor die Meute auftauchte."

„Ja?" Darian richtete sich interessiert auf. „Weißt du noch, wo das war?"

„Ja, in einer Einkaufspassage. Da hing eine riesige Brille überm Eingang."

„Ich weiß, wo du meinst. Das schauen wir uns später an. Gut, dass du es mir gesagt hast."

„Wieso?"

„Die Umgekehrten fühlen sich von Oasen angezogen. Sie selbst können sie zwar nicht mehr betreten - als wären sie überladen oder so - aber sie lungern dennoch in ihrer Nähe herum. Halte also immer Ausschau nach diesen weißen Schatten, wenn wir unterwegs sind."

Phine nickte. „Das werd ich-"

„Schhhht, hörst du das?" Darians Augen weiteten sich vor Überraschung. Er strahlte wie ein Honigkuchenpferd. Phine musste zwar über seine Miene lachen, doch sie hatte keinen blassen Schimmer, was er meinte. Sie lauschte angestrengt und dann hörte sie es auch. Ganz leise zwar, doch so deutlich und klar, dass es unmöglich Einbildung sein konnte.

Musik.

Erst vernahm sie die Melodie, dann erkannte sie den Liedtext. Freddie Mercury trällerte den berühmten Queen-Titel *I Want to Break Free*. Darian deutete auf eine Stereoanlage, die dem Sofa gegenüber auf einem Regal stand.

„Das kommt aus der Realwelt", erklärte er aufgeregt. Er wollte noch mehr sagen, doch in diesem Augenblick erklang der freudige Aufschrei eines ihnen unsichtbaren Kleinkindes. Darian und Phine sahen einander an. Das Lachen verströmte ein Gefühl der Wärme, wie sie es selten gespürt hatte. Doch dann verstummte es. Kurze Zeit darauf die Musik. Das stimmte sie traurig.

„Das war irgendwie magisch, oder?"

„Das war es ..."

Einen Moment lang genossen sie den Nachhall dieses sonderbaren Erlebnisses.

„Wie entsteht so eine Oase?", wollte sie wissen. Es erschien ihr wie ein biblisches Wunder.

„Wir denken, dass diese Oasen an Orten entstehen, wo in der Realwelt viel Glück und Freude empfunden wird", schilderte er. „Diese Wohnung muss einer glücklichen Familie gehören. Ich denke, dass hier sehr viel Liebe herrscht. Was erklären würde, warum wir uns hier drin so wohl fühlen, meinst du nicht auch? Leider vergehen die Oasen auch wieder. Die einen früher, andere später. Von dieser zehre ich schon eine kleine Weile. Ich bin das vierte Mal hier drin und sie ist immer noch so stark. Das gibt es nicht oft."

„Heißt das, wir befinden uns in einer Art Paralleluniversum?", fragte Phine und vernahm sehr wohl, wie verrückt ihre Worte klangen. Doch was war von alldem, was sie bisher gesehen und erlebt hatte, seitdem sie an diesem Ort erwacht war, *nicht* verrückt?

„So könnte man es auch ausdrücken. Verdammte Kacke, ja! Ich würde sagen, wir befinden uns im bösen Spiegelbild unserer eigenen Welt. Wie ein böser Zwilling oder so, verstehst du, was ich meine? Stephen nennt diesen Ort *Das Schattenreich.*"

Bei dieser Bezeichnung klingelte es heftig in Phines verworrenen Gedanken und verirrten Erinnerungen. „Das Schattenreich …", wiederholte sie leise. Es war ihr, als hätte sie das bereits einmal gehört.

Darian sah sie plötzlich eindringlich an. Seinen Kopf neigte er zur Seite, wie ein neugieriger Hund, der etwas Interessantes entdeckt hatte. Das brachte Phine zum Lachen. „Was ist denn?"

„Es wundert mich, dass ich erst jetzt drauf komme, aber ich hatte tatsächlich schon vom ersten Augenblick an das Gefühl, dass ich dich kenne."

„Ach ja?" Sie kannte ihn nicht. Zumindest erinnerte sie sich nicht daran, Darian zu kennen. Aber sie konnte sich ja kaum an sich selbst erinnern.

„Ja, ja klar!", meinte er triumphierend. „Josephine! Ich Idiot! Es ist zwar schon eine ganze Weile her, aber wir waren zusammen in der Schule. Ach, ne, klar, du erinnerst dich ja noch kaum an etwas ..., aber ich verspreche dir, die Amnesie verfliegt wieder, wahrscheinlich schneller als dir lieb ist." Das Letzte klang nicht gerade aufbauend ... war es denn nicht besser, sich an seine Vergangenheit zu erinnern? Geschweige denn daran, wer man war?

„Tut mir leid ...", meinte sie achselzuckend.

„Kein Thema, ist ja nicht deine-" Er sprach den Satz nicht zu Ende, denn plötzlich veränderte sich etwas. Es war die Atmosphäre im Raum. Das Sonnenlicht war verschwunden. Als wären düstere Gewitterwolken aufgezogen.

„Fuck!", rief Darian laut und sprang augenblicklich auf die Beine. „Schnell! Schnapp dir dein Zeug und dann nix wie raus hier!" Phine klaubte ihre Sachen vom Teppich. Dann stürzten beide durch das Wohnzimmer in den Flur und dabei bemerkte Phine ein Dutzend grauer Flecken, die sich an den Wänden ausbreiteten und die Farben verschluckten. Sie huschten durch die Wohnungstür hinaus in den Treppenaufgang. Dort blieb Darian stehen und starrte durch die offene Tür hinein in die gemütliche Wohnung, die sie eben noch beherbergt hatte. Die grauen Flecken breiteten sich immer rascher aus und verbanden sich. Alle Farbe erlosch.

Als wäre das Glück gestorben.

„Ist die Familie denn nicht mehr glücklich?"

„Naja, wer weiß das schon", antwortete Darian. „Ich denke, dass wir die Oase aufgebraucht haben. Wie eine Art Akku vielleicht."

„Und wie lange wird uns das jetzt reichen?"

„Das ist schwer zu sagen. Die Oase war stark, deshalb werden wir eine Weile von ihr zehren können. Spätestens wenn deine Laune so mies wird, dass du mich erschlagen oder dir selbst die Pulsadern aufschlitzen willst, dann wird es höchste Zeit, wieder eine aufzusuchen." Er grinste, als er dies sagte, doch Phine hatte nicht das Gefühl, dass das ein Scherz gewesen war. Sie erwiderte nichts darauf, dafür meldete sich ihr Magen wieder zu Wort. Sie hatte ganz vergessen, wie hungrig sie war.

„Sagtest du nicht, mein Magenknurren hört bald auf?", fiel ihr wieder ein. „Ich dachte, du hättest hier vielleicht was zu essen."

Darian setzte eine entschuldigende Grimasse auf. „Sorry, da hast du mich falsch verstanden. Mit Nahrung meinte ich die Oase. Echtes Essen gibt es hier nicht." Und damit ging er an ihr vorbei und stieg bereits die Treppen herab.

...

Während sie sich auf dem Weg zum Optiker machten, spürte Phine bereits die finsteren Krallen des Schattenreichs, die sich klammheimlich anschlichen, um ihr Gemüt aufs Neue zu verdüstern. Es war noch lange nicht so schlimm, wie zu dem Zeitpunkt, als sie sich in Darians Quartier hatte in den Sessel fallen lassen, doch sie spürte bereits das Hochgefühl schwinden, das die Oase hinterlassen hatte. Darian hatte sie gewarnt. Hoffnungslosigkeit und Schwermut würden zurückkehren.

Als sie marschierten — immer auf der Hut vor Verlorenen und auf der Suche nach den weißen Geistern — bemerkte Phine, dass ihr die Gegend vertrauter vorkam. Sie erkannte Gebäude, Geschäfte, Bushaltestellen. An einer Hauswand hing das große Werbeplakat eines bekannten Tierfutterherstellers — bereits vom Zahn der Zeit zerfressen und vom schwarzen Schimmel bedeckt —, doch erkannte man noch deutlich die Katze, die sich genüsslich an den Futtersack schmiegte. Phine blieb wie angewurzelt stehen.

„Arschloch!", entfuhr es ihr plötzlich.

Darian, der vor ihr gegangen war, blieb stehen und drehte sich langsam zu ihr um. „Wie bitte?"

„Ähm, sorry, nicht du", meinte Phine und schob ihre Brille den Nasenrücken hinauf.

Darian runzelte die Stirn. „Muss ich mir Sorgen machen, weil du ein Poster beschimpfst?"

Phine lächelte halbherzig und deutete auf die graue Katze. „Ich erinnere mich an meinen Kater. *Arschloch* ist sein Name. Ich nenne ihn *Arschi*."

„Charmant! Lass mich raten: Arschi ist ein richtiges Biest."

„Hundert Punkte."

Darian lachte und erzählte eine Anekdote über die Katze seiner Tante — Phine hörte ihm nicht mehr zu, denn in ihrem Innern stürzten plötzlich ein Dutzend verschiedenster Erinnerungen auf sie ein. Alle gleichzeitig und durcheinander. Ihr wurde ganz schwindelig und sie breitete die Arme aus, um sich irgendwo festzuhalten. Da fasste sie Darian sanft am Arm und hielt sie fest.

„Diesen Gesichtsausdruck kenne ich", sagte er. „Lass es geschehen, es ist gleich vorbei."

Phine blieb auch nichts anderes übrig. Selbst, wenn sie es hätte verhindern wollen, hätte sie nicht gewusst wie.

Auf einmal war alles wieder da.

Ihr Kater, ihre chaotische Wohnung, ihre Arbeit als Grafikerin, ihre nörgelnde Mutter, Großvater Ferdi, der in der Nervenheilanstalt festsaß, ihr Vater, der seit nun elf Jahren im Koma lag ... Sie hatte das Gefühl, ihr Kopf könnte platzen. Ihre Knie wurden weich und ihr wurde so schlecht, dass sie sich übergeben wollte.

„Komm, setz dich", schlug Darian vor und zog sie behutsam auf die verrottete Holzbank einer Bushaltestelle. Nach einem Moment ging es wieder. Schwindel und Übelkeit vergingen, stattdessen festigten sich die Erinnerungen, Bilder und

Emotionen in ihrem Kopf und Herzen. Zuvor noch in einem wilden Karussell dahinrauschend, ordneten sich jene nun in einer befriedigenden Chronologie.

„Geht's wieder?“

Phine nickte und sah ihn an. Und da erkannte sie ihn.

Den freundlichen Jungen aus Kindheitstagen, der ihr vor so vielen Jahren den kleinen weißen Bergkristall geschenkt hatte.

„Darian.“

„Du erinnerst dich an mich?“

Sie nickte erneut. Sie erinnerte sich an ihn. Auch daran, dass sie seit jenem Ereignis in ihrer Kindheit nicht mehr viel miteinander zu tun gehabt hatten. Doch sie entsann sich auch, ihn vor ein paar Jahren hin und wieder in dem Supermarkt angetroffen zu haben, dessen Logo er hier und jetzt auf seiner Fleecejacke trug. Und dann plötzlich nicht mehr. Sie hatte sich nichts dabei gedacht.

Da tauchte jener Zeitungsausschnitt in ihrem Kopf auf.

Langsam hob sie den Blick und musterte ihn bekümmert.

„Du weißt, was mit dir passiert ist?“

Jetzt war es an ihm, ein verwirrtes Gesicht zu machen.

„Was meinst du?“

„Was ist das Letzte, an das du dich erinnerst, ehe du an diesem Ort aufgewacht bist?“

Darians Stirn kräuselte sich, während er konzentriert versuchte, die letzten Ereignisse aus der Realwelt herbeizurufen.

„Ich ... ich weiß noch, dass ich Stress mit ein paar echt üblen Typen hatte. Ich glaub, die haben mich ganz übel verdroschen ... mehr krieg ich nicht zusammen. Obwohl, da war ja noch ...“

„Was denn?“

„Ne, nicht so wichtig ...“

Von einem Überfall hatte in der Zeitung nichts gestanden. Doch etwas anderes schon.

„Wieso fragst du? Du weißt etwas, nicht wahr?"

Phine konnte Folgendes kaum beschönigen, deshalb sprach sie nicht um den heißen Brei herum: „Du liegst im Koma. Ich hab davon in der Zeitung gelesen. Nur ein paar Tage bevor ich selbst ..."

„Ich lieg im Koma?", wiederholte Darian laut. Doch er klang nicht sonderlich überrascht. „Meine Fresse, Stephen hatte recht. Scheiße, wenn er mit dem recht hat, dann hat er wohl mit allem anderen auch recht ..." Er tauchte für einige Augenblicke in seine eigene Gedankenwelt ab und Phine ließ ihn gewähren. Schließlich brach er das Schweigen selbst wieder: „Wie lange schon?"

„Seit zwei Jahren."

„Fuck ..."

Diesmal war es an Phine, ihm eine tröstende Hand auf die Schulter zu legen. Sie erinnerte sich wieder daran, dass sie im Grunde ein schüchternes Wesen war, das kaum Selbstbewusstsein besaß. In der realen Welt hätte sie diese Nähe zu einem ihr praktisch fremden Mann gewiss niemals zugelassen. Doch hier an diesem Ort, wo sie beide die einzigen zwei Menschen weit und breit zu sein schienen und unter gegebenen Umständen ... da fühlte es sich legitim an. Das unterschwellige Misstrauen, das sie bisher Darian gegenüber empfunden hatte, löste sich in Luft auf. Er war kein Fremder mehr, auch wenn sie ihn im Grunde nicht kannte.

„Was ist mit dir? Erinnerst du dich wieder an alles?"

„Naja, ich glaube, das Meiste ist wieder da ... doch alles kurz vor ... naja, vor meinem Erwachen an diesem Ort ... ist noch recht verschwommen. Ich weiß noch, dass ich durch die Stadt gerannt bin und dann ... nichts mehr."

„Das kommt noch ...", meinte er und räusperte sich nachdenklich. „Heißt das, du liegst auch im Koma? Passiert das etwa nur in unseren Köpfen? Träumen wir?"

Phine entzog ihm ihre Hand und zuckte mit den Schultern. „Ich weiß es nicht.“

„Ja, woher auch ... du bist ja erst seit gefühlt zwei Minuten hier. Jedenfalls tut es mir leid, dass dir das passiert ist.“

„Mir tut es auch leid für dich.“

„Hätten wir jetzt eine Badewanne, könnten wir in Selbstmitleid baden“, sagte Darian und lächelte gequält. „Sorry, der war schlecht.“

„Schon gut.“

„Gewöhn dich lieber dran, schlechte Witze sind meine Spezialität.“

Phine grinste. „Daran erinnere ich mich.“

Darian lachte. „Komm, suchen wir den Optiker.“

Er erhob sich und bot ihr seine Hand an. Diese Geste wurde wohl zum Dauerbrenner zwischen ihnen. Phine nahm sie gern an.

Eine Weile schlichen sie schweigsam durch die Straßen, dann schlug sich Darian wie aus dem Nichts die flache Hand gegen die Stirn — Phine japste auf vor Schreck.

„Aber klar doch! Das macht jetzt alles irgendwie Sinn“, meinte er und machte ein Gesicht, als hätte ihn die Erleuchtung durchflutet. „Wir müssen hier im Schattenreich nichts essen, denn unsere Körper, die ja in der Realwelt im Koma liegen, werden mit Magensonden versorgt. Wir können also gar nicht verhungern — auch wenn sich das für dich noch so anfühlen muss!“

Jetzt, da er sie daran erinnerte, meldete sich das Loch in ihrem Magen wieder zu Wort und knurrte erbärmlich.

„Der Hunger verschwindet also tatsächlich irgendwann?“, fragte sie skeptisch.

„Ja klar. Du bist es gewohnt, Nahrung auf herkömmliche Art aufzunehmen. Rein in den Schlund, kauen, runterschlucken. Mir ging es genauso. Aber das Hungergefühl verschwindet mit der Zeit. Nicht jedoch der Appetit ... jedes Mal, wenn ich an einem Restaurant vorbeilaufe, läuft mir das Wasser im

Mund zusammen! Meine Fresse, was gäbe ich jetzt nur für ein Stück Lasagne!“

Phine stöhnte gequält auf. „Käsekuchen mit Mandarinenstückchen!“

„Blaubeermuffins und heiße Schokolade!“

„Hör bitte auf zu reden!“

„Ich hör schon auf! Aber weißt du, was mir gerade einfällt?“

„Das mit dem Nicht-Schlafen-Können macht jetzt auch einen Sinn. Der Körper befindet sich in der Realwelt in einer Art Bewusstlosigkeit, da-“

„Wir können hier nicht schlafen?“, unterbrach ihn Phine entsetzt.

Wie hatte es Darian hier bereits zwei Jahre ausgehalten, ohne komplett den Verstand verloren zu haben?

„Man kann sich zwar hinlegen und die Augen schließen, aber es wird kein Schlaf kommen. Das ist anfangs beinahe schlimmer als das Hungergefühl, doch auch daran gewöhnst du dich.“

Da hatte Phine so ihre Zweifel.

Sie seufzte. „Und was machen wir jetzt?“

Doch ehe Darian antworten konnte, ging ein plötzlicher Ruck durch Phines Körper. Sie verharrte in absoluter Reglosigkeit. Ihre Augäpfel verdrehten sich bis nur noch das Weiße zu sehen war. Die Welt wurde schwarz.

Dann lichtete sich der Nebel.

Sie erkannte eine Silhouette. Ein Mensch. Eine Frau. Sie hielt etwas in ihren Armen und kehrte Phine den Rücken zu. Ganz leise drang eine Stimme zu ihr durch. Jemand sang. Ein Kinderlied? Dann ein Weinen. Schreien. Die Laute eines Säuglings. Phine näherte sich und warf einen Blick über die Schulter der Frau.

Sie schrie vor Entsetzen auf.

In den Armen der Frau lag ein totes Baby.

Kreidebleich. Mit blauen Lippen und milchigen Augen.

Sie erwachte. Die Frau und ihr totes Kind waren verschwunden.

Was ist da grad passiert? Habe ich geträumt?

Ob Traum oder Vision - nie wieder wollte sie Derartiges noch einmal erleben! Sie zitterte am ganzen Leib. Der Anblick des toten Säuglings würde sie bis in alle Ewigkeit verfolgen.

Darian stand direkt vor ihr und redete auf sie ein.

Sie sah ihn verständnislos an. „Was ist?"

Er wirkte wie vor den Kopf gestoßen. „Das fragst du mich?! Was war grad mit dir los? Deine Augen! Fuck, du warst wie in Trance ..."

„Wirklich? Ich ... ich kann mich nicht erinnern." Phine war, als wäre sie eben aus einem Traum erwacht. Ein beklemmendes Gefühl saß ihr im Nacken.

„Und was machen wir jetzt?", wollte sie wissen.

Darian schien es die Sprache zu verschlagen. Er musterte sie mit einem Blick, als hätte sie den Verstand verloren. Sie fühlte sich unbehaglich. Schließlich schüttelte er den Kopf, setzte seinen Marsch fort und antwortete: „Na das, was wir schon die ganze Zeit tun. Von Oase zu Oase tingeln und dabei keinem Schattenwesen in die Quere kommen. Ach ja, und die Hoffnung nicht verlieren. Wie heißt es doch so schön? Die Hoffnung verreckt zuletzt."

Phine folgte ihm.

...

Kurz darauf erreichten sie den Optiker. Wie in ihrer Erinnerung hing die große Brille über dem Eingang. Hier im Schattenreich war sie grau und von Moos und Schimmel überwuchert, doch in der Realwelt war sie von einem leuchtenden Lippenstiftrot. Während sie vor dem zerfallenen Gebäude standen und das Haus betrachteten, veränderte sich etwas.

„Bilde ich es mir nur ein, oder färbt sich die Brille rot?“, fragte Phine, da sie ihren Augen nicht ganz traute. Sie wischte ihre eigene Brille mit ihrem Schal ab, doch als sie sie wieder aufsetzte, war der Kunststoff, aus dem der Werbeaufhänger bestand, noch farbiger geworden.

„Du täuschst dich nicht. Sieh hin!“

Er deutete auf die Hausfassade. Vor ihren Augen *reparierten* sich die Löcher und Risse in der Hauswand. Das Türkis, in welchem das Gebäude in der Realwelt gestrichen war, wurde erkennbar. Es strahlte nicht gerade, doch hob es sich deutlich vom Rest der grauen Häuser ab.

„Das ist die Energie der Oase. Sie entsteht gerade. Deshalb hast du hier auch den Umgekehrten gesehen. Er spürte sie bereits.“

Sie betraten das Gebäude durch einen offenstehenden Nebeneingang, der zu den Wohneinheiten über dem Geschäft führte. Es war nicht schwer, die Oase zu finden. Die Farben führten sie direkt dorthin. Wie schon bei der Oase zuvor, befanden sie sich vor einer Wohnungstür. Diese jedoch war verschlossen. Darian umfasste den Türgriff und drehte ihn, doch nichts.

„Man darf ja hoffen“, meinte er achselzuckend. Er deutete Phine einen Schritt beiseite zu gehen, dann trat er die Tür ein. So gekonnt, wie das aussah, hatte er schon die eine oder andere Tür eingetreten.

Purer Sonnenschein erleuchtete ihre Gesichter. Phine drängte an Darian vorbei, um sich der Glückseligkeit hinzugeben, die dieser Ort wie den warmen Duft nach frisch gebackenen Plätzchen ausströmte. Er hielt sie am Arm fest.

„Noch nicht“, antwortete Darian auf ihren irritierten Blick hin. „Wir sollten sie aufsparen.“

Innerlich brach Phine in Tränen aus. Sie wünschte sich nichts sehnlicher, als in den Sonnenschein einzutauchen und diese Welt der immerwährenden Schatten zu vergessen. Aber Darian hatte recht. Er sicherte die Tür mit einem abgebrochenen Ziegelstein, sodass ein kleiner Spalt offen blieb.

„Und jetzt?“

„Jetzt suchen wir weiter nach Stephen und Quendoline.“

Beim zweiten Namen musste Phine schmunzeln. Sie hatte mal einen kleinen Dackel mit dem Namen Quendoline gekannt. Doch das kam ihr bereits so lange her vor, als hätte diese Begegnung in einem anderen Leben stattgefunden. Sie war noch nicht lange in dieser Welt und doch hatte sie das Gefühl, hier bereits seit einer Ewigkeit festzusitzen. Sie konnte sich kaum vorstellen, dass Darian dieser Hölle bereits seit zwei Jahren trotzte. Zwei Jahre ...

... bei den Göttern! Papa!

„Darian!“, rief Phine laut und packte ihren Freund — ja, er war ihr Freund, das hatte sie soeben beschlossen — am Arm. Sie waren gerade aus dem Gebäude auf die Straße getreten, und Darian glaubte wohl, dass sie einen Verlorenen erspäht hatte, denn er griff nach seinem Baseballschläger, den er vorne an seinem Rucksack verstaut hatte.

„Nein, schon gut!“, beeilte sie sich ihn zu beschwichtigen. „Mir ist nur etwas eingefallen.“

„Fuck! Willst du, dass ich einen scheiß Herzinfarkt kriege?“

„Tut mir leid, ich wollte nicht ...“

„Schon gut“, meinte er dann sanfter. „Was ist dir denn eingefallen?“

„Mein Vater ... er liegt bereits seit elf Jahren im Koma-“

„Scheiß die Wand an ...“

„Ja ... ich frage mich, ob er vielleicht auch hier ist.“

„Schon möglich“, meinte Darian sachlich. „Wer weiß, wie viele Leute sich in Wirklichkeit hier tummeln. Du bist jedoch erst die fünfte Person, die ich treffe. Wie heißt denn dein Vater?“

„Viktor Koenigs."

Darians Gesicht nahm einen eigenartigen Ausdruck an.

„Viktor Koenigs ... wie *der* Viktor Koenigs? Der Schriftsteller?"

Phine nickte. Ihr Herz begann sehr laut zu pochen.

„Ja, ich erinnere mich jetzt an deinen Nachnamen ... Koenigs. Ich wusste nicht, dass er dein Vater ist."

Darian sah einen Moment zu Boden und in seinem Hirn schien es zu rattern. Phine platzte beinahe vor Ungeduld.

„Scheiße, ich hätte wirklich früher schalten können. Stephen spricht andauernd von seiner Tochter. Wenn er so erzählte, wurde ich richtig neidisch auf das Mädel. Weißt du, ich selbst hatte nie einen richtigen Vater, also eigentlich schon, aber er war nie zu Hause ..."

„Darian!", entfuhr es Phine und sie wunderte sich selbst über ihren Ausbruch. Normalerweise fuhr sie den Leuten nicht über den Mund. Warum zum Teufel redete er jetzt von Stephen? Was interessierte sie irgendein verfluchter Stephen?! „Du schweifst ab ... es geht jetzt um Viktor, nicht um-"

„Stephen ist Viktor."

„... was?!"

Darian kratzte sich verlegen am Kopf. „Ja, das ist sozusagen mein Kosename für ihn. Wegen all seiner düsteren Theorien über das Schattenreich und wegen seines Nachnamens ... warte, lass es mich anders erklären: du kennst Stephen King?" Phine nickte ungeduldig. „Dann verstehst du vielleicht ... Koenigs und King? Beide Schriftsteller? Beide haben einen Hang für Mysteriöses und Horror? Aber ausschlaggebend war, dass ich mal einen Viktor kannte, den ich nicht leiden konnte ..."

Phine hörte über all das hinweg und kam einen Schritt auf Darian zu. „Er ist also hier? Mein Vater ist hier?"

Darian nickte.

Und das war das erste Mal, dass sie im Schattenreich außerhalb der Oase echtes Glück empfand.

17. Eintrag

Liebes Tagebuch,
Wochen sind vergangen. Ich dachte, mit der Zeit wür-
de sich der verrückte Gedanke verflüchtigen, so wie der
Nachhall eines Parfüms im Wind. Doch das Gegen-
teil ist der Fall. Es ist eher so, dass sich dieser Gedanke
festgefressen hat. Wie ein hartnäckiges Bakterium, das
sich mit keinerlei Antibiotika ausmerzen lässt. Es stellt
mein ganzes Gefühlsleben auf den Kopf. Ich kann in der
Stadt an keiner Mutter mit einem Kinderwagen vorbei-
laufen, ohne, dass sich die Bakterien um ein Vielfaches
vermehren und immer tiefere Wurzeln in den Schichten
meiner psychischen Eingeweide schlagen.

Wie kann ein vorher nie da gewesener Wunsch plötz-
lich so dominant sein?

Bisher hab ich diese verrückten Gedanken für mich
behalten. Nun ist es an der Zeit, sie mit Ferdi zu teilen.

Wieso macht mir das solch große Angst?

18. Eintrag

Liebes Tagebuch,
hätte ich bloß nichts gesagt! Ich kann immer noch nicht
verstehen, wie unser Gespräch in einen Streit ausar-
ten konnte. Ich dachte, das Schlimmste, was passieren
könnte, wäre, dass Ferdi Nein sagt. Aber mit einer Re-
aktion wie dieser hätte ich niemals gerechnet! Die Idee
von einem Baby hat ihn regelrecht in Schrecken versetzt.
Niemals werde ich seinen entsetzten Gesichtsausdruck
vergessen, niemals die Angst, die in seinen sonst so war-
men Augen inne wohnte. Ich hatte meine Gedanken
kaum vorgetragen, da begann er bereits mit immer lau-
ter werdender Stimme mit Gegenargumenten um sich

zu werfen. Wir hätten keine Zeit für ein Kind. Wären beide zu tief in unsere Arbeit verstrickt. Wir wären zu alt für ein Kind. Das sei nicht die richtige Zeit für ein Kind. Das sei keine Welt für ein Kind. Geschweige denn das Geld und die Nerven, die ein Balg kostete. Manche seiner Argumente waren vollkommen bodenlos. Wir hatten beide genug Geld auf der Seite. Die Waldvilla bot ausreichend Platz für ein halbes Dutzend Bälger und außerdem waren wir ganz bestimmt nicht zu alt. Und gab es jemals in der Geschichte der Menschheit die rechte Zeit, um sorgenfrei Kinder in die Welt zu setzen? All das kann ich wegstecken, doch nicht jene Worte, mit denen er sein Plädoyer enden ließ.

„Willst du wirklich bei deiner Vorgeschichte ein Kind?"

Ich weiß nicht, ob er in diesem Moment begriff, was er da sagte.

Das also hält mein eigener Ehemann von mir.

Er hält mich für schwach, für labil, nicht fähig, Verantwortung für ein anderes atmendes Wesen zu übernehmen. Ich bin wohl gut genug, ihm Gesellschaft zu leisten, sein Bett zu wärmen und sein Essen auf den Tisch zu tragen. Aber nicht gut genug, sein Kind auf die Welt zu bringen. Nicht gut genug, es zu versorgen und zu beschützen.

Ich bin nicht gut genug.

KAPITEL *acht*

Die Realwelt ... 11 Jahre zuvor ...

VIKTOR

Er erwachte schweißgebadet. Das Nachthemd klebte ihm auf der Brust und doch zitterte er wie Espenlaub. Sein Atem wurde sichtbar in der unnatürlichen Kälte, die plötzlich das Schlafzimmer in Beschlag nahm. Ein Blick auf seine Frau neben ihm verriet ihm, dass sie tief und selig schlief. Auch ihr Atem ging als graue Wolke in die Luft. Viktor setzte sich auf. Es war Vollmond, er sah die silberne Scheibe durch den Spalt im Vorhang. Solche Nächte waren für gewöhnlich hell. Und doch war das Zimmer in finstere Schatten getaucht.

„Komm zu mir ...“

Viktor stierte auf die schwarze Gestalt, die noch dunkler war als die Dunkelheit selbst. Der Schattenmann saß an seiner Bettkante. Feuerrote Augen musterten ihn. Gafften regelrecht in sein Innerstes. Viktors Herz raste. Er zwang sich, Ruhe zu bewahren.

„Hau ab!“, flüsterte er energisch zurück. Er schloss die Augen — kniff sie so fest zusammen, dass es schmerzte — und zählte leise bis Drei. Als er die Augen wieder öffnete, war der Schattenmann verschwunden. Mit ihm die tiefe Düsternis und die unnatürliche Kälte.

Da an Schlaf nicht mehr zu denken war, schlich er auf Zehenspitzen aus dem Schlafzimmer. Barfüßig tapste er in sein kleines Büro — oder in die *Schreibhöhle,* wie es seine Tochter als kleines Kind getauft hatte — und schloss hinter sich leise die Tür.

Das Haus war dunkel und still. Die ganze Welt befand sich noch im Land der Träume. Ein Blick auf die Digitaluhr offenbarte ihm, dass es Viertel nach drei war. Er hatte gerade mal drei Stunden geschlafen. Frustriert setzte er sich in seinen Bürostuhl, lehnte sich zurück und rieb sich über die müden Augen. Nachdem sich der Schock gelegt hatte, überkam ihn die allgegenwärtige Müdigkeit, die ihn nun seit Wochen begleitete. Kein Wunder, denn er schlief ja kaum noch.

Er ertappte sich dabei, wie seine Gedanken zu der angebrochenen Flasche Rotwein wanderten, die im Erdgeschoss auf dem Esszimmertisch stand.

Reiß dich zusammen, Vik.

Wenn er ehrlich war, dann fühlte er sich gar noch beschwippst von den eineinhalb Flaschen, die er am Abend zuvor genossen hatte.

Er musste damit aufhören.

Seine Trinkerei war Auslöser aller Zwietracht zwischen Elisa und ihm. Er gab seiner Frau keine Schuld an den Zankereien, die in letzter Zeit immer häufiger ihr aller Leben aus den Fugen brachten. Wie könnte er auch. Es war nicht Elisa, die alle Jahre wieder zum temporären Alkoholiker mutierte. Es war nicht Elisa, die nichts auf die Reihe bekam. Es war auch nicht Elisa, die ihre vertraglichen Deadlines nicht einhalten konnte und damit die finanzielle Situation der Familie in Schieflage brachte. Aber es war Elisa, die ihm das ständig unter die Nase rieb. Die ihn ständig daran erinnerte, dass er sich zusammenreißen sollte. Dass er sich Hilfe holen sollte, wenn er es nicht aus eigenem Antrieb …

Das kannst du ihr nicht vorwerfen. Würdest du an ihrer Stelle nicht genauso reagieren?

Vielleicht schon, aber bestimmt nicht mit solch scharfer Zunge, wie sie es zu tun pflegte …

Der Gedanke brachte ihn zum Schmunzeln. Ja, das konnte seine Frau gut: Den wunden Punkt treffen, ihren Finger reinbohren und darin herumwühlen, bis man winselnd zusammenbrach.

Fakt jedoch war, dass er die Arschtritte seiner Frau brauchte, auch wenn es ihm nicht gefiel.

Er starrte auf den Laptop, der aufgeklappt auf seinem Schreibtisch stand. Seine handgeschriebenen Notizen zu seinem aktuellen Buchprojekt lagen drumherum verstreut. Wenn er schon nicht schlafen konnte, sollte er wenigstens versuchen, zu arbeiten.

Kapitel 4 stand auf der aktuellen Seite, darunter gähnende Leere. Er setzte sich aufrecht und legte seine Hände auf die Tastatur. Einige Minuten verharrte er in dieser Position. Dann seufzte er entnervt und scrollte einige Seiten zurück, um sich einzulesen. Er erreichte die aktuelle Seite und legte seine Finger erneut auf die Tasten, doch nichts geschah. Frustriert klappte er den Laptop zu und war drauf und dran, seine Faust auf den Schreibtisch zu donnern, doch er stoppte sich im letzten Moment. Er knipste seine Schreibtischlampe an und wühlte sich durch seine Notizzettel. Doch auch das brachte nichts.

Der restliche Wein in der Flasche unten im Esszimmer wurde von Minute zu Minute attraktiver.

Vergiss es, Vik! Vergiss es! Es hilft dir nicht.

Aber wenigstens würde es das Gefühl dämpfen, dass du ein Vollidiot und Versager bist.

Er sagte sich immer wieder, dass Schreibblockaden nichts Ungewöhnliches waren. Sie gehörten zum Job dazu. Vielleicht brauchte er eine kreative Pause. Ein wenig Abstand. Ja, das war eine gute Idee. Statt zu saufen, sollte er lieber laufen. Er war schon immer gerne in der Natur gewesen und mit seiner Frau teilte er die Leidenschaft fürs Wandern. Vielleicht sollten sie mal wieder zusammen eine kleine Tour unternehmen. Das hatten sie schon lange nicht mehr gemacht. Es würde ihm guttun. Es würde ihnen beiden guttun.

Vielleicht würde dann wieder alles ins Lot kommen. *Ha ha ha.*

Ehe er endgültig die Nerven verlor, schlich Viktor die Treppen hinunter ins Esszimmer, schnappte sich die Flasche Rotwein und kippte sie in den Abfluss.

...

Er saß am Küchentisch und trank seine zweite Tasse Kaffee, als sich im Haus endlich das Leben regte. Er lauschte der Toilettenspülung und dem leisen Gewusel, tippte auf seine Tochter und legte zwei Brotscheiben in den Toaster. Aus dem Kühlschrank holte er Marmelade und Orangensaft. Als Phine ins Esszimmer kam, stand ihr Frühstück bereit.

„Wow, was für ein Service!"

„Hotel Papa machts möglich", meinte Vik und genoss den Kuss, den ihm Phine zur morgendlichen Begrüßung auf die Backe drückte.

„Du bist der Beste!" Sie setzte sich ihm gegenüber an den Tisch, um ihren Toast zu verdrücken. Vik nahm dieses Kompliment mit gemischten Gefühlen an und grinste verlegen. Er beobachtete seine Tochter, während er weiterhin an seinem Kaffee nippte und konnte kaum glauben, dass vor ihm eine junge Frau saß. Vor einigen Wochen hatte Josephine ihren sechzehnten Geburtstag gefeiert - keine wilde Party, wie man von Gleichaltrigen erwarten würde - sie war lediglich mit ihrer besten Freundin ins Kino gegangen. Ganz unspektakulär. Aber ja, so war Phine nun mal. Manchmal machten er und Elisa sich Sorgen, weil sie lieber in ihrem Zimmer saß und las, statt auf Partys zu gehen oder sich heimlich mit einem Jungen zu treffen. Über Letzteres war er ganz froh und über Ersteres eigentlich auch. Wer wollte schon sein Kind auf einer Party wissen, wo es ausschließlich darum ging, wer die größten Mengen Wodka vertragen konnte? Mit Phine blieben ihnen solche Sorgen erspart, aber dafür drängten sich ganz andere auf. War seine Tochter glücklich? War sie einsam? Wurde sie vielleicht in der Schule ausgeschlossen oder gemobbt? Phine erzählte nichts dergleichen und er war sich sicher, dass sie sich ihm anvertrauen würde, falls etwas wäre. Aber so ganz sicher konnte man ja doch nicht sein, vor allem nicht, wenn das Kind langsam, aber sicher erwachsen wurde.

Er war immer stolz auf seine Beziehung zu Phine gewesen. Eine bessere Verbindung konnte man zu seinem Kind wahrscheinlich kaum haben. Sie beide waren sich sehr ähnlich. Ähnlich in ihren Charakterzügen, in ihren Interessen und Vorlieben. Wenn er jedoch daran dachte, auf welche Art er seine Schreibblockade kurierte, machte ihm das ein wenig Sorgen. Er wollte nicht, dass Phine dieselben Fehler beging. Er hatte in ihrem Alter schon allen möglichen Mist fabriziert und allen möglichen Ärger dafür eingeheimst. Das Rebellischste an Phine waren die drei blauen Strähnen in ihrem braunen Haar, das sie immerzu in einem geflochtenen Zopf trug.

In Viks Gesicht zeigte sich ein Lächeln, das ausschließlich stolzen Eltern vorenthalten war.

Aus seinem kleinen Mädchen war eine heranwachsende Frau geworden. Genauso schön wie ihre Mutter, doch auf eine unauffälligere Art.

„Wie kommst du voran?", wollte Phine wissen und riss Viktor aus seinen Gedanken. Ihm war klar, was sie meinte, doch stellte er sich dumm.

„Darf ich bald die ersten Kapitel lesen?"

Vik spürte die Scham über sich hereinbrechen. „Bald", meinte er ausweichend und stand auf, um sich erneut an der Kaffeekanne zu bedienen. Er fragte sich, ob Phine gestern Abend bemerkt hatte, dass er betrunken gewesen war. Er schämte sich maßlos dafür und war ehrlich froh, dass er den restlichen Inhalt der Flasche ausgeleert hatte. Wenn Phine und Elisa später das Haus verließen, würde er alles auf den Kopf stellen und jeden Tropfen Alkohol entsorgen.

Endgültig.

„Ist grad eine schwierige Stelle", gab er wahrheitsgetreu zu.

„Vielleicht kann ich dir ja helfen?", bot Phine an und strahlte bei der Vorstellung.

Sie war so ein gutes Kind. Die Scham, die er empfand, wuchs noch um einige Meter heran.

„Das ist lieb, aber ich denke, da muss ich alleine durch."

Phine erhob sich und stellte ihr Geschirr in die Spülmaschine. „So wie ich durch Mathe", erwiderte sie.

Mist! Ihr Examen heute hatte er ganz vergessen! Hatte er ihr nicht beim Lernen helfen wollen? Wieso hatte sie ihn nicht daran erinnert? Hatte sie womöglich doch bemerkt, dass er größere Probleme hatte, als er sich traute, zuzugeben? Seine Tochter war nicht dumm. Natürlich muss sie bemerkt haben, dass er gestern nicht imstande gewesen wäre, zwei und zwei zusammenzuzählen. *Du bist so ein Idiot.*

„Es tut mir leid, Phine. Ich hatte das vollkommen vergessen. Bist du gut vorbereitet?"

„So gut, wie man es als Mathe-Ass sein kann", meinte sie ironisch. Hörte er da einen Vorwurf heraus? Sein schlechtes Gewissen zog sich wie ein Strang um seine Kehle.

Er musste an seinen eigenen Vater denken. Er erinnerte sich daran, wie oft er als Kind von ihm enttäuscht gewesen war. Wie oft er sich gewünscht hatte, Vater hätte mehr Zeit für ihn übrig gehabt. Dass er ihn — Viktor — *gesehen* hätte. Aber Ferdinand Koenigs hatte ausschließlich den Wahn vor Augen, der damals sein Leben bereits beherrscht hatte.

„Alles gut", meinte sie beschwichtigend. „Ich werde schon nicht durchfallen. Aber erwarte keine Bestleistungen von mir!"

„Du packst das schon", sagte er, doch fühlte er sich dabei wie ein Heuchler.

Als er vor so vielen Jahren von Elisas Schwangerschaft erfahren hatte, da hatte er sich geschworen, ein besserer Vater zu sein. Einer, der *da* war.

Was war nur geschehen, dass er unfreiwillig in die Fußstapfen Ferdinands trat?

Und wenn dessen Wahn auch dein Wahn ist?
Wenn dir dasselbe Schicksal blüht?

Nein, er würde die Kurve kriegen.

Es knarzte auf der Treppe. Einen Augenblick später kam Elisa in die Küche. „Guten Morgen!", wünschte sie und tätschelte Phine liebevoll die Schulter, was diese jedoch ignorierte. Als sie sich dann seufzend an Viktor wandte, setzte dieser ein versöhnliches Lächeln auf, doch Elisa gab die kalte Schulter an ihn weiter.

„Kaffee, Schatz?", fragte er und wollte bereits nach ihrer Lieblingstasse aus dem Küchenschrank greifen, doch seine Frau kam ihm zuvor und schenkte sich selbst ein. Er fragte nicht, was sie essen wollte, denn Elisa frühstückte für gewöhnlich während der Arbeit im Atelier.

„Viel Erfolg heute, Schatz", sagte Elisa, während Phine die Küche verließ. Phine murmelte ein Danke und verschwand im Flur. Kurze Zeit später fiel die Haustür ins Schloss. Viktor und Elisa waren allein.

„Was ist denn zwischen euch vorgefallen?", fragte Vik vorsichtig. Im Grunde war ständig irgendwas zwischen den beiden. Er bedauerte sehr, dass Elisa keinen so guten Draht zu ihrer Tochter hatte, wie er, doch seit Phine die Mysterien der Pubertät durchmachte, war die Beziehung zwischen Mutter und Tochter so explosiv wie nie zuvor. Für die beiden mochte das anstrengend sein, doch für ihn war das die Hölle. Die beiden Frauen, die er über alles liebte, behandelten einander wie Eisköniginnen. Er konnte noch so beschwichtigend auf jede Partei einreden, es brachte nichts. Er geriet lediglich zwischen die Fronten.

Elisa setzte sich ihm gegenüber an den Küchentisch, während Vik sich an die Arbeitsplatte lehnte. Sie nahm einen großen Schluck Kaffee und sah ihn an. Ihr Blick war kühl und prüfend und er hatte große Mühe, ihm standzuhalten.

„Wenn du nicht betrunken gewesen wärst, dann hättest du es mitbekommen", sagte sie schließlich.

Autsch. Er wusste, dass er diese Klatsche verdient hatte. Er würde sich nicht verteidigen oder irgendwelche Ausreden erfinden. Er würde sich auch nicht winselnd entschuldigen, wie er es zu Beginn getan hatte, denn das brachte Elisa nur in Rage.

„Ich hab das restliche Zeug weggekippt", verkündete er schließlich. Er hatte sich eine Reaktion erhofft, doch von seiner Frau kam lediglich das Zucken einer Augenbraue. Natürlich, sie würde es erst glauben, wenn sie es mit eigenen Augen sah. Er konnte es ihr nicht verdenken. Er hatte in Vergangenheit bereits zu viele Versprechen gemacht, die er nicht hatte halten können.

„Ich werde die Nummer anrufen, die du mir rausgesucht hast", fuhr er fort und überraschte damit nicht nur Elisa. Bis eben war ihm tatsächlich nicht klar gewesen, dass er sich dafür entschlossen hatte. Elisa runzelte die Stirn. Sie war skeptisch. Dass sie nichts dazu sagte, ärgerte ihn. Er gab ihr noch einen ausgedehnten Moment Zeit, doch nichts. Irgendwann wurde ihm das Schweigen so unangenehm, dass er ihr den Rücken kehrte und seinen Kaffeebecher per Hand spülte, obwohl die Spülmaschine nur einen halben Meter entfernt wartete.

„Es ging um dich", brach Elisa schließlich das Schweigen. „Sie hat dich in Schutz genommen, so wie sie es immer tut. In ihren Augen bist du unfehlbar, ganz egal, was du vergisst oder versaust." Aus Elisas Stimme sprachen nicht nur Wut und Ärger.

„Weißt du, wie sich das anfühlt?", sprach sie weiter und

nun hörte er auch die Verletztheit in ihrer Stimme. Es war eine rhetorische Frage. „Ich mach nur den kleinsten Fehler, sag ein falsches Wort und sie spricht nicht mehr mit mir. Und du? Du kannst unsere ganze Existenz in Gefahr bringen und das spielt keine Rolle. Egal, welchen Bockmist du auch anstellst, sie wird immer zu dir halten."

Der Vorwurf war ungerecht, wenn auch wahr. Vik konnte sich nicht zu seiner Frau umdrehen, geschweige denn ihr in die Augen sehen. Er schwieg.

„Darum ging es gestern Abend", meinte sie abschließend, knallte ihren Kaffeebecher auf den Tisch und erhob sich geräuschvoll. Sie wollte die Küche verlassen, doch da folgte Vik einem Impuls, drehte sich um und fing Elisa ab, indem er sie einfach umarmte. Sie war so perplex, dass sie im ersten Moment steif verharrte, doch dann gab sie ihre Haltung auf und erwiderte die Umarmung. So standen sie eine volle Minute da. Schweigsam und sich festhaltend.

Viktor konnte sich kaum vorstellen, was Elisa alles ertragen musste. Seine Alkoholsucht, die kalte Schulter ihrer Tochter, die finanzielle Schieflage, auf die sie zusteuerten, wenn er seinen Job nicht hinbekam.

Er hatte sie im Stich gelassen.

Elisa löste die Umarmung und achtete dabei sehr darauf, dass er ihr Gesicht nicht sah. Schnell verschwand sie in den Flur und über die Treppe auf den Dachboden, wo sich ihr Atelier befand, in dem sie ihre Auftragsarbeiten anfertigte.

Er hatte das Schniefen gehört, das sie mit einem Räusper versucht hatte zu kaschieren.

Er fühlte sich hundeelend.

…

Während Elisa ihrer Arbeit nachging, geisterte Vik durch das Haus und sammelte in einem Wäschekorb alles ein, was ihm in den letzten Wochen zum Verhängnis geworden war. Weinflaschen und Spirituosen, die sie im Laufe der Jahre zu diversen Anlässen geschenkt bekommen hatten. Alkoholhaltige Pralinen, Hustensaft. Er schnappte sich gar das Rum-Aroma aus Elisas Backutensilien, auch wenn er sich sehr sicher war, dass sich in den kleinen Fläschchen kein Tropfen Feuerwasser befand.

Er schleppte alles in die Garage. Dort befand sich ein Waschbecken, direkt zwischen seiner zusammengeschusterten Werkstatt und den deckenhohen Holzregalen, in dem sich allerhand Plunder angesammelt hatte. Er wollte den Inhalt der Flaschen hier entleeren, um den Geruch im Haus zu vermeiden. Sein Entschluss stand fest, dennoch jammerte ein Teil von ihm fürchterlich, als er den tiefroten Primitivo in den Ausguss kippte.

Der Geruch war verführerisch. Die Farbe wundervoll. Er hatte schon immer eine Schwäche für guten Rotwein gehabt. Es tat weh, diesen edlen Tropfen die Kanalisation herunterzuspülen.

Während er dem Gluckern und Glucksen lauschte, welches die Primitivos und Jack Daniels bei ihrem Abschied veranstalteten, fiel sein Blick auf die beiden Wanderrucksäcke, die im Regal auf ihren nächsten Einsatz warteten. Früher hatten sie oft Wanderungen unternommen. Es war sozusagen ihr gemeinsames *Ding*. Eine wundervolle Möglichkeit, dem Alltagstrott zu entkommen, die Schönheit der Natur zu bestaunen und stundenlang über Gott und die Welt zu diskutieren. Das hatte er mit Elisa immer gut gekonnt: Reden, diskutieren, Pläne schmieden, streiten. Er war ganz klar der Romantiker in der Beziehung. Sie war ein Mensch der Fakten. Sie hatte immer das Wesentliche im Blick und hielt ihn auf dem Boden der Tatsachen fest. Wenn er ein Heliumballon war, dann war sie das kleine Gewicht am Ende seiner Schnur.

Er sollte Elisa sagen, warum er wirklich trank. Sie würde

sein Problem rational betrachten und eine vernünftige Lösung finden. So wie sie es immer tat.

Er wollte nicht enden wie sein Vater.

Vik griff nach den beiden Rucksäcken und stellte sie vor die Garagentür, um sie nach getaner Arbeit mit ins Haus zu nehmen. Er grapschte nach der letzten Flasche - Wodka Gorbatschow, welch Klischee! - wollte soeben den Schraubverschluss öffnen, um das Gift wegzukippen, als seine Aufmerksamkeit von einem kleinen metallenen Ding angezogen wurde, das hinten im Regal stand und zuvor von den Rucksäcken verdeckt worden war. Er stellte die Wodkaflasche wieder in den Wäschekorb und griff nach dem lange vergessenen Flachmann aus Edelstahl. Ein Hochzeitsgeschenk seiner Studienkollegen. Er hatte den Flachmann an seiner Hochzeit zum ersten und auch letzten Mal gebraucht. Und jetzt lag er in seiner Hand und starrte ihn glänzend und gesichtslos an. Viktors Blick wanderte kurz zur Wodkaflasche und dann wieder zurück zum Flachmann. Zwei, die zusammengehörten.

Viktor schüttelte energisch den Kopf und war im Begriff, den kleinen Teufel in die Ecke zu schleudern, doch irgendetwas hinderte ihn daran.

Es war wie in den klassischen Zeichentrickfilmen, wenn auf der Schulter des Protagonisten ein kleines Ich mit Heiligenschein und Engelsflügelchen und auf der anderen ein kleines Ich mit Hörnern und Dreizack saßen.

Entsorge den Flachmann zusammen mit den leeren Flaschen. Ein für alle Mal.

Solltest du nicht eine kleine Notreserve behalten? Nur für den Fall der Fälle?

Nein. Du hast dich entschieden.

Vielleicht reicht es schon, zu wissen, dass ein Notfallschluck vorhanden ist. Du musst ihn ja nicht nehmen ...

Die Versuchung wäre zu groß, das weißt du doch ...

Ich mein ja nur ...

Er war maßlos enttäuscht - wenn auch nicht überrascht - von sich, als seine Hände den Flachmann mit der klaren Flüssigkeit füllten. Den Rest kippte er jedoch ins Jenseits.

Den Flachmann verstaute er wieder ganz hinten im Regal, hinter dem Käsefondue-Set, das sie jedes Jahr zu Silvester auspackten.

...

Um sich von seiner Schandtat abzulenken, rauschte Viktor wie ein Besessener durchs ganze Haus. Räumte auf, putzte, sortierte das Regal mit seiner Plattensammlung neu - erst nach Genre, dann alphabetisch. Dann schnippelte er Gemüse für eine Reispfanne. Durch den köstlichen Duft angelockt, verließ Elisa ihre Arbeit auf dem Dachboden und gesellte sich zu Viktor in die Küche.

„Was machen die denn hier?" Sie zeigte auf die Rucksäcke, die Viktor demonstrativ auf den Tisch gestellt hatte. Während sie seine Antwort abwartete, warf sie einen Blick in die Pfanne. Ihrer Miene zu urteilen, gefiel ihr, was sie sah.

„Das Wetter soll gut werden die Tage. Was meinst du?"

Elisa antwortete nicht sofort. Stattdessen stellte sie beide Rucksäcke auf den Boden und deckte den Tisch. Sie setzte sich, sah ihn an und lächelte.

„Eine gute Idee", meinte sie schließlich.

Viktor lächelte zurück. Das war auch etwas, das er an seiner Frau fantastisch fand. Sie war nie lange beleidigt, geschweige denn nachtragend. Ihr rationaler Verstand suggerierte ihr wohl, dass das niemandem etwas nützte.

„Perfekt. Ich hab da schon eine ganz bestimmte Route im Kopf", gestand Vik und freute sich. Gleichermaßen begann eine Nervosität an seinem Innern zu nagen.

Er musste sich noch genau überlegen, wie er Elisa verklickerte, dass er langsam aber sicher den Verstand verlor.

Der Tag war wie prädestiniert dafür. Die Sonne schien. Die Temperaturen waren mild. Eine sanfte Brise liebkoste die Hügel. Und Viktor war guter Stimmung — trotz der unterschwelligen Panik, die ihn in Anbetracht seines Vorhabens in Beschlag nahm. Er begrüßte die kommenden Stunden mit einem hoffnungsvollen Lächeln. Heute würde sich alles ändern. Er spürte es in seinen Knochen. Elisa bemerkte seine aufgehellte Stimmung und ließ sie auf sich abfärben. Das sah er an ihrem Lächeln, das bis in die kleinen Fältchen um ihre Augen ging. Sie war wunderschön, wenn sie lächelte.

Sie schnappten sich ihre Rucksäcke und verriegelten das Auto. Es erwartete sie ein Rundgang von rund zwanzig Kilometern durch die heimische Flora: Naturpfade durch Wald und Wiese. Vor etlichen Jahren hatten sie diese Tour schon einmal gemacht. Es würde sie an gute, alte Zeiten erinnern.

„Ich hatte ganz vergessen, wie schön es hier ist“, meinte Elisa verträumt, während sie die ersten Schritte gingen. „Wir sollten das unbedingt wieder öfter machen.“

„Ganz deiner Meinung, Schatz“, pflichtete Vik ihr bei. „Ganz deiner Meinung.“

Eine Weile lang gingen sie schweigend. Genossen jeder für sich die Landschaft, die Aussicht auf das Tal und die simple Tatsache, einen Fuß vor den anderen zu setzen.

Dann siegte Viks Nervosität. Wahrscheinlich gab es einfach nicht die richtige Art, jemanden zu sagen, was er nun zu sagen hatte. Schonungslos und ungeschminkt waren die Worte der Stunde. Vik lachte angespannt auf.

„Was ist?“

„Ach, nichts“, sagte er erst, doch dann blieb er kurz stehen. „Na, eigentlich doch. Tatsächlich gibt es einen Grund, warum ich mit dir hierherkommen wollte.“

Elisa zog ihn weiter. „Das hab ich mir schon gedacht“,

meinte sie und lächelte ihn aufmunternd an.

„Du sollst wissen, dass ich das mit dem Trinken nie wollte, ich ...“

„Ich glaube, die wenigsten Leute entscheiden sich bewusst dafür, Alkoholiker zu werden.“

Vik schwieg einen ausgedehnten Augenblick. Das A-Wort laut ausgesprochen zu hören, beschämte ihn.

„Fakt ist, dass ich ein Problem hab“, fuhr er fort. „Das Problem ist jedoch nicht meine Schreibblockade ... naja, das ist natürlich auch ein Problem, ein großes sogar, aber was noch viel schlimmer ist ...“, ihm stockte der Atem, denn nun sah er Elisas Gesicht ganz genau an, dass sie nicht mehr wusste, wovon er sprach. Wie würde sie auf seine Offenbarung reagieren? Wie würde er auf ihre Reaktion reagieren? Ihm wurde schwindelig davon.

Jetzt aber raus damit.

„Ich fürchte, mir passiert dasselbe, wie meinem Vater.“

Jetzt war es an Elisa stehen zu bleiben. Sie begriff schnell. Fast schon zu schnell für seinen Geschmack. Als hätte sie bereits etwas geahnt ...

„Du meinst, du hörst Stimmen? Du siehst Dinge, die nicht da sind?“ Es waren sachliche Fragen in einer sachlichen Stimmlage. Ohne Wertung.

Viktors Herz pulsierte in seinem Adamsapfel, als er endlich nickte. „Schlimmer noch. Ich höre genau *dieselben* Dinge und sehe *dieselben* Dinge, die mein Vater gehört hat, ehe sie ihn ... naja, du weißt schon - eingesperrt haben.“

„Der Schattenmann“, erinnerte sich Elisa.

Wie könnte sie das auch vergessen. Sie selbst war die Leidtragende gewesen, die den psychischen Zusammenbruch seines Vaters am eigenen Leib miterlebt hatte. Schweigsam folgten sie dem Wanderweg, der sich einer Schlange gleich über die grasbewachsenen Hügel wandte.

In Viks Synapsen tobte es. Die unterschiedlichsten Gedanken und Erinnerungen schlugen aufeinander ein.

Er sah sich selbst in den Räumen der geschlossenen Anstalt, die er von den Besuchen seines Vaters kannte. Im nächsten Augenblick drängte sich ihm ein Bild des schwarzen Wesens auf, das Nacht für Nacht auf seiner Bettkante Platz nahm, um ihn mit lodernden Augen und einer eisernen Geduld zu beobachten.

Doch am fürchterlichsten waren die Schnappschüsse einer tief verdrängten Erinnerung aus seiner Jugendzeit.

Seine Hände, wie sie die Sprossen der ausfahrbaren Leiter erklommen, die zum Dachstuhl der Waldvilla führte. Das Geräusch des Hanfseils, das am Dachbalken befestigt war und unter seiner furchtbaren Last knarzte.

Seit Jahren hatte er nicht mehr an diese Szene gedacht. Nun schien sie ihn nicht mehr loszulassen.

„Wie lange hörst und siehst du ihn schon?"

Vik räusperte sich. „Seit ein paar Wochen ... es begann mit Albträumen. Doch dann fing ich an, ihn auch außerhalb der Träume zu sehen und zu hören", gestand er. „Seitdem kann ich nicht mehr richtig schlafen, nicht mehr arbeiten. Ja, scheiße, manchmal nicht mal mehr klar denken. Wenn ich ... wenn ich trinke, dann benebelt es mich und der Schattenmann verschwindet ... kannst du das verstehen?"

Elisa ergriff seine Hand. „Ich denke schon", sagte sie gedankenversunken.

Vik fiel ein gewaltiger Stein vom Herzen. Wovor hatte er denn Angst gehabt? Er wusste doch, dass er auf seine Frau zählen konnte. Er wusste, dass sie ihn nicht im Stich lassen würde.

„Wieso hast du das so lange für dich behalten? Wieso kommst du erst jetzt zu mir?" Diesmal klang ihre Stimme nicht mehr ohne Urteil. Der Vorwurf war deutlich und versetzte ihm einen Stich.

„Ich schätze, ich hatte gehofft, dass sich das Problem von

alleine löst. Ich dachte, vielleicht bin ich nur überarbeitet. Es waren viele Projekte und Lesungen angestanden die letzten Jahre ... ich wollte dich nicht beunruhigen."

Elisa ließ seine Hand los. „Nein, du wartest lieber, bis der Scherbenhaufen so groß wird, dass sich auch alle anderen daran schneiden."

Wieder blieben sie stehen und starrten einander an. Er konnte sehen, wie die Wut in Elisa wuchs. Ihr Verständnis schien sich plötzlich in Luft aufzulösen. Er verstand nicht ganz, was sie meinte und weshalb sie nun so aufbrauste.

„Ich wollte bestimmt niemanden verletzen-", begann er, doch Elisa fuhr ihm scharf über den Mund.

„Und doch tust du es immer wieder!", brach es aus ihr heraus. „Es ist nicht das erste Mal, dass du zur Flasche greifst, Vik! Hast du all deine vergangenen *Schreibblockaden* etwa vergessen? Hast du da auch schon Halluzinationen gehabt, die du wegsaufen wolltest? Oder was genau hast du mir damals alles verschwiegen?" Er öffnete den Mund und wollte etwas sagen, doch Elisa ließ ihn nicht zu Wort kommen. „Ist dir eigentlich klar, dass ich es bin, die jedes Mal deinen Mist aufräumen muss? Ich bin es, die deinen Agenten hinhalten muss, damit du nicht deine Verträge verlierst. Ich bin es, die Phine erklären muss, warum ihr Vater wieder dies oder jenes vergessen hat. Ja, sogar ich war es, die die Sache mit deinem Vater klären musste, weil du es nicht konntest! Ich bin es, die unser ganzes Leben aufrechterhalten muss und doch bin ich am Ende immer die Böse! Weißt du eigentlich, wie anstrengend das ist? Wer hilft mir, wenn ich mal nicht mehr kann? WER? Du jedenfalls nicht! Nein, du bürdest mir zum Dank einfach immer noch mehr Mist auf!" Sie wandte sich ab, ließ ihn stehen und marschierte einfach weiter.

Wow. Also wenn das nicht unfair ist ...

„Soll ich mich jetzt etwa dafür entschuldigen, dass ich krank bin?", rief er ihr wütend hinterher. Ihre Worte hatten ihn aufs Tiefste verletzt. Vielleicht gerade deshalb, weil sie so wahr waren. Und doch hatte er nichts damit mit Absicht getan. Wie konnte sie das nicht sehen?

Sie blieb so abrupt stehen, dass er beinahe in sie hineinlief.

„Nein, du Idiot!", spie sie aus und bohrte ihm schmerzhaft einen Finger in die Brust. „Aber dafür, dass du immer so lange alles hinauszögerst, dass eine unkomplizierte Lösung einfach nicht mehr möglich ist. Du wartest, bis ein Problem zu einem mächtigen und dampfenden Scheißhaufen wird, ehe du endlich den Mund aufmachst oder dir Hilfe suchst. Dein eigener Vater ist schizophren, Vik! Du kennst die Anzeichen, die Symptome. Es ist behandelbar, sogar gut behandelbar, aber nur, wenn man rechtzeitig reagiert! Und was machst du? *Lalalalala, ich warte mal ein paar Jahre ab, das wird schon werden!*"

„Ich sehe den Schattenmann nicht schon seit Jahren! Hörst du mir nicht zu? Es fing erst vor ein paar Wochen an!"

„Und das soll ich dir glauben? Und wie erklärst du mir dann deine vorherigen *Schreibblockaden*? Und die Trinkerei?"

„Da gibt es nichts zu erklären. Ich hab getrunken, *weil* ich nicht schreiben konnte!"

„Sicher, dass es nicht umgekehrt ist?"

Vik verstummte. Er war jetzt selbst so wütend, dass er am liebsten losbrüllen wollte. Elisa konnte gnadenlos sein. Er wollte ihren Vorwurf verneinen und die Worte lagen ihm bereits auf den Lippen, doch aus irgendeinem Grund konnte er sie nicht aussprechen.

Vielleicht, weil sie Recht hat.
Nein, so ist es nicht gewesen.
Weißt du das noch so genau?
Wenn du ehrlich bist, ist alles verschwommen.

„Wusste ich es doch", zischte Elisa wütend. Sie zog ihren Rucksack aus und ließ ihn unsanft zu Boden fallen. Dann streckte sie eine Hand aus. „Gib mir deinen Rucksack."

Er sah sie perplex an. „Wozu?“

„Halt einfach die Klappe und gib ihn mir.“

Wortlos überreichte er ihr den Rucksack. Doch als Elisa damit begann, seine Fächer zu durchsuchen, wurde ihm plötzlich so heiß, dass ihm der Schweiß ausbrach.

Du bist so ein Idiot, Vik. So ein dummer Idiot!

„Wusste ich es doch!“, wiederholte sie und hielt ihm etwas in der Sonne Glänzendes vor die Nase. „Was ist denn plötzlich aus deinen Versprechungen geworden, hmm?! *Ich hab alle Flaschen entsorgt, Liebling! Ich hab aufgehört, Schatz! Es wird alles wieder gut!* Ein Scheiß wird gut!“

Sie holte aus und ehe Vik erahnen konnte, was sie vorhatte, flog der glänzende Flachmann bereits in einem hohen Bogen davon. Dann drehte sie sich um und marschierte den Weg, den sie gekommen waren, wieder zurück.

„Schatz! Warte!“, rief er ihr hinterher, doch sie zeigte ihm den Mittelfinger. Vik unterdrückte den Impuls, einen frustrierten Schrei loszulassen und sah seiner Frau lediglich nach.

Vielleicht war es besser, sie ziehen zu lassen.

So hatte er sich den Ausflug nicht vorgestellt. Er war der Meinung gewesen, dass das Schlimmste, was ihm heute widerfuhr, seine Zustimmung einer psychiatrischen Behandlung sein würde. Ein Zugeständnis, dass er die Kontrolle über seine geistige Gesundheit verloren hatte. Von ihm aus auch noch, dass er ein Trottel und Versager war. Das alles wäre ertragbar gewesen. Aber was ihm Elisa vorwarf ...

Warum zum Teufel hatte er den Flachmann eingepackt? Warum hatte er ihn überhaupt befüllt? Warum? Er konnte beim besten Willen nicht sagen, was ihn da geritten hatte.

Du hast das getan, weil du schwach bist. Elisa hat längst durchschaut, aus welchem Holz du geschnitzt bist.

Er war immer noch wütend, als er den grasbewachsenen Hang hinunterkletterte. In die Richtung, in welche Elisa den

Flachmann geschleudert hatte.

Jetzt war ohnehin alles scheißegal.

Doch während ihm alles scheißegal war und er lediglich den Flachmann und seinen klaren Inhalt im Sinn hatte, merkte Viktor nicht, wie sich das Wetter um ihn herum plötzlich veränderte. Für einen Außenstehenden sah es so aus, als verdichtete sich ein finsterer Nebel um Viktor herum. Das Sonnenlicht erlosch, als hätten sich Gewitterwolken vor den Himmelsball geschoben. Die Farben, das saftige Grün der Hügel, das samtige Lila und strahlende Gelb der zarten Blümchen, die diese friedliche Welt bevölkerten, verblassten, ergrauten und starben. Frost durchzog das Land, im Schlepptau ein Schweigen, das jegliches Leben zu verschlingen drohte.

„Komm zu mir", flüsterte die vertraute Stimme, die Viktor nun schon seit Wochen begleitete.

Jetzt erst registrierte Vik den Albtraum um sich herum.

Den Albtraum, der zur Realität geworden war.

Sein Herz begann zu galoppieren, und vergessen war jegliche Wut oder das primitive Verlangen nach einem Schluck Wodka. Er wirbelte herum und entdeckte die nicht greifbaren Umrisse des Schattenmannes genau an der Stelle, wo ihm Elisa den Rücken gekehrt und ihn verlassen hatte. Er dachte nicht darüber nach, sein Körper reagierte schlicht intuitiv. Er floh den Hügel hinab, weg von der finsteren Gestalt, die nach seiner Seele lechzte.

„Es ist vorbei, Viktor ... lass los und komm zu mir", flüsterte es jetzt direkt in seinem Kopf. Vik schlug sich mit einer Hand auf die Schläfe, so als wollte er die Stimme herausschleudern, doch der Schattenmann lachte ihn lediglich aus. Ein Geräusch, das einem die Haare zu Berge stehen ließ. Der Hügel wurde steiler, seine Beine flogen unkontrolliert dahin. Er spürte die kalten Klauen des Nebels in seinem Nacken, er spürte, dass das Ende nahte und die ernüchternde Tatsache, dass er herzlich wenig dagegen würde tun können.

Dann blieb sein Fuß an etwas hängen — er wusste es nicht, doch es war sein eigener Flachmann, über den er stolperte -, sein Körper drängte vorwärts. Er stürzte. Rollte den Abhang hinunter.

Er sah den Felsen noch nicht einmal kommen, der aus den Grasbüscheln herausragte wie der abgebrochene Zahn eines vor Jahrtausenden verstorbenen Bergtrolls. Mit ungebremster Wucht prallte sein Kopf gegen den moosüberwucherten Stein.

Und der Schattenmann bekam, worauf er seit Wochen gehofft hatte.

19. Eintrag

Liebes Tagebuch,
viele Tage sind seit unserem Streit vergangen. Ferdi
verbarrikadiert sich in seinem Büro, arbeitet bis spät in
die Nacht. Morgens sehe ich lediglich an den zerwühlten
Laken, dass er da gewesen war.
Ich komme morgens nur schwer aus dem Bett.

Unser Streit lässt mich nicht los. Immer wieder und
wieder spielt mein Kopf die Szene durch. Ich weiß schon
gar nicht mehr, was wirklich gesagt wurde und was sich
meine Fantasie dazu erdacht hat.

Ferdi hat sich bis heute nicht für seine Worte entschul-
digt.

20. Eintrag

Liebes Tagebuch,
lange Zeit war ich wirklich wütend auf Ferdi gewesen.
Seine Worte läuten nach wie vor wie ein Mantra durch
die Hallen meiner Gedanken. Doch nach der Wut, der
Verletzung und der Enttäuschung kommt nun ein neu-
es Gefühl auf. Aber wenn ich so darüber nachdenke,
dann ist es gar nicht so neu. Es war schon immer da. Es
gehört zu meinem Wesen, wie meine Arme und Beine
zu meinem Körper. Die Euphorie über den romanti-
schen Gedanken einer glücklichen kleinen Familie hatte
es lediglich beiseite gedrängt.

Zweifel.

Und mit dem Zweifel kommt die Einsicht.

Auch wenn seine Worte alles andere als sensibel in je-
nem Moment gewesen waren, so sprach doch eine fun-
damentale Wahrheit aus ihnen.

Gab es jemals ein Geschöpf, dass weniger geeignet wäre, ein Kind in die Welt zu setzen? Ein Kind, wehrlos und schwach, angewiesen auf die Liebe und Stärke seiner Mutter. Einer Mutter, die ebenso wehrlos und schwach war, nur mit dem Unterschied eines erwachsenen Körpers und der Fassade einer heilen Welt.

Ferdi hat Recht.

Auch wenn es weh tut, es einzugestehen.

21. Eintrag

Liebes Tagebuch,
ich lese die Zeilen meines letzten Eintrags und könnte weinen. Aber es ist gut so, wie es ist. Mein Leben hat sich derart verbessert. Vor einem Jahr noch erging es mir wesentlich schlechter als heute. Heute bin ich glücklich. Glücklich mit Ferdi, meiner Stelle an der Uni, diesem wunderbaren Haus. Glücklich damit, dass meine Halluzinationen verschwunden sind. ER hat mich verlassen. Und das ist gut so.

Ich habe damit aufgehört, in dunkle Ecken und finstere Gassen zu starren.

22. Eintrag

Liebes Tagebuch,
ich muss gestehen, dass ich dich nach meinen letzten Worten in meine Schreibtischschublade gesteckt und lange Zeit nicht mehr angerührt habe. Ich hatte nicht das Bedürfnis. In Wahrheit wollte ich mich selbst nicht länger belügen. Ich habe mir lange Zeit eingeredet, dass ich keine gute Mutter sein könnte, weil ich mein Le-

ben lang mit psychischen Problemen zu kämpfen hatte. Aber mir geht es doch so gut wie noch nie zuvor! Ich weiß, dass das Leben wertvoll ist. So wertvoll, dass ich es schenken möchte.

Ich bin bereit dafür Mutter zu sein.

Und ich glaube, Ferdi hat das nun auch erkannt.

Wir haben über das Thema die letzten Jahre immer seltener gesprochen. Doch das Loch in mir - das seit meiner Kindheit existiert - das bleibt ungefüllt. Ich liebe Ferdi. Er gibt mir alles, was er kann. Aber die Liebe zu einem Kind, die kann kein Mann auf der Welt ersetzen.

Vielleicht hat das auch Ferdi nun erkannt. Vielleicht spürt auch er jene Leere in sich, die er nun bereit ist zu füllen.

Aber es spielt keine Rolle. Jetzt nicht mehr.

Ich bin schwanger.

Und heute werde ich es Ferdi sagen.

KAPITEL
neun

Das Schattenreich ... Gegenwart ...

JOSEPHINE

Das Hochgefühl hielt nicht lange an. Phine war bestürzt darüber, wie schnell die Freude über die Nachricht ihres Vaters betreffend verblasste.

„Wo wurdet ihr getrennt?", wollte Phine wissen, während sie Darian durch die Stadt folgte. Eine plötzliche Eingebung hatte ihn einen bestimmten Weg einschlagen lassen. Die Innenstadt lag hinter ihnen, nun marschierten sie durch ein Wohngebiet, das Phine weniger bekannt war, auch wenn sie sich wieder an die Stadt selbst und ihre Infrastruktur erinnerte.

„Tatsächlich nicht weit von der Straße entfernt, wo du auf die hässlichen Missgeburten gestoßen bist. Deshalb bin ich da auch rumgelungert. Aber sie scheinen weitergezogen zu sein." Darian fuhr sich gedankenverloren über das stoppelige Kinn. „Davor hatten wir unser Lager im Wald am Stadtrand, aber ich fresse einen Besen, wenn sie dahin zurückgekehrt sind."

„Wieso?"

„Der Wald ist ein gutes Versteck, musst du wissen. Die Verlorenen gehen da nicht hin, weshalb man da relativ sicher ist. Das Problem ist nur, dass es da weit und breit keine Oasen gibt. Die gibt es nur da, wo Menschen ordentlich Glück empfinden und das ist meistens bei den Leuten zu Hause. Ergo: Die Verlorenen tummeln sich dort, wo es am wahrscheinlichsten ist, auch auf uns zu treffen. Hier in der Stadt."

Phine seufzte. „Ja, das macht schon irgendwie Sinn."

„Ja, Stephen — ich mein, dein Vater hat echt gute Theorien."

Schweigsam marschierten sie nebeneinander her. Ihre Füße mussten schon wund und voller Blasen sein, doch komischerweise war dem nicht so. Sie war müde und alles schmerzte auf eine unterschwellige Art, doch hatte sie den Eindruck, dass sie sich an diesen Umstand gewöhnt hatte.

„Und wohin gehen wir, wenn nicht zurück in den Wald?"

„Ins Krankenhaus."

„Ins Krankenhaus?" Sie hatte an das hiesige Klinikum ausschließlich negative Assoziationen. Wenn sie nur an Papa dachte ... all die Zeit zwischen den sterilen Wänden, dem Geruch nach Desinfektionsmitteln und den Menschen in weißen Kitteln und ratlosen Gesichtern.

Krankenhäuser suchte man lediglich auf, wenn man schwer verletzt oder krank war. Das bedeutete, dass der Löwenanteil der Gefühle dort aus Schmerz, Leid und auch Trauer bestanden ... Phine konnte sich keinen Reim darauf machen. Ihr kam die Pilotfolge von *The Walking Dead* in den Sinn. Hauptprotagonist Rick Grimes erwacht in einem verlassenen Hospital aus dem Koma. Er streift in seinem Krankenhaushemdchen orientierungslos umher und findet diese mit Eisenketten verriegelte Flügeltür. Die Tür geht nur einen Spalt auf, doch durch diesen Spalt zwängen sich die blassen Hände von einem Dutzend Untoter, die nach dem noch lebendigen Fleisch des ehemaligen Sheriffs trachten. Diese Szene wollte ihr irgendwie nicht mehr aus dem Kopf und verstörte sie regelrecht.

„Wieso sollten mein Vater und ... und Quendoline im Krankenhaus sein?", hakte sie nach.

Darian zuckte mit den Schultern. „Wir haben darüber geredet, kurz bevor wir getrennt wurden. Wir hatten zwar nichts Konkretes ausgemacht, aber ich denke, dass wir die Lage dort früher oder später gecheckt hätten. Ich hoffe, dass Stephen das auch noch weiß und sie dort auf uns warten."

Phine schüttelte den Kopf. „Aber ich verstehe nicht ... die Gefühle dort müssen doch voller Leid sein, wie sollen sich dort Oasen bilden können?"

„Die Geburtenstation", meinte Darian und tippte sich an die Schläfe, wobei er geheimnisvoll lächelte. Im ersten Moment verstand es Phine immer noch nicht. Denn ihr erster Gedanke beinhaltete all die schrecklichen Geburtsszenen, die sie aus Filmen kannte. In denen Frauen nassgeschwitzt, blutig und mit verzerrten Gesichtern ihren Schmerz hinausschrien, während sich die Geburtshelfer sorgenvolle Blicke zuwarfen. Wie konnten in solchen Momenten nur Glücksgefühle entstehen?

Phine konnte sich kaum etwas Schrecklicheres vorstellen.

Doch dann spulte sie die Filmszenen ein Stück vor und erinnerte sich an glückliche und entspannte Gesichter, wenn es Mutter und Kind unbeschadet überstanden hatten - die Filme, in denen etwas schief gegangen war, blendete sie einfach mal aus. In jenen Momenten hatte man stets den Eindruck, dass die soeben noch vor unvorstellbaren Qualen kreischende Frau urplötzlich all den Schmerz vergessen hatte, der sie über Stunden hinweg in seiner Gewalt hatte. Nur weil jetzt ein mit Blut und Schleim verschmierter Winzling auf ihrer Brust lag, den sie mit Augen betrachtete, die vor Liebe und Glückseligkeit geradezu strahlten. Ja, irgendwie konnte sie sich schon vorstellen, dass jene Gefühle so mächtig sein konnten, dass dadurch lichtdurchflutete Oasen entstanden.

„Ich verstehe ...", sprach sie ihren Gedanken laut aus.

„Hast du Kinder?", begann Darian einen scheinbar lockeren Smalltalk, während sie über die trostlose Endzeit-Kulisse stapften. Phine verneinte, behielt aber den trockenen Kommentar, dass sie dafür erst noch einen Kerl bräuchte, für sich. Die Vorstellung einer eigenen glücklichen Familie war zwar schön und romantisch, aber gleichzeitig auch so weit entfernt wie der Mond zur Sonne. Phine fühlte sich manchmal ja selbst noch wie ein Kind.

„Und du?"

Er schüttelte den Kopf und machte ein gequältes Gesicht. „Falls ich jemals — und das ist ein gewaltiges *FALLS* — hier rauskommen sollte, müsste ich erst mal mein eigenes Leben auf die Reihe kriegen. Hab viel Mist gebaut ... mich auf die falschen Leute eingelassen, Drogen vertickt ... im Endeffekt hab ich meine Zeit verschwendet. Lustig, dass mir das hier und jetzt auffällt, was? Hatte wohl ausreichend Zeit zum Nachdenken."

Phine konnte seinen Kummer besser nachfühlen, als ihr lieb war. Auch sie bereute so einiges. Vor allem, wenn sie daran dachte, wie sie sich ihrer Mutter gegenüber verhalten hatte, bekam sie einen dicken Kloß im Hals ...

„Was machen wir, wenn wir Pa-, wenn wir meinen Vater finden? Wie lautet der Plan?"

Darians Antwort darauf war ein verständnisloser Blick. *Na, was sollen wir schon groß unternehmen? Den nächsten Campingurlaub planen?*

Eine große Schwermut fiel über sie herein. Sollte von nun an so ihr Leben aussehen? Tag für Tag durch die Trostlosigkeit dieser Welt marschieren, von Oase zu Oase schleichen, mit dem einzigen Ziel, den Mut nicht zu verlieren? Phine dachte über all die Menschen nach, die sie vielleicht niemals wieder zu Gesicht bekam, über all die Dinge und Möglichkeiten einer zivilisierten und bevölkerten Welt. Ja, sie bedauerte so manches ...

Sie war so tief versunken im Universum ihrer Gedanken, dass sie die Veränderungen ihrer Umgebung nicht registrierte. Darian berührte sie am Arm. Mitten auf einer Kreuzung blieben sie stehen.

Das Schattenreich war stets kühl, doch nun wurde es bitterkalt. Als wären sie über eine Schwelle getreten, die in einen unsichtbaren Gefrierschrank führte. Sie konnten ihren Atem in der Luft sehen.

In der alles verschlingenden Stille war ein Geräusch.

Leise, wie in Watte gepackt, doch unüberhörbar. Phine dachte an quietschende Reifen bei einer Vollbremsung.

Und dann sahen sie es. In jenem Moment wusste es Phine kaum einzuordnen, doch später, als sie Zeit hatte, über das Geschehene nachzudenken, wurde es ihr ganz klar. Was sie da erlebten, war ein Einblick in die Realwelt. Ein Einblick wie eine Geistererscheinung. Blass und in verzögerter Geschwindigkeit.

Ein städtischer Linienbus raste über die Kreuzung frontal auf sie zu - vielmehr schleppte er sich wie eine Schnecke dahin, doch das Geräusch der quietschenden Reifen bestätigte den Umstand, dass der Busfahrer so heftig auf die Bremse trat, dass die Reifen ihren Gummi an den Asphalt abgaben. Phine und Darian waren so überwältigt von dem Anblick, dass sie nicht in der Lage waren, sich zu rühren. Der Bus drohte sie, niederzuwalzen, doch dann erschien von rechts ein weißer Transporter mit dem das Logo eines Handwerkers auf der Flanke und krachte in den Bus hinein. Dies alles geschah langsam und doch war die Wucht des Aufpralls von entsetzlicher Brutalität. Splitterndes Glas und gewaltsam verbogenes Metall kreischten so laut, dass sie den Nachhall davon — wie vorhin die quietschenden Bremsen — in der Schattenwelt hören konnten. Der Bus wurde durch den Aufprall von der Straße gedrängt und wickelte sich um eine Straßenlaterne, doch vorher rammte er noch zwei weitere Kleinwagen, die plötzlich von links kamen.

Und dann war es vorbei. Übrig blieb das Stillleben eines verheerenden Verkehrsunfalls.

Phine und Darian standen beide mit offenen Mündern da und konnten kaum glauben, was sie soeben mitverfolgt hatten. Doch so schrecklich und zugleich auch eindrucksvoll das gewesen war, irgendjemand legte noch eine Schippe drauf.

Der gesamte Bus, sowie der Transporter und die beiden Kleinwagen begannen, sich aufzulösen. Ihre geisterhafte Gestalt wandelte sich in Milliarden goldener Staubkörnchen. Ein Bild, so bezaubernd und einnehmend, als stünde da eine Gottheit in all ihrer Pracht. Die goldene Wolke begann sich zu winden und zu drehen. Erst sanft, dann immer schneller. Der Wind, der dadurch entstand, zerrte an ihren Haaren.

„Wir sollten hier lieber verschwinden!", rief Darian. Und gerade als sie auf den Absätzen kehrt machten, hörten sie es.

Das Wehklagen und Wimmern der Verlorenen.

...

Eine ganze Horde kam um eine Straßenecke herum. Sie näherten sich schnell — trabend, kriechend, schlurfend, aber schnell. Phine und Darian standen zwischen der tobenden Wolke und den Schattenwesen.

„Wohin?!", wollte Phine wissen.

Darian packte sie am Arm und wählte die rechte Straßenseite. Sie blieben abrupt stehen, denn auch von dort tauchten aus den Seitengassen Verlorene auf.

„Shit!"

Sie kehrten um — Darian befreite den Baseballschläger aus seinem Rucksack — und wählten die entgegengesetzte Richtung. Sie rannten. Ein Blick zurück verriet Phine, dass sich die meisten Kreaturen auf den Goldsturm stürzten, doch ein paar hatten ihre Verfolgung aufgenommen.

„Sie sind direkt hinter uns!", brüllte sie. Darian riskierte ebenfalls einen Blick, während sie vorwärtsdrängten. Phine sah wieder nach vorn. Plötzlich explodierte Glas direkt vor ihnen - ein Verlorener brach durch ein Schaufenster. Reflexartig ließ sie sich auf Darian fallen. Sie krachten zu Boden. Phines Brille rutschte ihr von der Nase und schlitterte über den Asphalt.

Ich kann nichts sehen!

Panisch tastete sie nach ihrer Brille. Währenddessen rappelte sich Darian auf und schwang seinen Baseballschläger. Ein dumpfer Schlag. Ein erstickendes Kreischen. Endlich fand Phine ihre Brille — die Gläser waren gesprungen. Schnell setzte sie sie auf und beeilte sich, auf die Beine zu kommen. Die Bestie, die durch das Schaufenster gekommen war, lag niedergestreckt auf der Straße. Sie atmete noch, denn ihr knochiger Brustkorb hob und senkte sich. Dann begann sie, sich in goldenen Staub aufzulösen.

Phine zuckte heftig zusammen, als Darian seine Waffe krachend zu Boden fallen ließ. Ein — zersplitterter — Blick in die Richtung, aus der sie gekommen waren, verriet ihr, dass fünf weitere Verlorene auf sie zusteuerten. Sie hatten ihr Tempo gedrosselt — vielleicht eingeschüchtert durch den schnellen Tod ihres Kameraden, oder vielleicht auch, weil sie sich ihrer Beute sicher fühlten.

„Was tust du da?!", rief sie mit einer Stimme, die schrill vor Angst war.

„Es sind zu viele, ich kann nicht gegen sie alle kämpfen", antwortete Darian. Doch klang er nicht, als sei bereits alle Hoffnung verloren. Er griff in die Gesäßtasche seiner Jeans und holte eine schwarze Taschenlampe hervor. Phine hatte keine Ahnung, was er damit wollte. Sofern die Taschenlampe nicht der Griff eines Lichtschwertes war, war ihr der Baseballschläger allemal vorzuziehen. Was zum Teufel hatte er bloß vor?!

„Siehst du das zerbrochene Fenster, durch das der Verlorene gekommen ist?", wollte er wissen, während er die Taschenlampe wie den Lauf einer Pistole auf die heranschleichenden Hässlichkeiten richtete. Phine bejahte. „Wir gehen jetzt ganz langsam darauf zu. Und hoffen, dass es einen Hinterausgang gibt."

Sie taten, was Darian vorschlug. Ein Verlorener — eine

perverse Kreuzung aus Mensch und Hund, mit glänzender, schwarzer Haut, die ein deformiertes Skelett umspannte — löste sich von der misstrauischen Gruppe und torkelte auf sie zu.

Phine war plötzlich wie erstarrt. Sie wusste, sie sollte Darians Anweisungen folgen. Wusste, sie könnte sich nützlich machen — es lag genug Schutt in Griffweite, den sie als Waffe einsetzen könnte — doch es war ihr einfach nicht möglich.

Die Angst lähmte sie.

Darian knipste die Taschenlampe an und als der Strahl die Monstrosität traf, kreischte diese winselnd auf und wich panisch zurück. Auch die anderen Kreaturen vergrößerten vorsichtshalber die Distanz, doch äußerten sie ihre Verärgerung mit wütendem Gebrüll.

„Mach schon!", zischte Darian.

Endlich befreite sich Phine aus ihrer Paralyse. Durch den scharfkantigen Rahmen des Schaufensters schlüpfte sie vorsichtig in das Gebäude. Darian schnappte sich seinen Baseballschläger und folgte ihr. Die Verlorenen wollten ihnen nachjagen, doch Darian wartete, bis sie nah genug waren und streifte jede von ihnen mit dem Licht seiner Taschenlampe. Schmerzvoll wie auch wütend aufkreischend stoben sie auseinander.

„Ja, verpisst euch nur, ihr Arschlöcher!", schrie er ihnen hinterher und verfolgte ihre Flucht mit dem Lichtstrahl, doch dieser reichte nicht mehr weit genug. Er schaltete sie aus.

„Die haben ihre Lektion gelernt", meinte Darian selbstzufrieden und drehte sich zu Phine um. Diese stand vor ihm. Ihre Schultern bebten, sie zitterte am ganzen Körper.

„Hey, schon gut", sagte Darian sanft. „Die kommen so schnell nicht wieder."

Phine schloss die Augen und versuchte Herrin ihrer Angst zu werden. Ihr wurde schmerzlichst bewusst, dass sie in dieser Welt nicht lange überleben würde, wenn sie dieses Problem nicht bald in den Griff bekam. Unauffällig wischte sie die schweißnassen Hände an ihrer Jacke ab. Dabei ertastete sie etwas in ihrer Jackentasche. Sie öffnete wieder die Augen und holte einen Schlüsselbund hervor. Ihr Blick blieb an einem Schlüsselanhänger haften. Eine kleine Taschenlampe.

„Die Kreaturen des Schattenreichs haben Angst vor dem Licht“, sagte sie zwar laut, aber eher zu sich selbst. Sie erinnerte sich daran, dass Großvater ihr diese Taschenlampe gegeben hatte — an jenem Tag, an dem sie *geholt* wurde.

Mit einem Mal kam auch der ganze Rest wieder zurück, der ihrem Gedächtnis bisher verborgen geblieben war.

Der Schattenmann.

Ferdinands Theorien über die Springer.

Seine Theorie darüber, dass sie — Phine — eine Springerin war.

Sie steckte ihre freie Hand erneut in ihre Jackentasche und ergriff etwas Kleines, Hartes. Sie wusste bereits, was es war, bevor sie es hervorholte.

„Was ist das?“, wollte Darian wissen. Doch Phine hörte ihn nicht. Sie stierte auf die abgegriffene Schachfigur in ihrer Hand. Eine Träne klatschte auf den weißen Springer.

Es war ein eigenartiges Gefühl, als sich plötzlich alles fügte. Die letzten Puzzleteile fanden ihren Weg und vervollständigten das Bild, das Phine seit ihrer Ankunft an diesem schaurigen Ort, Stück für Stück, montiert hatte. All die schrecklichen Wochen, in denen der Schattenmann sie verfolgt hatte. All die Albträume. Die Angst. Die Hoffnungslosigkeit.

Sie war nicht verrückt. Das alles war real.

Der Schattenmann war real.

Opa Ferdi ist nicht verrückt. Er hatte stets die Wahrheit erzählt. Und er hatte sie gewarnt. Er hatte geahnt, dass ihr das passieren würde. Er hatte sie darauf vorbereiten wollen.

Phine wusste nicht, was schlimmer war. Sich in der realen Welt sicher zu sein, dass man den Verstand verlor oder im Schattenreich die Erkenntnis zu erlangen, dass all das tatsächlich existierte.

„Du erinnerst dich an *ihn*, nicht wahr?"

Phine sah auf und blickte durch die Sprünge ihrer Brillengläser in ein schmerzerfülltes Gesicht. Nicht nur schmerzerfüllt, auch voller Angst und ... Abscheu.

„An das Wesen mit den roten Augen ...", flüsterte Darian, als sie nicht sofort reagierte.

Phine nickte. „Ich nenne ihn *Schattenmann*."

VIKTOR

Sie hatte nicht mehr lange.

Er konnte es sehen. Ja, sogar spüren.

Sie *schwand*. Das beschrieb es tatsächlich am besten.

Vik saß im Schneidersitz auf einem Teppich, der einst voller farbenfroher Punkte gewesen, nun nur noch verblasst und staubig war. Quendo lag in einem Jugendbett ihm gegenüber, das die Form eines Märchenschlosses hatte — in der Realwelt der Traum eines jeden kleinen Mädchens, hier die Heimat von giftigen Morcheln und dornigen Kletterpflanzen. Zwischen ihnen prasselte ein kleines Feuer, das Vik mühsam aus den Resten eines Puppenhauses entfacht hatte.

Das Feuer war nur ein schwacher Trost. Was sie dringend brauchten, war eine Oase. Quendo hielt nicht mehr lange durch. Vik hatte schon miterlebt, wie es aussah, wenn man nicht mehr *durchhielt*. Über die allgemeine depressive Stimmung hinaus wurde man allmählich übellaunig, leicht reizbar. Die Gewaltbereitschaft nahm zu — ganz unabhängig davon wie friedlich und sanftmütig man zuvor gewesen sein mochte. Das markanteste Indiz: Man verlor äußerlich das, was einen menschlich machte, wurde nicht nur fahl und grau — so wie der Rest der Schattenwelt — man *deformierte*.

Es begann schleichend, doch plötzlich war die Veränderung deutlich und unübersehbar. Die Gesichtszüge der Betroffenen modifizierten, verloren ihre ursprüngliche und charakteristische Form. Wurden zu etwas anderem. Etwas, das ausgemergelt und bösartig war. Wenn dies geschah, gab es kein Zurück mehr. Nicht tausend Oasen konnten dann noch einen Unterschied machen.

Quendolines Gesicht hatte die Farbe eines trüben Novemberhimmels angenommen.

„Es ist so verdammt kalt", beklagte sie sich. Sie hatte die Augen geschlossen, um sich auszuruhen — denn an Schlaf war in dieser Welt nicht zu denken — und öffnete sie nun. Ihre Augen waren trüb und wässrig, von einem ausgewaschenen Blau. Die Augen einer alten Frau.

Quendo richtete sich in eine sitzende Haltung und streckte die dünnen, langen Finger nach den wärmenden Flammen aus. Über das Feuer hinweg starrte sie ihn an. In ihrem Blick lag nichts als Abscheu.

„Was Besseres kriegst du nicht zustande? Mickriges, kleines Feuerchen, damit hätte sich mein Albert — Gott hab ihn selig! — nicht mal seine vermaledeite Pfeife-" sie hielt plötzlich inne und wirkte sichtlich erschrocken. „Es tut mir so leid, mein Lieber, ich weiß wirklich nicht, warum ich das gesagt hab ..."

Vik lächelte müde. „Schon gut. Das bist nicht du. Das ist dieser Ort, der aus dir spricht. Auf kurz oder lang vergiftet er uns alle."

„Wohl wahr", stimmte sie ihm zu und senkte ihren Blick. Sie schämte sich.

Gute, alte Quendoline. Das hatte sie nicht verdient. Doch solange man die Worte bereute, die einem in einem Anfall der Unglückseligkeit aus dem Mund sprudelten, bestand noch Hoffnung. Sie brauchten eine verdammte Oase.

Vik stand auf. „Ich suche weiter. Du bleibst hier und ruhst

dich aus.“

...

Er hatte bereits jedes einzelne verfluchte Haus in drei umliegenden Blocks abgesucht. Nicht die kleinste Spur einer Oase. Seit sie Darian während eines Überfalls der Schattenwesen aus den Augen verloren hatten, schien es nur noch bergab zu gehen. Bald würde Viktor auch noch seine letzte Gefährtin verlieren, wenn er nicht endlich etwas Glück hatte.

Glück.

Das existierte hier nicht. Und wenn, dann war es von erschreckend kurzer Dauer. Zum Tode verurteilt bereits im Ansatz seines ersten Atemzugs.

Vik hatte viele Gefährten gehen sehen. Dass er selbst noch hier war, kam ihm vor wie ein verdammtes Wunder.

Wütend knallte Vik die Tür einer Wohnung hinter sich zu, die genauso verschimmelt und heruntergekommen war, wie die zwanzig Wohnungen zuvor. Durch den Luftzug wirbelte der goldene Staub auf, der überall in der Luft anzutreffen war, sich jedoch nirgends ablegte, so wie man es von gewöhnlichem Staub kannte. Vik hielt inne und betrachtete nachdenklich die schimmernden Körnchen, die in dieser finsteren Umgebung strahlten wie die Sterne am Nordpol. Er streckte seine Hand aus und wollte sie mit den Fingern berühren, doch sie zogen geschmeidig von dannen.

Vik hatte es satt. Manchmal sehnte er sich danach, sich selbst in jene Goldwolke zu verwandeln. *Reiß dich zusammen, Vik! Du kannst die anderen nicht im Stich lassen, nur weil du keinen Bock mehr hast!*

Das musste er sich in letzter Zeit häufiger sagen. Die anderen zählten auf ihn. Auch wenn für Quendoline nur noch wenig Hoffnung bestand. Aber da war noch Darian. Sie hatten ihn zwar verloren und wahrscheinlich war er auf sich allein gestellt seitdem, aber der Junge war zäh. Vik glaubte daran, dass er es schaffen konnte. Er hatte den vorlauten Burschen inzwischen wirklich gern. Dessen eigensinniger Sinn für Humor machte alles ein wenig erträglicher.

Vik marschierte den in Schutt liegenden Flur Richtung Ausgang zurück, als sein Blick durch ein zerschlagenes Fenster fiel. Seine Augen blieben auf einem großen, kastenförmigen Fahrzeug hängen, das auf einem Parkstreifen stand. Es war komplett verrostet und zum größten Teil mit welken Kletterpflanzen überwuchert, doch das Blaulicht auf dem Dach und das große, wenn auch zum Teil abgeblätterte Kreuz auf der Seite ließen es eindeutig als Krankenwagen identifizieren. Vik hatte schon einige von ihnen in der Stadt verteilt gesehen, doch dieses Mal zog ihn dessen Anblick regelrecht in den Bann. *Warum?*, fragte er sich, und spürte, wie irgendwo tief in seinem Hirn eine Erinnerung an seinen Synapsen zu kratzen begann.

Und dann fiel es ihm wie Schuppen von den Augen.

Das Krankenhaus! Kurz bevor sie getrennt worden waren, hatten sie über die Säuglingsstation gesprochen. Die Oasen dort mussten mächtig sein. Und das Beste: Wahrscheinlich entstanden dort tagtäglich Neue! Das Krankenhaus war das größte im Landkreis und hatte zudem noch eine integrierte Kinderklinik. Das hieß, dass es dort täglich ein Dutzend Geburten gab. Natürlich war nicht jede Geburt ohne Komplikationen oder mit Gefühlen des größten Glücks verbunden und doch glaubte Vik fest daran, dass der Großteil der Gefühle dort so stark und positiv sein musste, dass es an Oasen kaum mangeln konnte.

Darian war nicht nur zäh, er war auch intelligent. Vik traute ihm zu, dass er denselben Entschluss fassen konnte.

„Du hast mir von den Verlorenen erzählt, von den Oasen und den eigenartigen Dingen in dieser Welt. Wieso nicht vom Schattenmann?", wollte Phine wissen und rückte ihre Brille mit den zerbrochenen Gläsern zurecht. Ihre Sicht auf die Welt war zersplittert, was ein großes Problem war. Ganz zu schweigen davon, dass sie ständig ins Stolpern geriet.

Sie hatten ihren Weg Richtung Krankenhaus fortgesetzt. Von den Schattenwesen war nirgends eine Spur. Selbst ihre grässlichen Wehklagen waren verstummt.

Darian sah sie nicht an, als er antwortete. „Wozu denn? Als ich dich fand, konntest du dich nicht an deinen eigenen Namen erinnern. Übrigens kannst du die Brille getrost wegwerfen. Du brauchst sie nicht. Das ist ähnlich wie mit dem knurrenden Magen."

Phine musste sich überwinden, ihre Brille herunterzunehmen, geschweige denn, sie auf die Straße fallen zu lassen.

„Und du bist dir absolut sicher?"

Darian bejahte.

Augenblicklich verlor die Welt ihre scharfen, wenn auch zersprungenen Konturen. Sie streckte die Arme aus.

„Oh mein Gott, so geht das doch nicht. Hier, nimm so lange meinen Arm, bis sich deine Augen daran gewöhnt haben."

Phine nahm seinen Arm dankbar an, auch wenn sie peinlich berührt war. Noch konnte sie sich kaum vorstellen, dass sich ihr Sehvermögen anpassen sollte. Um sich abzulenken, dachte sie über Darians Argumentation nach und konnte sie gar nachvollziehen. Dennoch fühlte sie sich, als hätte ihr jemand verschwiegen, dass sich in dem dunklen Raum, in dem sie sich befand, auch ein Monster versteckte. Ein Monster, das noch viel schlimmer und grauenerregender war als die Verlorenen. Phine spürte erneut die vertraute Angst, die unterschwellige Panik und dieses beklemmende Gefühl, das der

Schattenmann bereits in der Realwelt bei ihr ausgelöst hatte. Der Gedanke, ihm hier zu begegnen, in seinem eigenen Reich ...

„Er hat auch dich hierhergebracht, nicht wahr?"

Darian antwortete nicht. Sie konnte sein Unbehagen beinahe körperlich spüren. Sie fühlte sich nicht anders. Aber sie wollte Antworten.

„Er hat uns alle hierhergebracht. Auch meinen Vater", antwortete sie stattdessen. „Opa Ferdi hatte Recht. Er hatte mit allem Recht. Aber keiner hatte ihm glauben wollen. Naja, wem könnte man das auch verdenken ..."

„Opa Ferdi?"

„Mein Großvater. Er wusste vom Schattenmann und vom Schattenreich. Er wusste, dass mein Vater hier gefangen ist. Und er wusste, dass auch ich von ihm ... verfolgt werde." Sie griff nach dem abgegriffenen Springer in ihrer Jackentasche und holte ihn hervor. „Er gab mir das als Erinnerung daran, was ich angeblich kann."

Darian griff nach der Schachfigur und betrachtete sie. „Du bist ein ... Genie im Schach?"

Phine schmunzelte. „Bei den Göttern, nein, ich bin eine Katastrophe im Schach. Aber mein Großvater ist ein Springer und er meinte, ich bin es auch."

Darian hob eine Augenbraue. „Stabhochsprung?"

Phine sah ihn an und lächelte. Er lächelte zurück und warum auch immer - Phine schoss das Blut in die Wangen. Sie wandte rasch den Blick ab und sah auf den aufgeplatzten Boden unter ihren Füßen - der ohne ihre Brille zu einer einzigen grauen Masse verklumpte.

Folgendes war ... naja ... komplett verrückt. Aber andererseits war sie in einer Art dystopischer Parallelwelt gefangen, die mit gruseligen Monstern und aus der Realwelt entführten Seelen bevölkert war. In Anbetracht dessen klangen die Worte ihres Großvaters eigentlich gar nicht mehr so durchgeknallt.

„Mein Großvater spricht schon sehr lange vom Schattenmann und von dieser Welt hier ... deshalb ist er seit Jahren in Behandlung und wird immer wieder in die Psychiatrie eingewiesen. Die Ärzte halten ihn für schizophren ...“

Phine fühlte sich schuldig.

Auch sie gehörte dem System an, das Großvater so lange Zeit seiner Freiheit beraubt hatte. Aber woher hätte sie denn wissen sollen ...

„Das tut mir leid“, erwiderte Darian und holte Phine aus ihren Gedanken zurück. „Als gesunder Mensch in der Klapse zu landen, kann nicht unbedingt von Vorteil sein.“

„Ja, dasselbe hatte ich auch grad gedacht ...“, pflichtete sie ihm bei. „Aber in Wahrheit ist es noch viel komplizierter. Mein Opa behauptet - nun gut, in Anbetracht unserer Situation kann ich gar nicht mehr anders, als ihm zu glauben - er sagt, dass er zwischen den Welten springen kann. Zwischen der Realwelt und dieser hier.“

„Wie soll denn das gehen?“

„Ich weiß es nicht. Aber ich glaube ihm. Jetzt. Und er behauptet, dass ich es auch kann.“

Darian blieb stehen. „Das würde ja bedeuten, dass du ... dass du hier raus kannst!“

Phine hätte vor Verzweiflung am liebsten losgeweint. „Aber ich weiß nicht wie!“ Ihre Stimme klang erstickt und heiser. „Ich wollte ihm nicht zuhören! Ich hab ihm nicht geglaubt! Er wusste, dass mir das passieren würde und er wollte mir helfen, aber ich hab ihn nicht gelassen! Ich ...“

„Schon gut“, unterbrach sie Darian. Er umarmte sie. Phine war so perplex, dass sie sich wie ein Stock versteifte.

„Wie hättest du es wissen sollen ...“, meinte er schulterzuckend und löste die Umarmung. Seine Stimme war sanft und sein Lächeln war so voller Mitgefühl. Phine gelang es irgendwie, ein dankendes Zucken mit dem Mundwinkel zustande zu bringen. Er hatte ja recht. Und doch fühlte sie sich mies.

„Mit der Brille ist mir nie aufgefallen, was für schöne Augen du eigentlich hast“, sagte Darian. Ehe Phine erneut die Farbe von glühenden Kohlen annehmen oder auf sonst irgendeine peinliche Art reagieren konnte, fasste er sie wieder sanft am Arm und führte sie weiter durch die staubigen Gassen und Straßen des Zerfalls.

VIKTOR

Wieder zurück im Unterschlupf stopfte er Quendolines wenige Habseligkeiten in ihre Tasche, packte ihre Schlafsäcke zusammen und löschte das kleine Lagerfeuer. Die alte Dame im rosafarbenen Bademantel beobachtete ihn mit Argusaugen und murmelte kleine Gemeinheiten in seine Richtung.

„Quendoline, kannst du dich noch daran erinnern, wie wir über das Krankenhaus sprachen?“, unterbrach sie Vik, ohne auf ihre empörte Miene zu achten. Er hatte schon vor langer Zeit beschlossen, nichts persönlich zu nehmen, was von anderen an diesem Ort gesagt, geschweige denn, wie er angesehen oder behandelt wurde. Über kurz oder lang waren sie alle nicht Herr ihrer Emotionen und Gefühle, geschweige denn ihrer Zunge. Er hatte es auch selbst schon erlebt, wenn die Zeitspanne zwischen zwei Oasen ein wenig überstrapaziert wurde. Bloß nicht persönlich nehmen.

Quendoline starrte ihn an, als hätte er ihr all ihre Ersparnisse gestohlen, die sie in einer ausgestopften Socke unter ihrem Bett versteckt hatte.

„Was nimmst du dir eigentlich raus, du Flegel?!“, keifte sie ihn an. „Mich beim Vornamen zu nennen! Frau Merz für dich! Frau Merz! Oder kannst du dir das nicht merken mit deinem Spatzenhirn?“

Vik seufzte innerlich. „Bitte verzeihen Sie, Frau Merz, das

war unhöflich von mir. Erinnern Sie sich noch an unser Gespräch über das Krankenhaus?“

Wenn möglich, wurde ihre Miene noch giftiger. „Das Krankenhaus? Du willst mich wohl zum Krepieren abschieben, was?!“

„Wir hatten über die Oasen gesprochen. Auf der Geburtenstation? Erinnern Sie sich?“

„Was quasselst du da von Oasen? Willst mich wohl durcheinanderbringen, was?“ Sie erhob einen ihrer dürren Finger und drohte ihm damit. Säße sie nicht gerade in ihrem rosafarbenen Plüschmantel vor ihm, die kurzen weißen Haare zerzaust, die Lesebrille schief auf der Nasenspitze, wäre diese Geste vielleicht etwas eindrucksvoller gewesen.

„Kommen Sie, wir müssen los“, meinte er abschließend und half der alten Frau auf die Beine, was sie mit Zetern und Maulen kommentierte. Ihre Körperkraft reichte nicht mehr aus, um sich zu wehren. Er führte sie durch die Tür, hinaus auf die Straße und zeigte auf etwas, das er von seiner Tour mitgebracht hatte.

„Et voilà! Ihr Transportmittel, Frau Merz.“

Sie strafte ihn mit einem solch entsetzten Blick, dass er beinahe aufgelacht hätte.

„Da setz ich mich nicht rein, du unverschämter-“ Vik ließ sie nicht aussprechen, sondern bugsierte sie mehr oder weniger sanft in den verrosteten Buggy, den er zufällig in einem Secondhand-Laden gefunden hatte. Ein Rollstuhl wäre bequemer gewesen, aber einen solchen hatte er auf die Schnelle nicht auftreiben können; doch so schmal und hager die hochbetagte Dame war, passte sie ohne Umschweife in die kleine Sitzfläche hinein. Zu Fuß konnte Quendo die schätzungsweise zehn Kilometer bis zum Krankenhaus gewiss nicht mehr absolvieren.

Sie rumpelten los und es ächzte und quietschte, doch der alte Buggy tat seinen Dienst, während sich Quendo am lau-

fenden Band beklagte. Die Zeit schleppte sich dahin, ebenso
die Schweißtropfen, die Vik irgendwann von der Stirn perl-
ten.

Während er all die Schlaglöcher und wucherndes Unkraut
umging, fiel ihm auf, wie still es wieder war. Quendo hatte ihr
Gezeter eingestellt, doch hatte er den genauen Zeitpunkt verpasst. Einen kurzen, doch schrecklichen Moment lang schoss
ihm durch den Kopf, dass sie verstorben war, doch auf diese
Weise konnte man der Schattenwelt leider nicht entkommen.

„Quendo ... ich meine, Frau Merz? Alles in Ordnung?“, erkundigte er sich behutsam. Er wagte es jedoch nicht, anzu-
halten. Sie hatten schon genug Zeit verschwendet. Eine ganze
Weile lang blieb es still.

„Es geht dem Ende zu, nicht wahr?“, antwortete die Rentnerin schließlich.

Viktor hatte bereits damit gerechnet, dass ihre Stimmung
von aggressiv zu depressiv umschwingen würde - er hatte diesen Verlauf bereits ein Dutzend Mal beobachtet - doch hatte
er nicht so früh damit gerechnet. Quendoline hatte aufgegeben, deshalb ging es bei ihr so schnell.

„Noch sind Sie da, Frau Merz, noch können wir dem
Schattenmann trotzen und ihm ins Gesicht spucken.“

„Ha!“, rief sie triumphierend auf, als hätte sie im Senioren-
heim im Bingo gewonnen. Doch dieses akute Stimmungs-
hoch verflog so rasch, wie es gekommen war. „Doch frage ich
mich, wozu denn überhaupt noch.“

Darauf hatte Viktor keine Antwort. Wirklich nicht.

„Haben Sie keine Angst“, war alles, was ihm einfiel. Eine
leere wie nutzlose Floskel. Quendo drehte sich zu ihm und zu
seiner Überraschung lag ein freundliches, wenn auch dünnes
Lächeln auf ihren Gesichtszügen. Das war die wahre Quendoline Merz. Eine sanfte, herzensgute Rentnerin aus dem Se-
niorenheim, die ihren rosa Bademantel über alles liebte.

„Ich habe keine Angst“, sagte sie leise.

Da sie von einem Hügel herunterkamen — ein schickes Wohnviertel der etwas gehobeneren Gesellschaft, das in der Realwelt gepflegt und schön anzusehen war mit seinen alten Villen und neumodischen quadratischen Bunkern — konnten sie das etwa einen Kilometer entfernte Krankenhausgelände bereits sehen. Sogar Phine konnte es sehen. Klar und deutlich und ganz ohne Brille — was ihr nach wie vor wie ein kleines Wunder vorkam. Es bestand aus mehreren Gebäuden, die durch gläserne Gänge miteinander verbunden waren. Schon aus der Entfernung wurde jedoch deutlich, dass mit dem Komplex ganz und gar etwas nicht stimmte. Als könnte er sich nicht entscheiden, ob er verwahrlost und mit parasitischen Pflanzen überwuchert oder einigermaßen intakt und frei von Schimmel sein wollte. Das machte seinen Anblick so verwirrend und eigenartig. Als spielten einem die Augen einen Streich.

„Zu viele wechselnde Emotionen, würde ich mal raten", meinte Darian und blieb stehen, um sich das Schauspiel genauer anzusehen. „Voll der Mindfuck, oder?"

Phine nickte. Dann zeigte sie auf das, was sich hoch über dem Krankenhaus abspielte. „Aber das macht mir irgendwie noch mehr Sorgen."

Über dem Krankenhaus hatten sich die Wolken bedrohlich zusammengebraut. Als hätte die Schattenwelt ein Auge auf das Krankenhaus geworfen. Vielleicht war dem auch so. Immerhin starben dort viele Menschen.

„Und du willst wirklich da rein?" Ihr graute davor.

Darian setzte ein gequältes Lächeln auf. „Wovor hast du Angst?"

„Wo soll ich nur anfangen?"

Phine wollte soeben einen Schritt vorwärts gehen, da wurde plötzlich alles schwarz. Gefangen in einer Paralyse war sie gezwungen, die Szene, die sich vor ihrem inneren Auge abspielte, mit anzusehen.

Da war eine Person im Zwielicht. Phine erkannte die Frau. Die unmittelbare Erinnerung an ihr totes Baby versetzte ihr einen Schrecken, den sie eiskalt bis ins Mark spürte. Sie hatte das Gefühl, kaum noch atmen zu können.

Sie wollte nicht sehen, was ihr die Frau zeigen wollte! Sie wollte den toten Säugling nicht noch einmal sehen!

Bitte nicht! BITTE!

Doch da war kein totes Baby. Nur die Frau in vollkommener Einsamkeit. Wieder drehte sie Phine den Rücken zu, stand reglos. Und dann rauschte eine schreckliche Verwandlung über sie hinweg. Phine sah mit aufgerissenen Augen zu, wie sich die Gestalt der Frau veränderte. Die zuvor schon schlanke Statur verlor im Zeitraffer an Substanz, wurde dünner und dünner, bis nur noch ein mit Haut überspanntes Skelett in nun viel zu großen Kleidern steckte. Auch diese wandelten sich, wurden zu grauen, zerrissenen Lumpen.

Phine konnte nichts dagegen tun, dass sie sich der Frau näherte. Sie war ihr so nah, dass sie nur eine Hand nach ihr ausstrecken müsste, um sie zu berühren.

Die groteske Gestalt drehte sich um.

Von Fassungslosigkeit und Schock gelähmt, starrte Phine in das graue Antlitz eines schädelartigen Gesichts. Tief in den dunklen Augenhöhlen öffneten sich langsam zwei schwere Augenlider. Und Phine wurde gegen ihren Willen noch näher herangeschoben, bis keine Handbreit mehr zwischen ihrer beider Nasenspitzen passte.

Die Gestalt öffnete die Augen.

Zwei rotglühende Kohlen glotzten Phine an.

Sie schrie. Und stürzte plötzlich auf einen rissigen, staubigen Boden. Schweratmend realisierte sie, dass sich der Albtraum bereits verflüchtigte.

„Phine! Alles ok?" Darian fasste sie an den Armen und zog

sie auf die Beine. „Fuck, das ist doch schon einmal passiert!“

Der Schreck saß noch tief, die Erinnerung verblasste bereits, doch dieses Mal konnte sie das Wesentliche behalten.

„Ich glaube, ich hatte eine Art Tagtraum - Albtraum wohl eher.“ Sie erzählte ihm in groben Zügen von beiden Visionen. „Ist dir so was schon mal passiert, seitdem du hier bist?“, wollte sie von ihm wissen.

Darian schüttelte den Kopf. Selten hatte sie ihn derart besorgt gesehen. „Was das wohl zu bedeuten hat? Hast du eine Ahnung, wer die Frau sein könnte?“

„Nein“, meinte Phine prompt und zuckte mit den Schultern. „Vielleicht jemand, der versucht Kontakt aufzunehmen? Jemand, der genau so gefangen ist wie wir? Ich weiß es nicht.“

Auch Darian wirkte ratlos. Phine hatte nicht den blassesten Schimmer, doch das beklemmende Gefühl, das von ihr Besitz ergriffen hatte, fühlte sich sehr vertraut an.

So war es ihr stets ergangen, wenn ihr der Schattenmann einen Besuch abgestattet hatte.

...

Es war unheimlich. In dieser Welt war so ziemlich alles schauererregend, aber das Krankenhaus war die bittersüße Kirsche auf der Torte, die auf einem Begräbnis serviert wurde.

Phine hatte eine Gänsehaut, seit sie das Gebäude über einen Seitenflügel — ein Labor — betreten hatten. Der Haupteingang war unpassierbar; lag in Schutt, der bereits von dunklem Moos in Beschlag genommen worden war.

Wie schon die Fassade, konnten sich die Gebäudeteile auch innen nicht entscheiden, wie sie aussehen wollten. Manche Abschnitte waren komplett verwahrlost, die Wände geplatzt und abgebröckelt, die Ecken voller Schimmel, die Decken übersät von feuchten Flecken. Es roch muffig und staubig. Andere Bereiche waren vollkommen intakt, wirkten lediglich von der Welt vergessen — ein Hauch von Desinfektionsmitteln kitzelte ihre Nasen.

Aber das Verrückteste war: Dieser Zustand war nicht stabil, vielmehr änderte er sich ständig und immerzu. Wenn man geduldig war, konnte man es mit bloßem Auge beobachten. Phine sah fasziniert zu, wie sich ein tiefer Riss in der Wand selbstständig reparierte. Gleich einer Wunde, die im Zeitraffer heilte. Erst füllte sich die Mauer mit Zement, dann wuchs ein Putz drüber und zuletzt kroch die umstehende Tapete auf die Narbe zu und bedeckte diese vollständig. Nur einen halben Meter daneben verfaulte vor ihren Augen ein alter Holzhocker, den jemand achtlos in den Flur gestellt hatte. Das Holz zerfiel und das Möbelstück ging zu Boden wie ein gefallener Soldat, der eine tödliche Schusswunde erlitten hatte.

„Krass", sagte Darian. „Dieser Ort ist irgendwie anders ..."

„Als würden hier die Grenzen verschwimmen", kam Phine in den Sinn.

„Ja, das trifft es ganz gut. Weißt du, wo die Geburtenstation ist?"

Phine schüttelte den Kopf. Aber sie wusste etwas anderes.

„Bevor wir diese suchen, würde ich gerne noch einen Abstecher machen, wäre das in Ordnung?"

„Klar, wohin denn?"

„Zu den Komapatienten."

...

Als sie das Labor verließen, erhöhte sich die Konzentration des goldenen Staubs in der Luft um ein Vielfaches. Phine zog sich ihren Schal über die Nase und Darian tat es ihr mit seinem T-Shirt gleich. Streng genommen waren das winzige Leichenteilchen, die da so schön und unschuldig durch die Luft schwebten. Die Vorstellung war so sonderbar wie verrückt.

Vielleicht sollte sie allmählich ihren Maßstab für Verrücktheiten überdenken.

Sie fanden eine verblasste Tafel mit einem Grundriss des Krankenhauses. Die Mutter-Kind-Station sowie die Kreißsäle befanden sich im zweiten Stock im Ostflügel. Die Komapatienten waren im dritten Stock im Westflügel untergebracht.

„Lieg ich hier auch?", fiel Darian plötzlich ein, während sie die verwaisten Flure entlangschlichen.

„Das weiß ich leider nicht", gestand Phine. Aber es war naheliegend. „Weißt du noch, wo du aufgewacht bist?"

„Ja. In einer Sackgasse neben Müllcontainern. Richtig charmant. Ich erinnere mich noch an den Schattenmann. An seine glühenden Augen, kurz bevor alles schwarz geworden ist."

Phine lief ein Schauder über den Rücken. „So ähnlich war es auch bei mir. Ich bin da aufgewacht, wo mich ein Auto angefahren hat. Der Schattenmann ist das Letzte, woran ich mich aus der Realwelt erinnern kann."

Phine blieb stehen und sah Darian so eindringlich wie erschrocken an. Die nächste Frage brannte ihr wie Nadeln auf der Zunge und die mögliche Antwort darauf ließ ihr Herz schneller pochen. „Hast du den Schattenmann seitdem nochmal gesehen? Hier im Schattenreich?"

Phine wusste nicht, was sie erwartet oder erhofft hatte, doch als Darian den Kopf schüttelte, war sie über alle Maßen erleichtert.

„Was denkst du, was das bedeutet?", fragte er. „Erst lauert er uns auf, bringt uns um den Verstand, reißt uns aus unserem Leben, damit wir in seiner Scheißwelt wieder aufwachen und dann ...? Das war's? Warum hat er das getan? Aus Spaß an der Freude?"

Phine zuckte mit den Schultern. „Nein, das glaube ich nicht. Da steckt bestimmt noch mehr dahinter."

„Ja, das fürchte ich auch. Ist nur die Frage, ob wir das so genau wissen wollen."

Ihr kam ein sonderbarer Einfall. „Vielleicht hat er es aus Einsamkeit getan ..."

Darian runzelte die Stirn. „Ach, keiner wollte zu seiner scheiß Party kommen, deshalb beschloss er, seine Gäste zu verschleppen und in seinem Spielzimmer einzusperren?" Die plötzliche Wut in Darians Stimme ließ Phine zusammenzucken.

„Tut mir leid, ich versteh es einfach nicht", sagte er etwas gefasster. „Ich bin schon so lange hier, doch ich hab ihn noch nie gesehen. Ich weiß nicht, was ich davon halten soll. Er muss doch etwas von uns wollen ..."

Phine hatte darüber auch schon nachgedacht.

Es musste einen Grund für all das geben ...

Endlich erreichten sie den richtigen Flur und die richtige Tür. Auch hier hing alles in der Schwebe zwischen Verwahrlosung und staubiger Intaktheit.

Phine wurde plötzlich nervös. Ihr war klar, dass das Bett, in dem ihr Vater in der Realwelt lag, in dieser Welt leer sein würde, und doch fühlte sie sich angespannt. Sie atmete tief ein und drückte die Klinke herab.

Wie erwartet, betraten sie ein verlassenes Zimmer, das sich in seiner Atmosphäre nicht groß von den Fluren, die sie bisher begangen hatten, unterschied. Irgendwie enttäuscht, aber ebenso erleichtert, setzte sich Phine auf das fleckige Laken auf dem Bett ihres Vaters. Hier, hinter einer unsichtbaren wie auch undurchdringbaren Barriere zwischen ihrer beider Welten, lag Viktor Koenigs genau in diesem Bett und hielt die Augen seit gut elf Jahren geschlossen.

Sie hatte auf dem Stuhl gleich neben dem Bett gesessen und sich mit ihrer Mutter gestritten. Die Erinnerung daran war beschämend. Was gäbe sie jetzt dafür, ihre Mutter wiederzusehen.

„Alles in Ordnung?“ fragte Darian. Ihm war nicht die stumme Träne entgangen, die Phine über die Wange gekullert war. Sie wischte sie schnell weg.

„Ja. Nein. Ach ...“.

„Ich versteh schon“, meinte Darian und kratzte sich am Kopf. „Ich will nicht drängeln, doch sollten wir jetzt nach einer Oase suchen. Wir können ja später wiederkommen, wenn du willst.“

Phine sah ihn an und fühlte sich so kraftlos und entmutigt, wie noch nie zuvor, seit sie in der Schattenwelt erwacht war. Als hätte ihr jemand einen Mantel aus Blei um die Schultern gelegt. Sie fühlte sich kaum imstande, aufzustehen.

„Ich glaube, ich brauche eine Pause. Du kannst ja gehen, ich warte hier.“

„Bist du dir sicher?“ Er wirkte besorgt.

Phine nickte. „Alles gut, ich bin nur hundemüde. Ich hab das Gefühl, schon seit Wochen auf den Beinen zu sein.“

Darian seufzte. „Ja, das Gefühl kenne ich. Gut, dann lauf ich jetzt los. Pass auf dich auf.“

„Und du auf dich.“

Sie lächelten einander müde an. Dann verließ Darian das Zimmer und schloss die Tür leise hinter sich.

Sie fühlte sich so allein wie in jenem Augenblick, als sie an diesem grässlichen Ort erwacht war. Jetzt, da Darian fort war, wurde ihr wieder die unangenehme Stille bewusst, die dieser Welt innewohnte. Phine stellte ihren Rucksack ab und legte sich auf die Matratze. Sie starrte an die mit Rissen überzogene Decke, über die sich die dürren Äste einer dornigen Kletter-pflanze schlängelten.

Sie war derart erschöpft, sie konnte sich kaum vorstellen, dass man in diesem Zustand nicht schlafen konnte. In der Realwelt hatte sie Angst davor gehabt, die Augen zu schließen und ins Land der Träume zu gleiten, wo sie dem Schatten-mann und seinen roten Augen hilflos ausgeliefert gewesen war. Jetzt hatte sie Angst davor, von dieser seltsamen Frau heimgesucht zu werden. Wer war sie? Wieso zeigte sie Phine diese schrecklichen Szenen? Sie konnte sich keinen Reim darauf machen. Die letzte Vision schien ihr gezeigt zu haben, dass sich die Frau in eine Verlorene verwandelt hatte. War es möglich, dass eine Verlorene ihre Menschlichkeit bewahrt hatte? Forderte sie nun Hilfe von Phine?

Sie wusste es einfach nicht! Sie wollte sich auch nicht mehr den Kopf darüber zerbrechen. Bei den Göttern, sie hatte genug eigene Probleme ...

DARIAN

Darian schlich über die Flure und bemühte sich, so leise wie möglich zu sein. Das Krankenhaus wirkte so verlassen wie der Rest der Schattenwelt, doch man konnte nie wissen. Außerdem waren die Gänge, die sich zum größten Teil weit im Inneren der Gebäude befanden und deshalb nur spärlich Fenster zur Außenwelt besaßen, recht dunkel. Die meiste Zeit war er auf seine Taschenlampe angewiesen. Die Navigationsschilder an den Wänden waren noch einigermaßen intakt, so fand er die gewünschte Station schnell und ohne Zwischenfälle.

Er erreichte eine schwere gläserne Tür, auf welcher noch *K EI SA L* zu entziffern war. Dummerweise ließ sich diese Tür nur mit einer Schlüsselkarte — was natürlich ohne Elektrizität genausowenig funktionierte wie ein aufforderndes *Sesam, öffne dich!* — oder von innen öffnen. Darian fluchte leise und zog seinen Baseballschläger zu Rate. Er brauchte drei ordentliche Schläge, bis das Sicherheitsglas endlich barst und noch mal vier, um die Scheibe aus dem Rahmen zu befördern. Der Lärm war höllisch und Darians Herz klopfte ihm bis zum Hals. Wenn das nicht auch der letzte Verlorene im finstersten Winkel der Schattenwelt mitbekommen hatte ... Er musste sich beeilen. Die Taschenlampe ließ er eingeschaltet, während er über den Flur trabte. Und Bingo! Gleich drei *Umgekehrte* lungerten vor einer Tür herum. Darian schob sich vorsichtig an den weißen Geistern vorbei, die ihn nicht zu beachten schienen.

Er wusste zwar, was ihn erwartete, als er die Tür aufstieß, und doch war er überwältigt, als er sich plötzlich mittendrin befand. Das lichtdurchflutete Zimmer strahlte in prächtiger Intensität. Darian konnte nicht anders, als innezuhalten und einen kräftigen Atemzug zu nehmen. Leichtigkeit, Freude und Erleichterung übermannten und berauschten ihn. Er wollte hier nicht mehr weg. Nie wieder.

Sein Herz hüpfte gleichermaßen vor Schreck und vor Freude auf, als er — ganz leise zwar, aber dennoch überdeutlich — den Schrei eines Säuglings vernahm. Neues Leben hatte das Licht der Welt erblickt: das Licht der realen Welt, jenseits aller Grenzen zwischen dieser und jener.

Darian musste seine gesamte Willenskraft zusammennehmen. Als er die Tür hinter sich behutsam schloss, war der Bann gebrochen. Er war nicht lang genug drinnen gewesen, um noch einen Nachhall der Glückseligkeit mitzunehmen und so traf ihn die Nüchternheit der Finsternis so hart und schonungslos wie ein eiskalter Regenschauer.

Ein plötzliches Geräusch ließ ihn zusammenzucken. Selbst die unscheinbar pulsierenden Umgekehrten reagierten darauf. Irgendwo in der Nähe war etwas über den Boden gekullert. Kurz darauf hallte ein schauderhaftes Wimmern durch die Flure.

Scheiße. Sie sind hier.

Phine! Er musste zurück! Er merkte sich die Tür, hinter der sich die wunderbare Oase verbarg und schlich zurück zum zertrümmerten Eingang der Station. Er schlüpfte soeben durch den Rahmen, als er am Ende des Flurs — gute zwanzig

Meter von ihm entfernt — eine Bewegung im Zwielicht bemerkte. Darian stand still und knipste die Taschenlampe aus. Lautlos drückte er sich an eine Wand und hoffte, dass ihn sein pochender Herzschlag nicht verriet.

Der Anblick des Verlorenen war erschreckend. Das Schattenwesen war noch nicht lange eines, denn es ging auf zwei Beinen und hatte noch allerlei Menschliches an sich. Es trug ein vergilbtes T-Shirt und die zerfetzten Überreste eines Rocks. Doch der Körper war bereits verformt und verkrüppelt wie bei einer schrecklichen Skoliose. Die Haut war grau und lederartig und spannte sich fest über ein dürres Skelett. Einzelne lange Haarsträhnen hingen am Kopf und hüpften bei jedem Schritt des Wesens auf und ab wie Spinnweben, die von einer zarten Brise erfasst wurden. Der Verlorene trat aus den Schatten in den trüben Schein eines Fensters und Darian wünschte sich, er hätte nicht so genau hingesehen. Die Augäpfel waren milchig, die Lippen schmale, schwarze Striche, die Wangen eingefallen und hohl. Ein Ausdruck unvorstellbarer Qual lag auf dem verzerrten Gesicht, während der dunklen Kehle des Verlorenen jammernde Laute entwichen.

Darian war wie gelähmt vor Angst. Wenn er nur still genug verharrte, würde der Verlorene vielleicht einfach an ihm vorbeigehen. Und so kam es auch. Wimmernd schleppte sich das verkrüppelte Wesen an Darian vorbei, während dieser die Luft anhielt.

Nach schier endlosen Minuten war der Verlorene endlich um eine Ecke gebogen und seine schlurfenden Schritte verstummten. Erleichtert löste sich Darian aus seiner verkrampften Haltung und atmete tief durch. Er war froh, dass er nicht hatte kämpfen müssen, denn der Tumult hätte gewiss noch mehr Verlorene angelockt. Die hässlichen Missgeburten waren nur selten allein unterwegs.

Peinlich darauf achtend, dass seine Schuhe nur minimale Geräusche verursachten, ging Darian Richtung Treppenhaus,

von wo das Schattenwesen gekommen war. Er schlich um
eine Ecke und schaltete die Taschenlampe wieder ein.

Ein markerschütterndes Kreischen hallte durch den Flur.
Auch Darian entfuhr ein Schrei. Der Schein seiner Taschenlampe hatte das Gesicht eines Schattenwesens gestreift. Wütend und schmerzerfüllt wich dieses zurück.

Im trüben Licht stand Darian einer Meute Verlorener entgegen, die das gesamte Treppenhaus blockierte.

„Fuck.“

...

Geistesgegenwärtig streifte Darian mit dem Schein seiner Taschenlampe das gesamte fürchterliche Rudel. Die Verlorenen
wichen panisch zurück, kreischten und stolperten übereinan-
der. Die, die sich am Ende des Zugs befanden, polterten die
steinernen Treppen hinab. Darian machte auf den Absätzen
kehrt und rannte. Während er den Flur hinabraste, verfolgten
ihn die wütenden und klagenden Laute der Verlorenen. Sie
prallten gegen die Wände und hallten in seinen Ohren wieder. Der Höllenlärm war bestimmt im ganzen Krankenhaus
zu hören. Ohne stehen zu bleiben, warf Darian einen Blick zurück. Die Schattenwesen folgten ihm, doch waren sie noch zu
weit entfernt, als dass der Schein seiner Taschenlampe etwas
ausrichten könnte. Er sah wieder nach vorn. Und krachte mit
etwas zusammen, das plötzlich im Weg stand. Darian prallte
gegen eine Wand, die Wucht riss ihn zu Boden. Dabei verlor er die Taschenlampe, die über den weiten Flur schlitterte.
Im Lichtschein erkannte er den Grund seines Sturzes. Es war
der blinde Verlorene auf zwei Beinen. Auch das Schattenwesen hatte es zu Boden geschleudert, doch sein deformiertes
Skelett verursachte ihm Schwierigkeiten beim Aufstehen. Auf
allen Vieren kroch Darian auf die Taschenlampe zu, die gegen einen Servierwagen gestoßen war. Die Meute, die vom

Treppenhaus kam, würde jeden Augenblick bei ihm sein. Er hörte ihre schlurfenden, tapsenden und schleifenden Schritte. Er hörte ihr Röcheln, Wimmern und Jammern. Es hallte von allen Seiten und dröhnte im Innern seines Schädels.

Er wollte so nicht sterben. *Nicht so!*

Seine Finger berührten das Metallgehäuse der Taschenlampe, doch da hatte sich bereits etwas auf ihn gestürzt.

JOSEPHINE

Irgendwo am Rande ihres Bewusstseins vernahm Phine dumpfe Geräusche, die jedoch so weit entfernt klangen, dass es sie nichts anzugehen schien. Sie hatte die Augen geschlossen, blinzelte nun und hatte wieder die vergilbte, rissige Decke vor Augen. Ihre Ohren vernahmen weitere Geräusche. Waren das Schreie? Sie wusste es nicht. Es war zu anstrengend zu lauschen, geschweige denn, sich darauf zu konzentrieren. Die Müdigkeit war zu mächtig. Sie war in sie hineingekrochen gleich eines Parasiten, der ihr Nervensystem steuerte. Die Augen fielen ihr erneut zu und dieses Mal wehrte sie sich nicht dagegen. Denn es fühlte sich gut an. Natürlich. Der Parasit schien zu wissen, was sie brauchte. Demnach konnte er so böse gar nicht sein.

Phine merkte kaum, wie ihr Verstand in eine Dunkelheit driftete, die in dieser Welt nicht erlaubt war.

VIKTOR

Ohne nachzudenken, eilte Vik dem Lärm entgegen, der nur zwei Flure entfernt ausgebrochen war. Er kam in dem Moment um die Ecke, als sich ein animalischer Verlorener mit allen Vieren auf jemanden stürzte, der bereits auf dem Boden lag. Er richtete den Strahl seiner Taschenlampe auf das Schattenwesen. Es wich zurück, kreischte derart erzürnt auf, dass einem das Trommelfell zu platzen drohte. Mit Schrecken stellte Vik fest, dass sich direkt hinter dem Angreifer eine ganze Meute dieser verfluchten Kreaturen befand. Er drängte sie mit seinem Lichtstrahl zurück. Währenddessen rappelte sich der Kerl, der auf dem Boden gelegen hatte, auf und griff nach seiner eigenen Taschenlampe.

„Darian?!"

Die Freude, die über das Gesicht des Burschen huschte, wurde hinweggewischt, als Vik plötzlich von hinten gepackt und von den Beinen gerissen wurde. Er wusste kaum, was da geschah, als die Welt um ihn herum in einer goldenen Wolke explodierte. Gleichwohl jauchzten und kreischten die Verlorenen auf. Stürzten sich auf den Staub. Darian packte Vik an den Schultern. Schleifte ihn aus der Gefahrenzone. Wie im Rausch schnappten die Mäuler der Schattenwesen nach den strahlenden Staubkörnchen. Sie rempelten einander an — wüste Kämpfe brachen aus. Darian und Vik nutzten die Gelegenheit und setzten sich unbemerkt ab.

„Was hatte mich da eben umgerissen?", wollte Vik wissen, als sie außer Hörweite waren. Die grässlichen Laute der Verlorenen waren hinter drei großen Flügeltüren verstummt, die sie mit Möbelstücken verbarrikadiert oder mit Aluminiumkrücken versperrt hatten. Endlich wagten sie es, ihr Tempo zu drosseln.

„Eine charmante junge Verlorene im Minirock", antwortete Darian. „Ich glaub, die stand auf dich."

Vik blieb stehen, auch Darian hielt an.

„Ich hätte es nie für möglich gehalten, aber ich hab deine dummen Sprüche echt vermisst", meinte Vik und umarmte seinen wiedergefundenen Gefährten. „Ich bin froh, dass du es geschafft hast."

Darian lachte auf und erwiderte die Umarmung. „Hast du

etwas anderes erwartet? Das würde mich wirklich kränken.“

Viktor war über alle Maßen erfreut, Darian unversehrt und quietschlebendig vor sich zu haben. Er hatte schon beinahe die Hoffnung verloren. Er wollte seinen Weg fortsetzen und ihm von Quendoline erzählen, doch Darian bewegte sich kein Stück.

„Was ist los?“

„Stephen ... oder meinetwegen Vik“, begann dieser und strich sich die blonden Locken aus der Stirn. Eine Geste, die er stets pflegte, sobald er nervös oder unsicher wurde. So gut kannte Vik seinen Leidensgenossen.

„Ich habe unterwegs jemanden aufgegabelt.“

Auch Vik hatt einst Darian aufgegabelt. Genauso wie Quendoline vor nicht allzu langer Zeit. Es brachte immer unbekannte Risiken, sich Jemandens anzunehmen. Manchmal brachte es Vorteile, so wie bei Darian. Manchmal brachte es auch Schwierigkeiten, so wie bei Quendoline. Dennoch war er um beide froh, denn sie brachten Menschlichkeit mit sich. Gespräche. Emotionen. Ein Stückchen Normalität aus der alten Welt.

Das alles bedeutete Hoffnung.

„Höre ich da ein *Aber* ...?“

Darian schüttelte unsicher den Kopf. „Naja, du kannst entweder glücklich oder unglücklich darüber sein, dass sie hier aufgetaucht ist. Scheiß Situation allemal.“

Vik verstand kein Wort. „Was redest du da?“

„Deine Tochter ist hier“, ließ Darian die Katze aus dem Sack. „Josephine.“

...

Auch wenn sie nicht verfolgt wurden, so eilten sie genauso schnell über die Flure wie zuvor. Sie fanden ein weiteres Treppenhaus am Ende des Flügels — dieses Mal frei passierbar —

und danach war es nur noch ein kurzer Weg bis zu jenem Zimmer, in dem Darian Josephine zurückgelassen hatte.

Viks Herz schlug laut und kräftig in seiner Brust und das lag nicht ausschließlich an den beiden Sprints, die er in so kurzer Zeit vollzog. Er war bestürzt darüber, dass seine Tochter in der Schattenwelt aufgetaucht war. Kein Vater wollte sein Kind an einem solchen Ort wissen. Vik hätte niemals gedacht, dass er Elisa oder Phine oder sonst jemanden aus seinem alten Leben jemals wiedersah. Und doch würde es jeden Augenblick passieren.

Darian verlangsamte seinen Schritt und deutete auf eine Tür. Vik blieb stehen und nahm sich einen Augenblick Zeit, sich zu sammeln.

Seine Hand umfasste die Klinge, er öffnete die Tür.

Sie lag in einem Bett, keine drei Meter von ihm entfernt. Das Erste, was er dachte, war *oh mein Gott, du bist erwachsen geworden!* Er spürte, wie er lächelte. Auch wenn er verwirrt und überrascht war, doch seine Freude überdeckte in diesem Moment alle anderen Gefühle. Vik schlüpfte ins Zimmer, dicht gefolgt von Darian. Er trat an das Bett.

Sie sah aus, als würde sie schlafen — was natürlich Blödsinn war, denn in dieser Welt war das nicht möglich.

Dann weiteten sich seine Augen, während sich sein Mund in entsetzten Unglauben öffnete.

„Was passiert mit ihr?! Phine! PHINE!"

Direkt vor seinen Augen löste sich seine Tochter — nein, das war nicht ganz richtig, denn sie löste sich nicht auf, sie erstrahlte! Ihr ganzer Körper mitsamt der Kleidung, die sie am Leib trug, verwandelte sich in jenen wohlbekannten funkelnden Goldstaub. Kurz leuchtete dieser hell und wunderschön auf, blendete sie — um im nächsten Moment zu erlöschen.

Vik stürzte zum Bett, streckte die Arme aus, doch seine Hände griffen in ein leeres Laken. Er konnte noch die Wärme spüren, die ihr Körper hinterlassen hatte.

„Darian! Was ist soeben passiert? Du hast es doch auch gesehen! Was verdammt nochmal ist gerade passiert?!“

Er starrte seinen Gefährten an, doch dieser sah ebenso entsetzt und ratlos aus, wie Vik sich fühlte. Verwirrt schüttelte der Jüngere den Kopf.

„Sie hat sich in Goldstaub verwandelt! Ist sie ... ist sie tot?“

Es dauerte einen Moment, ehe Darian antwortete. „Ich denke nicht ... wenn hier jemand stirbt — ob Mensch oder Verlorener — bleibt sein Goldstaub zurück. Doch Phine ist komplett verschwunden. Beinahe, als wäre sie nie hier gewesen.“

„Und was soll das bedeuten?“

Jetzt trat so etwas wie eine Ahnung in Darians zuvor ratloses Gesicht.

„Sie ist gesprungen.“

23. Eintrag

Liebes Tagebuch,
Ferdi hat es besser aufgenommen, als ich jemals gedacht hätte. Ja, er hat sich regelrecht gefreut! Ich kann es ja selbst noch kaum fassen. Nach so vielen Jahren des Zweifelns, des Bedauerns und der Trauer um jenen unerfüllten Wunsch. Noch fühlt es sich nicht real an, eher wie ein Tagtraum, der gefährliche Realität angenommen hat. Klingt bedrohlich, wenn ich das so formuliere. Nun, ich muss auch zugeben, dass nach der anfänglichen gewaltigen Freude sich ebenfalls eine gewisse Nüchternheit eingestellt hat.
Wir werden Eltern.

Ich werde Mutter.

Daran ist nichts mehr zu ändern. Die Dinge nehmen ihren Lauf. Das winzige Ding in mir wächst und gedeiht. Ich gehe zu allen meinen Vorsorgeterminen und suche regelmäßig meine Psychologin auf. Das ist nicht neu, ich gehe bereits seit zwei Jahren zu ihr. Es geht mir blendend. Aber es tut dennoch gut, mit jemanden zu reden. Vor allem jetzt, da sich mein - unser - Leben bald so grundlegend ändern wird.

Die Morgenübelkeit habe ich überstanden. Nun beginnt die goldene Zeit der Schwangerschaft. Ich genieße es! Lese alles über die Entwicklung des Fötus, über Wachstumsschübe, über Babykurse, einfach alles, was ich zu diesem Thema in die Finger bekomme.
Und ich richte das Kinderzimmer ein. Früher haben hier aussortierte Bücher, in Laken gewickelte Gemälde und ausrangierte Möbel gehaust. Nun erstrahlt der

Raum in neuer Frische! Ich freue mich, dass Ferdi es sich höchstpersönlich zur Aufgabe gemacht hat, das Zimmer zu streichen und das Kinderbettchen aufzubauen. Erst hatte er davon gesprochen, einen Maler kommen zu lassen und einen Handwerker, der das Zimmer so gestaltet, wie ich es mir für unseren kleinen Liebling wünsche. Das hatte mich sehr enttäuscht, auch wenn ich Ferdi gegenüber nichts gesagt habe. Er arbeitet viel. Wie eh und je. Bis tief in die Nacht. Doch als er dann eines Tages plötzlich mit einem Eimer gelber Farbe in die Eingangshalle spaziert kam, da ist mir beinahe das Herz vor Freude geplatzt.

Es ist schön, wie er sich einbringt. Ich will mich ja nicht beschweren. Ich weiß doch, wie wichtig seine Arbeit ist. Er lebt für seine Arbeit und seine Patienten.

Doch manchmal habe ich das Gefühl, dass er mich dabei vergisst.

24. Eintrag

Liebes Tagebuch,
bald ist es so weit. Ich kann es spüren. Vielleicht bilde ich es mir auch nur ein, aber ich denke, unser kleiner Viktor wird schon sehr bald das Licht der Welt erblicken. Mein Bauch ist so gewaltig, ich fühle mich wie ein Schwertransporter auf Entenfüßen. Alles ist nur noch anstrengend, ich kann kaum schlafen. Der gewaltige Appetit der letzten Wochen ist verschwunden, dafür übermannt mich eine unterschwellige Anspannung, die mich am Ende des Tages völlig erschöpft.

Mein kleiner, geliebter Viktor, erlöse deine Mutter von den Qualen und setz dich in Bewegung! Ich lache, während ich das schreibe. Ich lache und könnte doch gleichzeitig auch eine Träne verdrücken. Ich freue mich sehr auf das, was kommt. Gleichzeitig bin ich nervös. Manchmal des Nachts, wenn ich nicht schlafen kann, überkommen mich gewaltige Schübe des Zweifels. Natürlich hab ich auch Angst vor der bevorstehenden Geburt, aber noch mehr ängstigt mich das, was danach folgt. Werde ich das alles schaffen? Werde ich unserem Viktor eine gute Mutter sein? Ich will alles dafür tun, ihm die beste Mutter zu sein, zu der ich in der Lage bin. Das schwöre ich feierlich. Wir werden eine glückliche, kleine Familie sein. So zumindest meine Gedanken nach der langen schlaflosen Nacht, wenn die ersten Sonnenstrahlen den Wald und das Haus erreichen und die Schrecken der Nacht vertreiben.

Ich muss einfach daran glauben.

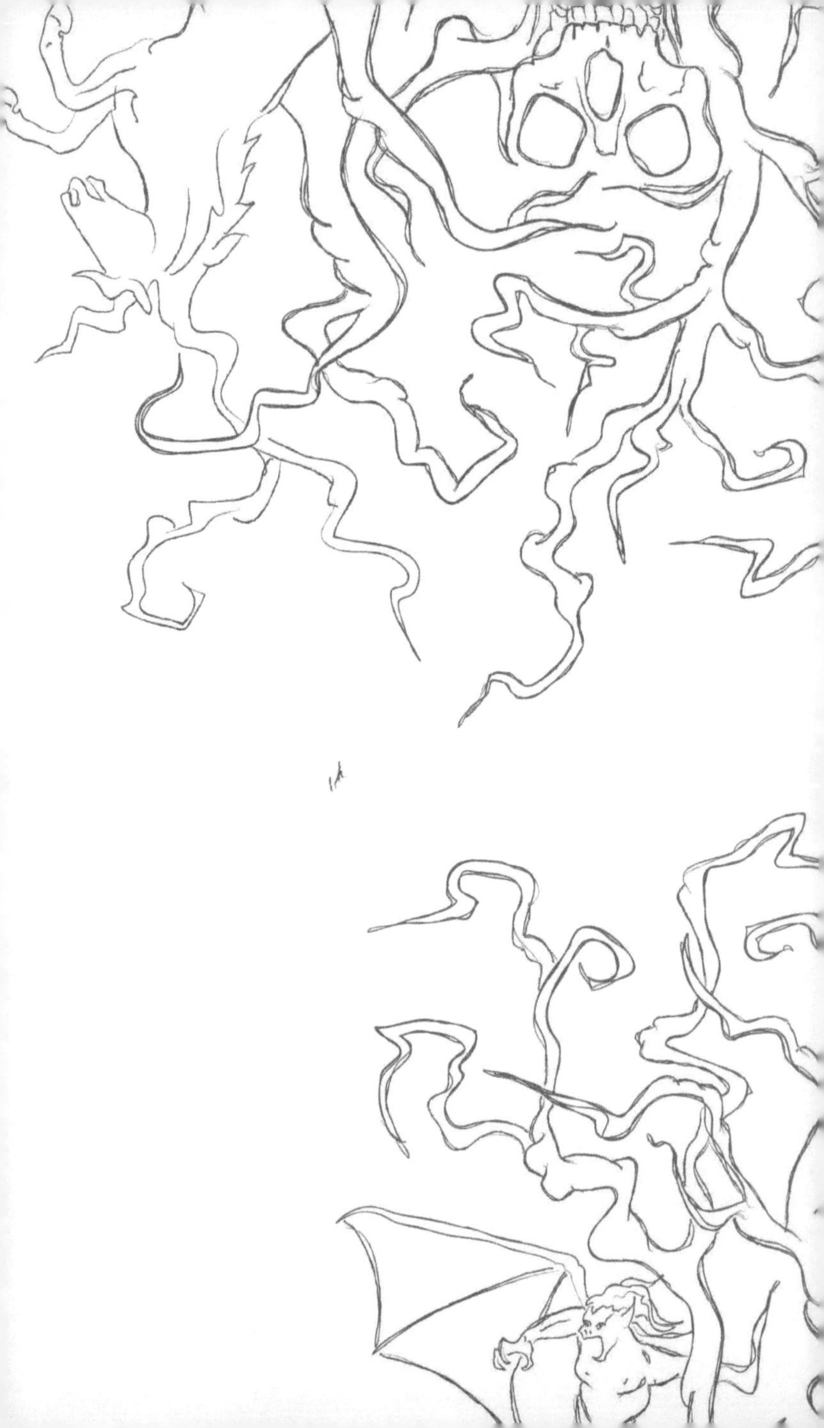

AKT. *drei*

IM ZWISCHEN-DRIN

KAPITEL
Zehn

Josephine

Es fühlte sich an, als wühlte sich ihr Bewusstsein durch einen engen, finsteren Tunnel, der voller Schlamm, Geröll und Schutt war. Es war anstrengend, doch sie spürte, dass es nicht mehr weit sein konnte. Noch ehe sie Licht am Ende des Tunnels erblickte, registrierten ihre Ohren ein Lebenszeichen aus der Außenwelt.

Undeutlich, dumpf, und doch sagte da jemand unverkennbar ihren Namen. Sie erkannte die Stimme. Mit Händen und Füßen kämpfte sie sich vorwärts. Und dann war da endlich Licht.

... Phine öffnete die Augen — und schloss sie wieder, denn die Helligkeit schmerzte, sodass Tränen herausschossen.

„Phine, Schätzchen! Du bist wieder da! Ich fass es nicht!" Jemand drückte ihre Hand. Phine drückte schwach zurück, das brachte die Person zum Lachen. Ein Laut der Erleichterung.

„Du machst das gut, Josephine, du machst das gut!"

Phine blinzelte und gewöhnte sich allmählich an das Licht, das durch einen Vorhang strömte. Nach all der Zeit in Finsternis erschien es ihr überaus kräftig. Sie konnte kaum die Augen davon lösen. Es war Sonnenschein. Es erinnerte sie an ... an einen Ort der Glückseligkeit.

Phine schluckte, schüttelte wie benebelt den Kopf. Sie kniff die Augen zusammen und versuchte einen Riegel vor all die Erinnerungen zu schieben, die plötzlich auf sie einstürzten. Fragmente von Erlebnissen und Emotionen. Alles wild durcheinander.

Sie entsann sich daran, wo sie gewesen war, ehe sie sich durch den finsteren Tunnel gewühlt hatte.

„Hast du Schmerzen? Der Arzt ist gleich da, Phine. Es wird alles gut", versicherte die Stimme ihrer Mutter. Ihre warme Hand hielt sie immer noch fest und eine zweite streichelte über ihre Wange und strich ihr eine Haarsträhne hinters Ohr. Das war schön. Phine fühlte sich nun bereit, erneut die Augen zu öffnen.

Selten hatte Phine solch einen Ausdruck auf dem Gesicht ihrer Mutter gesehen. Es fühlte sich an, als schenke Elisa ihrer Tochter einen Blick auf das wahre Antlitz hinter der stoischen Maske, die sie sonst zu tragen pflegte. Es war ein schönes Gesicht. Freundlich und glücklich.

Phine lächelte und das brachte Elisa zum Weinen. Noch etwas, das Phine kaum jemals an ihrer Mutter beobachtet hatte. *Wo war das all die Jahre gewesen, Mama?*

„Ich bin so froh, dass du wieder da bist", flüsterte Elisa erleichtert.

„Ich auch", sagte Phine krächzend und spürte, wie ihre Wangen nass wurden. Endlich konnte sie aussprechen, was sie in ihrer Zeit im Schattenreich so schrecklich belastet hatte. „Mama ... es tut mir so leid. Wenn ich daran denke, wie ich mit dir umgegangen bin ..."

Elisa schüttelte verständnislos den Kopf. „Wovon sprichst du, Schatz?"

Phine wusste kaum, wo sie anfangen sollte. „Nach Papas Unfall ... ich tat so, als wäre ich die Einzige, die einen Verlust erlitten hat. Ich hab dich verstoßen und dich mit deiner Trauer allein gelassen ..."

Elisa machte große Augen. Phine sah die Überraschung in ihnen. Aber auch Schuld und Scham.

„Och, Phine." Sie beugte sich herab und umarmte ihre Tochter. Zum ersten Mal in elf Jahren ließ Phine diese Geste zu und erwiderte sie.

„Auch mir tut es leid“, hauchte Elisa in ihr Ohr. „Ich hätte auch einiges anders machen können ...“

Es bedarf keiner weiteren Worte. Mutter und Tochter hielten einander fest. Phine spürte, wie eine ungeheure Last von ihr abfiel. Eine Last, die sie viel zu lange mit sich herumgeschleppt hatte. Irgendwann lösten sie die Umarmung. Elisa reichte Phine ein Taschentuch und trocknete ihre eigenen Tränen.

„Von nun an machen wir es besser“, schwor Elisa feierlich und lächelte.

Phine erwiderte dieses Lächeln. „Von nun an machen wir es besser“, besiegelte sie das Versprechen.

„Wie lange war ich denn weg?“, fragte Phine, nachdem sie sich beide einigermaßen gefasst hatten.

„Eine Woche ... die Ärzte hatten die Hoffnung beinahe aufgegeben. Aber jetzt bist du wieder da. Alles wird wieder gut, das weiß ich.“

„Eine Woche“, wiederholte sie leise. Hatte sich ihre Zeit in der Schattenwelt auch so angefühlt? Sie konnte es nicht sagen. Es hätten Tage, aber genauso gut Monate sein können.

Phine sah sich zum ersten Mal um. Überall blinkende Monitore und Schläuche um sie herum. In ihrer Hand steckte ein Zugang mit einem dünnen Schlauch. Sie hing am Tropf mit einer durchsichtigen Flüssigkeit. Neben Elisas Stuhl stand ein weiterer, auf dem eine Cordjacke hing. Großvater trug manchmal so eine ... *Opa Ferdi!*

„Ist Opa hier? Das ist doch seine Jacke?“ Ihr Herz hüpfte vor Freude.

Elisa nickte. „Er wurde vor zwei Tagen entlassen und war seitdem die gesamte Besuchszeit hier. Er ließ sich nicht wegschicken.“ Ein kurzes Lächeln huschte über das Gesicht ihrer Mutter. So viel Anerkennung hatte Ferdinand gewiss seit zwanzig Jahren nicht mehr von seiner Schwiegertochter erhalten. „Er wollte in die Cafeteria, er ist bestimmt gleich wieder zurück." Es kostete Elisa wahrscheinlich alle Mühen der Welt, Phine in diesem Augenblick nicht mitzuteilen, wie gefährlich sie die Beziehung zwischen ihrer Tochter und ihrem Schwiegervater fand. Dafür zollte Phine Elisa ihrerseits Tribut.

In diesem Moment öffnete sich die Zimmertür und eine Schar von Ärzten und Schwestern trat herein. Phine musste allerlei Untersuchungen und Tests über sich ergehen lassen, doch alles in allem hieß es wohl, dass sie neben kleineren Blessuren an Gesicht und Händen, eine gebrochene Hüfte hatte, die erfolgreich operiert und aufgrund ihres Alters und sonstigen Gesundheitszustandes schnell verheilen sollte. In zwei Wochen könnte sie bereits wieder zu Hause sein.

Doch das Koma blieb den Medizinern ein Rätsel, auf das Phine ihnen eine Antwort schuldig blieb.

Als Phine wieder in ihr Zimmer gebracht wurde, war auch der zweite Stuhl neben ihrem Bett besetzt. Großvater begrüßte sie mit einem Lächeln, das sie bis ins Herz traf. Phines Reaktion war so voller Freude, dass ihr ein Seitenblick auf ihre Mutter ein schlechtes Gewissen einflößte. Sie nahm sich etwas zurück.

Ferdinand tätschelte ihre Schulter. „Willkommen zurück, Liebes!"

Elisa stand auf. „Ich lass euch mal allein und erzähl Viktor die guten Neuigkeiten. Danach fahr ich zu dir nach Hause, fütter den Kater und hol dir ein paar Sachen zum Anziehen. Brauchst du sonst noch etwas?"

„Danke, Mama, das ist nett. Ich denke nicht."

Elisa strauchelte einen Moment, doch dann drückte sie Phine einen Kuss auf die Stirn und drückte sie erneut. Dann war sie weg.

„So viel Zuwendung bin ich gar nicht gewohnt von ihr", meinte Phine mit einem gequälten Schmunzeln. „Hätte ich das gewusst, wäre ich schon früher vor ein Auto gelaufen."

Großvater seufzte laut und ließ sich auf den Stuhl neben Phines Bett nieder. „Sei nicht so hart zu ihr. Viele wären an dem zerbrochen, was deine Mutter bereits durchstehen musste, aber sie ist immer noch hier."

Phine fühlte sich einen Moment lang überrumpelt, weil Großvater Partei für ihre Mutter ergriffen hatte, doch eigentlich wusste sie, wie recht er hatte. Sie hatte noch gar keine Zeit gehabt, darüber nachzudenken, wie schwer es für Elisa gewesen sein musste. Der Ehemann lag seit elf Jahren im Koma und plötzlich schien die eigene Tochter in seine Fußstapfen zu treten. Ein Horror für jeden. Jetzt schämte sie sich für ihren unüberlegten Spruch. Sie hatte doch eben erst Besserung gelobt ...

„Du hast Recht", meinte sie. „Sag mir nicht, dass ihr euch in der Zwischenzeit vertragen habt?" Die Vorstellung war komisch — wenn auch wünschenswert.

Ferdinand lachte. „Die Sorge um dich hat uns wohl für den Moment verbunden. Nennen wir es einen Waffenstillstand."

Großvater räusperte sich. Die Frage stand wie ein dicker, fetter, mit blinkenden Leuchtketten umschlungener Elefant im Raum. Ferdinand warf einen prüfenden Blick zur Tür, ehe er das Wort ergriff.

„Du warst dort, nicht wahr?", wisperte er geheimnisvoll.

Phine nickte. Sie hatte jedes erlebte Detail deutlich und scharf vor Augen. Jedes.

„Und hast du ... hast du deinen Vater gefunden?"

Sie schüttelte den Kopf, doch beeilte sie sich zu sagen: „Aber er ist dort! Ich hab jemanden getroffen, der ihn kennt, doch sie wurden getrennt, kurz bevor ich selbst dort aufgetaucht bin." Dann griff sie nach Großvaters Hand und versank in Schuld. „Es tut mir so leid. Ich hatte dir nicht geglaubt. Schlimmer noch, ich hab dich einweisen lassen, obwohl du die Wahrheit sagtest. Du glaubst nicht, wie sehr-"

Großvater unterbrach sie. „Hör auf, Liebes. Wie hättest du

es wissen sollen? Niemand, der es nicht selbst erlebt hat, würde das glauben. Und naja, seien wir mal ehrlich ... ein wenig verschroben bin ich schon immer gewesen."

Sie lächelten einander an und das nahm Phine ein wenig von ihrem schlechten Gewissen. Dennoch tat ihr die Vorstellung schrecklich weh, dass ihr Großvater so lange Zeit allein mit dem Wissen um die Schattenwelt hatte leben müssen.

„Ich bin so froh, dass du deinen Abstecher unbeschadet überstanden hast", fuhr er fort. „Ich hoffe, du hast verstanden, dass man in der Realwelt stirbt, wenn man sich im Schattenreich in goldenen Staub auflöst."

Phine nickte. Doch dies nun laut ausgesprochen zu hören, bescherte ihr eine scheußliche Gänsehaut. Sie war einige Male in eine sehr brenzlige Lage geraten. Und überlebt hatte sie nur, weil Darian ihr jedes Mal den Arsch gerettet hatte. Sie hoffte, dass sie ihm eines Tages dafür danken konnte. Sie erzählte Großvater von Darian und ihren Erlebnissen. Und davon, dass sie gehofft hatten, ihren Vater in der Schattenwelt-Version des Krankenhauses anzutreffen. Obwohl sie nichts erreicht hatte, strahlte Großvater seine Enkelin an, als wäre sie für den Nobelpreis nominiert worden.

„Du bist Viktor in deinem ersten Aufenthalt dort nähergekommen, als ich in den gesamten elf Jahren. Du weißt, wo er vermutlich sein wird, du kennst seinen Verbündeten. Ich kann kaum ausdrücken, wie stolz ich auf dich bin!"

Phine freute sich über seine Sichtweise der Dinge, doch etwas, das er gesagt hatte, hinterließ einen faden Beigeschmack.

„Du hast es soeben *meinen ersten Aufenthalt dort* genannt", begann sie mit klopfenden Herzen. „Du willst mir doch nicht sagen, dass ich wieder ..."

Ferdinands Gesicht erstarrte und das raubte Phine jegliche noch so winzige Hoffnung.

„Ich sehe keine andere Möglichkeit, deinem Vater und ... und wie heißt er noch gleich? Danke ... Darian zu helfen, Liebes", erklärte er. „Doch dieses Mal bringe ich dir alles bei, was ich weiß. Und letztendlich könnten wir zusammen schaffen, was ich allein nie bewerkstelligen konnte ..."

„Die beiden aus dem Koma zurückzuholen?"

Großvater nickte. Etwas Hartes trat in sein Gesicht. „Nicht nur diese beiden. Alle, die in der Schattenwelt gefangen sind."

„Und, wie schaffen wir das?"

„Indem wir den Schattenmann töten."

...

Sobald Phine wieder aufstehen konnte — oder besser gesagt *musste*, denn die Ärzte und Physiotherapeuten drängten sie dazu — besuchte sie ihren Vater. Es war ein eigenartiges Gefühl, dieses Zimmer zu betreten. Sie sah diese Version des Raumes und gleichzeitig blitzten vor ihrem geistigen Auge Eindrücke aus der Schattenwelt auf. Beide Versionen schienen für einige Augenblicke miteinander zu rangeln, stritten sich ums Bleiben, bis Phine Kopfschmerzen bekam.

„Tut es noch sehr weh?" Großvater musterte sie besorgt.

„Weniger die Hüfte, als ein plötzlicher Kopfschmerz", erklärte sie. „Ich war in diesem Zimmer, als ich wieder zurückgesprungen bin. Ich lag in diesem Bett."

Ferdinand nickte wissend. „Ach ja ... die Flashbacks. Ich erinnere mich ..." Er half Phine auf den Sessel neben Viktors Bett und setzte sich selbst auf die Bettkante seines Sohnes.

Eine Weile betrachteten sie den scheinbar friedlich schlafenden Mann, der Sohn und Vater war, und gingen ihren eigenen Gedanken nach. Phine traute sich kaum, ihren Vater anzusehen. Sie hätte ihn beinahe getroffen ... sie hatte sich diesen Moment so oft vorgestellt, seit sie im Schattenreich erfahren hatte, dass er dort war. Jetzt war sie hier und er immer noch an diesem Ort ...

Sie hatte den Eindruck, dass er älter aussah, als noch bei

ihrem letzten Besuch an jenem verhängnisvollen Tag, als der Schattenmann sie geholt hatte. Die Falten hatten sich vermehrt und tiefer eingegraben. Die Haut schien ihr fahler und irgendwie durchsichtig zu sein. Bildete sie sich das nur ein? Oder hatte sich der Zustand ihres Vaters innerhalb einer Woche deutlich verschlechtert?

Großvater räusperte sich und befreite Phine von ihren quälenden Gedanken. Da sie mit Ausnahme von Papa allein in diesem Zimmer waren, konnten sie nun ungestört reden. Nachdem Ferdinand seinen verrückten Plan, den Schattenmann zu töten, herausposaunt hatte, waren ständig Leute im Raum gewesen. Ärzte, Pfleger, Therapeuten, Besucher der anderen Patientin, die sich mit Phine das Zimmer teilte.

Phine bekam das Gefühl, dass ihnen die Zeit davonlief. Sie lag im Krankenhaus, lief auf Krücken, musste nach Tagen im Koma erst wieder aufgepäppelt werden.

Sie hatte ihre Zeit in der Schattenwelt überlebt.

Weiß Opa Ferdi überhaupt, was er da verlangt?

Er wollte, dass sie zurück an diesen schrecklichen Ort ging. Natürlich wollte sie Darian und Papa helfen. Doch wenn sie nur daran dachte, ihre Augen in der tristen Hoffnungslosigkeit im Reich des Schattenmannes zu öffnen, beschleunigte sich ihr Herzschlag aufs Unermessliche.

Sie war ein Feigling. Das hatte sie schon immer gewusst. In all den Filmen und Geschichten, die sie zu gefühlt Tausenden im Laufe ihres Lebens verschlungen hatte, waren die Protagonisten aus einem ganz anderen Holz geschnitzt. Das waren Menschen mit Charakter. Menschen mit Mut und Courage. Menschen, die ihr eigenes Wohl, ohne zu zögern, aufs Spiel setzten, um ihre Lieben zu beschützen. Oder zumindest waren es Menschen, die etwas Besonderes auszeichnete. Ein besonderes Talent, eine Gabe. Irgendetwas, das ihnen half, gegen die Schurken und bösen Mächte ihrer Geschichte zu kämpfen und sie letztendlich zu besiegen.

Doch was konnte sie schon? Dass sie zufällig *gesprungen* war, hatte lediglich ihre eigene Haut gerettet. Ganz so, wie es in der korrekten Beschreibung eines Feiglings lautete. Ihr Vater und Darian schmorten nach wie vor in dieser Hölle der Leblosigkeit, die sie jeden Augenblick vernichten konnte. Wenn sie Papas Gesicht so betrachtete ... wie viel Zeit blieb ihnen noch?

Phine bemerkte nicht, dass sie schwer atmete. Erst, als Großvater ihre Schulter drückte, riss sie sich aus ihren Gedanken und sah ihn an. Er hatte sie schon immer wie ein offenes Buch lesen können.

„Du willst nicht an diesen Ort zurück, das verstehe ich, Liebes", sagte er so sanft, als redete er auf eine Vierjährige ein, die Angst vor dem bevorstehenden Untersuchungstermin beim Kinderarzt hatte. Phine sagte nichts. Beschämt fiel ihr Blick zu Boden.

„Das Schattenreich ist gefährlich, aber man kann darin überleben", fuhr er fort. „Sieh dir nur deinen Vater an. Seit verdammten elf Jahren trotzt er bereits dem Schattenmann. Und dein Freund Darian? Auch er hat bewiesen, dass er zäh und klug ist. Sie werden durchhalten, bis wir so weit sind."

„Du meinst, bis *ich* so weit bin", meinte Phine, hob den Blick und spürte plötzlich eine verzweifelte Wut in sich aufkeimen. „Ich bin nicht wie sie, Opa, ich kann nicht gegen die Verlorenen kämpfen, geschweige denn gegen den Schattenmann! Ich kann gar nichts! Ich ... ich ..." Tränen kullerten heiß und voller Schuld ihre Wangen herab.

„Du hast Angst", sagte Großvater. „Und das ist gut so, Liebes. Nur ein Dummkopf hätte keine."

Das war eine Floskel, die sie tausendfach in Büchern und Filmen gehört und gelesen hatte. Doch solange diese Worte keine magischen Kräfte aktivierten, die tief in ihrem Innern ungeahnten Mut und unerschöpfliche Kraft erschlossen, blieben sie nutzlos.

Wieso hatte das Universum ausgerechnet sie als Springerin auserkoren? Das konnte doch nur ein schlechter Witz sein? Phine war der Inbegriff von Feigheit. Man musste sich doch nur ihr Leben anschauen! Sie ließ sich von ihrem Vorgesetzten herumschubsen. Sie ließ ihre eigene Mutter ständig auf sich herumhacken. Ja, sie konnte nicht einmal der netten, aber ebenso aufdringlichen Frau Hellrich sagen, dass sie keine Zeit für ihren ausschweifenden Klatsch hatte. Wie sollte so jemand gegen ein Wesen kämpfen, von dem man nicht einmal wusste, was genau es eigentlich war?

Phine war nicht die Heldin dieser Geschichte.

„Ich kann nicht tun, was du von mir erwartest“, sagte sie resignierend, ohne ihrem Großvater in die Augen zu sehen. Denn selbst dafür war sie zu feige.

Ferdinands Druck auf ihrer Schulter wurde fester. „Du bist die Einzige, die tun kann, was getan werden muss, Liebes.“

„Sieh mich doch an!“, presste sie unter Tränen heraus. „Meine Hüfte wird Wochen brauchen, bis sie wieder …“

„Im Schattenreich spielen deine körperlichen Verletzungen in dieser Welt keine Rolle, Josephine. Denn deinen Körper nimmst du nicht mit. Aber das wusstest du bereits.“

Phine sah beschämt zu Boden. Ihre Ausrede war so nutzlos wie peinlich. Sie wischte Großvaters Hand von ihrer Schulter, stand umständlich auf, schnappte sich ihre Krücken und machte sich auf Richtung Flur.

„Wo willst du hin?“

„Ich muss nachdenken“, murmelte sie, ohne ihn anzusehen. „Allein.“

DARIAN

„Sie ist *gesprungen*?“, wiederholte Vik. Angst und Panik ließen seinen alten Kumpel im Zeitraffer um zehn Jahre altern.

Darian beeilte sich zu nicken. „Sie hat mir davon erzählt, aber so richtig verstanden habe ich es nicht. Sie kann wohl genau wie ihr Großvater zwischen den Welten reisen. Doch wusste sie bisher nicht wie."

Irgendetwas spielte sich hinter Viks Augen ab. Darian wusste nicht, ob es eine Erkenntnis oder der Verlust seines Verstandes war. Jedenfalls sah er Darian mit einem Blick an, dass es ihm kalt den Rücken herunterlief.

„Scheiße, sieh mich nicht so an, Stephen! Was denkst du?"

Doch ehe Stephen — Darian sollte sich wohl Phine zuliebe eher wieder an Vik gewöhnen — antworten konnte, geschah etwas noch nie Dagewesenes, seitdem sie beide im Reich des Schattenmannes erwacht waren.

Ein greller Blitz drang durch das mit Schmutz und schwarzen Schimmel besprenkelte Fenster und erhellte den Raum für die Dauer eines Wimpernschlags mit rohem Licht. Nur eine Sekunde darauf brach ein plötzliches Donnergrollen über ihren Köpfen aus. So laut und vibrierend, dass sie es in ihren Knochen spüren konnten.

„Fuck, was war das?!", brach es aus Darian heraus. Die Gefährten sahen einander mit aufgerissenen Augen an und wagten kaum, sich zu rühren. Gebannt warteten sie darauf, ob dem Poltern noch ein weiteres folgte, doch es blieb still - und dann: Ein schauriger Chor aus wimmernden, heulenden und kreischenden Klagelauten echote über die Flure des Krankenhauses. Es klang, als stimmte jeder existierende Verlorene in dieses gespenstische Lied der Verzweiflung ein. Der Verzweiflung und ... und der Angst.

Der Chor verstummte, doch das Krankenhaus wurde von Geräuschen erfüllt, die nach einer schlurfenden, hinkenden, trabenden und galoppierenden Massenflucht klangen. Durch das milchige Glas konnten sie hinab auf den Vorplatz zum Haupteingang sehen. Es dauerte nicht lang und die ersten Schattenwesen stürmten Hals über Kopf aus dem Gebäude.

Es waren so viele, dass Darian übel wurde.

„Das ist alles andere als normal, oder nicht?", sprach Vik Darians Gedanken laut aus.

„Sollten wir auch abhauen?" Darian schlug das Herz bis zum Hals. Sein Instinkt riet ihm, ebenfalls das Weite zu suchen. Wenn es etwas gab, wovor diese hässlichen Scheusale Angst hatten, dann sollten sie es wohl erst recht.

Vik nickte. „Lass uns Quendo holen und verschwinden."

Josephine

Phine konnte es kaum glauben, doch Darians regloser Körper lag direkt im Zimmer neben Vaters. Sie hatte auf gut Glück eine der netten Schwestern gefragt, die auf der Station arbeiteten, auf welcher Phine verlegt worden war, und siehe da, der Kerl mit den wilden blonden Locken und der großen Klappe lag nun direkt vor ihr.

Sein Anblick verschreckte sie zutiefst. Der junge Mann wirkte viel zu alt für sein tatsächliches Alter. Zarte Falten zierten ein Gesicht, das vor Jugendlichkeit und Lebenslust strotzen sollte. Darians Haut war aschfahl. Er erinnerte Phine an einen jungen Soldaten, der stolz und tapfer ausgerückt war, um seinem Vaterland zu dienen, und schließlich gebrochen und gezeichnet zurückgekehrt war.

Ein bloßer Schatten seiner selbst.

Es konnte jederzeit vorbei sein.

Jeden einzelnen Augenblick.

Phine setzte sich zu Darian ans Bett und wagte es kaum, ihn anzusehen. Sie fühlte sich miserabel. Und das hatte nichts mit ihren körperlichen Verletzungen zu tun.

Sie war in Sicherheit. Darian nicht. Auch ihr Vater war es nicht. Und sie würden es niemals sein, solange der Schattenmann existierte.

Der Buggy leistete abermals wunderbare Dienste, als Vik die alte Dame im rosafarbenen Bademantel durch die Flure des Krankenhauses schob, während Darian mit erhobenem Baseballschläger vorausging und ihren Fluchtweg sicherte.

„Es ist schön, dich wiederzusehen, Bürschchen, dein hübsches Gesicht hab ich wirklich vermisst!", krächzte Quendo. Dieses Mal hatte sie kein Problem damit, in einem ausrangierten Kinderwagen gefahren zu werden, denn ihr Gemütszustand hatte sich zwischenzeitlich etwas gebessert. Sie hatten bei ihrer Ankunft im Krankenhaus bereits im ersten Stock ganz unverhofft eine Oase gefunden, in der sie sich beide hatten erholen können. Ihm hatte es neue Kräfte und Hoffnung eingeflöst und Quendoline vor der Verwandlung in ein Schattenwesen bewahrt. Beinahe war sie wieder ganz die Alte. Eine senile, doch freundliche alte Dame. Doch die gräuliche Färbung ihrer Haut war nicht verschwunden. Viktor wagte es nicht, darüber nachzudenken, was das zu bedeuten hatte.

„Das kann ich nur zurückgeben, Frau Merz!", erwiderte Darian, während sie über die Flure spurteten.

Sie hatten gewartet, bis auch der letzte Verlorene geflohen war. Anschließend waren sie losgestürmt, um Quendo abzuholen, die Vik in einem kleinen Büro hinter der Rezeption im Erdgeschoss versteckt hatte. Ohne die Angst, auf Schattenwesen zu stoßen, war die Fortbewegung mit dem Buggy ein Leichtes. Es dauerte nicht lang, und sie verließen den Gebäudekomplex durch die Notaufnahme und hasteten auf einen kleinen Park zu, der zum Krankenhaus gehörte. Durch seine Bäume und großgewachsenen Büsche bot er ein wenig Deckung, auch wenn jene kahl, knotig und faulig in ihren Wurzeln standen und einen Geruch nach Verwesung verströmten. Sie fanden die Ruine eines kleinen Häuschens

— den vergilbten Werbeplakaten nach ein Kiosk — und verschanzten sich hinter den bröckelnden Mauern, die einen freien Blick auf den Himmel ermöglichten. Vik erinnerte sich an die finsteren Wolken, die bereits über dem Komplex gehangen hatten wie das Schwert von Damokles, ehe er seine Innereien betreten hatte. Was sie vorher erlebt hatten, waren eindeutig Blitz und Donner gewesen. In seiner gesamten Zeit hier hatte er niemals etwas anderes als einen immerwährend wolkenbehangenen Himmel erlebt. Das war über alle Maße erstaunlich. Und besorgniserregend.

Sogar den Verlorenen gefiel das nicht.

„Die Gewitterwolken verziehen sich wieder", fiel Darian auf. Sie konnten praktisch dabei zusehen, wie sich die Gewitterfront auseinanderzog, verblasste und schließlich verschwand. Alles wirkte wieder wie gewohnt.

„Irgendetwas geht da vor sich, meine Herren", meinte Quendoline, die gedankenverloren in den Himmel blickte. „Und hol mich der vermaledeite Teufel, wenn es etwas Gutes ist."

„Aye", meinte Darian. Vik sah ihm an, dass der Bursche im Begriff war, irgendeinen halb garen Spruch loszulassen, doch stattdessen schluckte er diesen herunter und zeigte auf die Wohnhäuser hinter dem Krankenhaus. „Seht mal dort! Sie kommen zurück!"

Erst entdeckten sie einen, dann den zweiten und dritten und dann immer mehr kleinere Gruppen von Verlorenen, die geduckt wie geschlagene Hunde über das Krankenhausareal schlichen, um erneut ins Gebäude einzudringen.

„Es scheint vorbei zu sein", schloss Darian. Und dann sagte er etwas, das Vik nicht erwartet hätte. „Wir sollten auch wieder zurück."

Vik sah den jungen Mann verständnislos an. „Du wärst da drin beinahe draufgegangen. Es ist zu gefährlich!"

Darian schüttelte den Kopf. „Es war ein guter Plan gewesen, herzukommen. Das Krankenhaus steckt voller Oasen. Um die Verlorenen kommen wir schon herum, wenn wir bloß herausfinden, wo genau sie stecken. Außerdem - und es wundert mich, dass das nicht vor allem von dir kommt - sollten wir da sein, wenn Phine zurückkehrt."

„Wenn sie *zurückkehrt*?!", wiederholte Vik, verwirrt wie fassungslos. „Mal ganz davon abgesehen, ob sie überhaupt imstande ist, wieder zurückzuspringen, *falls* sie denn gesprungen ist — warum in aller Welt sollte sie das tun?"

Darian starrte ihm in die Augen, doch sagte er einen Moment lang nichts. Vik begriff, dass hier zwei komplett unterschiedliche Auffassungen, von dem, was geschehen war, aufeinanderprallten.

„Natürlich kommt sie zurück. Sie wird uns nicht im Stich lassen", antwortete Darian. Er klang wie jemand, der wusste, wovon er sprach. Vik fühlte sich plötzlich, als hätte er keinerlei Ahnung, wovon sie hier eigentlich redeten.

„Wer ist diese Phine?", schaltete sich Quendo ein, doch die beiden Männer ignorierten sie.

„Was sollte uns das nützen, Darian? Ich bin froh, dass sie dieser Welt entkommen konnte." *Auch wenn ich sie gerne einen Moment lang in den Arm genommen hätte*, fügte er in Gedanken hinzu. Dass er diese einmalige Gelegenheit um Augenblicke verpasst hatte, grämte ihn.

„Na kommt, wir sollten uns ein sicheres Versteck suchen und ein Lagerfeuer machen, das wird uns guttun", schlug er vor und wollte Quendo auf den Kieselweg schieben, der durch den Park führte, doch Darian blieb, wo er war.

„Ich geh zurück, ob mit oder ohne euch", sagte er entschlossen.

Vik seufzte. „Verflucht, Darian! Das ist verrückt! Da drin wartet auf uns der sichere Tod! Vergiss die Oasen, vergiss Phine, sie kommt nicht zurück!"

„Was macht dich bitte so sicher?"

„Was macht dich denn so sicher, dass sie zurückkehrt? Das macht doch gar keinen Sinn!“, entgegnete Vik und wurde allmählich wütend.

Doch Darian ließ nicht locker. „Als ich das Springen und Phines Großvater erwähnte, da hat es für einen Moment in deinem Oberstübchen gerattert, das konnte ich deutlich sehen. Sag mir, woran du da gedacht hast. Du weißt doch was!“

„Könnte mir mal bitte jemand verraten, um was es vermaledeit nochmal hier geht?“, meldete sich erneut Quendo zu Wort.

„Nicht jetzt, Quendoline!“, kam es von Vik und Darian gleichzeitig, woraufhin die alte Dame eine beleidigte Schnute zog und verstummte.

„Ich weiß nicht, was du meinst“, pokerte Vik und wollte den Buggy anschieben, doch Darian stellte sich ihm breitbeinig in den Weg.

„Sag schon!“

Vik starrte ihn an und hätte ihn am liebsten mit dem Buggy gerammt, doch wäre das nicht gegangen, ohne Quendo dabei zu verletzen. Er seufzte abermals und gab sich geschlagen.

„Du meine Güte, Darian, worauf du da deine Hoffnungen setzt, ist totaler Humbug.“

„Das lass mich mal schön selbst entscheiden.“

Vik schüttelte entnervt den Kopf und begann mit der Kurzversion. „Mein Vater behauptete stets, dass er zwischen den Welten springen könne. Dass er vom Schattenmann verfolgt würde und dass er seinerseits Jagd auf ihn mache. Er war sein halbes Leben lang deshalb immer wieder in psychiatrischer Behandlung. Mein letzter Stand ist, dass er in der geschlossenen Psychiatrie einsitzt.“

„Ich versteh nicht so recht, was daran nun Humbug sein soll“, meinte Darian. „Wie du hoffentlich inzwischen bemerkt hast, wurden wir beide selbst vom Schattenmann verfolgt und geholt. Wir sitzen seit weiß Gott wie lange in dieser beschissenen Version der Welt hier fest. Das alles ist real, Vik! Es ist verdammt nochmal real! Oder glaubst du, das alles ist ein besonders lebhafter Traum?"

„Das alles ist sicher kein beschissener Traum."

„Dann versteh ich nicht, was dein verfluchtes Problem ist!"

Vik musste sich zusammenreißen, den Burschen nicht in seine Schranken zu weisen.

„Denk doch mal nach, Darian", begann er in einem etwas versöhnlicheren Ton. „Mein Vater behauptete, *springen* zu können. Wieso ist er dann nicht hierher gekommen, um seinem Sohn beizustehen? Nicht eine einzige Spur von ihm in all der langen Zeit, seit ich hier feststecke, nicht die kleinste Spur. Man sollte doch meinen, ein Vater würde seinen Sohn retten, wenn er die Macht dazu hätte. Und er behauptete immer, dass er das könne. Nun, ich hab vergebens auf ihn gehofft. Und Phine wird auch nicht zurückkehren."

„Wie kannst du das wissen?"

Es tat weh, Folgendes zuzugeben: „Weil meine Tochter genauso ein Feigling ist wie ich."

JOSEPHINE

Es war unfair. Sie hatte nie darum gebeten. Sie wollte diese Fähigkeit nicht. Man brauchte sich doch nur Großvater anzusehen. Die Springerei hatte ihm hart zugesetzt. Menschen waren verletzt worden, weil er die Welten nicht mehr hatte auseinander halten können. Wer sagte, dass dasselbe nicht auch ihr blühte?

Wenn sie schon eine Superkraft haben musste, wieso denn nicht irgendwas Nützliches? So, wie sich unsichtbar machen oder in einer Vision die nächsten Lottozahlen erfahren? Phine lachte innerlich bitterlich auf. Die erste — *klägliche* — Wahl an Superkräften, die ihr soeben eingefallen war, bewies eindeutig, dass sie keinesfalls in die Rolle einer Heldin schlüpfen wollte — *oder sollte* — oder ihre Fähigkeit dazu benutzen wollte, die Welt zu verbessern.

Dafür waren andere Leute geboren.

Sie betrachtete das viel zu früh gealterte Gesicht Darians und versank in Scham und Schuld.

Darian hatte nicht gezögert, sich selbst in Gefahr zu bringen, um sich bei ihrer ersten Begegnung zwischen Phine und das beflügelte Schattenwesen zu stellen. Genauso wenig hatte er gezögert, als ihnen die Meute, die vom Busunglück und dem dadurch entstandenen Goldstaubsturm angelockt worden war, an den Kragen gewollt hatte. Er hatte sich gegen sie gestellt und Phine zuerst in die Sicherheit des Gebäudes geschickt, in das sie sich gerettet hatten.

Darian war der Richtige für diese Aufgabe.

Er würde gewiss keinen Augenblick überlegen und zurückkehren, um seine Freunde zu retten. Er würde sich hier nicht verstecken, wie Phine es tat und über sein klägliches und unfaires Schicksal jammern. Nein. Er würde in die Schattenwelt springen und dem Schattenmann mit seinem nagelbesetzten Baseballschläger die Fresse polieren. Das würde Darian tun.

Doch Darian konnte nicht springen. Phine konnte es.

Die Götter mussten ja herrlich lachen über diesen sadistischen Scherz. Doch sie musste den Tatsachen ins Auge sehen. Sie hatte schon so viel Zeit damit verschwendet, sich hinter Angst zu verstecken und in Selbstmitleid zu baden. Wenn sie noch länger damit fortfuhr, würde ihre Angst nur noch größer und die Badewanne zu einem Swimmingpool in einem 5-Sterne-Hotel.

Sie betrachtete den flachen Bergkristall in ihrer Hand. Mama hatte ihr ein paar Klamotten von zu Hause mitgebracht und da hatte Phine den weißen Quarz in der Hosentasche ihrer Jogginghose gefunden. Er fühlte sich ganz warm an, weil sie ihn seit geraumer Zeit in ihrer Faust versteckt mit sich herumtrug. *In einem Fantasyroman könnte dieses Stück Quarz ein magisches Artefakt sein, das seinem Besitzer Mut und Stärke einflößte,* dachte sie bei sich mit einem verbitterten Schmunzeln. *Mut, Stärke und vielleicht noch ein Schwert á la Excalibur, um es dem Schattenmann in sein verdorbenes schwarzes Herz zu rammen.*

Vielleicht war sie keine geborene Heldin. Aber sie war alles, was Darian und Papa noch an Hoffnung blieb. Selbst wenn sie scheiterte, würde sie in dem Wissen scheitern, dass sie es versucht hatte. Wenn sie nichts tat und sich weiterhin versteckte, dann würde sie es für immer bereuen. Und sich für immer dafür verabscheuen.

Dieser Gedanke war so erschütternd, dass er Risse in die Mauer schlug, hinter der sie sich verbarrikadiert hatte.

Sie ergriff Darians Hand, die seltsam kühl war.

Er war ihr ein Freund gewesen, als sie am dringendsten einen gebraucht hatte.

„Ich weiß noch nicht wie", flüsterte sie ihm zu. „Aber ich hol euch da raus."

25. Eintrag

Liebes Tagebuch,
es ist geschehen! Vollbracht und überstanden. War je-
mals jemand glücklicher als Ferdi und ich im Augen-
blick des ersten Schreies unseres kleinen Sohnes? Nach
einer Woche Krankenhausaufenthalt sind Viktor und
ich endlich wieder zu Hause. Der kleine Fratz schläft
gerade friedlich in seiner Wiege und ich nutze die we-
nigen Minuten, die ich für mich habe, um wieder einige
Zeilen zu hinterlassen.
Ich bin müde. Unfassbar müde. Aber glücklich. Ich
bin so froh, die Schwangerschaft und die Geburt unbe-
schadet überstanden zu haben. Alles lief gut, wir sind
beide wohlauf. Auch wenn die Geburt eines der heftigs-
ten, wenn nicht gar DAS heftigste Erlebnis in meinem
Leben gewesen ist. Kaum etwas Anderes raubt einem
auf solch brutale Weise die Kontrolle als einsetzende
Wehen. Das werde ich erstmal verdauen müssen. Doch
jetzt konzentriere ich mich auf den kleinen Engel, den
winzigen Sonnenschein, der mein Leben erstrahlen
lässt, wie es der Himmelsball niemals könnte.

26. Eintrag

Liebes Tagebuch,
wieso hört er nicht auf? Es hatte doch so friedlich be-
gonnen. Viktor war die ersten Wochen ein zufriedenes
Kind gewesen. Zahm wie ein Lämmchen. Doch nun
... er hört nicht auf zu schreien. Eines Tages hatte es
einfach begonnen. In den frühen Abendstunden begann
er zu schreien, wie er noch nie zuvor geschrien hatte.
Ich hätte niemals gedacht, dass ein solch winziges Wesen

solche Laute von sich geben kann! Und ganz gleich, was ich auch versuche - an die Brust legen, Windeln wechseln, tragen, schmusen, sein kleines Bäuchlein massieren - einfach nichts hilft! Er schreit sich buchstäblich die Seele aus dem Leib. Stundenlang! Und das Tag für Tag seit Wochen bereits! Was ist nur passiert? Was hab ich getan, dass er mich derart quält? Wenn nicht mal ich ihn als seine Mutter beruhigen und trösten kann, was hat meine Rolle dann für einen Zweck?

Auch Ferdi ist ratlos. Wenn ich nicht mehr kann, dann übernimmt er, damit ich den Raum verlassen kann. Aber was nützt es? Viktors Schreie hallen durch das ganze Haus, ja wahrscheinlich flüchteten bereits schon die Tiere des Waldes im Umkreis von einem Kilometer.

Ich höre ihn schreien und fühle mich vollkommen nutzlos. Eine Mutter, die versagt hat. Eine Mutter, die nicht imstande ist, das zu tun, für das sie geschaffen wurde.

Wir haben bereits im Krankenhaus angerufen, aber die Frau am anderen Ende der Leitung meinte lediglich, dass den Kleinen Blähungen quälen. Das sei nichts Ungewöhnliches, alles normal. Ich konnte förmlich spüren, wie sie die Augen verdreht. Die Hebamme kann zwar Verdauungsprobleme nicht ausschließen, aber sie meint, dass Viktor eher reizüberflutet wirkt. Eine sensible Seele, die auf eine vor Reizen explodierte Welt trifft. Das würde sich wieder einrenken.

Ich weiß nicht, wie lange ich das noch ertragen kann.

Liebes Tagebuch,
weitere Wochen sind vergangen und nichts hat sich ge-
ändert. Viktor schreit und schreit. Ich glaube, er hasst
mich. Erbost ist er über die Frau, die ihm als Mutter
zugeteilt wurde. Erbost über die Welt und jegliches Mo-
lekül darin.

Ferdi hat ein Kindermädchen eingestellt. Viktor be-
kommt nun das Fläschchen, denn kurz nachdem das
mit dem täglichen Gebrüll begann, fing er auch an,
meine Brust abzulehnen. Er ließ sich nicht mehr an-
legen. Er schreit, weil er Hunger hat. Schreit, weil er
die Brust nicht will. Schreit, weil er meine Brust nicht
will. Er schreit immerzu.

KAPITEL
elf

DARIAN

Darian starrte seinen Freund an und verstand die Welt nicht mehr. „Willst du mich verarschen?"

„Ganz und gar nicht", gestand Vik. „Das ist nun mal die Wahrheit."

„Du redest ja öfter mal irgendeinen Mist daher, aber das ist wirklich glänzender Bullshit." Vielleicht redete man nicht so mit einem Kerl, der vom Alter her auch sein Vater hätte sein können, aber das war Darian herzlich egal. Vik starrte nun seinerseits zurück. Ein wenig beleidigt, vielleicht, aber nicht wütend.

„Du überlebst seit elf Jahren diese tote Hölle hier und nennst dich einen Feigling?"

Viks Augen fielen ihm beinahe aus den Höhlen. „Was sagst du da? Elf Jahre? Woher willst du das wissen?"

„Phine hat es mir erzählt. Du liegst seit elf beschissenen Jahren im Koma. Ich seit zwei. Heilige Scheiße, was?"

„Elf Jahre ..." Vik war genauso entsetzt wie erstaunt.

„Aber jetzt lenk nicht ab. Du bist ebenso wenig ein Feigling wie Phine es ist. Sie wird zurückkommen."

„Was macht dich da so sicher?"

„Ich weiß es eben."

„Na toll, du weißt es eben."

Darian seufzte. „Hör zu. Mal ganz davon abgesehen, dass es ganz schön beschissen ist, so etwas über sein eigenes Kind zu sagen-"

„Ich wollte nicht-"

„Jetzt ist es eh zu spät, Alter", unterbrach Darian Viks klägliche Ausrede. „Hör mal, als du deine Tochter das letzte Mal gesehen hast, war sie noch ein Teenie oder nicht? In elf Jahren kann allerhand passieren. Sie ist jetzt erwachsen. Und ja, klar hatte sie Angst, wer von uns nicht? Ich hab die ganze scheiß Zeit über Angst, jede beschissene Minute! Aber was ich sagen will: Phine hätte sich auch verstecken können. Sie hätte sich in einer Oase auflösen können — und wir haben schon Leute auf diese Weise verloren, das weißt du, Vik. Das wäre einfach und bequem und — ja, ich muss zugeben — eine geile Art, diesem Ort hier den Stinkefinger zu zeigen, aber eben auch eine Art aufzugeben. Wie ein Feigling. Du hast dich nie versteckt, Vik. Hast nie aufgegeben. Hast deine Leute immer beschützt. Phine wird das auch tun. Das weiß ich."

Es folgte eine kleine Pause, in der sie in weiter Ferne dem schaurigen Klagelaut eines Verlorenen lauschten.

„Das war eine tolle Rede, Schätzchen", meinte Quendoline und tätschelte Darians Hand. „Aber an deiner Wortwahl solltest du noch etwas feilen. Du benutzt zu viele Schimpfwörter, mein Junge."

„Danke, Frau Merz", meinte Darian und schenkte der alten Dame ein Lächeln. „Sie sind ein wahres Goldstück."

Quendoline räusperte sich und verkündete feierlich: „Ich habe zwar nach wie vor keinen blassen Schimmer, wer diese Phine ist, aber mich hat der Bursche überzeugt. Wir sollten zurück ins Krankenhaus."

„Sie sind die Beste. High Five, Frau Merz." Darian streckte ihr die flache Hand entgegen. Die Seniorin im rosa Bademantel lächelte verwirrt und ergriff seine Hand, um sie zu schütteln.

„Wir werden alle draufgehen", meinte Vik resignierend.

Phine hatte gewusst, dass das Zoff geben würde. Beinahe fühlte sie sich wieder zurückversetzt in die Zeit ihrer Kindheit.

Streitende Erwachsene um sie herum.

Nervös starrte sie auf eines von drei hausgemachten Kuchenstücken, die soeben serviert wurden. Phine liebte Kuchen. Und dieses Stück Käsekuchen mit Pfirsichen sah köstlich aus, doch ihr Magen zog sich krampfhaft zusammen, seit sie sich auf einen roten Plastikstuhl der Cafeteria gesetzt hatte.

„Ich bin nicht einverstanden mit dieser Idee, Phine. Du solltest zu mir ziehen, bis du wieder gesund bist", meinte Elisa in ihrem typisch autoritären Ton. Sie war es gewohnt, zu bekommen, was sie wollte. So verärgert wie Mutter war, stellte sie ihre Kaffeetasse viel zu heftig auf den Unterteller ab, sodass es einen ordentlichen klirrenden Schlag gab. Einige der Cafeteriabesucher beäugten das Dreiergespann vorwurfsvoll wie auch neugierig. Elisa schloss die Augen und nahm einen tiefen Atemzug.

„Das ist lieb von dir, Mama", versuchte Phine sie zu beschwichtigen. „Aber ich brauche von allem etwas Abstand. Und damit meine ich nicht dich", beeilte sie sich zu sagen, „sondern die Stadt, den Job, all die Menschen ... ich hab gar nicht bemerkt, wie ausgebrannt ich in letzter Zeit war. Außerdem musst du doch sowieso arbeiten. Die neue Ausstellung ..." Sie hatte sich die Worte im Vorfeld zurechtgelegt, doch nun, da sie sie aussprach, erkannte sie ihren wahren Kern. Sie hatte sich in einem frustrierenden Alltag festgefahren und dadurch nicht bemerkt, wie sie von den eisigen Klauen einer Depression immer näher und näher an den Abgrund gezogen worden war.

Ein leichtes Opfer für den Schattenmann.

Das erkannte sie nun. Es ließ sie am ganzen Leib erzittern.

„Ich kann mir auch Urlaub nehmen“, sagte Elisa.

„Meine Haushälterin ist nebenbei auch eine wunderbare Köchin!“, klinkte sich Opa Ferdi ein. „Sie wird es sich zur Lebensaufgabe machen, Josephine wieder aufzupäppeln. Schlesische Küche, meine Lieben! Bei den Göttern, hab ich die vermisst. Und du bist natürlich auch jederzeit willkommen, Elisa. Jederzeit.“

Das gesamte Gespräch über hatte Elisa ausschließlich Blickkontakt zu Phine gehalten, doch nun wanderten ihre strengen Argusaugen zu Ferdinand und taxierten den alten Mann eisern.

Als würde man der Eiskönigin dabei zusehen, wie sie ihr nächstes Opfer in eine dampfende Eisskulptur verwandelt.

„Und was ist, wenn du wieder einmal die Beherrschung verlierst?“ Elisa wusste genau, dass dieses Ass in ihrem Ärmel das stärkste Argument von allen war und sie scheute sich nicht, es eiskalt auszuspielen. Schwiegertochter und Schwiegervater stierten einander an — bis Phine es nicht mehr aushielt.

„Das wird nicht passieren“, brach sie das Schweigen. „Opa wird seine Medikamente streng nach Zeitplan einnehmen. Darauf werden Frau Reichert und ich achten. Außerdem wurde er entlassen, Mama. Das heißt, er ist stabil. Es wird schon alles gut gehen.“

Elisa ignorierte Phines Worte. „Sicher, dass du nicht deiner Enkelin mit ihrer eigenen Krücke eine überziehen wirst?“

„Mama!“

Großvater seufzte. „Was ich dir damals angetan hab, werde ich mir niemals verzeihen, Elisa, aber ich kann es auch nicht ungeschehen machen. Ich kann nur wiederholen, wie leid es mir tut.“

Elisa räusperte sich. Endlich ließ sie von Großvater ab und wandte sich erneut ihrer Tochter zu: „Das ist eine miserable

Idee. Du ziehst zu mir."

Phine zwang sich, ruhig zu bleiben. Folgendes fiel ihr gar nicht so leicht, wie es sich vielleicht anhörte — abgesehen vom unterschwelligen Zittern ihrer Stimme, das hoffentlich unbemerkt blieb. „Ich denke, das ist nicht deine Entscheidung. Ich weiß, du meinst es nur gut, aber ich bin kein kleines Kind mehr. Ich entscheide selbst."

Es folgte eine Pause, in der nun Phine die Zielscheibe für Elisas scharfen Blick wurde. Sie hielt ihm eisern stand. Für einen kurzen Moment zuckte die rechte Augenbraue ihrer Mutter. Sie hatte wohl erwartet, dass Phine bei einem Gegenwort zusammenklappte wie ein Kartenhaus im Wind. *Hab ich soeben der berühmt-berüchtigten Medusa eine Schlange vom Kopf geschlagen?*

„Und was ist mit deinem Kater? Ich weigere mich, den Namen zu benutzen, den du ihm gegeben hast."

Ferdinand gluckste in seine Tasse Tee.

„Den nehm ich mit. Ich muss sowieso in meine Wohnung und ein paar Klamotten holen."

„Du hast dich entschieden und wie es mir scheint, wird daran wohl nicht mehr zu rütteln sein", meinte Elisa.

Phine jubelte innerlich auf, doch etwas irritiert war sie über das Lächeln, das nun über Mamas Lippen huschte.

„Schön, dass du endlich für dich selbst einstehst, Phine. Das hab ich immer an deinem Charakter vermisst."

Phine war zu verdutzt, um sich zu ärgern. „Ähm ... danke?"

Wahrscheinlich bedeutete dieses zweifelhafte Kompliment - aber immerhin Kompliment! - dass sie sich den Käsekuchen mit Pfirsichen nun endlich schmecken lassen konnte.

...

Phine graute es davor, zurückzukehren. Es graute sie so sehr, dass sich alle Abermillionen kleiner Härchen auf ihrer Haut sträubten. Der Käsekuchen in ihrem Magen lag plötzlich so schwer wie ein Pfund trockener Zement.

Noch kannst du einen Rückzieher machen ...
Nein, dafür würde ich mich für immer und noch länger hassen.

Heute war Phines letzte Nacht im Krankenhaus. Doch sie konnte nicht gehen, ehe sie eine wichtige Aufgabe erledigt hatte. Ob Großvaters Plan — der gleichzeitig Phines Feuerprobe war — funktionierte, würde sich wahrscheinlich erst in einigen Tagen offenbaren — da keiner so wirklich sagen konnte, ob die Zeit in der Schattenwelt auf die gleiche Weise und in derselben Geschwindigkeit ablief wie hier in der Realwelt.

Phine drückte sich in eine Nische zwischen dem Schwesternzimmer und den Besuchertoiletten und hielt die Luft an. Ihre Hand wanderte in ihre Hosentasche und umklammerte den flachen Bergkristall, den sie nun stets bei sich trug. Sie wusste nicht, warum, aber der weiße Quarz spendete ihr Trost. Sie sah ihn als Symbol. Ein Symbol der Freundschaft. Ein Symbol der Hoffnung. Ein Gedanke, an den sie sich klammern konnte.

Sie hoffte, dass Darian das auch konnte.

Ein Pfleger huschte an ihr vorbei und verschwand im abbiegenden Korridor. Als sie vorsichtig in den Flur hineinsah, um sich zu vergewissern, dass nicht noch mehr Personal umhergeisterte, fühlte sie sich wie eine Geheimagentin in einem James-Bond-Streifen. Die Aufregung lenkte sie von der abgrundtiefen Angst ab, die sich wie ein unsichtbares, dürres Tier mit Zähnen und Krallen an ihren Rücken geheftet hatte.

ELISA

Elisa saß mit eingezogenen Beinen auf ihrem Lesesessel, eine

Decke um ihre Schultern, ein Glas Rotwein in einer Hand und ein altes Familienalbum auf dem Schoss. Der flackernde Schein eines kleinen Feuers in ihrem Schwedenofen war die einzige Lichtquelle im sonst dunklen Wohnzimmer. Sie sollte bereits längst im Bett sein, doch der Schlaf hatte sich nicht wie gewöhnlich einstellen wollen. Sie hatte ihren Lebtag nie mit Schlafproblemen zu kämpfen gehabt und besaß gar die Gabe, rasch und überall einschlafen zu können. Doch seit Phines Autounfall schien ihr diese Fähigkeit abhanden gekommen zu sein. Allmählich dämmerte es ihr, wie sehr Viktor und auch ihre Tochter unter der Schlaflosigkeit gelitten haben mussten.

Elisa war nicht gerade begeistert von der Idee, dass Phine zu ihrem Großvater ziehen würde, aber sie akzeptierte die Entscheidung.

Elisa war gleich zweifach beschenkt worden. Erst Phines Rückkehr aus dem Koma und anschließend die überraschende Annäherung ihrer Tochter. Glücklicher könnte Elisa kaum sein.

Wenn da nicht Viktors Vitalwerte wären, die ihr neuerdings Sorgen bereiteten. Sie hatte Phine noch nichts davon erzählt. Diese sollte sich voll und ganz auf ihre eigene Genesung konzentrieren.

Die Ärzte konnten ihr nicht sagen, warum sich Viks seit vielen Jahren stabiler Zustand plötzlich ohne erkennbaren Grund verschlechterte. Seine Organe konnten dem nur eine begrenzte Zeit Widerstand leisten.

Man sah es ihm an.

Oh, Vik ... was soll ich nur tun?

Schon lange plagten sie Vorwürfe. Verlängerte sie nur sein Leid, indem sie ihn an den Maschinen und Schläuchen ließ, die ihn überwachten und nährten? Klammerte sie sich an eine zum Tode verurteilte Hoffnung fest? War es egoistisch, gar selbstsüchtig, Vik nicht ziehen zu lassen?

Jetzt schämte sie sich dafür, in welche Rage sie Phines Worte an seinem Bett gebracht hatten, an jenem schicksalhaften Tag, der sie beinahe auch noch ihre Tochter gekostet hätte. Vielleicht hatte Phine Recht damit, dass sie Vik loslassen mussten. War denn die Verschlechterung seines Zustandes nicht ein Zeichen? Quälte sie ihn denn nicht, wenn sie ihn noch länger künstlich am Leben erhielt? Elf Jahre waren eine verdammt lange Zeit, die Hoffnung nicht zu verlieren.

Elisa konnte nicht glauben, dass es plötzlich zu Ende gehen sollte. Sie wusste, dass die Ärzte sie bald zu einer Entscheidung drängen würden, sofern sich Viks Zustand nicht wieder besserte.

Sie nahm einen großen Schluck Wein. Gleichwohl übermannte sie ein schlechtes Gewissen. Einst hatte sie ihren Mann dafür verurteilt, seinen Kummer in Akohol zu tränken. Nun war sie im Begriff, dasselbe zu tun.

War sie zu streng mit ihm gewesen? Hatte sie seine Ängste und depressiven Phasen nicht ernst genug genommen? Vielleicht wäre jener schreckliche Unfall vermeidbar gewesen, hätte sie an jenem Tag anders reagiert ...

Solche Gedanken bringen dich nicht weiter, Elisa, ermahnte sie sich. Sie seufzte, stellte den Wein auf dem Beistelltisch ab. Sie strich mit den Fingern über den Einband des Familienalbums, das einst Phine vor so vielen Jahren angelegt hatte. Das Familienwappen der Koenigs prangte auf dem braunen Ledereinband — der Springer in Form eines Pferdekopfes, im Hintergrund zwei sich überkreuzende Schwerter. Sie hatte nie die Affinität der Koenigs zum Schach und seinen Spielfiguren verstanden. Ihres Wissens nach war zu keiner Zeit einer der Koenigs in einem Schachverein aktiv, geschweige denn ein herausragender Spieler gewesen. Und doch ließen sich die Symbole vielerorts in der Waldvilla finden.

Elisa öffnete das Album. Phine hatte das Buch als fotografische Familienchronik der Koenigs angelegt. Mit alten Aufnahmen von Ferdinand und seiner früh verstorbenen Frau Linda hatte sie begonnen. Elisas Blick blieb auf dem Gesicht ihrer Schwiegermutter hängen, die sie nie kennengelernt hatte. Eine zarte Person. Eine melancholische Schönheit ging von ihr aus. Elisa fragte sich, ob sie die Wurzel allen Wahnsinns war. Die arme Frau musste schwer depressiv gewesen sein. Hatte sich das Leben genommen. Ihr Verlust hatte ihren Schwiegervater beinahe den Verstand gekostet. Er hatte Kummer und Depression an seinen Sohn weitergereicht. Auch Phine schien nicht gefeit gegen die emotionale Bürde, die auf der Familie Koenigs lastete.

Elisa wünschte, sie könnte ihrer Tochter beibringen, die Dinge aus einer anderen Perspektive zu sehen. Sie musste nicht in die Fußstapfen von Depression und Stillstand treten. Sie konnte den Kreis durchbrechen. Sie hatte doch noch ihr ganzes Leben vor sich ... Sie blätterte weiter und fand ein Foto von sich, Vik und Phine wieder. Ein Urlaubsfoto vom Strand. Strahlende Gesichter. Sonnenschein. Eine Familie wie aus dem Bilderbuch. Elisa strich mit dem Finger über Vik.

Was soll ich nur tun?, wiederholte sie an ihren Mann gerichtet. Hatte Vik den Kampf aufgegeben? Ging es ihm deshalb schlechter? Was gäbe sie nur dafür, an jenen Tag in den Hügeln zu reisen, an dem sich ihre Wege getrennt hatten.

Vielleicht sollte Elisa endlich die Vernunft walten lassen.

VIKTOR

„Du hast mir nie von deiner Tochter erzählt", beschwerte sich Quendoline, während Vik im Feuer rumstocherte.

„Du hast nie gefragt", erwiderte er achselzuckend.

Die alte Dame schnaubte verächtlich. „Ich hab dich auch nie nach Freuds Traumdeutung gefragt und doch hast du mich gefühlte Stunden über seine Theorien vollgeschwafelt."

„Du hast doch interessiert zugehört!"

„Na was soll man sonst an diesem Ort hier machen? Hast du irgendwo ein Theater gesehen?"

Vik schwieg und genoss die Wärme der Flammen, die sich genüsslich durch zerknüllte Akten in einer stählernen Bettpfanne fraßen. Auch genoss er das Geplänkel mit Frau Merz, die Ablenkung und Lebenselixier zugleich waren. Ihm wurde bewusst, dass die Gespräche und das bloße Zusammensein mit anderen Menschen genauso wichtig waren wie die Oasen selbst, wenn nicht sogar wichtiger. Es hatte Zeiten gegeben, da war er vollkommen einsam durch diesen größten aller Friedhöfe marschiert. Das waren mitunter die schlimmsten Phasen seiner Existenz in der Schattenwelt gewesen.

Elf Jahre.

Er konnte es kaum fassen. Elf verflucht lange Jahre, die er mit Phine und Elisa verpasst hatte. Phine war inzwischen erwachsen, führte ihr eigenes Leben. Und Elisa? Was hatte sie all die Zeit getan? Hatte sie ihn inzwischen aufgegeben? Hatte sie einen neuen Mann in ihr Leben gelassen? Das konnte er ihr nur wünschen.

Viktor hatte viel an seine Familie gedacht, seit er an diesem Ort erwacht war. Am Anfang hatte er nichts anderes getan. Doch irgendwann wurden die Gedanken an seine Frau und Tochter so schwer, dass er sie kaum noch ertragen konnte. Die Erinnerungen an sie wurden zu Erinnerungen an Erinnerungen. Sie verblassten, wurden weicher, nicht mehr real. Es wurde zu schmerzhaft, an sie zu denken.

„Ich hab dir nie von meiner Tochter erzählt, weil ich die Erinnerung an sie tief in mir vergraben hatte ..."

„Ich verstehe", meinte Quendo und nickte.

Eine Weile blieb es still, aber ob es daran lag, dass Quendo aus Respekt und Höflichkeit nicht nachhakte oder weil sie ihr Gespräch bereits vergessen hatte, war für Vik nicht ersichtlich.

Er fragte sich, wo Darian so lange steckte. Er hatte eine kurze Patrouillenrunde drehen wollen, war aber für Viks Geschmack schon ein wenig zu lange unterwegs.

Es hatte sich herausgestellt, dass das Krankenhaus an sich kein so übler Ort zum Verweilen war. Sie hatten ein ganzes Stockwerk mit all seinen Korridoren und Stationen für sich beansprucht, indem sie alle Zugänge verbarrikadiert und mit Fallen und selbstgebauten Alarmanlagen gesichert hatten. Kein Verlorener würde in ihr Revier eindringen, ohne, dass sie drei das nicht mitkriegen würden. Sie waren ausreichend versorgt mit Oasen, sowie mit Brennmaterial für unendlich viele Lagerfeuer. Es war ein Schlaraffenland.

Und eine Festung der absoluten Langeweile.

Darian und Vik wechselten sich damit ab, mehrfach am Tag jenes Zimmer zu checken, in dem er selbst — oder besser gesagt, sein Körper — in der Realwelt im Koma lag und in welchem Phine verschwunden war. Dummerweise lag die Station mit den Langzeitkomapatienten ein ganzes Stück weit entfernt, doch den Weg dorthin hatten sie ebenso zum größten Teil gesichert. So lange sie sich leise verhielten, hatten die Schattenwesen keinen Grund, sich durch die blockierten Zugänge zu kämpfen.

Darian hatte sich die Mühe gemacht, für Phine eine unübersehbare Botschaft auf einem mottenzerfressenen Laken zu hinterlassen.

Warte hier auf uns.
Wir kommen jeden Tag vorbei.
D+V+Q

Darian hatte die Hoffnung nicht aufgegeben, doch Vik war nach wie vor skeptisch. Doch so lange sein junger Freund an dieser Idee festhielt und sie ihm die Kraft verlieh, weiter durchzuhalten, dann war es auch für Vik in Ordnung. Ob sie hier ihre Zeit totschlugen oder an irgendeinem anderen vermaledeiten — Quendolines Lieblingswort, wenn die Zeit für einen erneuten Oasenbesuch nahte — Ort in dieser Stadt, spielte keinerlei Rolle. Vik wusste nur eines mit Sicherheit. Er war müde.

Als die Tür zu dem Zimmer, in dem sie sich einquartiert hatten, plötzlich energisch aufgerissen wurde, sprang Vik wie von einer Tarantel gestochen auf die Beine. Quendoline ließ einen spitzen Schrei von sich und presste eine faltige Hand an die Brust. Vor ihnen stand ein schwer atmender Darian.

„Scheiße, was ist denn los? Sind die Verlorenen durchgebrochen?" Vik griff nach der Aluminiumkrücke, die er sich als Waffe auserkoren hatte. Der Bursche mit den blonden Locken machte ein Gesicht wie ein kleines Kind an Heiligabend, wenn es den Berg an Geschenken unterm geschmückten Weihnachtsbaum entdeckt.

„Nein, alles gut an dieser Front! Aber ihr müsst unbedingt mitkommen und euch das ansehen!"

„Halleluja! Endlich passiert hier mal was!", jauchzte Quendoline und klatschte in die Hände.

Darian

Sie setzten Quendo in den Rollstuhl, durch den sie den ausgedienten Buggy ersetzt hatten — *„Welch Verbesserung für meine malträtierte, alte Hüfte!"* — und huschten durch endlose Korridore und Flure zu jenem Raum, den sich Darian auserkoren hatte, zu bewachen, als hinge ihr aller Leben davon ab. Tatsächlich hatte er keinen blassen Schimmer, warum er der Überzeugung war, dass Phine zurückkehren würde oder warum ihre Rückkehr irgendetwas an ihrer ausweglosen Situation verändern könnte. Er wusste jedoch ganz sicher um jenes beschützenswerte Gefühl, das sich tief im Innern seines Herzens offenbart hatte, sobald er verstanden hatte, was Phines Verschwinden aus dieser Welt bedeutete. Als er begriffen hatte, dass sie *gesprungen* und nicht gestorben war, da war etwas aufgekeimt, das nun, da er seine ersehnte Bestätigung erhalten hatte, endlich wachsen und gedeihen konnte.

„Wir sind da!“

Er war so aufgeregt, dass er es einen Moment lang mit der Angst zu tun bekam, er könnte sich das, was er zuvor gesehen hatte, als er allein in jenem Zimmer gewesen war, lediglich eingebildet haben. Doch trug er den Beweis in seiner eigenen Hosentasche. Er tastete kurz danach, um sich zu vergewissern, dass er noch da war.

Als sie den Raum betraten, deutete Darian auf das Bett, auf welchem Phine gelegen hatte, als sie wie ein schimmernder Goldbarren aufgeleuchtet und anschließend verschwunden war.

Vik stellte Quendos Rollstuhl daneben ab und nahm einen der Gegenstände, die auf dem fleckigen Laken lagen, in die Hand.

„Taschenlampen und Batterien“, sprach er das Offensichtliche aus. Er war so skeptisch wie eh und je. Dieser verdammte Stephen.

„Und du denkst, die hat Phine hierhergebracht? Aus der Realwelt?“

Darian nickte. Er wusste, dass er ein dämliches Grinsen im Gesicht hatte. Er spürte es in jedem Gesichtsmuskel und *fuck!*, es fühlte sich so verdammt gut an!

Vik hingegen wirkte so enttäuscht — und auch ein wenig verärgert, weil Darian vermeintlich so ein Theater draus machte —, dass er Darian sogar leidgetan hätte, wenn er nicht das große Bedürfnis verspüren würde, ihm die verdammten Scheuklappen aus dem Gesicht zu schlagen.

„Die hätte jeder hier hinlegen können“, antwortete Vik

und warf die Taschenlampe zurück aufs Bett. „Vielleicht ist jemand durch unsere Barrieren gekommen und hat es sich hier heimelig gemacht, ehe er losgezogen ist, um eine Oase zu finden."

„Ja, vielleicht", meinte Darian. „Wäre nicht das erste Mal, dass wir auf das Lager von jemanden stoßen. Aber du liegst falsch."

Vik seufzte. „Hast *du* die Taschenlampen hier deponiert, damit wir noch länger hierbleiben und warten?"

„Noch falscher, Stephen!"

„Ich weiß nicht, ob dieser Komparativ Sinn macht, Schätzchen", sagte Quendo.

„Um Vik ein wenig zu ärgern, macht so einiges Sinn, Frau Merz", meinte Darian.

Er deutete auf das Laken, das er gegenüber dem Bett aufgehängt und mit einem ausgetrockneten Edding bekritzelt hatte. „Und wie erklärst du dir das da, Stephen?"

Vik trat an das Laken heran. Darian konnte in dessen Gesicht beobachten, wie aus Verwirrung Staunen wurde und aus Staunen schließlich vorsichtige Freude.

„*Wir treffen uns in der Waldvilla. Passt auf euch auf. Phine*", las Quendoline laut vor, was in großen, blauen Buchstaben unter Darians blassen Nachricht zu lesen war. Der blaue Edding aus der Realwelt lag auf dem Nachttisch.

„War das auch unser geheimnisvoller Fremder, der zufällig vorbeigekommen ist?", hakte Darian nach.

Vik beachtete ihn nicht. Er streckte eine Hand aus und berührte die blauen Buchstaben vorsichtig mit den Fingerspitzen.

„Sie ist tatsächlich zurückgekehrt", sagte er leise.

Darian bekam das Gefühl, dass sich für Vik eine festgefahrene Weltanschauung neu ordnete, aber darüber konnten sie sich genauso gut unterwegs unterhalten.

„Ich nehme an, du kennst den Weg, Vik. Mission Waldvilla! Auf geht's!"

Sie nahmen die Geschenke mit, die Phine ihnen dagelassen hatte, und marschierten zurück ins Lager, um ihre Sachen zu packen. Nachdem sie in einer Oase aufgetankt hatten, verließen sie über einen Seiteneingang den Gebäudekomplex.

Das wunderbare Gefühl, das in Darians Herzen aufgekeimt war und das erst zurückhaltend und leise gewachsen war, seit er um Phines *Springerei* wusste, entledigte sich nun jeder Vorsicht. Er ließ zu, dass dieses Gefühl größer wurde und nährte es noch mit dem Nachhall der wunderbaren Stimmung, die ein ordentlicher Oasenbesuch nach sich zog. Er ließ sich ein Stück hinter die anderen beiden fallen und holte das kleine Ding hervor, das Phine für ihn auf dem Bett neben den Taschenlampen deponiert hatte.

Ein kleiner, weißer Bergkristall.

Erst hatte er es nicht verstanden, doch dann erinnerte er sich an jenen Tag aus seiner Kindheit, an dem er jenes Mädchen mit der riesigen Brille und dem braunen Zopf kennengelernt hatte. Sie war der erste Mensch gewesen, der in der neuen Stadt, in welche er mit seinen Eltern gezogen war, nett zu ihm gewesen war. Dass Phine den Stein so lange Zeit behalten hatte ...

Mit einem Lächeln, das ihm die Wangen färbte, verstaute Darian den kleinen Talisman tief in seiner Hosentasche.

Die Räder des Rollstuhls rollten über den rissigen Asphalt einer breiten Straße, die durch ein Wohngebiet mit einst schicken Doppelhaushälften führte, die nun aber den finsteren Eindruck eines Nachkriegsschauplatzes boten. Die drei Gefährten waren so fokussiert auf den Weg, der vor ihnen lag, dass sie sich nicht die Mühe machten, einen Blick zurückzuwerfen. Hätten sie das getan, wäre vielleicht einem von ihnen etwas Ungewöhnliches aufgefallen. Aber dazu hätte derjenige schon einen sehr genauen Blick werfen müssen.

Entlang des Grünstreifens zwischen Straße und Gehweg —

wobei von Grün in Bezug auf die Vegetation dieser Welt nicht die Rede sein konnte — begann etwas Neues zu wachsen. Klein, zart und schwach. Doch strotzend vor Lebendigkeit. Es waren winzige Gänseblümchen, die ihre Köpfchen aus der Erde der Sonne hinter den meterdicken grauen Wolken entgegenstreckten. Das saftige Grün der dünnen Stängel, das strahlende Weiß der zarten Blütenblätter und das leuchtende Gelb der Pollen waren das farbenprächtigste, was die Schattenwelt seit ihrem ersten Atemzug gesehen hatte.

Hoffnung war wie das Licht einer Laterne, die in einer dunklen Gasse den Weg erleuchtete. Sie nahm der Nacht die Dunkelheit.

28. Eintrag

Liebes Tagebuch,
das Kindermädchen bleibt nun auch über Nacht. Sie
füttert ihn, wickelt ihn, wiegt ihn in den Schlaf. Al-
les Dinge, die eine Mutter tun sollte. Aber ich kann das
nicht. Viktors Schreie haben mich ausgesaugt. Ich habe
so viele Tränen darüber vergossen, dass in meinem In-
nern eine Wüste herrscht. Irgendwo unter Tonnen von
Sand liegen sie begraben ... all die Gefühle, die ich nicht
mehr fühlen will.

29. Eintrag

Liebes Tagebuch,
ich bin aus unserem gemeinsamen Schlafzimmer aus-
gezogen und hab mich in einem der Gästezimmer im
ersten Stock einquartiert. Ich will nicht länger Ferdis
mitleidvolle Augen sehen. Sparen soll er sich das. Ich
will gerade niemanden um mich herum. Ich will ein-
fach nur in meinem Bett liegen und schlafen.
Wenn da nicht Viktors Schreie wären, die mich in-
zwischen in den Wahnsinn treiben. Ich kann sie nicht
mehr hören! Hör auf damit!

HÖR AUF!!!

30. Eintrag

Liebes Tagebuch,
ich hab mich wohl so an sein Plärren gewöhnt, dass
mich die plötzliche Stille aus der Fassung brachte. Ei-

nes Tages hörte es einfach auf. Das lockte mich aus dem Zimmer. Ich schlich die knarzende Treppe herunter, die mich sofort verriet, wobei das Gespräch in der Küche verstummte. Sicherlich hatten sie über mich gesprochen. Das Kindermädchen und die neue Haushälterin, die Ferdi zusätzlich eingestellt hat, damit sie das Haus in Ordnung hielt und etwas Essbares auf den Tisch stellte. Sie schwatzten über die Hausherrin, die nicht in der Lage war, sich um ihr eigenes Kind zu kümmern. Oder um ihr Haus, den Ehemann, geschweige denn um sich selbst. Ja, das konnte ich ihren Gesichtern deutlich ansehen.

Scham packte mich.

Sie hatten Recht.

Sie hatten mit allem vollkommen recht.

Barfüßig, im Nachthemd und mit zerzaustem Haar stand ich also auf der Schwelle zur Küche und starrte auf das kleine, zappelnde Bündel in den Armen der Frau, die mir meinen Sohn genommen hat. Beide Frauen sagten etwas zu mir, aber ich kann mich an ihre Worte nicht mehr erinnern. Ich erinnere mich nur daran, dass mich Viktor keines Blickes würdigte. Vielleicht hatte er seine Mutter bereits vergessen.

31. Eintrag

Liebes Tagebuch,
ich kann die Trauer in Ferdis Augen nicht ertragen. Ständig besucht er mich in meinem Zimmer. Streicht mir über den Rücken, redet mit mir. Ich höre ihm kaum zu. Ich kann mir vorstellen, was er will. Er will mich wieder zu einem Psychiater schicken. Aber was soll das

bitte bringen? Was könnten alle Psychiater dieser Welt
daran ändern, dass ich versagt habe? Dass mich mein
eigenes Kind verstoßen hat? Wer könnte jemals etwas
daran ändern?

Und gestern kam dann tatsächlich meine Ärztin nach
einem sanften Klopfen an der Tür an mein Bett. Ich hab
sie weggeschickt. Was sollte reden schon bringen? Was
sollte es bringen, meine abgrundtiefe Scham und meine
bodenlose Schuld in Worte zu fassen?

32. Eintrag

Liebes ~~Tagebuch,~~
ich habe beschlossen, ~~dir nicht mehr zu schreiben.~~
Ich habe beschlossen, ~~dass es nun~~

Josephine

Es fühlte sich an, als wäre ein ganzes Leben vergangen, seit Phine zuletzt die Auffahrt zur Waldvilla hinaufgeschritten war. Damals war ihre Welt bereits aus den Fugen geraten, doch was seitdem passiert war, war kaum zu begreifen. Irgendwann würde sie das alles verarbeiten und verdauen müssen. In diesem Augenblick jedoch blieb ihr nichts anderes übrig, als es zu akzeptieren. Nicht mehr und nicht weniger.

Sie blieb an dem Sockel stehen, der den laubbedeckten Weg säumte, und tätschelte dem Gargoyle den moosbewachsenen Kopf.

Ferdinand schmunzelte. „Als Kind bist du an diesem Ding schnellstmöglich vorbeigerannt", erinnerte er sich.

Ja, wie schön damals noch die Welt gewesen war, als eine verwitterte Skulptur der Schlimmste ihrer Schrecken gewesen war. Phine lächelte gequält und stützte sich auf ihre Krücken. Zusammen humpelten Großvater und Enkelin die letzten Meter bis zur Waldvilla hinauf.

Das Anwesen hatte selbst an sonnigen Tagen einen schaurigen Charme, doch wie musste die alte Waldvilla erst in der Schattenwelt wirken?

Phine blieb vor der untersten Stufe des Verandaaufstiegs stehen, während Großvater nach dem richtigen Schlüssel in seinem Bund kramte. Sie betrachtete die alte Eingangstür mit einem noch nie vorher da gewesenen Interesse. Sie hatte die Schnitzerei auf dem Holz schon Tausende Male zuvor gesehen, doch erst jetzt erfasste sie seine geheime und doch so offensichtliche Bedeutung. Der schöne Pferdekopf als Schachfigur symbolisierte den Springer. Zwei sich überkreuzende Schwerter zierten den Hintergrund.

Großvater erriet ihre Gedanken. „Die Wahrheit hatte schon immer offen gelegen, nicht wahr? Wusstest du, Liebes, dass die Springerfigur im Englischen *knight* heißt? Die Koenigs stammen tatsächlich einem alten Rittergeschlecht ab. Vieles hat sich seitdem getan und verändert auf der Welt, doch wir Koenigs - oder zumindest einige von uns - sind nach wie vor Ritter, so veraltet diese Bezeichnung heute auch sein mag. Irgendwie aufregend, was?"

So spannend das vielleicht klingen mochte, konnte es Phine nur wenig begeistern, geschweige denn beruhigen oder trösten. Vielmehr wühlte sie das noch mehr auf. Es gab Menschen, die würden sich von der Vorstellung romantisierter Rittersagen und den dazugehörigen glänzenden Rüstungen und spitzen Schwertern beflügeln lassen. Sie bekam davon nur einen Kloß im Hals.

Phine konnte es nicht oft genug betonen: Sie war die Falsche für die bevorstehende Aufgabe. *Papa und Darian haben die Arschkarte gezogen. Sowas von.*

...

Nachdem Phine ihre Tasche in ihr altes Zimmer geschleppt und sich häuslich eingerichtet hatte — den Rest ihrer Sachen, inklusive dem widerspenstigen Arschi würde Elisa im Laufe des Tages vorbeibringen — nahm sie mit Ferdinand ein ordentliches Vesper ein, das Frau Reichert ihnen beiden als Willkommensgruß angerichtet hatte.

„So, jetzt sind wir gesättigt und gestärkt und sollten anfangen", beschloss Großvater und erhob sich. „Wir haben keine Zeit mehr zu verlieren, Liebes."

Phine schluckte schwer. Sie schindete Zeit — ja, sie wusste, dass das egoistisch war, denn wer ahnte, was Papa und Darian in diesem Augenblick in der Schattenwelt erlebten, aber sie konnte einfach nicht anders! — und räumte die Teller und Schüsselchen und Brettchen fein säuberlich ab. Sie spürte Großvaters Blick auf sich und traute sich kaum, ihn anzusehen. Er sagte nichts, half ihr stattdessen beim Aufräumen.

Dann führte er sie hinauf in sein Arbeitszimmer.

Das Chaos auf dem Schreibtisch, dem Sessel und in den Regalen lag unverändert da, gar bis auf die Tasse mit dem alten Kaffee. Ferdinand beeilte sich, den Sessel freizuräumen und deutete Phine, sich zu setzen. Er selbst schien plötzlich nicht mehr zu wissen, wohin mit sich, ging einige Male im Raum hin und her und blieb schließlich neben Phine am Fenster stehen. Sein Blick verlor sich in der Ferne, irgendwo weit hinter den Baumwipfeln des Waldes. Phine dachte schon, er würde für immer schweigen — was ihre Nervosität nur noch steigerte —, doch dann räusperte er sich und begann: „Du bist zwar mittendrin in der Geschichte eingestiegen, Liebes, doch denke ich, wäre es nicht verkehrt, wenn du auch vom Anfang Kenntnis hättest, um das alles ein wenig besser zu verstehen.“

Phine nickte, auch wenn sie keinen blassen Schimmer hatte, was sie erwartete. Sie liebte Geschichten, schon immer. Doch dieses Mal sträubte sich so einiges in ihr, dieser ganz besonderen Geschichte zu lauschen - geschweige denn, ein Teil von ihr zu sein.

•••

„Wie du weißt, bin ich hier aufgewachsen, zusammen mit meinen Eltern und meinen beiden älteren Geschwistern — die beiden brauchen dich nicht zu kümmern, Liebes, beide so engstirnig wie egoman. Die perfekten Abbilder meiner Eltern, die zwar sehr gebildet waren, dafür jedoch wenig

Verständnis für Fantasie und Schwärmerei hatten." Bei dieser Beschreibung musste Phine unweigerlich an ihre Mutter denken. Doch sie hatte immerhin noch Papa gehabt; einen Gleichgesinnten. Ferdinand musste vollkommen allein gewesen sein.

„So gesehen war ich schon immer der Sonderling der Familie", fuhr er fort und seufzte schwer. Und dann: „Zum ersten Mal gesehen hab ich den Schattenmann als Kind in meinen Träumen. Genau wie du, auch wenn du es wahrscheinlich verdrängt hast; ebenso wie dein Vater. Ich erzählte es meinen Eltern und vielleicht hätte ich es bei den Träumen belassen sollen, doch ich erzählte ihnen weiterhin, dass ich begann, den Schattenmann auch außerhalb meiner Träume zu sehen. Er verfolgte mich nun ebenso bei Tag und außerhalb meiner vier Wände. Meine Eltern schickten mich zu einem Psychiater, was natürlich auf keinste Weise half. Doch irgendwann ließ der Schattenmann von mir ab. Ganz plötzlich war er einfach verschwunden. Verschwunden aus meinen Träumen und ebenso aus meinem Leben. Meine Eltern schoben dies natürlich dem Doktor zu, doch ich wusste es besser. Trotzdem war ich erleichtert und ließ es auf sich beruhen. Ich begann, den Schattenmann zu vergessen. Genau wie du als Kind. Genau wie Viktor. Und ich wünschte, die Geschichte endete hier. Doch bei den Göttern, sie hatte noch gar nicht richtig begonnen ...

Ich wurde älter, die Jahre zogen dahin und eines Tages verließ ich mein Elternhaus, um auf den Campus der Uni zu ziehen. Und da tauchte er wieder auf. Einfach so. Von einem Tag auf den anderen hatte ich wieder diese schrecklichen Träume, die einen frösteln ließen, selbst dann noch, wenn man sich an den Inhalt schon lange nicht mehr erinnerte. Der Schattenmann war wieder da. Doch dieses Mal war ich so schlau und behielt es für mich. Stattdessen fing ich an, mich auf eigene Faust mit dem Phänomen zu beschäftigen. Ich begann mit allumfassenden Recherchen, denn der Begriff des Schattenmannes beziehungsweise seine Erscheinung war nichts Neuartiges. Es gibt vielerlei Berichte über Menschen — vor allem von Kindern —, die von Träumen berichten oder gar beschwören, dass sie eine schwarze Gestalt mit roten Augen auch außerhalb ihrer Träume am Rande ihres Bettes sitzen sahen."

Phine erinnerte sich an ihre eigenen Recherchen. Erinnerte sich an die Einträge in diversen Foren für Traumdeutung, Paranormales und Spukgeschichten. Erschreckend deckend mit ihren eigenen Erfahrungen. Sie bekam eine Gänsehaut.

„Mir wurde klar, dass der Schattenmann ein Teil dieser Welt war und das schon viel länger, als ich jemals erwartet hätte. Er wurde zum Fokus meiner Forschung. Dadurch verlor er tatsächlich etwas von seinem Schrecken, musst du wissen. Ich sah ihn — ständig —, doch er brachte mich nicht mehr aus der Fassung so wie früher. Ich hatte akzeptiert, dass ich ihn sehen konnte. Und darüber hinaus war bisher nie etwas geschehen. Er hatte nie versucht, mich zu berühren oder mir wehzutun. Das war nicht seine Art."

Großvater machte eine kleine Pause und das gab Phine Gelegenheit über seine Worte nachzudenken. Tatsächlich hatte auch ihr das Wesen mit den glühenden Augen nie etwas getan. *Bis auf die winzige Tatsache, dass es dich in den Wahnsinn und letztendlich vor ein Auto getrieben hat, aber sonst war nichts, nein!*

Alles, was im Zusammenhang mit ihm geschehen war, waren Resultate ihrer eigenen Reaktionen auf ihn.

„Und dann entdeckte ich etwas Außergewöhnliches", fuhr Ferdinand fort. „Erst dachte ich, dass ich meine Träume kontrollieren kann, doch dann erkannte ich, dass ich nicht in meinen Träumen wandelte, sondern in *seine* Welt gedrungen war! Ich wusste nicht, wie mir das gelungen war, aber ich weiß heute, dass ich damals viel Glück gehabt hatte, denn ich hätte genauso gut ahnungslos in eine Meute Verlorener laufen können."

Phine stutzte. „Auch Darian und Papa nennen sie *Verlorene*", erklärte sie verwundert.

Großvater nickte. „Ich habe deinem Vater sehr viel über die Schattenwelt erzählt. Als Junge dachte er noch, das wären fantastische Geschichten, die ich mir nur ausgedacht hatte, doch als ich sie Jahre später immer noch erzählte, naja, du weißt ja, was er dann dachte und wo ich schließlich immer wieder gelandet bin ... aber dazu später mehr. Ich hatte jedenfalls erkannt, dass ich *springen* konnte. Anfangs gelang es mir ausschließlich im Schlaf, so wie dir noch, aber ich übte mich darin und wurde immer besser. Phine, Liebes, du kannst dir kaum vorstellen, wie berauscht ich war. Ich hatte eine unglaubliche — zugegebenermaßen aber auch schaurige — Welt entdeckt. Ich wagte es, mich meinen Kindheitsängsten zu stellen und das machte mich wagemutiger. Meine Neugierde siegte über die Angst und so begann ich, das Schattenreich zu erforschen. In dieser Zeit füllte ich Notizbücher über Notizbücher. Ich schrieb alles auf, was ich entdeckte, beobachtete und die Gedanken, die ich mir dazu machte. Och, Liebes, ich verbrachte viel Zeit in der Schattenwelt. Mehr, als mir gut tat. Denn die Springerei fordert ihren Tribut, musst du wissen. Anfangs merkst du es vielleicht nicht. Oder vielleicht ist es auch der jugendliche Wahn und eine arrogante Selbstüberschätzung, die es einen ignorieren lassen. Doch die Quittung dafür sollte erst viel später kommen.

Nun, jedenfalls konnte ich meine Expeditionen lange Zeit gut verstecken. Ich sprang nur nachts, wenn ich im Bett lag und achtete darauf, dass ich stets allein war. Natürlich beging ich nicht erneut den Fehler, es jemanden zu erzählen. Mir war klar, dass das niemand verstehen würde, der es nicht selbst auch erlebte." Ferdinand schmunzelte und lachte kurz auf. „Mir ist immer noch schleierhaft, wie ich mein Studium erfolgreich abschließen konnte. Doch es lag auf der Hand, dass ich beides miteinander verbinden konnte. Wie du weißt, begann ich als Psychiater zu arbeiten. Ich spezialisierte mich auf Patienten mit Depressionen, denn ich wollte einer meiner Theorien auf den Grund gehen. Mir stellte sich nämlich eine bedeutende Frage: Was ist zuerst da? Der Schattenmann, der seine ausgewählten Opfer in die Depression stürzt? Oder ist es umgekehrt? Sind es die Depressionen, die Melancholie, die Schwermut, die den Schattenmann anlocken, wie das Blut das Raubtier?"

„Was war zuerst da … das Huhn oder das Ei …", warf Phine nachdenklich ein. Sie musste gestehen, dass diese Frage berechtigt war, und sie versuchte sich daran zu erinnern, wie es bei ihr begonnen hatte. Mit den Albträumen? Nein, wenn sie ehrlich war, war sie schon lange vorher sehr unzufrieden mit ihrem Leben gewesen. Aber konnte sie so weit gehen, sich bereits *depressiv* zu nennen? Sie wusste es nicht und es war auch nicht gerade angenehm, darüber nachzudenken.

„Ganz genau", meinte Ferdinand und nickte zustimmend. „Im Laufe meiner Forschungen und der psychiatrischen Arbeit mit meinen Patienten führte ich insgeheim Studien durch …" Großvater ging zu einem Aktenschrank hinter seinem Schreibtisch und fischte eine alte, dicke Mappe heraus. Phine wunderte sich darüber, dass dies der erste Satz war, der in ihren Ohren irgendwie *verrückt* klang. Ihr war bewusst, dass eigentlich ALLES verrückt war, über das sie hier hinter verschlossenen Türen und im Schutz der Anonymität sprachen. Doch nun drängte sich ihr das Bild eines durchgeknallten Professors auf, der an den Gehirnen ahnungsloser Probanden herumexperimentierte.

Großvater setzte sich an seinen Schreibtischstuhl und legte die Mappe behutsam auf seinem Pult ab. Phine griff nach ihren Krücken und kam zu ihm.

„Ich fragte alle meine Patienten nach dem Schattenmann

und siehe da: Gut sechzig Prozent aller meiner Patienten, bei denen Depressionen, schizoide Persönlichkeitsstörungen, Paranoia oder ähnliches diagnostiziert wurde, konnten ihn beschreiben. Ich bat sie alle, ein Bild von ihm zu malen ...“ Großvater schob Phine die Mappe zu. Sie ahnte, was sie erwartete. Sie hatte bereits eine dieser Zeichnungen hier in diesem Büro gesehen. Damals hatte sie Phine in Angst und Schrecken versetzt und sie glauben lassen, dass sie noch verrückter war, als sie ohnehin schon glaubte zu sein.

Mit klopfenden Herzen öffnete sie die schwarze Kordel und legte ihren düsteren Inhalt frei. Sie hielt einen fein säuberlich geordneten Stapel von Skizzenblättern in Händen, deren Oberflächen von SCHWARZ geprägt waren. Sie erkannte den Schattenmann in unzähligen Varianten. Die Zeichnungen waren alle unterschiedlich, manche mit Kohle, Bleistift, Wachsmalstiften oder auch eine, die mit einem Kugelschreiber angefertigt worden war; die Qualität der Bilder reichte von laienhaft bis eindrucksvoll — sogar einige eindeutig zu erkennende Kinderzeichnungen waren dabei - und doch war der Herr des Schattenreichs ganz deutlich zu identifizieren.

Sie alle hatten dasselbe Wesen gesehen.

Es waren so viele, dass Phine schlecht wurde. Sie spürte regelrecht, wie alle Farbe aus ihrem Gesicht wich.

„Wir sind nicht verrückt, Phine“, sagte Ferdinand leise, aber mit einem Ton, der keinen Widerspruch erlaubte. „Genauso wenig verrückt wie all die armen Seelen, die zu mir gekommen sind, damit ich sie von ihren Wahnvorstellungen befreie.“

Phine schluckte schwer. Dann verstaute sie die gespenstischen Abbildungen des wandelnden Albtraums, der in ihr Leben gekommen war, wieder zurück in die schwarze Mappe. Vielleicht sollte es tröstend sein, dass sie nicht die Einzigen waren, doch in gewisser Weise machte es das alles noch schlimmer.

„Wieso tut er das?", fragte sie und hörte, wie ihre Stimme zitterte. „Was will er von uns?"

Großvater sah sie lange an, ehe er antwortete. „Auch das ist eine der großen Fragen, mit denen ich mich jahrelang beschäftigt habe. Und die Antwort ist so einfach wie simpel."

Phine kannte die Antwort bereits. Sie ahnte sie nicht nur, sie kannte sie. Denn sie hatte sie am eigenen Leib erfahren.

„Er ernährt sich von uns, nicht wahr?"

Großvater nickte. „Ja, er ernährt sich von unseren Gefühlen in dieser wie auch in seiner Welt. Doch es sind unsere Seelen, auf die er es vor allen Dingen abgesehen hat. Der ..."

„ ... goldene Staub", beendete Phine den Satz.

„Richtig. Vor allem jedoch bevorzugt er den goldenen Staub der Verlorenen. Auch ein Grund, warum man den Schattenmann so gut wie nie zu Gesicht bekommt, sobald man in der Schattenwelt erwacht. Erst, wenn sich die Seele derart deformiert und verfinstert hat, ist sie es seiner wert, geerntet zu werden. Die Verlorenen haben eine Heidenangst vor dem Schattenmann."

Phine nickte. Das waren alles Informationen, die sie unbedingt weitergeben musste. In diesem Fall schienen Vater und Darian zumindest vor dem Schattenmann sicher zu sein, solange es ihnen gelang, rechtzeitig Oasen zu finden. Und sie wagte zu hoffen, dass sie mit den Verlorenen schon klar kommen sollten. Darian wusste seinen Baseballschläger einzusetzen und Vater hatte gewiss auch irgendwelche Tricks auf Lager, sonst hätte er wohl kaum elf Jahre durchgehalten ...

„Wie können wir Papa und Darian helfen? Wie kriegen wir sie da rausgeschafft?"

„Erst musst du dir meine Geschichte bis zum Ende anhören, ehe du verstehen kannst, was wir tun können."

Phine legte die schwarze Mappe zurück aufs Pult und seufzte sorgenvoll. Doch sie nickte.

Sie war bereit. Dies erkannte sie nun.

Sie war bereit, Papa und Darian zu helfen.

Koste es, was es wolle.

...

„Eines Tages kam eine Frau zu mir in die Sitzung. Eine Literaturprofessorin von ungemeinem Charme und ja, auch von einem nicht von der Hand zu weisenden ansehnlichen Reiz", erzählte Großvater und schmunzelte. „Ihr Name war Linda und sie sollte später meine Frau werden."

Phine horchte erstaunt auf. Sie hatte gewusst, dass Großvater seine Frau bei der Arbeit kennen gelernt hatte, aber sie hatte nicht gewusst, dass sie eine Patientin von ihm gewesen war. Sie hatte ihre Großmutter niemals kennen gelernt. Und Großvater sprach kaum von ihr. Alles, was Phine kannte, war das Portrait von Linda Koenigs, das im Erdgeschoss über dem Kaminsims hing. Bei diesem Gedanken schoss ihr plötzlich eine Erinnerung in den Sinn. Die Erinnerung an ihren ersten Sprung. Sie hatte sich in den Sessel gegenüber dem Kamin gesetzt und musste eingeschlafen sein.

In der Schattenwelt hatte sie die Augen geöffnet.

Und da hatte sie den Schattenmann gesehen.

Wie ein böser Geist war er direkt durch Großmutters Portrait gekommen ... und Phine war aus ihrem Albtraum erwacht. Sie bekam eine Gänsehaut.

„Sie war schwer geplagt von Melancholie", sprach Großvater weiter. „Der plötzliche Tod ihrer Eltern bei einem Autounfall nagte schwer an ihr. Du musst wissen, sie war als Kind vernachlässigt worden, entsprechend war die Beziehung problembehaftet. Der unerwartete Verlust stürzte sie in ein Loch." Ferdinands Blick schweifte ab in eine Welt, die Phine verborgen blieb. Schwere Traurigkeit grub sich in seine Gesichtszüge. Phine fühlte mit ihm. Sie hatte zwar noch nie einen Partner an ihrer Seite gehabt, dennoch wusste sie, wie elendig man sich fühlte, wenn es einer geliebten Person schlechter und schlechter erging und man als Außenstehender nur zuschauen und nichts in seiner Macht Stehende tun konnte, um diesem Menschen Linderung zu verschaffen.

„Auch sie sah den Schattenmann“, erklärte Großvater. „Doch ähnlich wie ich, hatte sie sich damit arrangiert. Bis er eines Tages einfach verschwand. Es ging ihr besser. Und gleichzeitig erkannte ich, dass ich mich verliebt hatte.“ Er räusperte sich. „Ich überwies sie an eine Kollegin, damit wir uns weiterhin treffen konnten. Es dauerte nicht lange und sie zog bei mir ein. Wir heirateten. Waren glücklich. Zumindest glaubte ich das. Linda ging es gut, sie hatte ihre Lebensfreude wieder, doch ich blieb auf der Hut. Der Schattenmann hatte sie auserkoren und ich konnte nicht glauben, dass er nun einfach so von ihr abließ. Und leider sollte ich Recht behalten ...“

Großvater verstummte und Phine konnte nur vermuten, was sich hinter seiner Stirn und den glasigen, blassen Augen abspielte.

„Vielleicht bin es auch ich selbst gewesen, der ihn heraufbeschworen hatte. Wenn ich doch nur ...“, fuhr er nachdenklich und von Pein geplagt fort. „Du musst wissen, Liebes, und du musst mir glauben, dass ich Linda über alles geliebt habe ... und alles, was ich tat, seit sie in mein Leben getreten war, war einzig und allein für sie und ihre Sicherheit.“ Ferdinand schien mit sich zu ringen und es tat Phine weh, ihn so zu sehen. „Nun ... mehr denn je war ich gewillt, alles über den Schattenmann in Erfahrung zu bringen, was mir nur möglich war. Ich machte Jagd auf ihn. Beinahe jede Nacht. Ich wollte ihn vernichten. Ich konnte nicht zulassen, dass er meiner Frau erneut auflauerte und sie womöglich noch zu sich holte. Denn das tat er unweigerlich mit jenen, denen er sich offenbarte ... doch je mehr ich mich bemühte, umso besser schien sich der Schattenmann vor mir zu verstecken. Er verschwand aus meinem eigenen Leben und schien sich zurückzuziehen.

Sogar meinen Patienten erging es besser. Die Visionen vom Schattenmann ließen bei den meisten nach. Viele fühlten sich gar von ihren Depressionen geheilt. Ich schöpfte Hoffnung. Doch ich wusste, dass es noch nicht vorbei war. Weißt du, Phine, ich konnte es tief in meinem Innern regelrecht spüren. Wie eine dunkle Ahnung, die nicht wirklich greifbar, aber von schwerem Gewicht war ...

Linda, jedenfalls, fand wieder ihre Lebensfreude. Und mit ihr den Wunsch auf eine Familie. Sie wünschte sich plötzlich nichts sehnlicher als ein eigenes Kind. Ich wollte nie Kinder. Wie könnte ich denn auch ein Kind in diese Welt setzen wollen, mit dem Wissen, das ich hatte? Und mit dem potenziellen und sehr wahrscheinlichen Risiko, dass der Schattenmann ihm eines Tages auflauern würde?

Anfangs konnte ich ihr ihren Wunsch noch ausreden. Jahre vergingen, in denen wir einigermaßen glücklich waren, doch Lindas nicht erfüllter Traum schien ihr langsam zum Verhängnis zu werden. Ich bekam Angst, dass er der Melancholie erneut Tür und Riegel öffnen könnte und so gab ich eines Tages nach. Ich geb zu, ich war egoistisch. Ich wollte sie nicht verlieren, also erfüllte ich ihr ihren Wunsch. Und so kam Viktor auf die Welt. Zu Beginn war es eine reine Freude, Glück überkam die alten Wände der Waldvilla und Linda blühte regelrecht auf. Sie war eine wunderbare Mutter! Fürsorglich und engagiert. Doch es dauerte nicht lange und unser Glück verblasste gefühlt von einem Tag auf den anderen. Du musst wissen, Viktor schrie viel die ersten Monate. Das ging uns beiden schwer an die Substanz. War es eine postnatale Depression, die von ihr Besitz ergriffen hatte? Oder war der Schattenmann zurückgekehrt? Linda weigerte sich, mit mir zu reden. Vielleicht hatten wir uns auch zu sehr voneinander entfernt. Denn während sie sich stets um unser häusliches Glück bemüht hatte, stürzte ich mich nach wie vor Nacht für Nacht auf die Jagd. Mehr denn je wollte ich den

Schattenmann vernichten, um meine Familie zu beschützen.

Und letztendlich war es dann meine Schuld, dass er wiederkehrte. Ich hätte einfach mehr *da* sein müssen ...

Linda stürzte in eine nie dagewesene Schwermut. Keiner schien ihr mehr helfen zu können. Selbst unser kleiner lieber Junge konnte sie nicht mehr zum Lächeln bringen, selbst als das Schreien schon lange aufgehört hatte.

Ich konnte nichts dagegen tun, dass er sie eines Tages holte. Es war Viktor, der seine Mutter auf dem Dachboden fand."

Phine erinnerte sich mit großem Schrecken an die Worte, die ihrer Mutter vor nicht allzulanger Zeit herausgerutscht waren. Es fröstelte sie.

„Sie hatte einen Strick um einen Dachbalken gebunden und sich ... Der Junge hatte die offenstehende Dachluke entdeckt und hatte nachgesehen. Ich glaube, von diesem Anblick hat er sich niemals wieder erholt. Und auch das ist meine Schuld."

„Das ist ja schrecklich ..." Papa hatte ihr immer nur erzählt, dass seine Mutter am Ende sehr krank gewesen war. Grundsätzlich hatte er selten von ihr gesprochen. Nun kannte Phine den Grund dafür. Und es erschütterte sie zutiefst. Gleichzeitig wurde ihr vieles klar.

„Lindas Tod brach mir das Herz", erklärte Großvater. „Ich wusste, dass es der Schattenmann gewesen war, der sie zu dieser abscheulichen Tat getrieben hatte. Ich wusste es!", brach es zornig aus ihm heraus. „Aber das Schlimmste daran war, dass er mir auch noch meinen Sohn nahm. Viktor zog sich immer mehr in sich zurück und ich hatte grauenvolle Angst davor, dass auch ihn der Schattenmann bereits belauerte ... und tatsächlich war dem auch so. Viktor träumte von ihm. Nacht für Nacht. Und ich konnte nichts dagegen tun.

Wir hatten nie einen guten Draht zueinander, musst du wissen. Was natürlich zum größten Teil meine eigene Schuld war. Nicht nur, dass ich nie ein Kind gewollt hatte, ich war darüber hinaus viel zu beschäftigt mit meiner Arbeit und der nie enden wollenden Jagd. Ich hatte mir nie Zeit für meinen Sohn genommen. Ich war ein miserabler Vater. Das weiß ich.

Als es Linda zunehmend schlechter erging, wurde Viktor von diversen Kindermädchen betreut und erzogen. Als er alt genug war, schickte ich ihn aufs Internat. Ich wollte nicht, dass er zusah, wie seiner Mutter von Tag zu Tag weniger wurde. Vielleicht hoffte ich gar, ihn somit außer Reichweite der kalten Klauen des Schattenreiches zu schaffen. Ich weiß es nicht. Vielleicht wollte ich ihn auch einfach nur aus dem Weg wissen. Ich hatte keine Zeit für ein Kind und seine Bedürfnisse. Ich hatte nie eine Familie gewollt. Alles, was ich wollte, war Linda gewesen. Doch sie war mir entglitten. Aber verstehe mich nicht falsch, ich hab Viktor dennoch geliebt. Sehr sogar. Aber nicht auf die Art, die er gebraucht und verdient hätte. Ich weiß heute, dass ich so einiges hätte anders machen können. Vielleicht sogar das meiste davon. Das Wissen darum quält mich jeden Tag, meine liebe Josephine ... und nun musst auch du mich für den schrecklichen Menschen halten, für den Viktor mich so lange Zeit gehalten hat ...“

Phine sah ihrem Großvater in die Augen und konnte nur erahnen, wie viel Schmerz und Leid sich hinter den Spiegeln zu seiner Seele verbargen. Sie dachte daran zurück, wie Viktor selbst als Vater gewesen war. Sie hatte sich niemals einen anderen Vater gewünscht. Viktor hatte wohl all das, was er selbst als Kind vermisst hatte, seiner eigenen Tochter zukommen lassen. Dafür war sie über alle Maße dankbar. Gleichzeitig machte es sie furchtbar traurig.

„Du bist kein schrecklicher Mensch, Opa“, sagte sie und meinte es auch so. Sie glaubte fest daran, dass Ferdinand Koenigs niemals schlechte Absichten gehabt hatte, auch wenn er gewiss den einen oder anderen Fehler begangen hatte. Aber hatte das denn nicht ein jeder von ihnen?

„Er hatte es zwar nie laut ausgesprochen“, fuhr Großvater fort, „doch spürte ich immer, dass er mir insgeheim die Schuld für ihren Suizid gab. Und ich mir selbst auch.“

„Das tut mir alles so schrecklich leid …“

„Schon gut, Liebes. Schon gut. Jedenfalls weißt du nun den Grund um die Schlucht, die zwischen mir und deinem Vater existierte.

Nach Lindas Tod begann Viktor sein eigenes Leben — er war damals fünfzehn. Erst weiterhin auf dem Internat, später auf dem Campus. Er wollte mit mir nichts zu tun haben und ich gewährte ihm diesen Wunsch. Ich hielt mich im Hintergrund und verfolgte sein Leben aus der Distanz. Und machte weiterhin Jagd auf den Schattenmann. Doch die Springerei hatte tiefe Spuren hinterlassen, musst du wissen. Vielleicht hatte auch Lindas Tod etwas damit zu tun, denn allmählich bekam ich Schwierigkeiten damit, zwischen dieser und der Schattenwelt zu unterscheiden. Der innere Kompass in mir begann zu spinnen, irgendwas in meinem Innern war zerbrochen. Auch wenn mich der Gedanke mürbe machte, doch ich musste eines Tages einsehen, dass ich nicht mehr springen konnte. Zu groß war die Gefahr, dass ich mich verirrte oder es nicht mehr aus dem Schattenreich zurückschaffte. Das machte mich so unfassbar wütend, Liebes. So unfassbar wütend. Der Schattenmann hatte mir mein ganzes Leben gestohlen. Und nun blieb mir auch noch die Jagd auf ihn verwehrt.

Ich kam damit nicht zurecht. Irgendwann durfte ich keine Patienten mehr behandeln. Ich wurde selbst zu Seelenklempnern geschickt, landete immer wieder in der Klinik. Lange Zeit schlug ich um mich wie ein wildes Tier. Zumindest hier drin“, sagte Großvater und tippte sich auf die Schläfe. Er nahm einen tiefen Atemzug und dieses Mal erschien ein sanftes Lächeln auf seinem Gesicht, was einen Teil der Trauer ein Stück beiseiteschob.

„Doch als dein Vater eines Tages deine Mutter kennen lernte, lud er mich ganz unverhofft zu seiner Hochzeit ein.

Ich bin heute noch dankbar für diese Einladung, denn es war folglich auch eine Einladung zurück in sein Leben. Ein Versuch der Versöhnung. Als du auf die Welt kamst, meine liebe Phine, da wurde ich plötzlich zum Teil einer neuen Familie. Zumindest als Großvater wollte ich besser sein, als ich es als Vater und Ehemann gewesen war. Ich kann nur hoffen, dass mir dies gelungen ist ...“

Phine lächelte. „Das ist dir gelungen.“

Ferdinand stimmte in die Freude seiner Enkelin ein. „Du ahnst nicht, wie viel mir das bedeutet, Liebes. Dank dir hatte ich wieder einen Grund weiterzumachen. Dank dir hatten die Jahre der Einsamkeit und des Verdrusses ein Ende. Und zu Viktor konnte ich endlich ein neues Band knüpfen. Das war mehr, als ich wahrscheinlich verdient hatte. Bis auf das Misstrauen meiner Schwiegertochter mir gegenüber war das Leben plötzlich gut. Doch ihr Gefühl sollte sie nicht trügen, wie sich noch herausstellen sollte.

Ohne es zu wissen, wurde sie Zeugin meines schlimmsten Albtraums. Du ahnst bestimmt, von welchem Tag die Rede ist ...“

Phine nickte. Sie war nicht dabei gewesen, als Großvater Elisa mit seinem Gehstock niederschlug, aber sie erinnerte sich ganz genau an jenen Tag, an dem ihr geliebter Großvater aus ihrem Leben verbannt worden war. Damals hatte sie ihre Mutter gehasst. Auch wenn wahrscheinlich jede andere Mutter auf dieselbe Weise reagiert hätte.

Phine hatte plötzlich Angst davor, was Ferdinand zu sagen hatte.

Großvater räusperte sich und rieb sich mit einer Hand über die tiefen Falten auf seiner Stirn. „Wie du weißt, war ich seit dem Tod meiner Frau immer wieder in Behandlung. Ich hatte zwar die Jagd aufgegeben, doch das hieß noch lange nicht, dass der Schattenmann *mich* aufgegeben hätte. Er war Teil meines Lebens. Die Ärzte redeten mir ein, dass er nur Einbildung war. Eine Manifestation meiner Schuldgefühle. Ich wollte ihnen so gern glauben. Liebes, ich war hin- und hergerissen. Mein Verstand schwankte ständig zwischen Wahrheit und Wahnvorstellung. Die Springerei, meine Zeit in der Schattenwelt und all die Verluste, die ich erleben musste, haben irgendetwas in mir beschädigt. Ich wurde wohl wirklich zu dem verschrobenen, ja verrückten alten Mann, den alle schon seit Jahren in mir sahen.

Und dann an jenem Tag, als ich deine arme Mutter beinahe erschlagen hätte, da erlitt ich den Dolchstoß in mein Herz, der mir den Rest gab."

Großvater erhob sich von seinem Sessel. „Komm mit, Liebes. Den Rest der Geschichte möchte ich dir in der Bibliothek erzählen."

Phine konnte sich darauf zwar keinen Reim machen, doch sie schnappte sich ihre Krücken und zusammen überwanden sie die knarrenden Stufen bis hinab ins Erdgeschoss. Großvater deutete Phine auf jenem Sessel gegenüber dem Kamin Platz zu nehmen. Sie ließ sich in das weiche Polstermöbel sinken und warf einen intensiven Blick auf das große Ölgemälde über dem Sims. Großmutter Lindas Portrait strahlte nicht nur Edelmut und Schönheit aus — es war ebenfalls ein Manifest der Melancholie. Die Schwermut in den Augen ihrer Großmutter war ihr schon früher aufgefallen, doch nun betrachtete sie ihr Antlitz mit den Augen der traurigen Wahrheit, die sich hinter Bindemittel und Pigment verbarg.

Warum nur wurden manche Leben mit Drama und Leid gestraft, während andere vor Glück und Frohsinn strotzten? Das erschien ihr so ungerecht, dass es in Phine einen Funken der Wut entzündete. Sie hatte diese Wut schon früher gespürt. Kein gutes Gefühl, dafür aber mächtig. Mächtiger als die lähmende Angst, von der sie sonst dominiert wurde. Das war gut. Vielleicht sollte sie die Wut hereinlassen, um der Angst die Macht zu nehmen.

„Ich erinnere mich, dass du dich zu Hause von einer Erkrankung erholtest und Mama an der Reihe gewesen war,
nach dir zu sehen“, setzte Phine das Gespräch aus dem Dachgeschoss fort.

Ferdinand stellte sich neben den Sessel und stützte sich
auf seinen Gehstock. „Das ist richtig“, sagte er. „Ich weiß
nicht mehr, was mich da genau in seiner Gewalt gehabt hatte, irgendein Fieber war das wohl, jedenfalls strauchelte ich
ständig zwischen dem Zustand des Wachseins und des Halbschlafs ... doch eines weiß ich mit Sicherheit. Ohne es gewollt
zu haben, bin ich gesprungen. Meine letzten Sprünge lagen
bereits Jahre in der Vergangenheit, ich war darauf nicht vorbereitet gewesen.

Ich begegnete dem Schattenmann in seinem eigenen
Reich. Ich hatte ihn schon einige Male in seiner Welt angetroffen, doch war ich ihm nie zuvor so nahe gekommen ...“
Großvaters Stimme war von Wort zu Wort leiser und brüchiger geworden. Phine musste sich vorbeugen, um ihn besser
zu verstehen.

Er sah sie an und sein Blick wurde starr vor Unbehagen.
„Dieses eine Mal, Phine, konnte ich sein Gesicht im Dunkel
seines Seins erkennen. Ich sah sein Gesicht und erkannte die
Züge darin. So deutlich, wie ich nun bei Tageslicht dein Gesicht erkennen kann.“

Phine merkte nicht, wie sie die Luft anhielt. Doch umso
lauter vernahm sie das Pochen in ihrer Brust.

„Ich erkannte Linda“, sagte Großvater und schüttelte den
Kopf, als könnte er seinen eigenen Worten kaum Glauben
schenken. „Sie war der Schattenmann. Sie war es.“

Phine und Ferdinand sahen beide zum Portrait überm Kamin. Linda Koenigs starrte wortlos zurück. Nun war es Phine, die den Kopf schüttelte. Verwirrt sah sie hinauf zu ihrem
Großvater.

„Ich verstehe nicht ... wie kann das sein? Sie wurde doch

selbst vom Schattenmann geholt, wie kann sie dann ... *er* sein?“

Großvater seufzte gequält. „Glaub mir, Liebes, darüber habe ich mir den Kopf mehr als zermartert. Ich verstehe es bis heute nicht. Die einzige plausible Erklärung, die mir einfällt, ist, dass es entweder mehrere Schattenmänner gibt oder dass die Rolle des Schattenmannes nach einer gewissen Zeit weitergegeben wird. Ich weiß nicht, was mit Linda im Schattenreich geschehen ist. Ich hab versucht, sie zu finden — och, allein die Götter wissen, wie sehr ich es versucht habe — aber ich hab sie nie gefunden. Genauso wenig, wie ich Viktor finden konnte. Wobei ich zu dieser Zeit das Springen nicht mehr so gut unter Kontrolle hatte wie früher. Es wurde zu gefährlich, denn ich war nicht mehr Herr meiner Sinne ... oder meines Verstandes.“

Phine konnte sich kaum vorstellen, wie schrecklich diese Erkenntnis für ihren Großvater gewesen sein musste. Kein Wunder, dass er ausgeflippt war.

„Was anschließend passiert war, ist dir bekannt“, schloss Großvater. „Nur war es nicht deine Mutter, die ich mit dem Stock angreifen wollte ... es war Linda, gegen die ich gekämpft hatte. Doch musste ich währenddessen irgendwie zurückgesprungen sein. Es war alles so schnell gegangen. Es war so verwirrend ... ich ... war so entsetzt ... ich konnte nicht ...“

Phine zog sich an ihrer Krücke hoch und umarmte ihren Großvater. Er legte seinen freien Arm um sie und so standen sie eine ganze Weile da und hielten einander fest.

Dann kam Phine ein Gedanke. Sie löste die Umarmung und sah ihn eindringlich an. „Vielleicht überlebt Papa deshalb so lange in der Schattenwelt ... er ist ihr Sohn, vielleicht lässt sie ihn in Ruhe oder hält eine schützende Hand über ihn“, überlegte sie laut.

Großvater nickte. „Der Gedanke ist mir auch schon gekommen. Und auch der, dass sie ihn nicht gehen lassen will

... oder kann. Nicht zurück in diese Welt und ebenso wenig weiter in die nächste. Sie will ihn bei sich behalten. Viktor wird dort gefangen bleiben, so lange sie es zulässt oder bis er in der Realwelt stirbt."

„Also müssen wir sie vernichten, damit er endlich freikommt."

Ferdinand nickte.

„Und wie stellen wir das an?"

„Ich weiß nicht, ob wir die Macht besitzen, den Schattenmann ... oder vielmehr die Schattenfrau ... zu vernichten - wenn dies überhaupt möglich ist. Aber ich hab vielleicht eine Idee, wie wir deinen Vater und die Anderen dennoch befreien können."

„Erzähl mir davon", bat Phine.

Und Großvater erzählte es ihr.

33. Eintrag

Liebes Tagebuch,
ich weiß nicht, ob ich mich darüber freue oder ob es mich
bis ins Tiefste erschüttert. Wahrscheinlich von beidem
etwas. Doch allein die Tatsache, dass ich wieder etwas
fühle - selbst wenn dieses Gefühl in Angst getränkt ist -
erfüllt mich mit Mut.

Als ich heute in den frühen Morgenstunden erwachte,
war ich nicht länger allein. ER war zurückgekehrt. Als
wäre ER nie fort gewesen, saß er stumm und regungs-
los an meinem Bett. Seine sanft glühenden Augen mus-
terten mich. Mein Herz pochte wie wild, als wäre es
aus einem tiefen Schlaf erwacht. Ich spürte, dass meine
Mundwinkel zuckten. War das ein Lächeln, das sie ver-
suchten?

ER war zurück.
Und ich war nicht länger allein.

(fehlende Seiten)

82. Eintrag

Liebes Tagebuch,
die neuen Tabletten, die mir Ferdi mitgebracht hat, ma-
chen mich träge. Ich fühle mich, als umgäbe mich eine
Mauer aus Nebel. Ich sehe die Welt um mich herum,
ich höre die Menschen, die mit mir reden, doch braucht
es eine Weile, bis mein Gehirn die Reize verarbeitet. Ich
habe das Gefühl, die Zeit und das, was in ihr geschieht,
auf eine gedehnte Weise wahrzunehmen.

KAPITEL
dreizehn

Darian

Darian legte seine Hand auf den Baumstamm und es fühlte sich beinahe — beinahe! — so an, als wäre da Leben unter der rauen, dicken Rinde. Wie ein schwacher und sehr langsamer Herzschlag. Auch war die Borke nicht mehr aschefarben, wie ihm auffiel, denn nun erfreute sie sich eines natürlichen Brauntons. Ebenso veränderte das schwarze Moos seine Farbe. Erst wurde es dunkelgrün, dann immer heller, bis es vor Lebendigkeit strahlte.

„Das ist wunderschön, nicht wahr?"

Quendoline hatte sich angesichts des Wunders, das sie entdeckt hatten, aus ihrem Rollstuhl erhoben und war näher an den Baum herangetreten, um es sich besser anzusehen. Der Baum stand im verwilderten Vorgarten einer Doppelhaushälfte. Alles um ihn herum war runtergekommen, grau und tot, doch nicht so der Baum, der vor ihren Augen wahrhaft erblühte. Kleine grüne Knospen wuchsen an den Ästen. Erst Dutzende, dann hunderte und immer mehr.

„Wunderschön ... und irgendwie beängstigend", kam es von Vik, der den Rollstuhl bis hierher geschoben hatte und immer noch hinter ihm stand. Als wollte er ausreichend Abstand zwischen sich und dem obskuren Wunder schaffen.

Darian wandte sich ihm zu. „Beängstigend? Warum in aller Welt *beängstigend*?"

Vik zuckte mit den Schultern. „In elf Jahren hab ich sowas nicht erlebt. Und dazu noch die eigenartigen Anwandlungen des Wetters. Irgendetwas stimmt hier nicht", antwortete er.

Dass im Schattenreich irgendetwas faul war, dem stimmte

Darian zu hundertundein Prozent zu. Doch anders als Vik —
dieser ewige Schwarzmaler und Pessimist — war er nicht der
Meinung, dass dies zwingend etwas Schlechtes sein musste.
Zumindest nicht schlecht für *sie*, für diejenigen, die in dieser
Welt gefangen waren. Wie konnte es denn auch schlecht sein,
dass das Leben in dieser toten Welt erwachte?

Seit einigen Tagen schon wurden sie Zeugen davon, wie
kleine Pflänzchen aus den Rissen des geplatzten Asphalts
hervortraten. Wie verrottete Bäume — wie jener alte Apfelbaum, vor dem sie standen — sich vor ihren Augen in etwas
Lebendiges verwandelten. Vermehrt löste sich der schwarze
Schimmel, der die baufälligen Fassaden und Dächer der Gebäude bedeckte, auf und verschwand. Dies alles war nicht nur
schön anzusehen ...

Es war zu Leben erwachte Hoffnung.

Doch im Gegenzug dazu geschah auch etwas mit dem Wetter. Seit Darian in diesem Grab erwacht war, war der Himmel
stets bewölkt und windstill gewesen. Grau und monoton. Auf
immer und ewig unveränderlich. Doch nun konnten sie ge-
häuft Schauspiele beobachten — ähnlich dem über dem Krankenhaus vor nicht allzu langer Zeit. Gewitterfronten, die sich
zusammenbrauten. Blitz und Donner. Vermehrt entstanden
heftige Stürme mit Winden, die einem die Kleider vom Leib
zu reißen versuchten. Regen und Hagel. Diese Wetterverän-
derungen kamen stets plötzlich und wie aus dem Nichts. Sie
waren heftig, doch glücklicherweise kurz. Und wenn es vorbei war, dann war es beinahe, als wäre nichts geschehen. Bis
auf die Tatsache, dass ein Teil der zuvor erblühten Landschaft
zerstört war. In den Boden gestampft. Ausgemerzt.

Das Schattenreich wehrte sich gegen den plötzlichen Ausbruch von Leben.

Und während sie dem Baum beim Erblühen zusahen, geschah es erneut.

„Es passiert wieder! Kommt, schnell weg hier!“, rief Vik. Er eilte zu Quendo und half der alten Frau zurück in ihren Rollstuhl. Darian sprang zurück über den Zaun, der den Vorgarten säumte, und rannte zu einem der Häuser auf der gegenüberliegenden Straßenseite. Er fackelte nicht lange, trat eine morsche Holztür ein und half Vik Frau Merz die drei Stufen hinauf ins Haus zu stützen. Den Rollstuhl ließen sie draußen stehen. Während Vik die alte Dame auf ein schimmeliges Sofa absetzte, eilte Darian zum Fenster, das zur Straße hinaus zeigte, und riss die zerfetzten Vorhänge zur Seite. Vik gesellte sich zu ihm und zusammen beobachteten sie, wie sich der Himmel über ihnen so dunkel verfärbte, dass eine schlagartige Finsternis die Welt verschlang. Ein Wind zog auf. Er riss Schindeln von den Dächern und beraubte den Baum seiner jüngst erworbenen zarten Blüten. Der Himmel grollte. Und dann schlug ein Blitz in den Apfelbaum, der sofort Feuer fing. Es folgte ein Donnern, so laut, dass die ganze Straße erzitterte. Es fing an zu regnen. Erst klatschten einzelne dicke Tropfen auf den trockenen Asphalt, anschließend schüttete es wie aus Eimern. Das Feuer erlosch, ehe es sich ausbreiten konnte.

Dann war es vorbei. Der Regen hörte so plötzlich auf, wie er gekommen war. Der Wind verebbte, der Himmel lichtete sich. Wäre da nicht der dampfende Baum, der durch den Blitz gespalten worden war, hätte man denken können, es wäre nichts geschehen.

„Wieso grinst du?", fragte Vik.

Darian drehte sich zu ihm und sah in ein entsetztes Gesicht. „Das da eben war eine Art Kurzschluss ... ein Wutausbruch, wenn du so willst", entschlüsselte er seine eigenen Gedanken. „Dem Schattenmann gefällt nicht, was er da sieht. Das ist sicher sein Werk."

„Das seh ich genauso, aber was daran amüsiert dich bitte?"

Darian konnte kaum glauben, dass Vik das nicht selbst sah. Hatte sein Freund tatsächlich so viel Angst, dass er Scheuklappen trug? Aber es war nicht nur das. Vik schien sich regelrecht gegen das zu wehren, was hier geschah. Bildete sich Darian das nur ein, oder wirkte sein Freund irgendwie ... *verbrauchter* ...? Was war nur los mit ihm?

„Sein Reich zerfällt, Vik“, sagte Darian. „Irgendetwas geschieht hier. Das Schattenreich verändert sich. Und ich denke, daran ist Phine schuld.“

Vik lachte auf, doch er verstummte sofort. „Phine? Wieso? Weil sie gesprungen ist?“

„Manchmal kannst du ein ganz schöner Hohlkopf sein, Viktor Koenigs“, kam es vom Sofa. Die beiden Männer wandten sich der alten Dame zu. Viktor so irritiert wie Darian entzückt. Diese befreite ihren inzwischen etwas in Mitleidenschaft gezogenen Bademantel von Staub und Straßenschmutz. Sie antwortete erst, als sie damit fertig war und lächelte ihre beiden bereits ungeduldig dreinblickenden Leidensgenossen wissend an.

„Hast du denn nicht gemerkt, was Josephine in unserem Burschen ausgelöst hat?“, wollte Quendoline von Vik wissen.

Dieser hob die Augenbrauen und sah Darian an. „Hast du dich etwa ... verknallt, oder was?“

Darian prustete los, lachte dann verlegen und wurde puterrot, doch dann räusperte er sich und antwortete ernst: „Ähm, nein, bestimmt nicht. Nein ...“ Als er jedoch Viks Blick bemerkte, beeilte er sich zu sagen: „Versteh mich nicht falsch! Phine ist toll! Ja, ich mag sie. Aber ich hab mich nicht *verknallt!*“

Quendo lachte herzhaft auf, ja sie lachte Darian regelrecht aus. Irritiert sah er die alte Dame an und wartete, bis sie sich wieder im Griff hatte.

„Ich weiß nicht, ob sich unser Casanova verliebt hat“, fuhr sie schließlich fort. „Aber eines ist offensichtlich. Seit wir im Krankenhaus die Nachricht deiner Tochter erhalten haben, mein lieber Viktor, ist in diesem jungen Burschen ein Gefühl erwacht, das in dieser Form in dieser Welt bisher nicht existieren durfte. Seither trägt er es im Herzen mit sich mit und siehe da! ... die Welt erwacht zum Leben.“

Vik sah Darian immer noch an. „Hoffnung“, schlussfolgerte er.

„Bingo!“, kommentierte Quendo und applaudierte.

Darian musterte die alte Dame nachdenklich. „Scheiße, Frau Merz, Sie meinen doch nicht, dass ich das mit den Pflanzen verursache ...“

„Wer soll es denn sonst sein?“ Sie lachte ebenfalls auf. „Seit dem Krankenhaus verfolgt uns das Erblühen und Erwachen regelrecht.“

Er begriff, wie wahr Quendolines Worte waren. Ja, es stimmte. Er hatte Hoffnung im Herzen. Den Samen dazu hatte Phine in jenem Moment in sein Innerstes gepflanzt, als er erkannt hatte, dass sie gesprungen und nicht gestorben war. Als sie sich alle im Krankenhaus verbarrikadiert und auf ihre Rückkehr gewartet hatten, da hatte er jenes bereits aufkeimende Gefühl noch streng im Zaum gehalten. Er hatte nicht gewagt, ihm freien Lauf zu lassen. Doch dann hatte er die Taschenlampen und die Batterien und den kleinen Bergkristall entdeckt, die Phine ihnen aus der Realwelt dagelassen hatte. Und ihre Nachricht direkt unter seiner eigenen. Von da an hatte er keine Macht mehr darüber. Die Saat in ihm war regelrecht explodiert.

Er wusste nicht, wie Phines Fähigkeit zu Springen ihnen helfen konnte, aus der Schattenwelt zu entkommen. Aber er wusste, dass sie etwas bewirken konnte. Und sie selbst wusste es auch. Sonst hätte sie ihnen kein Ziel gegeben, das sie ansteuern sollten. Sie führte etwas im Schilde, er konnte es spüren.

Und auch der Schattenmann spürte es. Seine Reaktionen waren eindeutig. Ihm gefiel nicht, was hier geschah. Er war wütend. Vielleicht hatte er sogar ... Angst.

Oh ja, das amüsierte Darian. Das amüsierte ihn sogar sehr.

„Aber das stimmt nicht so ganz, Quendo", unterbrach Viktor Darians äußerst wohltuenden Gedanken. Darian warf dem alten Spielverderber einen entnervten Blick zu.

„Was meinst du?", fragte Quendo.

„Das mit der Hoffnung", antwortete Vik. „Wir sind sehr wohl in der Lage, Hoffnung zu verspüren. Denkt doch nur an die Oasen! Sind wir nicht jedes Mal voller Hoffnung und Glück, wenn wir uns in einer befinden? Wir tragen dieses Gefühl — auch wenn es nur für kurze Zeit ist — aus den Oasen heraus. Und dennoch hab ich nie etwas aufblühen sehen."

„Ja, das ist wahr", meinte Frau Merz. „Aber dieses Glück ist geborgt. Es gehört jenen, die die Oase in der Realwelt erschaffen. Ja, diese Leihgabe hilft uns, etwas länger durchzuhalten, aber wie könnte es denn auch lange anhalten, wenn es nicht aus dem eigenen Herzen kommt?" Dann sah sie Darian an und lächelte. Das warme Lächeln einer Großmutter. „Unser junger Bursche hier hat es tatsächlich geschafft, sich seine eigene Oase zu erschaffen. Und jetzt trägt er sie mit sich herum."

Darian staunte über diese Worte. Konnte das wirklich möglich sein? Hatte er seine eigene Oase erschaffen? Ein Lächeln ließ sein Gesicht erstrahlen, denn er wollte Quendolines Worten Glauben schenken.

Er *schenkte* Quendolines Worten Glauben.

Nur Vik wirkte immer noch skeptisch.

„Wir sollten uns anstecken lassen, mein guter, alter Viktor", meinte Quendo, die das ebenfalls bemerkt hatte. Die alte Dame rappelte sich auf und ging mit kleinen langsamen Schritten auf den vermoderten Esszimmertisch zu, der sich im selben Raum befand. Sie griff nach einem mit schwarzem Schimmel besprenkelten Blumentopf, der inmitten der Tischplatte stand. Die verkümmerte kleine Pflanze darin sah jämmerlich aus. Quendo drückte den Topf gegen ihren Bauch und umfasste ihn liebevoll mit beiden Händen. Sie schloss die Augen und ihr Gesicht wirkte so entspannt, als läge sie in einem Strandkorb am Meer, einen Cocktail mit Schirmchen und Honigmelone schlürfend.

Darian und Viktor trauten ihren Augen nicht. Mit ebenso langsamen und kleinen Schritten näherten sie sich Quendo und dem kleinen Wunder.

Wie der Kopf einer winzigen grünen Schlange, drückte sich ein Keimling durch die toten Überreste seines Vorgängers hindurch. Im Zeitraffer konnten sie beobachten, wie sich die kleine Knospe öffnete und eine kleine lilafarbene Blume ihre Blätter entfaltete.

„Heilige Scheiße", kam es von Darian.

Quendo öffnete die Augen und lachte, als sie das zarte, aber so kräftig strotzende kleine Blümchen entdeckte. „Ja, du sagst es ... heilige Scheiße!"

Josephine

Phine erwachte und klammerte sich an die Lehnen des Sessels. Sie atmete schwer und schwitzte gar ein wenig, aber sie beruhigte sich schnell wieder. Sie entdeckte neben sich auf einem Beistelltischchen eine dampfende Tasse heiße Schokolade. Großvater hatte sie dort hingestellt. Dankbar griff sie nach dem Heißgetränk und nippte daran.

Herrlich süß und so wohltuend. Es verging kaum eine Minute und Phine spürte, wie die bedrückte Stimmung, die sie mitgebracht hatte, allmählich von ihr abperlte, wie Schmutz von einer resistenten Oberfläche.

Ein Knarren in den Dielen verriet Ferdinand, der ins Zimmer trat. Er sah sie fragend an. Phine lächelte.

„Du hattest recht", sagte sie. „Ich konnte es mir erst nicht vorstellen, aber ja, es klappt doch immer schneller und ... einfacher."

Großvater setzte sich auf das gegenüberliegende Sofa. Sie befanden sich in seinem alten Behandlungszimmer im Dachgeschoss. Frau Reichert, die Hauswirtschafterin, mied das oberste Stockwerk ohnehin, wenn der Hausbesitzer zugegen war und dort oben *arbeitete*. Hier waren sie ungestört.

„Erzähl mir alles, was du gesehen hast", forderte Großvater sie auf. Phine nahm noch drei große Schlucke von Frau Reicherts großartigen Schokolade.

„Alles unverändert. Noch keine Spur von Papa oder Darian", erzählte sie geknickt.

„Wir müssen geduldig sein, Liebes. Du weißt ja, die Zeit dort ..."

Phine nickte. Großvater hatte sie ausreichend darüber aufgeklärt. Als er vor so vielen Jahren mit der Erforschung des Schattenreiches begonnen hatte, hatte er unter anderem diverse Experimente zur Zeitauffassung unternommen. Dazu hatte er in mehreren Feldstudien mit Sanduhren, Eieruhren, digitalen als auch analogen Uhren bewiesen, dass man die Zeit hier in der Realwelt und jene in der Schattenwelt nicht über einen Kamm scheren konnte. Die Zeit dort schien außerhalb jeglicher Logik oder Gesetze fortzuschreiten. Dazu hatte er beispielsweise eine Sanduhr in der Realwelt umgedreht und war daraufhin gesprungen. Ins Schattenreich hatte er exakt dieselbe Sanduhr mitgenommen, die er kurz vor seinem Sprung ebenfalls umgedreht hatte. Das eine Mal waren in der Schattenwelt drei Minuten vergangen, während die Sanduhr in der Realwelt weit über eine Stunde dahingerieselt war. Ein anderes Mal waren in der Realwelt drei Minuten vergangen, in der Schattenwelt jedoch zwölf Stunden. Opa Ferdi hatte ein Dutzend solcher Zeitmessungen unternommen und war stets zu unterschiedlichen Ergebnissen gekommen. Die Zeit dort verlief zwar linear, was bedeutete, dass sie immerhin nicht zwischen Vergangenheit, Gegenwart und Zukunft hin- und hersprang, doch was ihre Geschwindigkeit anging, schien keine Gesetzgebung zu existieren. Auch ihre Linearität hatte Großvater durch diverse Experimente mit dem Zerfall von frischem Obst und mit lebendigen als auch toten Ratten bewiesen. Dazu hatte Phine jedoch nicht unbedingt mehr wissen wollen.

„Ich bin mit dem Fahrrad die Hauptstraße entlanggefahren. Dort gibt es doch dieses neue Parkhaus ... ich bin hinaufgestiegen", fuhr sie fort. Es war so eigenartig, wenn sie daran zurückdachte. Dort war sie gelaufen, Rad gefahren und unzählige Treppen hinaufgestiegen. Alles ohne jegliche Schmerzen. Hier brauchte sie ihre Krücken, um sich vom Sofa zu erheben. Der Körper blieb zwar zurück, doch man transportierte seine Kleidung mit, wenn man sprang. Ebenso alle Dinge, die sich in der Kleidung oder zum Zeitpunkt des Sprunges in den Händen befanden. Natürlich nahm man diese Dinge nicht wirklich mit, denn sie verschwanden aus der Realwelt nicht. Aber sie tauchten als exakte Kopie auf der anderen Seite auf. Auf diese Weise hatte sie Taschenlampen und Batterien ins Schattenreich geschmuggelt. Und den kleinen Bergkristall für Darian. Sie konnte nur hoffen, dass er sich an ihn erinnerte und dass er ihm Hoffnung schenkte. Sie hätte auch gerne etwas für Papa dagelassen, aber ihr war schier nichts eingefallen.

Jedenfalls hatte Phine Darians Nachricht auf dem aufgehängten Bettlaken gelesen und das hatte ihr Herz mit Freude erfüllt.

Sie selbst hatte nicht daran geglaubt, dass sie jemals in die Schattenwelt zurückkehren würde. Doch die anderen hatten an sie geglaubt.

Das gab ihr Mut.

Dass sie ihre Sprünge immer besser kontrollieren und steuern konnte, gab ihr Zuversicht. Sie wurde immer besser darin und das war ausschließlich Großvater zu verdanken, der sie angeleitet und immer wieder ermutigt hatte. Nun sprang sie bereits ohne seine Hilfe, um regelmäßig Patrouillen zu unternehmen und Ausschau nach Viktor und Darian zu halten.

„Und dann?", riss sie Großvater aus ihren Gedanken. Sie neigte wohl dazu, etwas abzuschweifen, wie ihr in letzter Zeit auffiel. Ob dies nun eine normale Nebenwirkung der Springerei zwischen zwei Welten war, oder ob sie sich langsam in eine zweite Version von Ferdinand Koenigs verwandelte, darüber wollte sie gar nicht so genau nachdenken.

„Ähm, ja, das Parkhaus ... Ich wollte mir von da oben einen Überblick schaffen. Ich hatte natürlich auch gehofft, Papa und Darian zu entdecken, doch leider ..." Sie schüttelte den Kopf. „Aber mir ist etwas anderes aufgefallen."

Großvater nickte aufmunternd. „Erzähl weiter, Liebes."

„Von da oben sieht man den kleinen Stadtpark, du weißt schon, den an der großen Kreuzung zur Stadtmitte. Und ja, ich musste zwei Mal hingucken, weil ich es nicht glauben wollte, aber ich weiß, was ich gesehen hab. Ich frag mich, wie das möglich sein kann ..." Was sie gesehen hatte, war so erstaunlich wie wunderbar.

Eine Fata Morgana in der Wüste. Der Anblick war so fesselnd und ergreifend gewesen, dass sie große Mühe gehabt hatte, sich davon loszureißen, erst das plötzliche klagende Geheul von ...

„Phine! Was hast du gesehen?"

„Oh, sorry ... Aber, Opa Ferdi! ... die Bäume im Park. Sie waren erblüht! Wie im Frühling! Ich war hunderte Meter entfernt, doch ich hab deutlich die weißen Blüten und die hellen grünen Blätter gesehen! Diese Farben! Es war einfach unglaublich, wie leuchtend und strahlend das gewirkt hatte inmitten all des Zerfalls. Das hättest du sehen sollen!"

Ferdinand sah sie an, als wäre sie komplett übergeschnappt. Als wäre sie eine von jenen Patienten auf der geschlossenen Station, die Großvater davon erzählte, dass die CIA einen Mikrochip hinter ihrem Ohr implantiert hatte, um ihre Gespräche zu belauschen.

„Und du bist dir sicher, dass du das gesehen hast …?", fragte er vorsichtig. Er sah so verdutzt dabei aus, dass Phine nicht anders konnte, als zu schmunzeln.

„Ich schwöre es bei allem, was mir heilig ist", versicherte Phine feierlich und mit aller Ernsthaftigkeit. „Die toten Bäume waren erblüht. Und das ist nicht alles."

Großvater hob beide Augenbrauen, was seine bereits faltige Stirn in tiefe Furchen legte.

„Ich hörte das Klagen und Wimmern von Verlorenen. Ich konnte von da oben aus sehen, wie einige der Kreaturen, die sich im Park oder in der Nähe befanden, flohen. Panisch stoben sie in alle Richtungen. Und ob du es glaubst oder nicht: Über dem Park brauten sich dunkle Wolken zusammen. Dann blitzte und donnerte es und ein reißender Sturm zog durch die Bäume. Es war kurz, aber heftig. Als es vorbei war, war von dem Park kaum noch etwas übrig. Und die Gewitterwolken verschwanden."

Im Behandlungszimmer breitete sich ein langes Schweigen aus. Phine beobachtete ihren Großvater, der fieberhaft über das Gesagte nachdachte. Sie selbst erinnerte sich an die finsteren Gewitterwolken über dem Krankenhaus vor gefühlten Ewigkeiten, als sie mit Darian an ihrer Seite durch die Trostlosigkeit der Schattenwelt gewandert war. Auch davon hatte sie ihrem Großvater erzählt. Auch darauf hatte er ungläubig reagiert. Eine Wetterveränderung war ihm in all den Jahren, in denen er gesprungen war, niemals aufgefallen. Nun berichtete ihm Phine bereits zum zweiten Mal von einem ungewöhnlichen Wetterphänomen. Ganz zu schweigen von den toten Pflanzen, die plötzlich zum Leben erwacht waren.

Das stellte wohl alles auf den Kopf, was Großvater über das Schattenreich in Erfahrung gebracht hatte. Ein wenig überkam sie die Sorge, dass dies alles zu viel für ihn sein könnte.

„Was denkst du?"

Ferdinand wühlte sich aus seinen Gedanken. „Etwas Großes geht da vor sich“, sagte er schließlich und seine Stimme klang rau vor Ehrfurcht. „Ich weiß nicht, wie oder was genau da passiert, aber ich denke, dass du bereits mit deinem ersten Sprung irgendetwas dort drüben bewirkt hast.“

Jetzt war es Phine, die verwirrt und ungläubig dreinschaute. „Ich? Wieso? Ich hab doch nichts Besonderes gemacht. Du bist doch schon tausende Male zuvor gesprungen ...“

„Aber ich bin niemals auf andere Menschen gestoßen. Du hast dort jemanden getroffen. Und vielleicht hat dieser Kontakt irgendetwas ausgelöst.“

Phine konnte sich nicht vorstellen, was das sein sollte.

„Ganz gleich, was da passiert ist ... eines ist sicher: Dem Schattenmann gefällt das ganz und gar nicht.“

Phine staunte. „Du meinst, diese Gewitter verursacht der Schattenmann?“

„Ich wüsste nicht, wer sonst. Es ist sein Reich.“

„Und wer bringt die Bäume zum Erblühen?“

Großvater zuckte mit den Schultern. „Das gilt es wohl nun herauszufinden.“

DARIAN

Darian schnaufte schwer, als er die schrecklich quietschenden Stufen aus oxidierten Gitterrosten hinaufstieg. Er mied es, sich am ebenso verrosteten Geländer festzuhalten, denn es machte keinen vertrauenserweckenden Eindruck. Er erinnerte sich nicht daran, dass das Parkhaus, dessen Wendeltreppe er bis zum Dachdeck hinaufstieg, existiert hatte, als er noch nichts ahnend durch die Realwelt geschlendert war. Es musste also nach seiner Prügelei in jener schicksalhaften dunklen Sackgasse erbaut worden sein. Dennoch wirkte es so runtergekommen und baufällig, als stünde es bereits seit zwanzig Jahren vergessen und verlassen an Ort und Stelle.

Oben angekommen musste er sich auf seine Knie stützen und einen Moment verschnaufen, ehe er an die Brüstung ging und zu Vik und Quendo herunter winkte, die unten auf ihn warteten.

Das Parkhaus war zehn Etagen hoch und bot einen guten Blick auf einen großen Teil der Stadt. Von hier aus sahen sie das Krankenhaus, das nun etliche Kilometer hinter ihnen lag, sowie die Innenstadt, die sie die letzten Tage — Stunden? Wochen? — durchquert hatten. Unterwegs hatte sich Darian an jenen Optiker erinnert, von dem ihm Phine erzählt hatte. Sie hatte damals gesehen wie ein *Umgekehrter* — ein weißer Geist — in das Gebäude gedrungen war, angezogen von einer frisch entstandenen Oase. Und sie hatte Recht behalten. Die Oase war noch da gewesen. Zu Viktors Glück.

Es war verrückt. Vollkommen verrückt. Aber die gute alte Quendoline Merz hatte mit ihrer Vermutung wahrscheinlich Recht. Darian hatte in seinem Herzen eine eigene Oase erschaffen. Geboren aus der Hoffnung, die ihm Phines Sprung und ihre Rückkehr verliehen hatten. Denn er war zusammen mit Vik und Quendo in jener Oase im Optikergebäude gewesen und ja, er hatte die wundervolle positive Energie dort wie immer gespürt und im Herzen gefühlt. Doch er begriff nun, was Quendo damit gemeint hatte, dass die Gefühle dort lediglich geborgen und nicht die eigenen waren. Als sie wieder hinausgegangen waren, war das berauschende Gefühl zwar etwas abgeschwächt gewesen, doch er hatte es bis jetzt nicht verloren. Besser noch, er glaubte, dass die Oase seine eigene kleine Sonne noch gestärkt hatte. Darian war sich sicher, dass er auf die fremden Oasen nicht mehr angewiesen war. Das Hochgefühl, das es ihm dadurch gab, war gewaltig. Quendo hatte sich — wie sie es selbst ausgedrückt hatte — von ihm *anstecken* lassen. Er freute sich sehr für die alte Dame, denn das erleichterte ihre Reise allemal. Seitdem Quendo das kleine

Blümchen im Tontopf hatte sprießen lassen, konnte man sie als Frohnatur bezeichnen. Sie war auch körperlich kräftiger geworden, wie ihm schien. Zumindest saß sie nicht mehr wie ein Häufchen Elend in ihrem Rollstuhl — zusammengesackt und eingefallen — sondern aufrecht und mit gerecktem Kinn. Aufmerksam und mit klarem Blick musterte sie die Umgebung und machte es sich zur Aufgabe, erblühte Natur zu entdecken.

Viktor allerdings fühlte bereits wieder die immerwährende bedrückte Stimmung, die dieser Welt eigen war. Darian ging einfach nicht in den Kopf, weshalb sich Vik so sträubte. Irgendetwas war mit ihm. Während Darian und Quendo, der Natur gleich aufblühten, schien sein älterer Freund mehr denn je verzehrt zu werden. Als sauge ihm das Schattenreich zusätzlich jene Energie aus den Adern, die ihm von den anderen beiden verwehrt blieb.

Er machte sich Sorgen. Fuck, verdammt große sogar!

Doch der Anblick, der sich ihm nun bot, vertrieb diese für den Moment.

Er konnte weit über große Teile der Stadt sehen. Ihre Architektur und Infrastruktur war nach wie vor zerfallen und so verlassen wie ein Friedhof um Mitternacht. Bis auf die schaurigen Verlorenen, die sich in ihren Eingeweiden suhlten. Doch wenn man genau hinsah, entdeckte man zwischen all dem Grau, Schwarz und den zahlreichen Nuancen davon immer wieder etwas Grünes. Mal zart und frisch erblüht, doch auch kräftig und strahlend. In diesem trostlosen Panorama stachen die Farbkleckse hervor wie Leuchtfeuer.

Es waren so viele! Überall in der Stadt verteilt. Auch an Orten, durch jene sie nicht gegangen waren. Wie war das möglich? Quendolines Meinung nach war es die Hoffnung in ihren Herzen, die die Natur zum Erblühen brachte. Tatsächlich schien es so, als erwache sie dort, wo sie langliefen. Doch nun konnte er ganz deutlich sehen, dass sich das Phänomen in der ganzen Stadt ausgebreitet hatte.

Trugen auch andere Gefangene des Schattenreichs Oasen in ihren Herzen? Hatten sie die erblühte Natur entdeckt und dadurch Hoffnung geschöpft? Und somit ihre Ausbreitung vorangetrieben? Möglich wäre alles.

Doch wo Licht war, da war auch Schatten. Das Schattenreich wehrte sich. Über großen Teilen der Stadt wucherten finstere Gewitterwolken. Der Himmel grollte erzürnt. Blitze fuhren hernieder, spalteten Bäume, setzten Vorgärten in Brand. Doch wo die Gewitter abgezogen waren, da erblühte kurze Zeit darauf erneut das Leben. Nicht weit vom Parkhaus lag ein kleiner Stadtgarten, der scheinbar erst vor Kurzem niedergebrannt worden war. Aus der Asche der verkohlten Baumstämme, die wie abgebrochene schwarze Zähne gen Himmel ragten, wuchsen in atemberaubender Geschwindigkeit neue Äste aus dem Hauptstamm. Kleine grüne Knospen und zarte junge Blätter verbreiteten sich eines Lauffeuers gleich.

Es war ein Kampf um Leben und Tod.

Sie befanden sich im Krieg.

Wie konnte Vik das alles sehen und immer noch so hoffnungslos bleiben? Darian bekam das nicht in seinen Schädel. Vielleicht lag es auch daran, dass Vik schon so lange Teil dieser Trostlosigkeit war. Darian ahnte, dass ihr weiterer Erfolg davon abhing, dass auch Viktor sich der Hoffnung öffnete.

Er machte soeben kehrt, als es ihm plötzlich durch Mark und Bein ging. Wie angewurzelt blieb er stehen.

Ein schauriger Chor aus infernalem Kreischen, Gebrüll und Geheul durchzuckte die Stadt. Es klang wie damals im Krankenhaus, als das erste Gewitter, das jemals eine Seele im Schattenreich vernommen hatte, ausgebrochen war. Nur noch lauter, gewaltiger und beängstigender. Es klang, als hätte sich jedes existierende Schattenwesen dazu entschlossen, diese düstere Symphonie zu begleiten.

Darian spürte sein Herz hart gegen den Brustkorb donnern. Mit wackeligen Schritten ging er zurück zur Brüstung und suchte den Grund für das plötzliche Lied der Verlorenen. Einen Grund fand er nicht, doch er entdeckte etwas anderes. Hier und da machte er einzelne Schattenwesen und kleinere Gruppen von Verlorenen in verschiedenen Teilen der Stadt aus. Sie alle trotteten, schlurften oder trabten in eine bestimmte Richtung, als hätte ihnen jemand befohlen, sich zusammenzufinden.

Die Richtung, in welche sie sich bewegten, war direkt auf sie zu. Das konnte kein Zufall sein.

„Scheiße!", fluchte Darian laut und nahm seine Beine in die Hand. Zwei Stufen auf einmal nehmend, stürmte er die verrostete Wendeltreppe hinab.

Josephine

Phine schloss die Augen. Inzwischen dauerte es kaum zehn Sekunden und sie öffnete sie wieder auf der anderen Seite.

Es fiel ihr sofort auf.

Erschrocken sprang Phine auf die Beine. Wie zumeist war sie auf der Couch im alten Behandlungszimmer im Dachgeschoss von der Realwelt in die Schattenwelt gesprungen. Inzwischen war sie so oft in der düsteren Version des Raumes erwacht, dass ihr sein Anblick vollkommen vertraut war.

Doch die vermoderten Dachbalken, die abblätternde Tapete, die schimmligen Polstermöbel und die zersprungenen Fensterscheiben waren nicht mehr dieselben. Mit langsamen Schritten ging Phine auf die Wand gegenüber dem Sofa zu, streckte ihre Hand aus und berührte die Tapete. Sie war nicht länger bleich und grau ... Phine konnte deutlich das Grün erkennen, welches die Wände in der Realwelt besaßen.

Sie rückte den alten Handwerkergürtel zurecht, den sie im

Gartenschuppen gefunden und zu ihrem Zweck umfunktioniert hatte — statt mit Hammer und Schraubenschlüssel war er nun mit Taschenlampen und Batterien ausgestattet — und ging zur Tür hinaus.

„Was passiert hier?", fragte sie die alte Waldvilla, während sie über die knarrende Treppe hinunter in die Eingangshalle eilte.

Die Veränderungen fanden auch im Rest des Hauses statt. Es kehrte nicht nur die Farbe aus der Realwelt zurück — das Haus reparierte sich! Phine staunte nicht schlecht, als sie beobachtete, wie ein Teil der hölzernen Treppenbrüstung, die zuvor vom Zahn der Zeit zerfressen war, vor ihren Augen neu *nachwuchs*, um sich mit dem übrigen Geländer zu vereinen. Eine Wandleuchte säuberte sich wie von Geisterhand von jahrealtem Staub, welke Kletterpflanzen fielen von der Decke, zersetzten sich ins Nichts. Der Läufer, der im Flur lag, war bei ihrem letzten Besuch so voller Dreck gewesen, dass man unmöglich sein Muster hätte erkennen können. Nun konnte sie deutlich die handgeknüpften Ornamente sehen.

Phine rannte wie ein aufgescheuchtes Huhn durch das ganze Haus. Es war überall dasselbe. Die Räume säuberten sich von Staub, Schimmel, Moos, Kletterpflanzen und Dreck. Möbel, Wände, Decken und Böden reparierten sich und gelangten in ihren originalen Zustand aus der Realwelt. Die Schatten wichen in die Ecken. Eine wohltuende Wärme breitete sich langsam aus.

Entstand hier etwa eine Oase?

Phine lachte. Sie lachte laut und aus tiefsten Herzen.

Warmes Licht drang durch die Fensterscheiben, als wäre draußen die Sonne aufgegangen.

Sofort stürzte Phine durch den Hinterausgang hinaus in den Garten. Eine Sonne fand sie zwar nicht, dafür jedoch etwas anderes.

Der Garten war von den Toten erwacht.

Phines Füße standen nicht länger auf den verstorbenen Überresten eines Rasens, der seit Jahrzehnten kein Wasser und kein Licht mehr gespürt hatte. Nein, denn ihre Schuhe drückten die frischen Grashalme einer schier wuchernden Wiese nieder, die wild, saftig und voller kleiner Frühlingsblumen und duftender Kräuter strotzte. Auch die Büsche und Bäume entlang der Mauern und Eisenzäune hatten wieder Leben geschöpft. Ihre grünen Blätter und zarten Blüten wiegten sanft in der Brise, die auch Phine durchs Haar strich. Selbst der dunkle Wald, der den Garten säumte, war erblüht. Die zuvor kahlen und knorrigen Stämme der Tannen und Laubbäume waren von frischen Nadeln und jungen Blättern bevölkert. Die schaurige Atmosphäre war einem Frieden gewichen, der Einklang ins Herz fand und ein wohliges Gefühl in Phines tiefsten Innern erzeugte.

Dieses Gefühl musste sie festhalten und beschützen.

Mit all ihrem Sein.

Phine schlenderte durch den Garten, berührte mit den Fingerspitzen die Blumen, das Gras und die raue Haut der Bäume. Dann drehte sie sich um und warf einen Blick auf die Waldvilla. War das jahrhundertealte Gebäude bei ihrem letzten Besuch im Schattenreich noch eine schaurige Kulisse für einen Horrorfilm gewesen, so hatte es nun all seinen Gruselfaktor eingebüßt. Und das sollte was heißen, wenn man bedachte, dass dieser Ort selbst in der Realwelt eine Gänsehaut verursachen konnte.

Die Villa strahlte, als beleuchtete eine aufgehende Sonne ihre kalten Mauern, rauen Ziegel und verblassten Holzbalken. Doch da war keine Sonne am Himmel. Der Himmel war schwarz. Hoch oben mussten heftige Winde wehen, denn die Wolken jagten einander. In der Ferne vernahm sie ein tiefes Grollen wie von einem Gewitter.

Ein unheilvolles Knistern lag in der Luft.

Phine schluckte schwer, schlug den Kragen ihrer Jacke auf

und ging mit schnellen Schritten zur Veranda, wo sie das Fahrrad verstaut hatte. Sie schaltete die Lampe ein, die sie aus der Realwelt mitgenommen und am Lenker befestigt hatte. Dann beeilte sie sich, die Auffahrt hinunterzufahren. Sie entriegelte das Eisentor und lehnte es nur an, damit sie im Fall der Fälle schnellstmöglich wieder eintreten konnte. Wie sie es sich die letzten Tage zur Gewohnheit gemacht hatte, radelte sie die Hauptstraße Richtung Stadt entlang, zum Parkhaus. Wenn Darian und Vater auf dem Weg zur Waldvilla waren, dann würden sie gewiss diesen Weg einschlagen.

Während sie in die Pedale trat und langsam ins Schwitzen geriet, zuckten grelle Blitze um sie herum. Das hoffnungsvolle Gefühl, das ihre Brust gefüllt hatte, verblasste im Angesicht der unheilvollen Stimmung, die in der Luft lag. Sie wünschte, sie würde die anderen endlich ...

Das Herz blieb ihr beinahe stehen, als ein grauenhaftes Kreischen die Luft erfüllte. Sie bremste und versuchte über das Donnern ihrer rasenden Pumpe hinweg zu lauschen und nein, sie hatte sich diesen grauenvollen Laut nicht eingebildet.

Das war unverkennbar der scheußliche Gesang der Verlorenen. Ein Chor des Grauens. Es kam aus der Stadt und wenn sich Phine nicht täuschte, dann wurde das Lied der Schattenwesen immer lauter. Sie näherten sich.

Phine zögerte keinen Moment, drehte das Rad um seine eigene Achse und blickte zurück Richtung Wald. Sie setzte ihren Fuß auf das Pedal und war gerade im Begriff, zuzufahren, doch stattdessen verharrte sie an Ort und Stelle.

Ihre Gedanken rasten wie die Blitze am Himmel. Sie warf nervöse Blicke hinter sich.

Sie wollte so sehr - so sehr! - dem Impuls nachgeben, der als allererstes durch ihr Nervensystem gerauscht war. Nichts wie weg hier! Sofort! Auf der Stelle!

Doch sie konnte nicht.

Was, wenn Darian und Vater in Schwierigkeiten steckten? Sie ahnte — nein, sie wusste! —, dass sie in unmittelbarer Nähe sein mussten. Sie selbst hatte sie auf diesen Weg geschickt. Sie wäre Schuld, wenn ihnen etwas geschah ... und das so kurz vor ihrem Ziel!

Was willst du schon gegen eine Horde Verlorener ausrichten? Du kannst nicht kämpfen! Heroische Aufopferung steht dir nicht!

Ich kann sie doch nicht im Stich lassen!

Du würdest ihnen eher zur Last fallen, als ihnen eine Hilfe sein!

Phine war derart hin- und hergerissen, dass ihr die Tränen kamen. Sie hatte Angst. Fürchterliche Angst.

Das dramatische Geheul der Schattenwesen wurde lauter und lauter. Sie näherten sich mit jedem Atemzug, den sie hier verschwendete.

Sie schrie verzweifelt auf und biss sich schmerzhaft in die Unterlippe.

Entscheide dich! JETZT!

Phine trat in die Pedale.

VIKTOR

Vik schnaufte wie ein altes Zugpferd, das kaum noch die Last ziehen konnte, die ihm ungnädigerweise auferlegt worden war. Zu ihrem Glück war die Straße, der sie folgten, asphaltiert, was ihre Flucht durchaus erleichterte. Aber die unzähligen Schlaglöcher, Furchen und Risse im Beton waren ein kräfteraubendes Hindernis, das es mit dem Rollstuhl mitsamt der verängstigten Quendoline zu bewältigen galt. Darian half, wo er konnte, doch Vik war es lieber, er hielt seine Augen offen und seinen Baseballschläger bereit.

Das markerschütternde Geheul näherte sich. Die Verlorenen rotteten sich zusammen und kamen in ihre Richtung.

Doch warum? Doch nicht etwa ihretwegen? Woher wussten sie, wo sie Vik, Darian und Quendo finden konnten? Und wieso kamen sie allesamt?!

So etwas hatte Vik noch nie zuvor erlebt. Er hielt die Schattenwesen für stupide Kreaturen ohne jeglichen Intellekt, ausschließlich angetrieben durch den Hunger nach Goldstaub, gelenkt durch animalische Instinkte. Er hatte noch nie beobachtet, dass sie zusammenarbeiteten, geschweige denn miteinander kommunizierten.

Es war beinahe ... als würde sie etwas lenken ... oder ihnen Befehle erteilen. Ihm kam ein schrecklicher Gedanke in den Sinn.

Der Schattenmann ruft seine Armee zusammen.

Er ließ Jagd auf sie machen.

Und das würde bedeuten, dass Darian Recht hatte. Phine hatte mit ihrem Sprung — und vor allem mit ihrer Rückkehr — einen Funken entfacht. Dieser Funke hatte ein Feuer verursacht, das sich ausgebreitet hatte. Dies galt es nun zu löschen.

Das alles jagte ihm durch den Kopf, als sie zu jener Straße gelangten, die sie raus aus der Vorstadt und Richtung Stadtwald und seinem Elternhaus führen würde. Blitze zuckten über den Himmel, zorniges Donnergrollen ließ die Welt erzittern. Ein stürmischer Wind riss an ihren Kleidern und peitschte ihnen kalten Regen ins Gesicht. Und im Hintergrund — wie ein gruseliger Soundtrack aus einem Schauermärchen — das stetige Jammerlied der Schattenwesen, die ihnen dicht auf den Fersen waren.

„Lasst mich zurück!", schrie Quendo gegen den wütenden Regenstrom an. „Bringt euch in Sicherheit!"

Vik dachte nicht im Traum daran. „Red keinen Unsinn!"

„Sie kommen!", kam es von Darian, der ein paar Schritte

hinter ihnen herlief. „Geht weiter! Ich halt sie auf!“

Vik riskierte einen kurzen Blick zurück und entdeckte einen Verlorenen, der auf allen Vieren hinter der letzten Straßenbiegung hervortrat. Dies war einer von der schnellen Sorte. Als er seine Beute entdeckte, stieß er einen kurzen Schrei des Triumphs aus und legte noch einen Zahn zu.

Auch Vik beschleunigte seine Schritte, auch wenn ihm die Beine und die Lunge brannten, doch dann versuchte er sich vor Augen zu halten, dass diese Empfindungen nicht real waren. Sein echter Körper lag seelenruhig in einem Bett in einem Krankenhaus im Koma und rührte nicht den kleinsten Finger.

Hier geht es einzig und allein um deinen Willen! Scheiß auf die Lunge in deiner Brust, die sich anfühlt, als würde sie gleich explodieren!

Dieser Gedanke half tatsächlich. Vik wusste nicht, wie, doch irgendwie gelang es ihm, die kreischenden Schmerzen in seinem Leib zu ignorieren und noch schneller zu laufen.

Endlich ließen sie die letzten Häuser am Stadtrand hinter sich. Ein Wald erstreckte sich zu den Seiten. Ein Wald, der tot und ausgetrocknet, knorrig und schaurig war. Doch so sollte dies nicht bleiben. Immergrüne Tannen und Laubbäume in vollster Frühlingsblüte triumphierten über das Verderben des Schattenreichs. Sie vermehrten sich, je weiter sie der Straße folgten.

„Siehst du, was ich sehe?“, rief Quendo und zeigte mit ihrem knochigen Finger auf den Wald. Die alte Dame lachte und reckte die Nase in den Wind.

„Ich sehe es!“, schnaufte Vik zurück. Ja, er konnte es sehen. Und er sah auch noch etwas anderes. Hier und da stieg Rauch zwischen den Bäumen auf. Stinkender, giftiger Qualm, überall dort, wo Bäume Blitzeinschlägen zum Opfer gefallen waren. Der heftige Regen löschte die meisten Brände, bevor sie sich ausbreiten konnten, dennoch hatten in manchen Teilen des Waldes die Flammen um sich gegriffen. Unnatürlich viele Blitze erschütterten den Boden unter ihren Füßen. Vik spürte die Vibration bis in die Knochen.

Sie waren mitten in ein Schlachtfeld geraten.

Plötzlich trabte Darian neben ihnen her. Dankbar überließ ihm Vik eine Seite des Lenkers und zusammen schoben sie weiter. Zu ihrem Glück führte die Straße nun leicht bergab.

„Ich konnte drei von den Schnellen erledigen!", brüllte Darian über den Lärm des Gewitters hinweg. „Doch es kommen noch mehr! Viel mehr! Wie weit ist es denn noch bis zur Villa?"

„Zu weit!", antwortete Vik. Es war noch ein ordentliches Stück bis zur Grundstücksgrenze. Mit einem Auto wären sie innerhalb von Minuten dort gewesen, aber zu Fuß? Und dann noch mit einem Rollstuhl!

Rechts von ihnen zweigte ein Weg von der Straße ab. Vik kannte ihn. Es war eine Abkürzung, die ihnen sicherlich zwei Kilometer Weg ersparte. Doch der Weg war nicht asphaltiert: ein klassischer Schotterweg, teils mit großen Steinen versehen. Unmöglich mit dem Rollstuhl zu bewältigen. Und da Darian die Abzweigung nicht bemerkte, erwähnte er sie nicht.

Panik begann an seiner jüngst erlangten Zuversicht zu nagen. Sie hätten nicht auf die offene Straße fliehen sollen! Sie hätten sich in irgendeinem Gebäude verstecken und verbarrikadieren können, doch nun war es dafür zu spät. Hier waren sie schutzlos und auch der Wald war in seinem Zustand mehr eine Gefahr als ein Versteck.

„Wir schaffen das nicht!", rief Vik verzweifelt. Und plötzlich verließen ihn doch die Kräfte, die er zuvor so erfolgreich mobilisiert hatte.

Ein gewaltiger Schlag ließ die Welt unter ihren Füßen erzittern. In unmittelbarer Nähe war ein Blitz in eine riesige Nordmanntanne eingeschlagen. Der alte Baum wurde regelrecht gespalten; die eine Hälfte kollidierte mit ihren Artgenossen, doch die andere krachte nur wenige Meter vor ihnen mitten auf die Straße. Schreiend und unter größter Anstrengung brachten Darian und Vik den Rollstuhl — der inzwischen richtig Fahrt aufgenommen hatte! — unter quietschendem Protest zum Stehen. Dabei wäre Quendo beinahe hinauskatapultiert worden, doch der alten Dame gelang es, sich an den Lehnen festzukrallen.

„Fuck!", schrie Darian seinen Ärger hinaus und blickte hinter sich. Inzwischen hatte sich ein beträchtlicher Haufen von Schattenwesen auf der Waldstraße eingefunden. Sie waren noch ein gutes Stück entfernt, doch da der Weg nun versperrt war, würden sie schon in Kürze aufholen. Mit dem Rollstuhl um den Baumstamm herumzufahren war keine Option. Das Unterholz mit seinen heimtückischen Wurzeln, zentimeterdicken Laubschichten und dornigen Gestrüpp war mit solch einem Gefährt unpassierbar. Und den Rollstuhl hier zu lassen kam auch nicht in Frage.

„Wir müssen da irgendwie rüber!", brüllte Darian gegen den stürmischen Wind.

Quendo, die inzwischen triefnass und völlig verfroren schnaufte, schüttelte energisch den Kopf. „Ich sag es noch einmal! Lasst mich zurück! Ich trete den vermaledeiten Missgeburten in den Hintern! Macht schon!"

Darian hätte der alten Dame für ihre Ausdrucksweise am liebsten einen Kuss auf die Wange gedrückt. Er würde die launische Oma nicht in tausend Welten zurücklassen. Vik wurde in diesem Augenblick bewusst, dass er den Jungen für seine Loyalität liebte.

„Vergiss es!", rief dieser erbost zurück und drückte Vik seinen Baseballschläger in die Hände. Ehe Quendoline wusste, wie ihr geschah, hievte Darian sie aus dem Rollstuhl.

„Beeil dich, Vik! Kletter rüber und nimm sie mir ab!"

Vik kletterte auf den Baumstamm, drückte ein Dutzend Zweige und Äste beiseite, die ihm das Gesicht zerkratzten. Er fand eine Stelle, an der er sich festhalten konnte, um Quendo eine Hand entgegenzustrecken. Zusammen gelang es ihnen irgendwie, der Rentnerin über den Baum zu helfen — auch wenn diese nicht müde wurde, zu fluchen, zu jammern und immer wieder zu betonen, dass sie nicht weiter wollte.

Schwieriger wurde es mit dem Rollstuhl. Das Ding war nicht sonderlich schwer, doch dafür besonders sperrig. Sie mussten den einen oder anderen Ast abhauen, um das Gefährt über den Stamm zu bekommen.

Die Verlorenen hatten in der Zwischenzeit dramatisch aufgeholt. Und zu allem Überfluss verhakten sich die Speichen des Rollstuhls im Geäst.

„Komm schon!", schrie Darian frustriert und trat gegen den Ast, der sich verkeilt hatte und partout nicht nachgeben wollte. Vik half ihm, aber es nützte einfach nichts. Die Verlorenen waren nur noch wenige Meter entfernt.

„Schnell! Schaltet die Taschenlampen ein!", befahl Vik. „Vergesst den Rollstuhl endlich und nehmt die Beine in die Hand!", wurde Quendo nicht müde zu wiederholen, während sie zwischen dem Geäst eine geeignete Lücke suchte, um ihren Lichtstrahl einzusetzen.

Vik hatte eine schreckliche Ahnung, dass sie das wohl oder übel tun mussten, denn der Rollstuhl gab einfach nicht nach.

„Komm zu uns rüber, Darian! Wir schaffen das nicht!", rief er. Darian fluchte und bahnte sich eine eigene Schneise durch das Geäst, doch statt zu ihnen herunterzuklettern, blieb er zwischen den Ästen stehen und fluchte nur noch lauter.

„Beeil dich!"

„Ich steck fest!"

Vik spürte, wie ihm das Blut aus dem Gesicht wich.

Ein Verlorener auf drei Beinen, der sich dafür jedoch erstaunlich schnell bewegte, erreichte den Baumstamm als Erstes. Quendoline verpasste ihm eine Ladung Licht mitten ins Gesicht. Das Schattenwesen heulte auf und entfernte sich aus der Reichweite des Strahls.

Vik leuchtete mit seiner Taschenlampe auf gut Glück durch die Zweige, aber er konnte kaum etwas erkennen. „Komm schon, Darian! VERDAMMT!"

„Ich brauch dein Messer, ich komm an meins nicht heran!"

In dem Moment, als Vik nach einem Ast griff, um sich auf den Stamm heraufzuziehen, wurde plötzlich der ganze Baum von einem heftigen Zittern erfasst. Vik ließ los und sprang instinktiv drei Schritte zurück. Ein Brummen erfüllte die Luft, die Erde begann zu vibrieren. Erst dachte Vik, ein Blitz sei wieder in der Nähe eingeschlagen, doch es klang anders und fühlte sich auch anders an. Auf der anderen Seite der Nordmanntanne kreischten die Verlorenen wütend auf.

Doch es dauerte nicht lange und ihre verärgerten Schreie verwandelten sich in Laute der Angst.

Auch Vik schrie auf, als zwischen seinen Füßen plötzlich der Asphalt aufplatzte.

Josephine

Du bist verrückt, du bist vollkommen verrückt!, schoss es Phine wie ein Mantra durch den Kopf, während sie in die Pedale trat, als ginge es um Leben und Tod. Was wahrscheinlich sogar zu hundert Prozent zutraf.

Verrückt verrückt verrückt verrückt verrückt!!!!

Um sie herum fielen Zweige und größere Äste zu Boden. Der Geruch nach Feuer und Asche verpestete die Luft. Blitze schlugen in die Bäume, der sturmartige Wind ließ viele Stämme bedrohlich wanken und der Regen verwandelte den Schotterweg in eine Schlammpartie.

Wenn du hier stirbst, stirbst du auch in der Realwelt!, kam ihr der nicht besonders hilfreiche Gedanke.

Den Göttern sei Dank konnte sie zwischen den Bäumen

bereits die Ausfahrt aus dem Wald auf die Hauptstraße erkennen. Auch wenn jede Faser ihres Körpers vor Anstrengung kreischte, zwang sie sich, noch schneller zu treten. In diesem Moment schwor sie sich — natürlich angeknüpft an die Bedingung, dass sie diesen Wahnsinn hier überlebte —, dass sie in der Realwelt unbedingt mit Sport anfangen musste, sobald ihre Hüfte vollständig verheilt war.

Endlich lichtete sich der Weg und Phine war gezwungen, ihr Tempo zu drosseln, um auf dem nassen Boden in der scharfen Rechtskurve nicht zu stürzen. Auf der Straße angelangt, musste sie jedoch anhalten und sich eine entscheidende Frage stellen. In welche Richtung? Links Richtung Parkhaus oder rechts zurück zur Waldvilla? Der Sturm hatte inzwischen so an Lautstärke gewonnen, dass sie den grauenvollen Chor der Schattenwesen kaum noch hören konnte.

Als plötzlich der Boden unter ihren Füßen zu vibrieren begann, wurde ihr Blick zur rechten Seite gelenkt. Ein tiefes Brummen kam aus der Richtung. Dieses Brummen entstammt nicht den Gewitterwolken. Es kam aus der Erde.

Zwischen zwei Atemzügen, die der Sturm just in diesem Moment tat, vernahm sie Schreie - menschliche Schreie.

Und wieder forderten alle Instinkte in ihr, umzukehren. Phine unterdrückte sie. Genauso wie die Angst, die sie zu lähmen drohte, wenn sie nur eine Sekunde länger verharrte.

Verrückt verrückt verrückt verrückt verrückt!!!!, donnerte eine verzweifelte Stimme in ihrem Kopf, während Phine in die Pedale trat und sich den Schreien im rasenden Tempo näherte.

DARIAN

Darian klammerte sich verzweifelt an einen Ast, als der Baumstamm unter seinen Füßen plötzlich einen Ruck nach oben machte — dabei ließ er seine Taschenlampe fallen, die auf Nimmerwiedersehen zwischen den dunklen Nadeln verschwand. Ein dreistes Schattenwesen nutzte die Gelegenheit, stürzte sich zwischen die Zweige. Sein klaffendes Maul, das lang und voller scharfer Zähne war, schnappte wild nach der Beute, die da hilflos zwischen den Ästen feststeckte. Darian holte mit dem Fuß aus und verpasste der hässlichen Kreatur einen Kieferbruch. Diese heulte auf und brachte sich auf Abstand. Doch da waren noch mehr. Gleich den wuselnden Köpfen einer Hydra: Schlag ihr einen ab und an seiner Stelle wachsen zwei neue Scheußlichkeiten.

Ehe die Verlorenen die Chance erhielten, goldenen Staub aus Darian zu machen, ging ein erneuter Ruck durch den Erdboden. Diesmal zersplitterte der Asphalt unter der Tanne und — Darian staunte nicht schlecht! — dicke Wurzeln schossen aus den Trümmern der Straße. Erde und Betonkrümmel regneten herab, während sich die dicken, schlammigen Wurzeln der Nordmanntanne auf die Horde Verlorener stürzte. Panik brach unter den Kreaturen aus, die entweder von den Wurzeln des Baumes aufgespießt oder hölzernen Würgeschlangen gleich umschlungen und zerquetscht wurden. Goldene Staubwolken füllten die Luft. Darian kam nicht umhin, etwas davon einzuatmen und hustete, bis ihm die Tränen kamen.

Der Baum zuckte. Diesmal so heftig, dass es Darian von den Beinen riss. Sein Sweatshirt, das sich in einem Ast verhakt hatte, zerriss und gab ihn plötzlich frei. Er stürzte vom Stamm, knickte dabei unzählige kleinere Zweige ab und landete auf der Straße. Ein heftiger Schmerz durchfuhr seine Schulter, was ihm einen erschrockenen Schrei entlockte.

Keuchend und seinen verletzten Arm umklammernd, rappelte er sich auf und fand sich eingepfercht zwischen der gewaltigen Tanne, die den Weg zur einen Seite versperrte und der Schlacht um Leben und Tod auf der anderen.

„Darian?!", kam es von Vik und Quendo hinter den dichten Zweigen. „Wo bist du? Geht es dir gut?"

Darian wagte es nicht zu antworten, aus Angst, die Aufmerksamkeit der Schattenwesen auf sich zu ziehen. Doch zu spät. Die Rufe der anderen hatten einen Verlorenen, der von den tödlichen Wurzeln bisher verschont geblieben war, in seine Richtung blicken lassen. Dieser zögerte nicht und stürzte sich auf Darian.

Ihm blieb nichts anderes übrig, als sich in die Zweige hinter sich zu drücken und den gesunden Arm schützend vor sein Gesicht zu halten. Eiskalt und siedend heiß zugleich wurde ihm bewusst, dass er nun das Zeitliche segnen würde. Er kniff die Augen zusammen. In diesem Moment zerschnitt ein Schrei ganz anderer Art — ein Amazonenschrei, wie ihm später in den Sinn kommen sollte, als er Vik und Quendo davon erzählte — die Luft. Der Aufprall und Zähne des Schattenwesens fielen aus. Darian öffnete wieder die Augen und fand sich in einer neuen Wolke goldenen Staubs. Hustend verscheuchte er die Körnchen mit einer Hand. Als sich der strahlende Nebel lichtete, traute er seinen Augen kaum.

„Phine?!"

Sie stand direkt vor ihm. Laut keuchend, vollkommen durchnässt und zerzaust. Und mit einem Gesichtsausdruck, der von dem Adrenalin zeugte, das unweigerlich durch ihre Adern donnern musste. In den Händen hielt sie einen zersplitterten Ast, den sie wie einen Speer in den Leib des Verlorenen gestoßen hatte.

„Du hast mir den Arsch gerettet!"

Phine lächelte unsicher, als hätte sie noch nicht begriffen, was sie eben getan hatte. Sie griff nach einer von vier Taschenlampen, die sie an einem ledernen Handwerkergürtel um ihre Hüften trug, knipste sie an und drückte sie ihm in die Hand. „Lass uns verschwinden!"

Dann kletterte sie auf den Baumstamm, drehte sich um und ätzte einem Schattenwesen, das sich an ihre Fersen geheftet hatte, mit dem Strahl ihres Lichts die Netzhaut von den Augen. Darian verstärkte die Qualen der Kreatur noch zusätzlich mit seiner Lampe, bis es endlich von ihnen abließ.

„Komm hoch!", rief sie und reichte ihm eine Hand. Darian klemmte sich die Taschenlampe unter die Achsel und ließ sich von Phine hochziehen. Seine Schulter kreischte fürchterlich und er verzog schmerzhaft das Gesicht.

„Du bist verletzt?"

„Offensichtlich", presste er zwischen den Lippen hervor.

Phine warf ihm einen mitfühlenden Blick zu, doch ihre strengen Worte wollten nicht zu ihrem Gesichtsausdruck passen. „Vergiss den Schmerz. Dann verschwindet er."

„Du hast ja leicht reden!"

Sie zwängten sich durch die Zweige und endlich erreichten sie die andere Straßenseite. Vik und Quendo nahmen sie freudestrahlend in Empfang. Wobei sich Vik beim Anblick seiner Tochter, die so plötzlich und unerwartet auftauchte, und die er wahrscheinlich erst auf den zweiten Blick tatsächlich als solche erkannte, versteifte wie ein Nagetier, das sich tot stellte.

Wäre ihre Lage nicht so prekär gewesen, hätte jene Szene herzergreifend sein können. Doch war dafür nicht der richtige Ort, geschweige denn der richtige Zeitpunkt.

„Los, Leute! Die Verlorenen werden nicht ewig brauchen, bis sie kapiert haben, dass man auch um den Baum herumlaufen kann!", scheuchte Darian ihn auf. Er klemmte sich die vor Aufregung und Kälte zitternde Quendo unter den gesunden Arm. Vik nickte, schenkte Phine jedoch ein vielsagendes Lächeln und stützte die alte Dame von der anderen Seite. Dann marschierten sie los, während Phine ihnen mit ihren Taschenlampen den Rücken freihielt.

83. Eintrag

Liebes Tagebuch,
Viktor ist so ein unglaublicher Junge! Es sind Herbst-
ferien und er ist heute aus dem Internat zurückgekehrt.
Er zeigte mir eine Geschichte, die er für den Unterricht
geschrieben hatte. Seine Lehrerin hatte sie für so gut be-
funden, dass sie sie der Klasse vorgelesen hat. Ich bin
so stolz. Er hat wirklich Talent. Worte sind sein Werk-
zeug. Ich hoffe, er behält diese Liebe zu Büchern und
Geschichten und seine fantastische Vorstellungskraft.

Ich genieße die Zeit mit ihm und Ferdi. Ferdi hat sich
frei genommen für die Zeit, die Viki zu Hause ver-
bringt. Die Familie ist wieder vereint. Die neue Haus-
hälterin, Frau Reichert - ein junges, hübsches Ding und
sehr zuverlässig! - hat ein bezauberndes Mahl aus ihren
schlesischen Rezepten gezaubert. Die Gute verwöhnt
uns geradezu!

Ich genieße diese Tage. Es ist ruhig.

Ach ja, und die Medikamente sind endlich richtig ein-
gestellt. Die Welt fühlt sich nun richtiger an.

84. Eintrag

Liebes Tagebuch,
ich habe soeben meine Tablettenbox gefüllt und muss-
te währenddessen inne halten und lachen. Es war kein
schönes Lachen. Die Adjektive gequält und verbittert
würden es wohl am besten beschreiben.

Sollte so der Rest meines Lebens aussehen? Vollge-
pumpt mit weißen, rosafarbenen und gelben Pillchen,
die meine inneren Dämonen in Schach halten? An sich
geht es mir gar nicht so schlecht. Ich komme morgens aus

dem Bett. Ich wasche mich, ziehe mich selbstständig an. Ich esse regelmäßig. Es gab Zeiten, da vergaß ich viele dieser Dinge. Ich funktioniere.

Aber soll es das gewesen sein?

Ich will mich nicht beschweren. Ich nehme am Leben teil, ich unternehme schöne Dinge mit Ferdi und mit Viki, wenn er in den Ferien nach Hause kommt.

Die Universität hat mich schon vor langer Zeit beurlaubt. Ich weiß nicht, ob ich jemals an den Campus zurückkehre. Bücher zu lesen fällt mir schwer. Ich kann mich nicht lange genug konzentrieren. Das ärgert mich.

Neu sind die Erinnerungen, die mich seit einiger Zeit begleiten. Ich weiß nicht, warum sie mich ereilen und weshalb ausgerechnet jetzt. Es ist nichts Nennenswertes geschehen in letzter Zeit. Nichts, das mich aufgewühlt oder veranlasst hätte, mich an die Dinge zu erinnern, die ich so lange Zeit erfolgreich unter Verschluss gehalten habe.

85. EINTRAG

Liebes Tagebuch,
immer wieder blitzt eine Kindheitserinnerung vor meinen Augen auf, die einen unangenehmen Nachgeschmack hinterlässt. Ich bin sechs oder sieben Jahre alt. Ich liege in meinem Bett in meinem Zimmer. Es ist dunkel. Ich sollte bereits schlafen, denn am nächsten Tag war Schule, aber wie hätte irgendjemand in jener Nacht ein Auge zudrücken können? Durch die geschlossene Tür höre ich die lauten Stimmen meiner Eltern. Erst hatten sie versucht, leise zu sein, doch in der Hitze des Gefechts hatten sie das kleine Mädchen im Zimmer nebenan vergessen. Sie stritten. Das war nur ein Streit

von vielen, doch sollte mir dieser ganz besonders in Erinnerung bleiben. Ich entsinne mich nicht daran, worum es gegangen war - wahrscheinlich wieder um Geld. Doch dieser Streit war besonders heftig. Da lag so viel Zorn und Hass in ihren Stimmen! Ich lag zusammengekauert unter meiner Bettdecke und hatte die reale Sorge, dass sich meine Eltern dieses Mal gegenseitig umbrachten. Und als ich dann plötzlich den lauten Knall an der Wand und das Klirren zerbrochenen Porzellans vernahm, da entfuhr mir ein spitzer Schrei.

Ich weiß nicht, ob meine Eltern mich gehört hatten oder das zerbrochene Geschirr meinen Schrei verschluckt hatte, jedenfalls war es plötzlich sehr leise geworden. Dann hörte ich sie nur noch zischen und murmeln. Immerhin lebten beide noch. Da niemand in mein Zimmer kam, um nachzusehen, hatten sie mich wahrscheinlich nicht gehört. Oder es war ihnen egal.

Das Gefühl der Einsamkeit und des Verlorenseins schien mich zu erdrücken. Wie sehr wünschte ich mir eine große Schwester herbei, die mich festhalten und trösten konnte.

In jener Nacht träumte ich wieder jenen Traum vom Karussell im dunkelsten aller Räume.

KAPITEL
vierzehn

Josephine

Sie rechneten damit, dass es einigen der Verlorenen gelang, den peitschenden Wurzeln des Baumes zu entkommen und ihre Verfolgung aufzunehmen, doch zu ihrer Verwunderung blieb die Straße hinter ihnen leer.

Nach einem überaus anstrengenden Marsch gegen den Sturm und die heftigen Regengüsse, erreichten sie endlich das große schwarze Eisentor des Anwesens. Phine eilte voraus und öffnete die quietschende Pforte. Sobald alle eingetreten waren, verriegelte sie das Tor mit schweren Eisenketten. Zu ihrer aller Erstaunen wuchsen die Efeuranken, die den Eingang flankierten, über die Streben der Pforte. Langsam und zugleich rasend breiteten sie sich über das gesamte Tor aus und verbanden sich zu einem stabilen Geflecht, das es jedem Eindringling unmöglich machen sollte, das Tor aufzubrechen.

„Abgefahren", meinte Darian und warf Phine ein zuversichtliches Lächeln zu. Sie nickte. Es war gut zu wissen, dass die Natur auf ihrer Seite war.

Sie lotste ihre Gefährten die Auffahrt zum Haus hinauf und selbst Phine musste bei seinem Anblick staunen, obwohl sie von den Veränderungen bereits gewusst hatte. Die Waldvilla hatte sich nicht nur vollständig instand gesetzt — besser noch! —, sie war mit der Natur ihrer Umgebung eine Art Symbiose eingegangen. Kräftige Efeuranken und auch mit bunten Blüten überwucherte Kletterpflanzen waren über die Mauern und Ziegel gewachsen. Sie verbarrikadierten sämtliche Zugänge wie Fenster und Türen. Die dicken, kräftigen Wurzeln der nahestehenden Tannen und Obstbäume hatten sich aus der Erde gewühlt und lagen nun hölzernen Wachhunden gleich um das Gebäude herum ... bereit für den Kampf.

Ein atemberaubender Anblick.

„So hab ich mein Elternhaus aber nicht in Erinnerung", meinte Viktor und lächelte unsicher.

Sie wären noch länger geblieben, um das fortschreitende Wachsen zu bestaunen, doch Wind und Regen trieben sie schließlich hinein — Efeu, Passionsblumen und Weinreben machten ihnen den Weg frei, sodass sie durch den Vordereingang hineinschlüpfen konnten. Sobald die Tür ins Schloss fiel, vernahmen sie das Rascheln und Kratzen der Pflanzen, die den Eingang wieder verschlossen. Im Innern herrschte eine muffige Dunkelheit. Sie griffen alle zu ihren Taschenlampen.

Phine führte sie in die Bibliothek. Am Kamin warteten bereits geschichtete Holzscheite darauf, ein wärmendes Feuer zu speisen. Darian machte sich sofort daran zu schaffen, während Phine einen Stapel Decken holte, die sie — wie so viele andere Dinge — aus der Realwelt gebracht hatte.

„Du musst also diese sagenumwobene Phine sein, von denen die beiden Burschen schon seit dem Krankenhaus sprechen", sagte die alte Frau im klatschnassen rosafarbenen Bademantel. Die Dame war spindeldürr und zitterte fürchterlich, doch auf ihrem Gesicht lag ein neugieriges und überaus freundliches Lächeln.

Sagenumwobene Phine! Das ging runter wie Öl.

Phine nickte verlegen und half der Frau, die sich als Quendoline Merz vorstellte, aus dem nassen Bademantel und legte ihr eine Decke um die knochigen Schultern.

„Ich danke dir, Schätzchen", sagte die Dame und tätschelte Phines Hand. Die Hochbetagte griff sich eine weitere Decke, die sie Darian brachte, und stellte sich dann ans Feuer, das inzwischen im Kamin prasselte. Phine sah zu ihnen herüber. Darian lächelte sie an. Sie lächelte zurück.

Es tat gut, ihren Freund unversehrt — seine Schulter war ja nicht wirklich verletzt — und wohlauf wiederzusehen. Bis zu jenem Augenblick, als sie ihn eingepfercht zwischen der umgestürzten Tanne und dem wuselnden Haufen Verlorener entdeckt hatte, die mit den Wurzeln eines Baumes kämpften - wie verrückt klang denn das bitte! —, ja, bis zu jenem Augenblick hatte sie nicht gewusst, wie sehr sie ihn vermisst hatte. Sie spürte eine Hitze in ihrem Gesicht aufsteigen und drehte sich peinlich berührt zur Seite.

Und da stand ihr Vater, keine Armlänge von ihr entfernt. Sie sahen einander an. Er war groß und schlank, wie er es schon immer gewesen war. Auch das Haar trug er lang und als Pferdeschwanz, genauso wie er es damals vor vielen Jahren getragen hatte. Auch das schwarze Hemd und die ausgefransten Jeans und die schwarzen Chucks hatte er noch an ... er sah aus wie damals ... bis auf die Tatsache, dass sein Gesicht um Äonen gealtert war. Die Falten auf seiner Haut zeichneten tiefe Krater, die von einem Leben voller Ängste und Sorgen zeugten. Ganz zu schweigen von seiner Hautfarbe, die einen unnatürlichen Grauton besaß.

Phine brach das Herz.

Sie fühlte sich zurückkatapultiert in eine längst vergangene Zeit. Sie war sechzehn Jahre alt. Ein Teenager, der seinen geliebten Vater verloren hatte. Mehr sogar als einen Vater ... ihren Seelenverwandten.

Hatte sie sich jemals von diesem Schlag erholt?

Vater hatte wohl ähnliche Gedanken und doch schien es, als lägen tausend Kontinente zwischen ihnen.

Phine konnte nichts gegen die Tränen tun, die ihr ungehindert aus den Augen quollen und über die rußverschmierten Wangen rannten. Da befreite sich Viktor endlich aus seiner Starre, kam zu ihr und schloss sie einfach in die Arme.

Phine ließ die Decken zu Boden fallen, an die sie sich zuvor geklammert hatte, und erwiderte die Umarmung. Sie hielt ihn fest, als hinge die Existenz der Welt davon ab.

„Du zerdrückst mich ja!", meinte Viktor nicht unfreundlich. Er schob sie ein Stück von sich, um sie anzusehen. „Du bist groß geworden", stellte er fest. „Eine erwachsene Frau!"

Phine nickte. Auch wenn sie sich alles andere als erwachsen fühlte. Nicht in diesem Augenblick und auch sonst nicht so wirklich im Laufe des letzten Jahrzehnts.

„Und du siehst immer noch so aus wie damals", sagte sie und berührte sein langes Haar. „Dir wird nicht gefallen, was Mama mit deiner Frisur gemacht hat."

Viktor machte ein entsetztes Gesicht. „Sie hat sie doch nicht etwa abgeschnitten?"

„Oh doch."

Dann prusteten sie gemeinsam los.

Es tat so gut. Sie lachten laut und aus vollstem Herzen und dieses Lachen wurde zur Brücke zwischen jenen Menschen, die sie damals vor elf Jahren gewesen waren und jenen, die sie heute waren.

Sie umarmten einander noch einmal und dieses Mal bekam Phine das Gefühl, dass alles gut werden würde.

Dieses Gefühl wurde so stark, dass plötzlich alle Lampen in der Bibliothek zu leuchten begannen. Noch nicht besonders hell, doch hell genug, um die Schatten in die Ecken zu vertreiben.

Ein erstauntes Raunen ging durch den Raum.

„Wie ist das möglich?", fragte Darian. „In der Schattenwelt gibt es doch keinen Strom ... oder hab ich was verpasst?"

Phine löste die Umarmung, sah alle Anwesenden nacheinander an und glaubte kaum, was sie da sagte: „Ich denke, das war ich." Sie konnte nicht verhindern, dass ein breites Grinsen ihr Gesicht erfasste. „Ja, das war ich!"

Wie zur Bestätigung nahm die Intensität des Lichts zu. Die Bibliothek war hell erleuchtet - und Phine war sich sicher, dass es jeder andere Raum in der Waldvilla ebenso war. Jetzt entdeckten auch die Anderen, was Phine bereits gewusst hatte: Das Innenleben des Gebäudes hatte sich vollständig von Zerfall und Vernachlässigung erholt. Es roch nicht länger nach Moder, Schimmel und Verwesung wie so vielerorts in der Schattenwelt. Darüber hinaus breitete sich eine angenehme Wärme zwischen den Wänden aus - was gewiss nicht nur dem prasselnden Feuer im Kamin zuzusprechen war.

Man bekam beinahe den Eindruck, dass sie sich in der Realwelt befanden ... wären da nicht die winzigen, goldenen Staubkörnchen, die teilnahmslos durch die Luft schwebten.

Darian kam zu ihr und griff nach ihren Händen. Phine war davon so überrascht, dass sie die Berührung zuließ, statt ihrem ersten Impuls zu folgen und sie ihm zu entziehen. Sie sah ihn an und konnte nicht anders, als sich über die Zuversicht in seinem Gesicht zu freuen.

„Ich hab es gewusst, seit du im Krankenhaus gesprungen bist", sagte er. Phine hatte keinen blassen Schimmer, wovon er redete.

„Erinnerst du dich an die Gewitterwolken über dem Krankenhaus, kurz bevor du verschwunden bist?" Phine nickte. „Es gab einen gewaltigen Knall, nachdem du weg warst. Ich wette, das ging dem Schattenmann gehörig auf den Sack." Darian lachte amüsiert auf. „Denn seitdem lässt er seiner Wut überall in der Stadt freien Lauf. Aber auch wir haben uns zur Wehr gesetzt." Er warf einen Blick zu der alten Quendoline, die es sich im Sessel vor dem Feuer bequem gemacht hatte und bekräftigend nickte.

„Quendo und mir ist es irgendwie gelungen, eine eigene Oase zu erschaffen." Er ließ eine ihrer Hände los und klopfte sich an die Brust. „Hier drin. Seitdem erblüht die Natur um uns herum. Und das alles dank dir."

„Dank mir?" Irgendwie ahnte sie, dass Darian vielleicht recht haben könnte, doch wagte sie es noch nicht, dieses Lob anzunehmen.

Darian lächelte so breit, dass sie alle seine Zähne sehen konnte. „Ja, denn du gabst uns Hoffnung."

Er holte etwas aus seiner Hosentasche. Den Bergkristall.

Einen ausgedehnten Augenblick lang lächelten sie einander still und wissend an.

Viktor räusperte sich. „Und Hoffnung ist der Tod der Hoffnungslosigkeit", sagte er. Sie wandte sich ihm zu, doch statt Zuversicht und Freude in seinem Gesicht zu entdecken, blickte sie in Kummer und ... und *Scham*?

„Es tut mir so schrecklich leid, Phine ... ich habe nicht daran geglaubt. Darian und Quendo waren bereits längst erleuchtet, doch ich ... ich habe nicht an *dich* geglaubt."

Phine sagte nichts. Eine Weile sagte niemand irgendetwas. Sollte sie enttäuscht und gekränkt darüber sein? Der eigene Vater, der nicht an sie glaubte? Vielleicht war es auch ein Teil von ihr. Doch dieser Teil war klein und schlummerte irgendwo tief in ihr — still und stumm. Wie könnte sie ihm denn böse sein? Es war noch nicht sehr lange her, da hatte sie ernsthaft in Erwägung gezogen, das Schattenreich und seine Gefangenen für immer hinter sich zu lassen. Ihre Angst und das Grauen waren so gewaltig gewesen, dass sie bereit gewesen war, ihnen den Rücken zu kehren.

Wenn sich hier jemand schämen musste, dann war sie das.

Josephine Koenigs, die um ein Haar in jenem schicksalhaften Moment auf der Hauptstraße zwischen Waldvilla und Parkhaus die falsche Richtung eingeschlagen hätte.

Sie beschloss den Umstand, dass sie mit dem Fahrrad tatsächlich erst ein paar Meter zurück zur Waldvilla gefahren war, ehe sie vor lauter Schuldgefühl und Selbsthass umgedreht war, mit ins Grab zu nehmen. Niemand musste wissen, dass sie es beinahe vermasselt hätte.

„Ich habe selbst lange Zeit nicht an mich geglaubt", offenbarte Phine versöhnlich. Dann lachte sie. „Wir zwei waren doch schon immer Schisser. Es war immer Mama, die die

Spinnen töten musste.“

Vater lachte darüber und eine erlösende Erleichterung entspannte sein Gesicht. „O jaa ... wenn wir sie nicht gehabt hätten!“

Bei seinen letzten Worten verspürte Phine einen schweren Stich im Herzen. In gewissen Teilen war Elisa Koenigs das Gegenteil von Phine und Viktor und doch mussten beide niemals an ihrer Liebe zu ihnen zweifeln. Sie war immer da, wenn man sie brauchte. Und doch tappte sie zur Strafe stets im Dunkeln.

Phine wünschte, sie könnte ihrer Mutter davon erzählen, was hier geschah. Vom Schattenmann, seinem Reich, von Darian und der netten Quendoline Merz in ihrem rosafarbenen Bademantel. Doch Elisa würde es nicht verstehen. Geschweige denn glauben.

Vater und Tochter sahen einander immer noch in die Augen. Tausend Fragen brannten auf Papas Gesicht.

Er setzte zum Sprechen an. „Phine, ... ich ...“

VIKTOR

„ ... ich ...“ Er konnte den Satz nicht beenden. In seinen Ohren begann es zu summen, die Ränder seines Sichtfeldes schwärzten sich, seine Knie wurden weich und nutzlos. Ehe er zusammenbrach, hielten ihn Phine und Darian fest. Sie bugsierten ihn zum zweiten Sessel am Kamin, wo er sich kraftlos reinfallen ließ.

„Papa, was ist mit dir?!“

Er wollte antworten, doch es gelang ihm nicht. Jegliche Kraft war aus ihm gewichen. Als hätte er sich auf ihrer Flucht zur Waldvilla verausgabt. Doch er ahnte, dass das nicht alles war. Es war nicht nur so, dass es ihm nicht gelungen war, eine Oase in seinem Innern zu erschaffen ... irgendetwas zerrte an ihm, seitdem Phine im Krankenhaus gesprungen war. Jetzt in diesem Augenblick spürte er es mit aller Deutlichkeit.

Das Schattenreich wollte ihn nicht gehen lassen.

Gleichwohl kam Wut in ihm auf. Ausgerechnet jetzt, wo die Hoffnung am größten war!

Vik spürte, wie die Wut seine Schwäche zurücktrieb. Sein Blick klärte sich, das unangenehme Summen in seinen Ohren verklang, die Kraft kehrte in seine Gliedmaßen zurück.

„Komm schon, Vik! Sag was!"

Endlich registrierte Vik die besorgten Gesichter um sich herum. „Schon gut, es geht wieder", sagte er. „Mir geht's gut."

Doch sogar Quendo, die ihm gegenüber auf dem Sessel saß, beäugte ihn skeptisch.

„Ehrlich, Leute, mir geht's ...", wollte er beteuern, doch die Angst in den Augen seiner Gefährten ließ ihn verstummen. Phine verließ plötzlich ohne ein Wort der Erklärung den Raum. Kurze Zeit später kam sie wieder, mit einem kleinen Spiegel in der Hand. Mit zittrigen Fingern reichte sie ihm diesen. Vik schluckte und sah seiner Tochter einen Moment lang in die Augen, ehe er einen Blick in den Spiegel wagte.

Er erwartete das Schlimmste und musste dennoch erschrocken nach Luft schnappen. Zaghaft berührten seine Finger seine Wange.

Die Haut war grau, spannte über seinen Schädelknochen. Die Augen lagen tief in ihren Höhlen, blutunterlaufen. Das rechte Auge war trüb, als läge ein milchiger Schleier darauf.

Es hatte begonnen.

„Ich verwandel mich in einen ..."

JOSEPHINE

„NEIN!", fiel ihm Phine ins Wort. Ihr Herz schlug so laut, dass es gar den Sturm erstickte. „Wir kriegen das wieder hin

… wir … wir werden das verhindern!" Sie entriss ihm den Spiegel und schleuderte ihn in eine Ecke, wo er zersplitterte.

Der Himmel über den alten tannengrünen Schindeln der Villa tobte immer wütender. Ein beißender Wind heulte über den Dachstuhl und versuchte an den Ranken und Wurzeln zu reißen, die beschlossen hatten, das Gebäude mit ihren eigenen Leibern zu beschützen.

Tick tack tick tack, hörte Phine plötzlich eine imaginäre Uhr in den wuselnden Windungen ihres Verstandes. Sie erinnerte sich an das Wartezimmer der Arztpraxis von Dr. Dyroff. An jene Wanduhr, die sie verhöhnt und verspottet hatte. Jetzt erinnerte sie Phine daran, dass die Zeit drängte.

Die Armee der Verlorenen würde früher oder später vor ihrer Türschwelle stehen.

„Es wird alles wieder gut. So wird das nicht enden, Papa. Du wirst Mama bald wiedersehen", sagte sie mehr zu sich selbst als zu sonst jemanden. „Doch zuerst müssen wir die Schattenfrau töten."

Phine erntete verblüffte Blicke. Sie eilte ins angrenzende Wohnzimmer, wo sie sich auf das Sofa fallen ließ. Die anderen waren ihr gefolgt — selbst Frau Merz — und betrachteten sie neugierig wie erstaunt.

„Haltet ihr die Stellung", sagte Phine. „Ich muss kurz zurück. Ich beeil mich und bringe Opa Ferdi mit", verkündete sie mit einem Blick auf ihren Vater, der nur noch verwirrter dreinschaute.

„In der Küche liegt ein ganzes Arsenal an Taschenlampen, batteriebetriebener Strahler und auch ein paar Dinge, die sich vielleicht als Waffen nützlich machen könnten. Passt auf euch auf!" Und mit diesen Worten schloss Phine die Augen. Keinen Atemzug später erstrahlten die Konturen ihres Körpers in der Form goldenen Staubs und dann war sie verschwunden.

Ferdinand war in seine Recherchen vertieft, als Phine die Augen öffnete. Der Couchtisch war übersät mit Notizbüchern — und auch vergilbten Pergamentrollen, wie ihr verblüffenderweise auffiel. Eine Tasse heiße Schokolade stand für sie bereit zwischen all dem Chaos, doch wie Phine bemerkte, hatte sie die aufhellende Wirkung des süßen Getränks nicht nötig. Denn dieses Mal hatte sie neben Schwermut und Traurigkeit als Nachhall aus dem Schattenreich auch noch etwas anderes mitgebracht.

Hoffnung strömte durch die Adern ihres Körpers und sammelte sich im Zentrum ihres Seins. Auch ihr Herz wurde zu einer Oase, wie ihr mit aufkeimender Freude auffiel - auch wenn sich die Sorge um ihren Vater wie ein schwarzes Tuch darüber legte. Phine durfte nicht zulassen, dass dieser Schatten die Hoffnung erstickte.

Großvater bekam beinahe einen Herzinfarkt, als Phine vollkommen aufgeregt auf die Beine sprang — und gleich mit schmerzverzerrtem Gesicht zurück auf die Couch plumpste. *Deine Hüfte, verdammt!*

„Bei den Göttern! Liebes, willst du mich umbringen?"

„Sorry, Opa!" Phine atmete den Schmerz beiseite, versuchte ihn zu ignorieren. „Ich habe sie gefunden! Sie sind hier! Unten in der Bibliothek! Und wow! Die Villa! Du wirst es kaum glauben! Aber Papa! Es geht ihm nicht gut, er-"

„Jetzt mal ruhig mit den jungen Pferden!", bremste Ferdinand ihren Schwall an Worten und zwang sie, ein Mal durchzuatmen. „Erzähl mir alles, Liebes. Aber bitte in einer Geschwindigkeit, der ich auch folgen kann."

Phine erzählte. Sie begann mit dem Chor der Verlorenen. Ihre Stimme überschlug sich beinahe, als sie von der zum Leben erwachten Pflanzenwelt berichtete. Und endete damit, wie ihr Vater zusammenbrach.

„Interessant", meinte Großvater und stand auf, um auf dem überfüllten Couchtisch nach einem bestimmten Schriftstück zu suchen. Er fand es und setzte sich wieder zu Phine, welche ihn verständnislos anstarrte. „Das mit den Pflanzen soll wohl tatsächlich schon einmal geschehen sein", erklärte er den Inhalt des handgeschriebenen Schriftstücks.

„Opa!", unterbrach ihn Phine. „Hast du mich nicht verstanden? Papa, er sieht schrecklich aus! Sein Auge-"

„Jaja, ich hab dir zugehört. Liebes, ich weiß ..."

Phine spürte ihren Herzschlag in der Kehle. „Was verschweigst du mir?"

Großvater wagte es kaum, sie anzusehen. Phine wusste nicht, ob es das Adrenalin war, die quälende Sorge oder ihr neu entdecktes Selbstvertrauen, das heimlich in ihr heranwuchs, seit sie den Mut gefasst hatte, einen hölzernen Speer in den Leib eines Verlorenen zu rammen.

Selbstbewusst erhob sie die Stimme gegen Ferdinand.

„Sag es mir! Uns rennt die Zeit davon!"

Der alte Mann zuckte zusammen, doch dann hob er endlich den Blick. Phine sah die glasigen, müden Augen. Die Trauer darin drückte ihr die Kehle ab.

„Deine Mutter rief vor einer Stunde an ... Viktors Zustand verschlechtert sich zunehmend." Er schluckte schwer. „Seine Organe versagen, die Ärzte wissen nicht warum ..."

„Er verwandelt sich", sprach Phine das Unvermeidliche aus. Verzweiflung umschloss ihr Herz.

„Aber wie kann das sein? Die Villa ist eine Oase! Den anderen beiden geht es doch gut, wieso-"

„Es ist Linda. Sie zerrt an ihm. Sie ahnt, dass ihr Reich einer ernstzunehmenden Bedrohung gegenübersteht. Sie will ihn bei sich haben, wenn es zu Ende geht ..." Die Verzweiflung in Großvaters Miene machte etwas Neuem Platz. Er wedelte mit dem Stück Pergament herum. „Noch ist der Kampf nicht verloren, Liebes, noch nicht!"

„Was ist das überhaupt?“

„Das sind Recherchen und Notizen unserer Vorfahren. Als du mir von den erblühten Bäumen erzähltest, erinnerte ich mich an etwas, das vor ungefähr fünfundsiebzig Jahren von einer früheren Generation eines Springers notiert worden war. Ich hab es zum Glück wiedergefunden.“ Ferdinands ganzes Wesen war von einem lange nicht mehr da gewesenem Ehrgeiz gepackt. Phine platzte beinahe vor Ungeduld, als Großvater endlich fortfuhr: „Auch damals muss irgendetwas mit den Gefangenen dort geschehen sein, denn plötzlich begann die Natur zu erblühen und die Architektur sich zu reparieren. Genau so, wie du es beschrieben hast. Und auch damals tobte der Himmel. Wind und Wetter versuchten gegen das erblühte Leben anzukommen. Und dann soll sich der Schattenmann offenbart haben.“

Phine riss die Augen auf. „Genau das wollen wir doch! Was ist dann passiert?“

Ferdinand zuckte mit den Schultern. „An dieser Stelle enden die Aufzeichnungen. Aber es ist nicht schwer, sich darauf einen Reim zu machen. Der Schattenmann und das Schattenreich existieren nach wie vor. Sie müssen die Oberhand zurückgewonnen haben.“ Betretenes Schweigen füllte die Pause.

„Doch nun wendet sich das Blatt erneut“, sagte Phine hoffnungsvoll. Sie war so erstaunt über ihren Tatendrang und ihre Zuversicht, dass sie die Angst um den bevorstehenden Kampf und um Vaters Zustand im Zaun halten konnte. Sie musste. Es brächte sie sonst um den Verstand.

„Wir müssen zurück, Opa! Jetzt. Zusammen“, sagte sie bestimmt. „Bringen wir es endlich zu Ende, ein für alle Mal.“ Großvaters Brust hob und senkte sich schnell. Doch sein Blick war entschlossen. Er griff nach Phines Hand und drückte sie.

„Es wird Zeit für ein Familientreffen.“

Ferdinand und Phine setzten sich auf die tannengrüne Couch, die nun auch in der Schattenwelt von derselben Farbe war. Sie blickten einander einen Moment in die Augen. Dann schloss Phine diese und sprang. Sie vertraute darauf, dass Großvater schnellstmöglich nachkam, auch wenn er etwas aus der Übung war. Doch als sie ihre Augen im Reich der Schattenfrau öffnete, saß er bereits auf dem Sofa.

Sein Gesicht eine Maske des Schreckens.

Phine erkannte auch sofort den Grund dafür. Wie von der Tarantel gestochen sprang sie auf die Beine. Ein mörderischer Wind und eiskalter Regen peitschten ihr ins Gesicht. Verblüfft starrte sie auf das klaffende Loch an der Decke, wo eigentlich ein Dach sein sollte. Die Überreste einer zersplitterten und rauchenden Tanne ragten in Ferdinands Behandlungszimmer hinein. Dachziegel und Zweige stürzten durch das Loch, als ein knarrendes und unheilvolles Brummen durch das Dach vibrierte.

„Weg hier!" Sie packte den erstarrten Ferdinand bei den Armen und zog ihn mit aller Kraft auf die Beine. Endlich löste sich Großvater aus seinem Schock, griff nach seinem Gehstock und überwand mit Phines Hilfe die wenigen Meter bis zur Tür. Und das keinen Augenblick zu früh. Hinter ihnen stürzte das Dach mit einem ohrenbetäubenden Krachen in sich zusammen und begrub das Zimmer unter sich.

Sie polterten die ächzenden Treppenstufen herunter und Phine musste mit Schrecken feststellen, dass sich die Waldvilla nicht mehr so tadellos präsentierte wie noch bei ihrem letzten Besuch. Hier und da klafften gewaltige Risse an den Wänden. Mörtel und Staub bedeckten die Böden. Einige der Deckenleuchten waren hinabgestürzt und in tausend Stücke zerbrochen. In den Ecken wucherte schwarzer Schimmel.

Sie war doch nur fünf Minuten weg gewesen!

Während sie sich einen Weg in die Bibliothek bahnten — sie mussten über die Trümmer von Möbeln und zerfetzten Wurzeln steigen —, zerrte der tobende Wind an der Fassade und ließ die Wände wackeln.

Das Heulen eines Verlorenen in unmittelbarer Nähe brachte Phines Blut zum Gefrieren. Sie befanden sich auf der Schwelle zwischen Küche und Wohnzimmer, als ihr Blick zur Küchenzeile wanderte.

Ein Schattenwesen hatte sich durch das dichte Geflecht von Efeuranken gekämpft, das über ein Fenster gewachsen war, und versuchte nun, sich durch das Loch zu zwängen. Der Anblick von Phine und Ferdinand — oder vielmehr ihr Geruch, denn die Kreatur besaß nur klaffende finstere Löcher statt Augäpfel — schien es plötzlich derart anzuspornen, dass es die Glassplitter der zerbrochenen Fensterscheibe ignorierte, die sich beim Reinklettern in seine nackte, schwarze Haut bohrten.

„Weg hier!", rief Phine und wollte ihren Großvater bereits vorwärtsschieben, doch dieser wehrte sich vehement dagegen.

„Nein! Wir müssen das Ding aufhalten, ehe es durchkommt und den Zugang verschließt, sonst kommen noch mehr herein!"

Scheiße, er hat Recht! Phine griff nach einer ihrer Taschenlampen und leuchtete dem grässlich entstellten Verlorenen ins Antlitz. Er kreischte und zischte, schien aber festzustecken. Ein scheußlicher Geruch nach Verbrannten erfüllte die Luft, als das Licht Brandblasen auf seiner Haut warf. Während Phine das Schattenwesen im Schach hielt, schleifte Großvater eine verrostete Mikrowelle über die mit Glassplittern bedeckte Arbeitsfläche.

Ein finaler Schrei beendete die Qualen des Verlorenen und hallte noch nach, als sich sein finsterer Leib in eine Wolke aus Goldstaub auflöste. In diesem Moment schob Ferdinand die

Mikrowelle vor das Loch und stellte seine eigene, eingeschaltete Taschenlampe darauf. Damit diese nicht herunterrollte, fixierte er sie mit den Überresten eines Brotkastens. Der goldene Staub brachte ihn zum Husten.

„Ich hatte vergessen, wie sehr ich das hasse", gestand er, als der Hustenanfall überstanden war. Staunend beobachteten sie, wie dem Efeu neue Ranken entwuchsen, die das Loch verschlossen, jedoch so, dass der Schein der Taschenlampe noch nach außen strahlen konnte. Auf diesem Wege würden sie es nicht erneut versuchen.

„Da seid ihr endlich!", kam es plötzlich von hinten.

Sie drehten sich um und entdeckten Darian, der in der Türschwelle stand. Sein Anblick erschreckte Phine. Er war vollkommen bedeckt mit Mörtel und Staub. Blut auf einer Schläfe verklebte die blonden Locken. Mit beiden Händen umklammerte er seinen mit Nägeln besetzten Baseballschläger. Er war vollkommen außer Atem, seine Schultern bebten und in seinem Gesicht spiegelte sich der Ärger.

„Verdammt, wo wart ihr so lange? Noch ein Kaffeekränzchen gehalten, oder was?"

„Ich war nur fünf Minuten weg!", schwor Phine. „Was ist hier nur passiert?"

„Fünf Minuten?! Es waren mindestens Stunden, Phine! Wir sitzen hier mächtig in der Scheiße! Die Verlorenen haben das ganze Haus umstellt, immer wieder schaffen es diese Bastarde irgendwie durchzudringen. Ein Baum stürzte auf das Dach und ließ gleich eine ganze Schar von ihnen herein, wir hatten Mühe, sie abzuwehren, doch irgendwie ist es uns dann doch gelungen. Dabei hätten wir fast Quendoline verloren!"

„Das tut mir schrecklich leid", sagte Phine und kam zu ihm. „Aber die Zeit hier verläuft anders als drüben. Ich ..."

„Schon gut", würgte sie Darian ab. „Kommt mit."

Er lotste die beiden über die Trümmer des Mobiliars wieder hinauf in den ersten Stock. Dort hatten sie sich in einem

Gästezimmer verschanzt. Darian klopfte an die Tür.

„Ich bin's! Ich hab sie gefunden!"

Sofort war hinter der Tür das Zerren und Schleifen von schweren Möbeln zu hören. Als sich die Tür öffnete, sprang Phine ihrem Vater überglücklich um den Hals.

„Es tut mir leid, dass es so lange gedauert hat!"

„Jetzt seid ihr ja hier", meinte dieser und schob sie zur Seite, damit auch die anderen eintreten konnten. Dann verbarrikadierten Viktor und Darian die Tür mit einer Kommode aus Massivholz. Phine setzte sich zu Quendoline aufs Gästebett. Die alte Dame sah ganz schön ramponiert aus. Der rosafarbene Bademantel war staubig und zerrissen. Blut sickerte aus einer Wunde am Oberbauch, auf die sie eine Hand presste. Ihr Atem klang rasselnd und schwer.

„Das tut mir so schrecklich leid", konnte sich Phine nur wiederholen. Quendo lächelte gequält und tätschelte Phine die Schulter.

Währenddessen umarmten sich Viktor und Ferdinand im stillen Schweigen. Phine hatte den Moment verpasst. Doch sie freute sich sehr für die beiden, die einander so lange Zeit vermisst hatten. Sie musterte ihren Vater und stellte mit zurückhaltender Erleichterung fest, dass sich sein Zustand nicht weiter verschlimmert hatte.

„Du warst nie verrückt, nicht wahr?", sagte Viktor, als die erste Wiedersehensfreude verdaut war. „All die Psychiater, die Klinikaufenthalte, die Medikamente ... Vater, wenn ich nur geahnt hätte, dass ..."

Großvater schüttelte den Kopf. „Das ist alles Vergangenheit und zudem trifft dich nicht die geringste Schuld."

Das darauffolgende Schweigen lastete schwer auf den Schultern der anwesenden Koenigs.

Ferdinand räusperte sich. „Doch bevor wir uns unserem Schlachtplan widmen ..."

Darian gluckste. „Es gibt einen Schlachtplan?"

„Ja, den gibt es", meinte Opa und wandte sich an ihn. „Du musst wohl Darian sein? Ich danke dir, dass du meiner Enkelin beigestanden hast, als sie in das Schattenreich entführt wurde. Und ich danke dir, dass du auch dasselbe für meinem Sohn getan hast."

„Gern geschehen. Beide haben auch mir das eine oder andere Mal den Arsch gerettet. Aber kommen wir jetzt dazu, wie wir aus dieser Hölle entkommen."

Ferdinand nickte. „Das machen wir. Aber zuerst solltet ihr euch heilen. Für das, was kommt, solltet ihr alle unversehrt sein."

„Uns heilen?", lachte Quendoline. „Eine dieser vermaledeiten Missgeburten hat mir ihre Klauen in den Bauch gerammt! Wie soll man das denn heilen?" Der Schmerz trieb ihr Tränen in die Augen.

„Es ist wie mit Darians Schulter", übernahm Phine das Wort. „Er hatte sie sich beim Sturz vom Baum verletzt, doch nun merkt er davon ja nichts mehr." Zumindest ging sie schwer davon aus, so wie er den Schläger gehalten und die Kommode verschoben hatte.

Darian sah erstaunt auf. „Das stimmt! Sie tut gar nicht mehr weh ... ich hab sie vollkommen vergessen, als die Verlorenen durch das Dach kamen. Wie ist das möglich?"

„Das liegt daran, dass das nicht unsere richtigen Körper sind", erklärte sich Viktor. „Unsere Körper liegen in der Realwelt und sind unversehrt."

„Korrekt", übernahm Großvater. „Die Verletzungen schmerzen, weil ihr *erwartet*, dass sie es tun. Der Schmerz existiert nur hier drin." Er tippte sich auf die Schläfe. „Es ist wie mit dem Essen. Der Hunger, der einen in der ersten Zeit hier schwer plagt, verschwindet mit der Zeit, weil man sich daran gewöhnt, keine Nahrung mehr aufzunehmen. Der reale Körper wird im Krankenhaus versorgt. Seht euch nur Phine an. Ihre Hüfte ist in der echten Welt gebrochen und sie läuft dort mit Krücken. Hier braucht sie die nicht.“

„Was ist dir passiert?“, fragte Vater erschüttert.

„Der Schattenmann hat mich vor ein Auto getrieben.“

„Das tut mir so leid, Kleine ...“

Phine lächelte. *Kleine* hatte er sie schon so lange nicht mehr genannt. Es fühlte sich gut an, diesen Kosenamen aus Kindheitstagen wieder zu hören.

„Dennoch dürft ihr nicht leichtsinnig werden“, warnte Ferdinand. „Denn das gilt nur für Verletzungen, die auch in der Realwelt nicht tödlich wären. Reißt euch hier ein Verlorener die Kehle auf, dann sterbt ihr. Hier *und* dort.“

Alle nickten zustimmend, denn davon waren sie schon lange ausgegangen.

Ein gewaltiges Rumpeln ging plötzlich durch das Haus und übertönte das Heulen des Windes und die Klagelaute der Verlorenen. Dann donnerte der Himmel gewaltig über ihren Köpfen, so gewaltig, dass sie die Vibration in den Inkarnationen ihrer Herzen spüren konnten. Weiter unten im Haus polterte es. Kurz darauf vernahmen sie das schauderhafte Gekreische der Schattenwesen im unteren Stockwerk.

„Sie sind wieder eingedrungen“, fasste Darian die Situation zusammen. „Was machen wir jetzt? Wie lautet der Schlachtplan?“

„Phine und ich werden die Schattenfrau anlocken“, offenbarte Ferdinand. „Währenddessen müsst ihr uns die Verlorenen vom Hals halten. Denn sie werden gewiss alles tun, um uns daran zu hindern, Linda zu töten.“

„Linda?“, fragte Viktor verwirrt. „Du meinst doch nicht etwa ...?“

„Ja, in der Tat. Ich meine deine Mutter.“

Niemand reagierte auf das Läuten. Elisa klingelte drei Mal, ehe sie entnervt seufzte und beschloss, hinten im Garten nachzusehen. Sie legte die verpackten Kuchenstücke, die sie auf dem Weg hierher in Phines Lieblingskonditorei besorgt hatte, auf eine Bank auf der Veranda ab und ging hinters Haus. Krokusse und Schneeglöckchen sprossen aus der Wiese. Den Obstbäumen, die die Gartenmauer und die Eisenzäune säumten, entwuchsen zarte junge Knospen. Der Frühling klopfte an die Tür und brachte am heutigen Tag herrlichen Sonnenschein mit, der zwischen den Wipfeln des Waldes hindurchschimmerte und Elisas Gesicht mit warmen Fingern streichelte.

Tatsächlich hatte Elisa diesen Ort immer gemocht. Es war nicht von der Hand zu weisen, dass er etwas Besonderes war. Ein kleines Juwel der Architektur, ein Relikt vergangener Zeiten und eine friedliche Oase für Seele und Geist - wenn man all die Streitigkeiten und Spannungen außer Acht ließ, die sie mit dem Hausbesitzer teilte.

Sie konnte nachvollziehen, dass Phine hier Erholung finden wollte, dennoch machte es die Kränkung nicht weniger schmerzhaft. Aber sie wollte nicht undankbar sein. Die Versöhnung mit Phine im Krankenhaus bedeutete ihr alles. Sie wollte dieses neue zarte Band nicht gefährden. Elisa konnte an der Vergangenheit nichts mehr ändern, doch die Fäden der Zukunft lagen in ihrer aller Hand.

Vik war fort, auch wenn sein Körper im Krankenhaus noch atmete. Elisa machte sich nichts vor. Das letzte Stückchen Hoffnung in ihr war erloschen. In Wahrheit hatte sie doch schon lange nicht mehr damit gerechnet, dass ihr geliebter Ehemann und Vater ihrer Tochter jemals wieder die Augen öffnete.

Er war fort.

Aber Phine war noch hier. Ebenso Elisa.

Darauf sollte sie sich in Zukunft konzentrieren. Dieses Versprechen hatte sie sich selbst abgenommen.

Elisa spähte in die Fenster hinein, doch konnte sie nicht viel erkennen. Im Garten war niemand und weit konnte Phine mit ihren Krücken ohnehin nicht laufen. Wo sollten sie und Ferdinand denn sonst sein, wenn nicht im Haus?

Die gläserne Tür zum Wintergarten war nicht verschlossen. Darauf hatte Elisa gehofft. Sie trat in das Haus, das seinen Besucher mit Schweigen willkommen hieß. Und schrie plötzlich auf, als ein rotes, haariges Etwas auf sie zu und dann an ihr vorbeischoss, um durch den Spalt der offenen Tür hinaus in den Garten zu fliehen. Das musste wohl Phines Kater gewesen sein. Durch die Fensterscheiben sah sie dem Tier nach, das ohne zurückzublicken über den Rasen jagte und im Grün des Dickichts verschwand.

„Na, der hatte es aber eilig!“ Phine würde Probleme damit bekommen, ihre Katze, die nun eine neue Freiheit eroberte, wieder in ihre winzige Wohnung in der Stadt zu sperren.

„Hallo? Phine? Ferdinand? Wo seid ihr denn?“

Es wollte ihr niemand antworten.

Elisa ging in die Eingangshalle und öffnete die Vordertür, um die Kuchenstücke hereinzubringen, die sie auf den Tisch in der ebenso verlassenen Küche, stellte. Auf der Arbeitsplatte stand eine Packung Kakao und eine angebrochene Flasche Milch. Die Tür der Mikrowelle stand offen und das Lämpchen im Innern brannte. Dinge nicht ordentlich zu Ende zu bringen schien irgendwie in den Genen der Koenigs zu stecken. Elisa schloss die Mikrowellentür und zog den Stecker des Geräts.

Ein Rundgang durch die Räume des Untergeschosses blieb ebenso erfolglos. Vielleicht hatte sich Phine aufs Ohr gelegt? Ihr Schwiegervater könnte ja auf dieselbe Idee gekommen sein. Vielleicht hatten die beiden einfach vergessen, dass sie heute vorbeikommen wollte. Auch wenn sie sich das nach dem Telefonat mit Ferdinand nicht vorstellen konnte. Sie wunderte sich immer noch darüber, wie gefasst er die Nachricht über den Zustand seines Sohnes aufgenommen hatte. Da Elisa keinen Rückruf von Phine erhalten hatte, hatte er es ihr wohl noch nicht mitgeteilt. Vielleicht war dem auch besser so.

Elisa beschloss, oben nachzusehen. Sie erklomm die ersten knarrenden Treppenstufen und wunderte sich ein wenig über den dezenten Geruch nach Moder in der Luft.

JOSEPHINE

„Was? Das versteh ich nicht! Mutter soll der Schattenmann sein? Was redest du da??"

„Ich weiß, wie das klingt, Sohn, aber für Erklärungen haben wir jetzt wirklich keine Zeit", verkündete Ferdinand mit einer Strenge, die weitere Fragen nicht zuließ.

Vater wirkte nicht begeistert, doch er nickte. Die Verlorenen verteilten sich bereits im ganzen Haus. Sie konnten ihre schlurfenden Schritte und ihre schaurigen Laute hören.

„Was sollen wir tun?", wollte Darian wissen.

„Phine und ich müssen in die Bibliothek", sagte Großvater. „Dort hängt ein Portrait von Linda. Ich glaube, dass ich dadurch irgendwie Zugang zu ihr finden kann."

„Du glaubst es oder weißt du es?", schaltete sich Papa wieder ein.

Darauf antwortete Ferdinand nicht. Viktor seufzte und wandte sich stattdessen an Frau Merz, die neben Phine auf dem Gästebett saß.

„Du bleibst hier, Quendo. Du klemmst einen Stuhl unter die Türklinke, dann wird dir nichts passieren." Die alte Dame nickte tapfer und umklammerte ihre Taschenlampe mit beiden Händen.

„Ich zieh euch das Fell über die Ohren, wenn ihr nicht zurückkommt", versprach sie.

Beklemmendes Schweigen schwängerte den Raum.

Tick tack tick tack.

Phine schüttelte den Kopf, um das imaginäre Ticken zu verscheuchen.

„Macht euch bereit!", befahl Großvater. Statt sich wie gewohnt auf seinen Gehstock zu stützen, nahm er diesen als Waffe in die Hand. Phine reichte ihm noch eine Taschenlampe, die er sich in den Gürtel steckte. Dann öffnete er die Tür und alle bis auf Quendo schlichen hinaus auf den Flur.

ELISA

„Wo seid ihr denn? Hallo?", rief Elisa nun etwas lauter. Ihre Stimme hallte durch das schweigende Haus, in welchem irgendwo eine alte Uhr tickte — ungewöhnlich laut, wie ihr auffiel. Die Schlafzimmer waren alle leer, nirgends eine Spur von den beiden. Elisa gehörte nicht zu jenen sanften Gemütern, die sich schnell in Sorge und Schwarzmalerei verstrickten, doch zugegebenermaßen nagte ein eigenartiges Gefühl an ihr, das sie nicht zuordnen konnte.

Das war doch lächerlich! Was sollte denn schon sein? Sie hatten schlicht und einfach vergessen, dass Elisa vorbeikommen wollte und unternahmen bei diesem herrlichen Wetter einen Spaziergang durch den Wald.

Elisa hätte es an dieser Stelle gut sein lassen und hinunter in die Küche gehen können, um sich die Wartezeit mit einem Kaffee zu vertreiben — doch irgendetwas ließ ihr keine Ruhe. Sie hatte ganz oben noch nicht nachgesehen.

Tick tack tick tack, machte die Uhr, von der sie nicht wusste, wo genau sie sich versteckte.

Sie sah zuerst im Büro nach, aber bis auf ein chaotisches

Durcheinander war niemand da. Blieb also nur noch das alte Behandlungszimmer. Elisa schritt über die Läufer, die die knarrenden Dielen bedeckten, und blieb vor der letzten verschlossenen Tür stehen. Sie drückte die Klinke herunter.

JOSEPHINE

Es wäre ein atemberaubender Anblick, wenn sie die Zeit gehabt hätten, sich anzusehen, was um sie herum geschah, doch im Anbetracht ihrer angespannten Situation registrierten sie die bemerkenswerten Wunder, die sich vor ihren Augen ereigneten, nur am Rande.

Die Waldvilla befand sich in einem stetigen Wechsel aus Zerstörung und Zerfall sowie Wiederaufbau. Hier zerbrach eine Mauer und zerfiel in ihre einzelnen Backsteine, riss Tapete, Mörtel und Bilderrahmen mit sich ins Verderben. Schon wollte sich ein schwarzer Schimmel wie ein finsteres Leichentuch über alles legen, da begannen sich die Backsteine wie von Geisterhand wieder zusammenzufügen. Eine neue Tapete wuchs einer neuen Haut gleich über die nackte Mauer und beförderte die eben noch da gewesene Zerstörung in die Vergangenheit.

Ein Verlorener, der sich zwischen verrückten Möbeln hindurchzuzwängen versuchte, stieß eine Vitrine aus dem neunzehnten Jahrhundert um, die mit einem gewaltigen Knall zu Boden krachte. Glas und Porzellan zerbarsten gleich eines Feuerwerks und flogen als tödliche Geschosse durch den Raum. Nur einen Atemzug später rollten und kullerten jene Bruchstücke zurück zu ihrem Ursprung, die ungezählten Puzzleteilchen vereinten sich. Zuallerletzt richtete sich das wuchtige Möbelstück wie von kräftigen Möbelpackern gelupft, wieder auf, um zurück auf seinen Ursprungsort zu rücken.

So ging es im ganzen Haus zu. Das Schattenreich spie mit Zerfall und Zerstörung um sich, die Waldvilla konterte, indem sie sich in Windeseile heilte und reparierte.

Dicke Wurzeln krochen Anakondas gleich über die Böden, kleinere Ranken kletterten über Wände und Decken; sie stellten sich den Verlorenen in den Weg, umschlangen ihre Leiber, um sie zu zerquetschen, sie spießten sie wie Speerspitzen auf. Die Luft war erfüllt von Millionen winzigster Goldkörnchen, die im wilden Durcheinander der Schlacht hektisch umherwirbelten.

Über ihnen zürnte der Himmel. Blitze schlugen immerfort ins Haus, setzten Teile in Brand, brachten Mauern zu Fall und verwandelten lebendiges Wurzelwerk in glühende Aschehäufchen.

Und sie steckten mittendrin. Ferdinand, Viktor, Darian und Phine kämpften sich mit Taschenlampen, Schürhaken, Gehstock und Baseballschläger den Weg in die Bibliothek frei. Es lägen bereits Wagenladungen von grässlichen Kadavern auf ihrem Weg, wenn sich die Schattenwesen nicht im Augenblick ihres Todes in goldene Wolken verwandeln würden. Hustend und würgend erkämpften sie sich Meter um Meter, während die Verlorenen in Scharen durch die Löcher im Gemäuer ins Haus drangen.

Sie wussten, wohin sie wollten und stellten sich ihnen mit Klauen und Reißzähnen in den Weg. Nicht einmal die verführerischen, goldenen Staubwolken ihrer verstorbenen Artgenossen konnten sie lange genug von ihrer Mission, die Gefährten aufzuhalten, ablenken.

Der Kampf entwickelte eine Eigendynamik, um die Phine dankbar war, denn so blieb ihr nichts anderes übrig, als zuzuschlagen, sobald sich ihr eine Gelegenheit bot. Zum Denken, geschweige denn Angsthaben, blieb keine Zeit. Phine brannte ihren Angreifern schmerzhafte Brandblasen ins Gesicht und rammte ihnen die scharfe Spitze eines Schürhakens ins schwarze Fleisch. Dabei rang sie abwechselnd nach Luft und brüllte zur Begleitung ihrer Angriffe.

„Nimm das!", rief Darian und katapultierte einen Verlorenen ins Jenseits, indem er ihm mit seinem Schläger den Schädel einschlug. Goldener Staub nahm ihnen die Sicht. Großvater verlor die Orientierung, stolperte über Trümmerteile und prallte gegen Viktor. Beide stürzten zu Boden. Phine eilte ihnen entgegen und zog beide zügig auf die Beine. In diesem Moment knackte und splitterte es laut über ihren Köpfen. Große Brocken der Decke stürzten in den Flur, verfehlten Phine und ihren Vater nur um Haaresbreite, streckten dafür ein Schattenwesen nieder. Dreckiger Staub mischte sich mit den strahlenden Körnchen der Gefallenen und machte es unmöglich, irgendetwas zu erkennen.

„Wo seid ihr?", brüllte Darian. Er stand in unmittelbarer Nähe, doch Phine konnte ihn nicht sehen.

„Hier!", rief sie und streckte einen Arm in seine Richtung. Das Licht ihrer Taschenlampe brach sich im Schein der goldenen Wolken und wurde gleichzeitig vom dichten Staub der Trümmer verschluckt.

Und dann kam der Schmerz.

Vor ihren Augen explodierte das Rot. Sie schrie.

Der Verlorene, der sich in ihren Arm verbissen hatte, riss sie von den Füßen und schleifte sie durch den Flur.

ELISA

Der erste aberwitzige Gedanke, der ihr durch den Kopf schoss, war, dass sich ihre Tochter und ihr Schwiegervater hatten volllaufen lassen. Sie fand beide tief schlafend und nebeneinander sitzend auf der Couch. Phines Kopf war auf ihres Großvaters Schulter gerutscht. Der Anblick der beiden war so unerwartet, dass sie sich keinen Reim darauf machen konnte. Ein rascher Blick durch das Zimmer ließ sie jedoch nirgends Spirituosen, geschweige denn Pillen oder Tabletten finden. Auf dem Couchtisch lag lediglich ein Sammelsurium diverser Unterlagen, Bücher und altertümlicher Pergamentrollen ausgebreitet.

Elisa beugte sich zu beiden herab und vernahm ihren gleichmäßigen und tiefen Atem. Sie fasste Phine am Arm und schüttelte sie sanft, doch nichts geschah.

Es erschien ihr eigenartig, dass beide zur selben Zeit eingeschlafen waren. Zudem hatten sie zuvor an irgendetwas gearbeitet, recherchiert oder wusste der Teufel, was sie mit dem ganzen Kram, der auf dem Tisch verstreut lag, angestellt hatten. Elisa beschloss, sich die Dinge ein wenig genauer anzusehen und nahm eine Zeichnung in die Hand, die ihr sofort ins Auge stach.

Irgendetwas in ihrer Brust verengte sich, als sie erkannte, was auf dem Papier abgebildet war. Sie legte die fürchterliche Skizze wieder zurück und durchforstete den Rest. Es waren handgeschriebene Aufzeichnungen über ... ein *Schattenreich* ... *Verlorene*? ... eine finstere Dimension ... den *Schattenmann*.

Elisas Herz klopfte laut. So laut, dass sie es in ihren Ohren hämmern hören konnte. Sie hatte von all diesen Dingen schon gehört. Dies alles waren jene Hirngespinste, die ihren Schwiegervater bereits seit Jahrzehnten fesselten und immer wieder zu Klinikaufenthalten zwangen.

Wieso zeigte er all diesen Wahnsinn ihrer Tochter?! Wieso zog er sie da hinein? War er etwa schon wieder labil? Hatte er vergessen, seine Medikamente einzunehmen? Hatte Phine nicht darauf achtgeben wollen? Verdammt nochmal!

Sie hatte doch gewusst, dass Phines Aufenthalt hier keine gute Idee sein konnte!

Elisa brauchte Antworten. Und zwar auf der Stelle.

Sie ging zu Phine herüber und weckte sie.

Als Phine zu Boden gerissen wurde, verlor sie Schürhaken, Taschenlampe und all ihren zusammengerafften Mut. Die Zähne des Schattenwesens hatten sich in ihren Unterarmknochen verhakt, zerrissen Haut, Muskeln und Sehnen. Der Schmerz war laut, rot und schrill. Tränen schossen ihr aus den Augen, laute Schreie dröhnten in ihren Ohren, die sie erst nach qualvollen Augenblicken als ihre eigenen erkannte. Sie konnte nichts dagegen tun, dass sie der Verlorene durch den Flur zog wie eine wehrlose Puppe, die mit ihren Gliedmaßen gegen Wände, Möbel und Trümmer prallte.

Ich werde sterben!, schoss es ihr laut und endgültig durch den Kopf. *Das hast du nun davon*, folgte noch ein bitterer und nicht besonders hilfreicher Gedanke. *Heldenzeugs ist einfach nicht dein Ding!*

Das nach Verwesung stinkende Untier hielt erst inne, als Phine gegen ein umgestürztes Bücherregal krachte. Der Verlorene versuchte sich von ihrem Arm zu befreien, indem er ihn schüttelte wie ein Pitbull sein Lieblingsspielzeug. Phine hatte das Gefühl, dass er ihr jeden Augenblick abgerissen würde, als ein Schrei — der diesmal nicht der ihre war — das Schattenwesen verschreckte. Im nächsten Augenblick endete das Zerren an ihrem Arm abrupt, der Verlorene löste sich in Goldstaub auf.

„Phine!“ Es war Vater, der sich über sie beugte und in seine Arme zog. Am Rande bekam Phine mit, wie sich auch Darian und Großvater um sie stellten, um mit ihren Taschenlampen die herannahenden Schattenwesen in Schach zu halten.

„Denk dran, Liebes!“, rief Ferdinand über den tobenden Sturm, das wimmernde Geheul der Verlorenen und Phines Schluchzen hinweg. „Der Schmerz ist nicht real! Das passiert nur in deinem Kopf!“

„Du schaffst das!“, versicherte Darian mit aufgerissenen

Augen und griff nach der Hand ihres unversehrten Armes.

Eine dicke Wurzel kroch an der Wand entlang. Neue Ästchen und Zweige sprossen in Windeseile aus ihrer hölzernen Haut und beeilten sich, eine Mauer zwischen dem Quartett und den Scharen von Verlorenen zu bilden. Darian hielt die keifenden Bestien mit seiner Taschenlampe auf Abstand, damit die Pflanze mehr Zeit hatte, ihr Werk zu tun.

Phine versuchte, tief und gleichmäßig zu atmen. Großvater hatte Recht. In dieser Welt hing ihr Arm vielleicht in fleischigen Fetzen herab, aber in der Realwelt war er vollkommen unversehrt. An diesen Gedanken klammerte sie sich, bevor Schwindel und Übelkeit sie zu übermannen drohten.

„Es funktio-“, wollte Phine soeben sagen, als plötzlich ein tiefer Sog ihren Körper erfasste.

Im nächsten Augenblick war sie verschwunden.

86. Eintrag

Liebes Tagebuch,
Ferdi und Viki sind draußen im Garten und spielen Fußball. Ich sitze in meinem Zimmer und sehe ihnen durchs Fenster zu. Es ist schön, dass sie die Zeit miteinander verbringen, das erfüllt mein Herz mit Freude. Morgen fährt Viki wieder zurück ins Internat. Ferdi wird sich dann wieder in seine Arbeit stürzen. Es wundert mich, dass er Viki so viel Zeit widmet. In den letzten Wochen arbeitet Ferdi wie ein Tier an seinen Recherchen. Ich weiß nicht so genau, was er eigentlich macht. Und das ist auch gut so, denke ich, denn er befasst sich mit düsteren Dingen. Und meine Gedanken sind, weiß Gott, schon schwarz genug.

Während ich so durchs Fenster starrte, auf die beiden Männer meines Lebens - ich kann es kaum glauben, aber Viki ist dieses Jahr bereits 15 geworden! -, wandern meine Gedanken zurück zu längst vergangenen Kindheitstagen. Wie so oft in letzter Zeit.

Auch damals starrte ich oft aus dem Fenster unserer kleinen Stadtwohnung. Raus auf die Straße, wo der Stadtverkehr seinen Lauf nahm, ganz ungeachtet des einsamen Mädchens, das sorgenvoll jedes heranfahrende Auto mit den Augen prüfte.

Meine Eltern ließen mich oft allein. Tagsüber machte mir das kaum etwas aus. Nach der Schule erledigte ich meine Hausaufgaben, machte mir eine Dosensuppe warm und setzte mich vor den Fernseher oder steckte meine Nase in ein Buch. Doch die Zeiger der Uhr wanderten unaufhaltsam im Kreis und die Welt draußen wurde irgendwann dunkel. Schon lange vorher schaltete ich alle Lampen im Zimmer an und stellte den Fernseher lauter, um die Dunkelheit und die Stille auszusper-

ren. In diesen Momenten verkroch ER sich immer, doch ich wusste, ER würde zurückkehren, sobald ich im Bett lag und sich die Nacht über uns warf. Was ich tagsüber gut ertragen konnte, wurde jedoch nach Sonnenuntergang unerträglich. Die Sorge, meine Eltern könnten nicht wiederkehren, wuchs mit jeder schleichenden Minute und wurde irgendwann zur Gewissheit, dass ihnen Schreckliches wiederfahren war. Damals kam es mir wie Stunden vor, die ich auf der Fensterbank verbrachte, um Ausschau nach ihnen zu halten.

Ich würde allein sein auf der Welt.

Von allen verlassen.

Doch welch Erleichterung erfasste mich, wenn ich die Scheinwerfer sah, die auf den Hof vor dem Haus einfuhren und ich die Umrisse unseres rostigen Wagens erkannte. Verschwunden waren all die obskuren Gedanken, die gewaltigen Türme aus Sorgen und Schreckensvisionen. Wie ein in sich gefallenes Kartenhaus. Schnell wischte ich jedes Mal meine Tränen beiseite und setzte eine fröhliche Miene auf.

87. Eintrag

Liebes Tagebuch,
Viki ist wieder auf dem Internat und Ferdi verkriecht sich im Arbeitszimmer. Frau Reichert zaubert derweil in der Küche, es duftet herrlich im ganzen Haus.

Heute ist etwas Eigenartiges geschehen.

Und das Eigenartige ist nicht, dass ich seit Wochen das erste Mal das Haus verlassen habe. Der Tag begann so sonnig und schön. Irgendetwas hat mich regelrecht hinausgezogen. Ich musste mir ein Lachen über Ferdis Überraschung verkneifen, als ich ihm mitteilte, dass ich in die Stadt fahren würde. Er fragte, ob er mich begleiten solle. Erst war ich versucht, seinem Angebot nachzukommen, doch eine innere Stimme sagte mir, dass ich alleine gehen sollte. Er akzeptierte das, wenn auch nur widerwillig, gab mir einen Kuss zum Abschied und versprach mir, dass wir später zusammen zu Mittag essen würden.

ER begleitete mich auf dem Weg in die Stadt. ER saß auf dem Beifahrersitz. In letzter Zeit ist es eigentlich wie früher. ER besucht mich jeden Tag. Leistet mir Gesellschaft.

Ich fuhr also in die Stadt, ohne so genau zu wissen, was ich dort wollte. Einer Touristin gleich schlenderte ich durch die Marktpassagen. Ich kaufte mir sogar ein Nusshörnchen und einen Cappuccino. Irgendetwas in mir begann sich zu lösen, doch war mir zu diesem Zeitpunkt noch nicht bewusst, was da geschah. Ziellos spazierte ich umher, erfreute mich an den warmen Sonnenstrahlen in meinem Gesicht, beobachtete das geschäftige Treiben. Eine friedvolle Stimmung schien über der Welt zu hängen. Das lullte mich ein.

Meine Beine trugen mich in die Altstadt. Ich hatte diesen Teil der Stadt schon immer gemocht. Die alten Fachwerkhäuser, die schmal und dicht an dicht standen wie Hühner auf einer Stange. Die engen Gassen und verwinkelten Wege. Die liebevoll dekorierten Fensterauslagen, die Blumenkästen an den kleinen Fenstern, die Türmchen und Erker. Mein Blick wanderte zufällig in eine kaum zwei Meter breite Gasse. Dort stand ER im Schatten eines offenstehenden Scheunentors. Ich folgte IHM und fand mich vor einem kleinen Fachmarkt für Handwerkerzubehör. Ich dachte mir nichts dabei, als ich eintrat. Ein Glöckchen kündigte meine Ankunft an und ich fühlte mich plötzlich wie in einem Film. Als wäre mein Geist meinem Körper entsprungen. Als Zuschauerin beobachtete ich die Frau im grauen Mantel, die zwischen hölzernen Regalen voller Werkzeug und Schrauben stand. Ich erschrak ein wenig darüber, wie dürr diese Frau geworden war. Ihre Kleidung hing schlaff an ihr herab, als wäre sie ihr zwei Nummern zu groß. Ihr einst so warmes blondes Haar hatte einen silbrigen, kalten Ton angenommen. Wann war dies mit mir geschehen? Wieso hatte ich das nicht schon vorher bemerkt?

Derweil schlenderte ich zwischen den Regalen und sah mir die dargebotenen Waren an, ohne den blassesten Schimmer zu haben, was ich hier drin überhaupt wollte. Meine Hände taugten nicht zum Reparieren, Basteln oder Dinge erschaffen. Jeder Nagel, den ich jemals in die Wand getrieben hatte, fristete sein Dasein als elendig krummes Exemplar.

Doch ich musste nicht lange suchen. ER wies mir den Weg. ER stand am Ende des Ganges und legte die unscharfen Umrisse seiner Hand in einen Weidenkorb, der zusammen mit ein paar anderen auf einem hüfthohen Tisch stand. Ich kam heran und musterte ihren Inhalt. Sie waren mit Glühbirnen und Schraubenpäckchen gefüllt. In dem von IHM ausgewählten Korb lag ein ordentlich zusammengerolltes Hanfseil.

Ich wollte soeben hinaufsehen, in SEINE Augen, fragend, was er mir damit sagen wollte, doch in diesem Moment schneite der Ladenbesitzer in den Verkaufsraum und mein Freund löste sich vor meinen Augen in Luft auf.

Ich verließ den Laden mit drei Metern Seil.

Eine Zufriedenheit erfasste mich auf den Schritten meiner Rückkehr, die ich kaum in der Lage bin zu beschreiben. Plötzlich hatte ich das Gefühl, als würde sich ein Vorhang lüften, der mir so lange Zeit die Sicht versperrt hatte. Die Dinge in meinem Kopf fügten sich gleich eines Puzzles. Die richtigen Teile fanden endlich zueinander. Dieses Gefühl war unbeschreiblich befriedigend.

88. Eintrag

Liebes Tagebuch,
ich hatte Angst, dass mich dieses berauschende Gefühl schnell wieder verlassen könnte, doch nein, es blieb. Ein stiller Frieden begleitet mich seither. Das ist schön.

Ich versteckte das Seil im Gartenschuppen hinter einer Kiste mit ausrangierten Blumentöpfen. Noch brauche ich es nicht.

Es gibt noch so viel zu erledigen! Ich hatte regelrecht vergessen, wie befriedigend es ist, ein Ziel vor Augen zu haben, Aufgaben, die erfüllt werden wollen.

Ferdi entging mein Tatendrang nicht. Erst entgegnete er ihm skeptisch, ja gar misstrauisch, doch mittlerweile sehe ich etwas anderes in seinen Augen. Ist es Hoffnung, die seinem Innern entwächst? Mein armer, geliebter Ferdi. Ich will ihm die Freude nicht nehmen. Seit er mein Aufleben bemerkte, lässt er die Arbeit Arbeit sein. Wir verbringen so viel Zeit gemeinsam wie schon lange nicht mehr. Wir gehen in Restaurants, machen kleine Ausflüge. Heute waren wir sogar im Kino. Ich genieße das. Und ihm werden das schöne Erinnerungen sein.

Liebes Tagebuch,
Weihnachten stand wie immer plötzlich vor der Tür.
Doch so schnell es gekommen war, so schnell war es wieder gegangen. Viki verbrachte seine Ferien bei uns zu
Hause. Morgen wird er abfahren, um die letzten Tage
bei seinem besten Freund zu verbringen, ehe die Schule
wieder beginnt. Ich staune immer wieder, wie groß er
inzwischen geworden ist. Er ist zu einem jungen Mann
herangewachsen und ich hab das verpasst.

Es gibt so viele Dinge, die ich bereue. Ich bereue nicht,
dass ich Viki das Licht der Welt geschenkt habe. Dieser
Junge ist etwas Besonderes, er ist intelligent, gutmütig
und trägt sein Herz am rechten Fleck. Er wird was
Gutes aus seinem Leben machen, das weiß ich. Ich
weiß auch, dass sich die Frau, die sich irgendwann an
seine Seite gesellen wird, sehr glücklich schätzen kann.
Mein Junge ist ein Gewinn. Auch wenn ich selbst nicht
allzu viel dazu beigetragen habe. Und das ist es, was ich
bereue. Ich war zwar immer da, körperlich, aber richtig
anwesend war ich selten. Zu sehr beschäftigt war ich mit
dem, was in meinem Kopf wütete und bis heute tobt. Es
waren die Kindermädchen und später Frau Reichert,
die gute Seele, die ihm bei den Hausaufgaben halfen,
mit ihm eine Partie Schach spielten oder ihm des Nachts
trösteten, wenn ihn wieder einmal ein Albtraum plagte.
Das ist das, was ich am meisten bereue.

Ich erkenne nun den größten all meiner Fehler: Ich
habe Menschen an mich gebunden und niemals die
Kraft besessen, mich um jene so zu kümmern, wie sie es
verdient hätten. Verzeiht mir.

90. Eintrag

Liebes Tagebuch,
der Tag rückt näher. Ich kann es spüren. Erst dachte
ich, es würde mich nervös machen. Mich in Angst und
Schrecken versetzen. Aber das Gegenteil ist der Fall. Ich
fühle mich so ruhig und gelassen wie kaum jemals in
meinem Leben. Ich habe keine Angst. Ich mache mir
keine Sorgen mehr. Wieso denn auch? Alles wird besser.
Außerdem ist ER bei mir. ER lässt mich kaum noch al-
lein. Ich spüre, dass ich IHM so nah bin wie nie zuvor.
Das tröstet mich. Ich weiß, dass ich die richtige Ent-
scheidung gefällt habe.

Die Welt hat jegliche Farben verloren und das liegt
nicht nur an den grauen Wintertagen. Eine eigenartige
Stille ist eingekehrt. Sie ist friedlich.

KAPITEL

Josephine

Phine riss die Augen auf. Angst und Orientierungslosig-keit ließen sie reflexartig auf die Beine springen, doch ihre laut protestierende Hüfte zwang sie zurück aufs Sofa.

„Schatz! Beruhige dich, alles ist gut! Du hast geschlafen", erklärte Elisa, die sich plötzlich in ihr Sichtfeld drängte und Phine sanft an den Händen fasste. Mama?! Was machte *sie* denn hier?

Phine musste erst realisieren, dass sie sich nicht länger im Schattenreich befand. Ein Blick auf das intakte Behandlungs-zimmer ihres Großvaters und jenen selbst, der neben ihr auf der Couch schlummerte — und natürlich die Anwesenheit ihrer Mutter — bestätigten ihr, dass sie zurückgesprungen war.

Panik entbrannte augenblicklich in ihrem Herzen und breitete sich wie ein nicht aufzuhaltendes Lauffeuer aus.

Nein! Nein! NEIN! Sie musste zurück! Sofort! Eine Minute hier konnten drei Stunden im Schattenreich bedeu-ten!

„Schatz, erklär mir bitte, was ihr hier macht", verlangte Elisa und zeigte auf die wild durcheinander geratenen Bücher und Dokumente auf dem Couchtisch. „Und warum zum Teu-fel wacht Ferdinand nicht auf?"

Phine durchlief es eiskalt, als sie endlich begriff, was gera-de geschehen war. „Du hast mich geweckt?!"

Elisa nickte. „Ja, wir waren doch verabredet, aber keiner hat mir aufgemacht, also bin ich durch den Wintergarten ..."

Die Panik ließ sie jegliche Vernunft vergessen. „Was hast du getan!", schrie sie laut und schlug die Hände ihrer Mutter weg. „Das hättest du nicht tun sollen! Wer weiß, wieviel Zeit jetzt vergangen ist!"

Elisa trat zwei Schritte zurück und starrte ihre Tochter entgeistert an. „Josephine, was redest du da?"

Phine kniff die Augen zusammen und versuchte zu springen, doch es gelang ihr nicht. Sie war zu aufgeregt, geradezu hysterisch.

„Scheiße noch mal!" Sie schlug vor Wut auf das Sofapolster ein.

„Phine! Was zum Teufel ist hier los? Du machst mir Angst!"

Phine kämpfte mit Tränen der Verzweiflung. „Bitte, Mama, geh! Du musst jetzt gehen! Ich muss mich konzentrieren, ich muss zurück! Ich verspreche dir, ich erklär dir später alles. Aber jetzt musst du wirklich gehen!"

Nicht in tausend Welten würde Elisa tun, was Phine von ihr verlangte. Sie hielt ihre Tochter für verrückt. Komplett übergeschnappt.

Natürlich. Jeder Mensch auf dem Planeten würde sie in dieser Situation für verrückt halten. Für Elisa schwafelte sie aus dem Zusammenhang gerissenen Schwachsinn. Aber für Erklärungen blieb ihnen einfach keine Zeit! Was, wenn sie auf der anderen Seite bereits alle tot waren?! Dieser Gedanke machte Phine tatsächlich verrückt.

Elisa fischte ihr Handy aus der Tasche ihres Mantels und begann darauf herumzutippen.

„Was tust du da?" Eine neue Angst legte sich wie eine dünne Schnur um ihren Hals.

„Alles wird wieder gut, mein Schatz", versicherte Elisa mit einem Ton, den man verwendete, um kleine Kinder zu trösten. Sie legte das Handy ans Ohr.

„Wen rufst du an?!"

„Den Notarzt", antwortete Elisa. „Du hast eindeutig irgendwelche Drogen eingenommen oder deine Medikamente durcheinandergebracht ..."

„Mama, nein!"

„Du redest nur wirres Zeug, Schatz, ..."

„Bitte leg auf, dann erklär ich es dir! LEG AUF!"

Irgendetwas in Phines Stimme oder vielleicht auch der Ausdruck in ihrem Gesicht schien überzeugend genug, dass Elisa tatsächlich das Handy vom Ohr nahm und auflegte, ehe sich die Notrufzentrale meldete. Elisa sah zwar alles andere als überzeugt aus, behielt das Handy in der Hand, doch schenkte sie ihrer Tochter ihre vollste Aufmerksamkeit - auch wenn ihr Gesicht Bände sprach. *Ganz egal, was du mir jetzt auftischst, mein liebes Kind, du landest so oder so in der Klapse.*

Phine atmete dennoch erleichtert auf. Um sich etwas Plausibles — beziehungsweise weniger Verrücktes als die vollkommen verrückte Wahrheit — auszudenken, war keine Zeit, also entschied sie sich dafür, die Katze aus dem Sack zu lassen: „Hör mir bitte zu — und ja, ich weiß, wie abgefahren das klingt! —, aber es geht um Leben und Tod! Opa und ich haben Papa gefunden, er steckt fest in einer Art ... düsterer Version unserer Welt: im Schattenreich. Auch ich war dort gefangen, als ich im Koma lag. Aber ich bin zurückgesprungen! Auch Opa kann springen. Er ist in diesem Augenblick dort und kämpft mit Papa und Darian gegen die Schattenwesen, die der Schattenmann geschickt hat, um uns aufzuhalten-"

„Phine ..."

Phine redete einfach weiter. „Du musst mir vertrauen, Mama! Wir können Papa dort herausholen! Er wird endlich aufwachen! Aber dazu musst du ..."

Elisa schüttelte den Kopf. Jegliche Farbe war ihrem Gesicht entwichen.

„Du musst mich zurückspringen lassen, Mama", flehte Phine. „Bitte! Alles wird einen Sinn ergeben, das verspreche ich dir! Wir werden den Schattenmann töten und dann-"

„ES REICHT!“, schrie Elisa außer sich. Phine verstummte. Verzweiflung brach über sie herein. Mutter glaubte ihr nicht. Natürlich glaubte sie ihr nicht.

Erneut griff Elisa zum Telefon. „Alles wird wieder gut, mein Schatz“, versprach sie mit heiserer Stimme.

„Mama, bitte nicht!“

„Es tut mir leid, Josephine, aber das ist wirklich das Beste, was ich für dich tun kann.“

Phine konnte es läuten hören.

„Mama, bitte! BITTE!“

Elisa wollte etwas erwidern, doch in diesem Moment - sie hatten es beide nicht kommen sehen - sprang plötzlich Ferdinand auf die Beine. Sein Gehstock sauste durch die Luft - Phine konnte so deutlich die Schwingung wahrnehmen, als existiere das Geräusch ausschließlich in ihrem Kopf - und schlug Elisa das Handy aus der Hand. Es flog im hohen Bogen durch das Zimmer und landete in einer Ecke.

„Was hast du getan?!“

„Es tut mir leid, Schwiegertochter, aber ich hatte keine andere Wahl“, antwortete Großvater und griff nach dem Handy. Das Display war zersplittert. Er steckte es ein. Elisa war derart geschockt, dass sie sich nicht von der Stelle rührte.

„Und jetzt? Ziehst du als nächstes mir eine über? *Noch einmal*?!“ Ihre Stimme zitterte vor Zorn — und Enttäuschung. „Was verdammt noch mal ist hier eigentlich los?“

„Ich wünschte, ich könnte es dir erklären, Elisa, aber ich fürchte, du musst mir einfach vertrauen.“ Dann wandte er sich an Phine. „Steh auf, Liebes. Wir müssen zurück. Sofort.“

Phine stand auf, doch Elisa stellte sich vor sie — gleich einer Löwin, die ihr Junges beschützen wollte.

Phine legte ihr behutsam eine Hand auf den Arm. „Mama, bitte.“

Ihre Mutter wagte es nicht, Ferdinand aus den Augen zu lassen. „Du sagst mir jetzt, was hier los ist!“

„Phine und ich werden in die Bibliothek gehen und zu Ende führen, was wir begonnen haben. Du wirst hier warten. Ich werde die Tür abschließen, damit du uns nicht folgst“, erklärte er so sachlich wie besonnen.

Elisa lachte auf, doch ihr Lachen erstarb rasch, als sie erkannte, dass Ferdinand nicht scherzte.

„Jetzt hast du vollkommen den Verstand verloren“, flüsterte sie entgeistert.

Großvater nahm einen tiefen Atemzug. „Ich fürchte, ich war noch nie so klar.“ Er deutete auf den Couchtisch. „Siehst du die schwarze Kladde dort? Nutze die Zeit, die Phine und ich brauchen werden und lies. Dann verstehst du vielleicht einen Teil der Geschichte.“

„Einen Teufel werde ich tun!“

„Mama, bitte, du-“

„Ich verspreche dir eines, Schwiegertochter“, unterbrach Großvater mit einem Ton, der keinen Widerspruch erlaubte. „Wenn du uns gewähren lässt, dann schwöre ich dir, dass du mich danach los bist. Ich werde euch keinen Ärger mehr machen. Darauf hast du mein Wort.“

Phine wollte laut protestieren, doch Ferdinand strafte sie mit einem Blick, der sie sofort verstummen ließ. Stattdessen wandte sich Phine an ihre Mutter, welche ihr endlich Aufmerksamkeit schenkte. „Wenn du nicht ihm vertraust, dann vertraue wenigstens mir. Ich bitte dich, Mama. Danach werde ich dir alles erklären.“

Es fühlte sich an wie eine Ewigkeit, in der Elisa ihrer Tochter in die Augen sah. Nichts an ihrer Mutter verriet, was in diesem Moment in ihr vorging. Doch als diese schließlich kurz die Augen schloss und stumm nickte, schluckte Phine den gewaltigen Kloß in ihrem Hals herunter. Auf Großvaters Wink hin verließen beide das Zimmer. Mit einem letzten Blick auf ihre Mutter schloss Phine von außen die Tür. Großvater verriegelte sie. Sie konnte kaum glauben, dass dies passierte.

„Was wird sie in der schwarzen Kladde finden?“, wollte sie wissen, während sie gemeinsam die knarrenden Treppenstufen hinab humpelten. Ferdinand antwortete nicht sofort. Erst als sie über die Schwelle zur Bibliothek traten.

„Lindas Tagebuch.“

Viktor

Vik sackte in sich zusammen, als seine Tochter, die eben erst noch blutend und keuchend in seinen Armen gelegen hatte, plötzlich verschwand. Sein Verstand konnte das Geschehene so schnell gar nicht verarbeiten, da schrie Ferdinand wütend auf. Die Augen seines Vaters weiteten sich, als ihm plötzlich etwas einzufallen schien. „Bei den Göttern! Sie hatte ihren Besuch angekündigt!“ Ehe irgendjemand fragen konnte, was er damit meinte, erstrahlte auch Ferdinand in Form ungezählter goldener Staubkörnchen, um sich einen Atemzug darauf in Nichts aufzulösen.

Vik und Darian sahen sich fassungslos an.

„Scheiße, was machen wir jetzt?“

Vik bekam keine Gelegenheit, darauf zu antworten.

Das schützende Geflecht aus Weinreben und Efeuranken, das sie vor den Angriffen der Verlorenen wie eine Art hölzerner Kokon geschützt hatte, zerbarst laut splitternd. Instinktartig hoben Vik und Darian ihre Taschenlampen. Es waren so viele Verlorene, die sich da in den Eingeweiden der Waldvilla tummelten, dass die Unglückseligen, die das Pech hatten, an vorderster Front zu stehen, keine Chance hatten, den tödlichen Lichtstrahlen auszuweichen. Ihre Schreie der Qual waren so ohrenbetäubend, dass sie Viks Ohren zum Bluten brachten.

Sie steckten in der Klemme. Eingepfercht in eine Wandnische im Flur zwischen Wohnzimmer und Bibliothek. Ihrem Ziel zum Greifen nah.

„Wir werden sowas von verrecken!", schrie Darian über die Schreie der sterbenden Schattenwesen hinweg.

Während sie hustend und verzweifelt versuchten, sich die Verlorenen vom Leib zu halten, begann Viks Taschenlampe zu flackern.

QUENDOLINE

Es gab kaum etwas Schlimmeres, als in dem Wissen auszuharren, dass die eigenen Freunde einer tödlichen Gefahr ausgeliefert waren. Nicht zu wissen, ob sie denn jemals wiederkehrten. Wenn sie das nicht taten, dann war ihr Leben ohnehin verwirkt.

So oder so. Für Quendoline war es vorbei.

Sie wusste, dass sie alt und nutzlos war. Wusste, dass sie dem guten alten Viktor und dem gutherzigen Darian schon viel zu lange zur Last gefallen war. Dass sie überhaupt noch atmete, hatte sie ausschließlich den beiden Burschen zu verdanken.

Quendoline Merz hatte ihr Leben gelebt. Zum Guten wie zum Schlechten. Sie hatte Menschen kennengelernt, die es wert gewesen waren, ihre Lebenszeit mit ihnen zu teilen. Menschen, die ihr Leben bereichert und lebenswert gemacht hatten. Auch in den dunkelsten aller Zeiten.

Jetzt war es an der Zeit, etwas zurückzugeben.

Sie würde die beiden niemals vergessen.

VIKTOR

Ein letztes sterbendes Flackern und die Taschenlampe erlosch. Vik zögerte nicht und schlug sie dem nächsten Schattenwesen gegen den Schädel — da füllte eine schrille Stimme die kurze Atempause des Sturms über ihren Köpfen.

„Her mit euch vermaledeiten Missgeburten!"

Viks Herz machte einen schmerzhaften Sprung, als er die Stimme erkannte.

„Scheiße, was macht sie nur?! Ist sie denn vollkommen übergeschnappt?", kam es von Darian.

Vik war zu perplex, um irgendetwas zu sagen, denn zwischen den pechschwarzen Leibern der Verlorenen, die den langen Flur blockierten, konnte er einen Blick auf Quendoline erhaschen, die in der Tür zur Eingangshalle stand. Gleich einer Gottesanbeterin breitete sie die Arme aus und rang, über den tosenden Wind hinweg, um die Aufmerksamkeit der Schattenwesen.

Er täuschte sich nicht, als er an beiden ihrer Handgelenke Blut erkannte, das in dicken Rinnsalen ihre Arme hinabfloss und die Ärmel ihres Bademantels tiefrot färbte.

Es dauerte nicht lange, bis Quendo bekam, worauf sie abgezielt hatte. Denn der Angriff der Verlorenen brach just in jenem Moment ab, als sie das verführerische Lebenselixier witterten. Vik schloss die Augen und trauerte bereits um seine Gefährtin, als sich die Verlorenen alle gleichwohl beeilten, umzudrehen.

Sie konnten nicht widerstehen.

Die Meute stürzte sich — alles um sich herum vergessend — auf ihr neues Ziel, während Darian sich vollkommen nutzlos die Seele aus dem Leib schrie.

Vik zwang sich dazu, die Nerven nicht zu verlieren und die Augen aufzureißen. Wenn sie jetzt nicht die Gelegenheit nutzten, dann war Quendolines Opfer ohne jeden Sinn. Er packte Darian am Arm und schleifte den verzweifelten Burschen mit sich. Der Weg stand nun frei und es dauerte keine fünf Sekunden und sie erreichten die Flügeltür der Bibliothek. In dem Augenblick, als die Tür hinter ihnen ins Schloss fiel, kletterten bereits Ranken über das Holz und verriegelten den Zugang.

Schweratmend sahen sich Vik und Darian an und teilten einen Augenblick der Trauer, bevor ein nicht zu missachtender Umstand nach ihrer Aufmerksamkeit verlangte.

In der Bibliothek herrschte die Eiseskälte eines Gefrierschranks. Ihr Atem ging als Wolke in die Luft. Eisblumen hatten die Fensterscheiben erobert und trotz der flackernden Lampen an der Decke und an den Wänden herrschte eine finstere Dunkelheit. Eine Dunkelheit, die sich alsbald in ihre Herzen schlich und jedes noch so kleine positive Gefühl auszulöschen drohte.

Vik fühlte sich fürchterlich.

Der Wunsch, Quendo in den Freitod zu folgen, war plötzlich so laut, dass er sich tatsächlich fieberhaft ausmalte, wie er es am besten anstellte.

Alles erschien ihm sinnlos. Das Leben war eine grausame Aneinanderreihung niemals enden wollenden Leids.

Er sah zu Darian herüber und konnte im Gesicht des jungen Mannes erkennen, dass ihn ähnliche Gedanken beherrschten. Vik wollte einen Arm nach seinem Freund ausstrecken, um sich an ihm festzuhalten, denn plötzlich schien es ihm, als verließe jegliche Kraft seine Muskulatur. Er klappte zusammen wie ein überladener Wäscheständer. Nur wenige Sekunden darauf ereilte auch Darian dasselbe Schicksal. Vik konnte es nicht sehen, denn sein Kopf lag seinem Freund nicht zugewandt, doch er hörte, wie der Körper des Burschen neben ihm polternd zu Boden ging.

War es schon immer so still gewesen? Kein Ton aus der Welt außerhalb der Bibliothek drang in seine Ohren. Kein tobendes Gewitter, kein heulender Wind, kein Poltern einstürzender Mauern und Decken, kein Wimmern und Wehklagen der Verlorenen.

Das einzige Geräusch hier drin war das rhythmische Pochen seines Herzens. *Bummbumm ... bummbumm ...*

Im Augenwinkel nahm er eine Bewegung wahr. Es kostete Vik sämtliche Willenskraft und seine letzten Kraftreserven, seinen Kopf ein Stückchen zur Seite zu neigen. Seine Augen erfassten den Kamin. Über dem Kaminsims hing das Portrait seiner Mutter. Er erinnerte sich gut daran. Es war ein schönes Portrait von meisterhaftem Handwerk, das die Seele und Anmut dieser zarten Frau auf perfekte Art und Weise einfing. Und doch hatte Vik es stets vermieden, es anzusehen, wenn er die Bibliothek betreten hatte. Der Anblick war zu schmerzhaft. Selbst nach Jahren.

Jedoch hing da nicht länger das Portrait seiner Mutter.

Linda Koenigs war verschwunden.

Stattdessen sah Vik in das Antlitz des Schattenmannes.

Sah in die glühenden roten Kohlen, die eindringlich in Viktors Seele stierten und das finsterste Dunkel erkannten, das sich in den tiefsten Kerkern eines jeden Menschen verbarg.

Dann entstieg der Schattenmann seinem Portrait.

Josephine

Sie rechnete mit allem. Dass die Waldvilla in Trümmern lag, dass die Schattenwesen jegliche Mauern eingerissen und bis zur Unkenntlichkeit verwüstet hatten. Dass der Sturm die wütenden Ausmaße eines Orkans angenommen hatte. Doch war sie nicht auf die Szene eingestellt, die sich ihr offenbarte, als sie auf dem Sessel vor dem Kamin in der Bibliothek die Augen öffnete.

Es herrschte eine bitterkalte Finsternis. Sie kroch durch die kleinste Lücke ihrer Kleidung hinein in ihren Körper, um sich in ihren Knochen und Eingeweiden einzunisten. Jegliche

Farbe war ausgetilgt. Glück, Freude, Hoffnung oder Zuversicht schienen an diesem Ort niemals existiert zu haben. Der Geruch nach Tod, Verzweiflung und der Endlichkeit allen Seins lag in der Luft.

Die Quelle all der Verdorbenheit befand sich im selben Raum. Denn da war er. Der Schattenmann.

Vater und Darian lagen regungslos auf dem Teppichboden. Im ersten schrecklichen Moment dachte Phine, beide seien tot, doch dann erkannte sie, dass sie sich auf minimalste Art bewegten. Offenen Augen, die durch den Raum starrten, ein Brustkorb, der sich schwer hob, als wäre jeder Atemzug eine kaum zu ertragende Qual.

Der Schattenmann hatte sich über Viktor gebeugt. Seine konturlosen Arme hatten sich einer zärtlichen Umarmung gleich um dessen Oberkörper geschlungen.

„NEIN!"

Phine zuckte fürchterlich zusammen, denn der laute Schrei bekam in der Stille die Wucht und Dringlichkeit einer Detonation.

Ferdinand war neben ihr aufgetaucht. Im Gegensatz zu Phine, die nach wie vor im Sessel saß, und sich jeglicher Kraft beraubt fühlte, stand er bereits aufrecht und näherte sich mit bedachten Schritten der grauenerregenden Szene auf dem Teppichboden.

„Linda." Seine Stimme war nun sanfter, als redete er auf ein nervöses Pferd ein, das im Begriff war, durchzugehen. „Ich weiß, dass du es bist."

Da der Schattenmann gesichtslos war, lediglich diese glühenden roten Augen als markanteste Stelle besaß, war es nicht eindeutig zu sagen, doch hatte Phine den Eindruck, dass das Wesen der Dunkelheit seine Aufmerksamkeit, die eben noch ihrem Vater gegolten hatte, nun Ferdinand schenkte.

„Ich bin es", fuhr Großvater fort. „Ferdi. Erkennst du mich nicht?"

Er kam noch einen letzten Schritt näher, dann kniete er nieder und legte seinen Gehstock zur Seite. Auch Großvater schienen die Kräfte zu verlassen. Doch er wehrte sich dagegen. Phine konnte sich nicht vorstellen, wie er das anstellte. Nur den kleinen Finger zu rühren, erschien ihr als die größte aller Anstrengungen.

„Ich habe dich so vermisst, Linda. Eine Weile lang wollte ich dir folgen. Das Leben war mir nichts mehr wert. Nur für unseren Sohn hielt ich noch durch. Auch wenn ich ihm keine besonders wertvolle Stütze war ... ich hab versagt, Linda. Ich hab so fürchterlich versagt. Als Vater ... aber auch als Ehemann. Ich hatte dich nicht retten können ...", offenbarte Großvater mit erstickter Stimme. Phine konnte ihn weinen hören, sah, wie seine Schultern bebten, wie sein Körper sich im Angesicht der Kraftlosigkeit krümmte. „Was hab ich nur getan, Linda, meine Teuerste? Anstatt dich zu retten, hab ich dich noch weiter in seine Arme getrieben ... und jetzt? Sieh dich an! Du ... du bist zu dem geworden, vor dem du dich dein Leben lang gefürchtet hast! Und das ist meine Schuld, Linda! Das ist allein meine Schuld!"

Phine konnte Ferdinands Gesicht nicht sehen, dafür hatte sie den Schattenmann deutlich im Blick. Was mit ihm geschah, ließ Phine für einen ausgedehnten Moment das Atmen vergessen.

Die Veränderung vollzog sich derart schleichend, dass sie im ersten Moment wie eine optische Täuschung wirkte. Doch mit jeder verstrichenen Sekunde wurde offensichtlich, dass sich die Erscheinung des Schattenmannes wandelte. Seine diffusen Konturen nahmen deutlichere Formen an. Das tiefe Schwarz, das seinen Körper umhüllte, lichtete sich. Phine konnte nun Kleidung erkennen. Ein schlichtes graues Kleid, blass und farblos. Es schmiegte sich an den spindeldürren Körper einer Frau, so grotesk dünn wie der sprichwörtliche Strich in der Landschaft. Verschwunden war auch das düstere

Antlitz des Schattenmannes mit den glühenden Augen. Stattdessen war da das einst bildhübsche und nun ausgemergelte Gesicht, das Phine von dem Portrait überm Kamin kannte. Schulterlanges blondes Haar, das in schmutzigen Strähnen schlaff und fettig herabhing, umrahmte es. Da war noch ein Funken jener alten Anmut zu erahnen, doch von abgrundtiefster Traurigkeit gezeichnet.

Linda Koenigs kauerte auf dem Teppichboden und hielt ihren reglosen Sohn in Armen. Mit einer Hand streichelte sie sanft die losen grauen Haarsträhnen aus dessen Gesicht, während die andere auf seiner Brust ruhte, so als wache sie über das langsame Pochen seines Herzens.

Die Schwermut in ihren Augen schmerzte. Er berührte Phine im Zentrum ihrer Seele. Ein Schmerz, der einen zerriss. Ein Schmerz, der scheinbar niemals verging. Ein Schmerz, der lähmte und alles Lebendige zum Stillstand zwang.

Auf diese Weise war das Schattenreich zu dem gemacht worden, was es war. Zu jenem Friedhof der Hoffnungslosigkeit und Verzweiflung. Zu jenem Hort der Trostlosigkeit und des Zerfalls. Das begriff Phine just in diesem Moment.

Das Schattenreich war die Inkarnation der Seele des Schattenmannes.

„Es ist niemals deine Schuld gewesen", sprach das Wesen, das der Schattenmann und zur selben Zeit Linda war. Ihre Stimme war sanft. Eine Stimme, die einst einem Lebewesen eigen gewesen war, das Liebe, Hoffnung und Freude empfunden hatte. Linda hatte sich Großvater zugewandt, ehe sie fortfuhr: „Das, was in mir zerbrochen war, konnte nicht mehr zusammengefügt werden. Nicht von dir und nicht sonst von irgendeiner Seele dieser Welt. Du warst machtlos. Ebenso wie ich."

Ferdinand schüttelte den Kopf. „Wir hatten diesen Punkt doch überwunden, Linda. Dir ging es besser! Ich versteh nicht, wieso ..."

Linda lächelte — auch wenn es das traurigste Lächeln war, das Phine jemals in ihrem Leben gesehen hatte -, und sagte: „Erinnerst du dich, wie du einst zu mir sagtest, dass eine geklebte Vase, nach wie vor, eine zerbrochene Vase sei? Sie mag zwar für die Dauer eines flüchtigen Blicks durchaus intakt erscheinen, doch der genauere Blick offenbart die traurige Wahrheit hinter der Illusion ...“

Darauf wusste Großvater nichts zu erwidern.

Ein schweres Schweigen legte sich über die Bibliothek.

Phine fühlte sich, als lägen tonnenschwere Steine auf ihrem Körper. Noch schwerere auf ihrer Seele. Sie hatte nicht den Eindruck, dass dieses Gefühl jemals wieder verschwinden könnte.

„Was willst du?“, beendete Großvater das Schweigen.

Seine Frau — wenn es denn wirklich noch seine Frau war ... vielleicht noch zu einem kleinen Teil — lächelte erneut und sah ihn lange Zeit an. Dann antwortete sie: „Ich will, dass das alles ein Ende hat.“

„Dann mach ein Ende.“ Großvaters Stimme war so schwach, dass Phine ihn kaum noch verstehen konnte.

„Ich weiß nicht wie ...“, erwiderte Linda verzweifelt. „Ich weiß nicht wie, mein Liebster ...“

„Doch, du weißt es ... lass los. Lass einfach los.“

Sie sah ihn entgeistert an. „Das kann ich nicht!“

Ferdinand sog hörbar die Luft in seine Lungen. Phine konnte förmlich spüren, wie er seine letzten Kräfte mobilisierte.

„Deine größte Angst war immer das Alleinsein, Linda. In deinem letzten Leben, wie auch in diesem. Erinnerst du dich? Für dich gab es kein schlimmeres Gefühl als das der Einsamkeit. Vielleicht bist du deshalb zum Schattenmann geworden. Er sammelt Seelen, um sein stilles Reich zu bevölkern, sammelt Seelen, um nicht allein sein zu müssen. Und doch ist er es immerzu. Er ist zur Einsamkeit verdammt. Die fleischgewordene Verlorenheit.

Doch du kannst das alles beenden. Du musst nur loslassen. Und alle gehen lassen, die du in deiner Welt gefangen hältst. Lass sie los, Linda. Lass sie los. Ich weiß, dass du dazu imstande bist."

„Du weißt nicht, was du von mir verlangst ..."

Ferdinand streckte eine Hand nach seiner Frau aus. Langsam und kraftlos, doch er streckte sie aus. „Du wärst nicht allein."

Linda sah ihn an und in ihren menschlichen glasigen Augen blitzte etwas auf — nur kurz und vielleicht hatte sich Phine das eingebildet, aber vielleicht auch nicht —, es könnte der Hauch eines Hoffnungsschimmers gewesen sein.

„Ich komme mit dir", sprach es Großvater aus. „Ich *will* mit dir kommen. Lass uns zusammen loslassen."

Phines Herz brach bei diesen Worten, auch wenn sie bereits gewusst hatte, was ihr Großvater vorgehabt hatte.

Heiße Tränen wärmten die eiskalte Haut ihrer Wangen.

...

Sie wollte ihm sagen, dass es bestimmt noch einen anderen Ausweg gab, doch sie hatte keine Kraft, ihre Lippen zu öffnen. Stumme Tränen waren die einzige Form ihres Protests.

„*Komm zu mir*", flüsterte Ferdinand.

Phine wusste nicht, ob er mit Absicht jene Worte verwendete, die auch der Schattenmann seinen auserwählten Opfern ins Ohr hauchte, oder ob er sie rein zufällig gewählt hatte. Doch wie auch immer — Linda reagierte auf sie.

Ein letztes Mal wandte sie sich ihrem Sohn zu und drückte diesem liebevoll einen Kuss auf die Stirn. Sie legte seinen reglosen Körper behutsam auf dem Teppich ab und strich ihm ein letztes Mal das Haar aus dem Gesicht. Dann hob sie den Blick und sah in Phines Richtung, direkt in ihre Augen. Phine erschrak darüber, denn darauf war sie nicht vorbereitet gewesen.

In diesem Moment durchfuhr ihren Körper jenes Zucken, das sie in der Schattenwelt bereits zwei Mal erlebt hatte. Ihr Leib erstarrte, ihre Augen verdrehten sich nach innen. Schwärze überflutete ihren Verstand.

Der Nebel lichtete sich, um Phine in eine sehr bildhafte Szene zu katapultieren. Sie spürte gleich, dass diese Vision anders war, als jene zuvor. Der Nebel verzog sich vollständig. Sie fand sich auf einem staubigen Dachstuhl wieder. Zwielicht fiel durch ein kleines Fenster, ließ die Umrisse ausrangierter Möbel und Kisten erkennen. Lauter Dinge, die niemand mehr haben wollte.

Ein leises Geräusch drang an ihre Ohren. Ein rhythmisches, dumpfes Knarzen. Doch Phine vergaß es schnell, als sie plötzliche Schritte vernahm, die die Stufen zum Speicher hinaufkamen. Ihr erster Impuls, sich zu verstecken, verrauchte tatenlos, da sie sich nicht rühren konnte.

Phine staunte, als ein junger Mann ins Zwielicht trat. Kein Mann, eigentlich noch ein Kind. Sein Gesicht erstrahlte im fahlen Licht, in dem der Staub aufgebracht tanzte. Es kam ihr schrecklich vertraut vor.

Ihr Herz setzte einen Schlag aus, als sie es erkannte.

Papa! Ein Junge an der Schwelle zum Erwachsenwerden.

Sein Gesicht erbleichte im Angesicht der unerwarteten Erscheinung auf dem Speicher. Phine wollte den Mund öffnen, die Hand nach ihm ausstrecken, ihn beruhigen, trösten. Dann fiel ihr auf, dass sein Blick nicht ihr galt, sondern etwas unmittelbar links von ihr.

Jenes rhythmische, knarzende Geräusch drängte sich erneut in ihr Bewusstsein. Ganz langsam drehte Phine den Kopf zur Seite. Was sie erblickte, versetzte sie regelrecht in Schock. Sie erkannte, wo das seltsame Geräusch seinen Ursprung hatte.

Ein gespanntes Seil baumelte von einem Dachbalken herunter und ächzte unter seiner Last. Das Genick der Frau in der Schlinge war gebrochen, ihr Kopf grotesk zur Seite geneigt. Erstarrt vor Angst, erkannte Phine auch dieses Gesicht.

Großmutter Linda.

Mit einem Mal wurde ihr alles klar. Es war immer Großmutter Linda gewesen. In den Visionen zuvor. Der Schattenmann hatte versucht, mit ihr zu kommunizieren. Er hatte Phine sein Leid dargeboten, hatte mit ihr seine schmerzlichsten Momente geteilt.

Phine schloss die Augen.

Und öffnete sie in der Bibliothek.

Linda sah sie an und lächelte. Es war das Lächeln einer Frau, die einst bodenlose Liebe empfunden hatte. Eine Frau, die sich an die warmen Tage geteilter Freude erinnerte.

Linda schenkte ihrer Enkelin das herzliche Lächeln einer Großmutter, die Phine niemals kennen gelernt hatte. Doch nun wusste sie, dass sie dieses Lächeln für den Rest ihres Lebens vermissen würde. Linda nickte ihr zu und es fühlte sich nach Abschied an.

Das Wesen erhob sich, überbrückte die kurze Distanz zwischen sich und Ferdinand und kniete sich zu ihm nieder. Linda umfasste Großvaters ausgestreckte Hand.

Phine kniff die Augen zusammen und ließ den Tränen freien Lauf. Sie wollte nicht sehen, wie die beiden für immer verschwanden. Wollte nicht sehen, wie sie den wichtigsten Menschen, seit dem Verlust ihres Vaters, nun auch noch verlor.

Doch als sie spürte, wie sich die Welt um sie herum veränderte, da konnte Phine nicht anders, als die Augen wieder zu öffnen.

Die Schatten zogen sich zurück. Die Kälte wich mit ihnen, ebenso der Geruch nach Tod und Verderben. Die Eisblumen an den Fensterscheiben schmolzen und durch das Glas brach eine Sonne, so golden und frisch wie ein Frühlingstag nach einem langen und kalten Winter. Mit der Sonne kamen die Farben. Die Bibliothek erstrahlte einer Oase gleich und füllte ihre gebrochnenen Herzen mit Kraft.

Endlich konnte sich Phine wieder bewegen. Am Rande registrierte sie, wie auch Vater und Darian sich wieder regten, denn neuer Lebenswille strömte durch ihre Adern, verscheuchte Atemzug für Atemzug den reglosen Zustand der Resignation.

Phine konnte eben noch die vier winzigen Buchstaben des Wortes *Nein* formen, die das letzte ausgesprochene Wort in der Geschichte des Schattenreichs sein sollten, als sie mit dem Gefühl des Verlustes und gleichzeitiger Faszination beobachtete, wie sich die Welt um sie herum begann, aufzulösen.

Darian und Viktor waren die ersten, die golden aufleuchteten und diese Welt Partikel für Partikel verließen. Dann begannen sich auch vom Teppich, den Möbeln, den Büchern in den Regalen einzelne Schwaden goldenen Staubs zu lösen. Der Raum verlor an Kontur, die Gegenstände ihre feste Form.

In ihrer Mitte kauerten Linda und Ferdinand, hielten einander fest und lächelten sich an.

Phine sah noch, wie auch sie begannen, sich in jene strahlende Körnchen zu verwandeln, als sie selbst von einem tiefen Ziehen tief in ihrem Innern erfasst wurde. Phine kannte dieses Gefühl bereits und wusste um seine Bedeutung.

Sie ließ es geschehen.

Sie ließ los.

Liebes Tagebuch,
das wird mein letzter Eintrag sein. Ein bisschen wehmütig bin ich schon. Aber nicht sehr. Natürlich werde ich einiges vermissen. Meinen Viki, meinen Ferdi. Die Waldvilla. Meine Bücher. Dich.

Dafür wird ER bei mir sein. Für alle Zeit.

Ich werde Abschiedsbriefe hinterlassen. Ich hoffe, sie werden nicht allzu wütend auf mich sein. Es tut mir leid, dass es auf diese Weise geschehen wird. Es tut mir leid, dass ich mich nicht richtig von euch verabschieden kann. Das tut mir tatsächlich am meisten weh.

Es ist noch nicht lange her, da stieß ich in meiner Unbedachtheit eine Vase in der Bibliothek um. Ferdi reparierte sie später mit Sekundenkleber. Während er das tat, sah ich ihm zu und wunderte mich über die Mühe, die er sich machte. Er hätte die Scherben auch einfach entsorgen können. Keinem wäre aufgefallen, dass die Vase fehlte. Doch er gab nicht auf und sagte: „Eine geklebte Vase wird nach wie vor eine zerbrochene Vase bleiben. Sie mag zwar für die Dauer eines flüchtigen Blicks intakt erscheinen, doch der genaue Blick offenbart die traurige Wahrheit hinter der Illusion.“

Damals fand ich seine Worte auf eine philosophische Weise schön, doch heute bescheren sie mir eine Gänsehaut. Ich frage mich, ob ich für ihn diese Vase bin. Einst zerbrochen, durch das flüchtige Glück geklebt, doch letztendlich unwiderruflich im Kern zertrümmert.

KAPITEL

Sechszehn

JOSEPHINE

Sie weinte, als sie die Augen öffnete. Einen langen Moment blieb sie sitzen, denn es fühlte sich erneut so an, als läge eine tonnenschwere Last auf ihren Schultern. Doch, anders als eben noch im Schattenreich, ahnte sie, dass sie aufstehen könnte, wenn sie es nur wollte.

Sie hob den Blick und betrachtete das Portrait ihrer Großmutter. So edel und anmutig. Kaum zu vergleichen mit der verkümmerten Erscheinung des Schattenmannes.

Phine fühlte eine tiefe Wut in sich. Wut auf jenen Menschen, den sie nie kennen gelernt hatte. Wie hatte ein Mensch, der einst so gütig, gut und zart gewesen war, so viel Leid und Verderben über so viele Leben bringen können? Sie verstand es nicht. Sie glaubte nicht, dass Linda das alles absichtlich getan hatte, geschweige denn, dass sie sich irgendetwas davon gewünscht hatte, und doch ...

Sie wischte sich die Tränen von den Wangen und zwang sich, den Kopf zu drehen. Neben ihr, im zweiten Sessel, der vor dem Kamin stand, befand sich Großvaters zusammengesunkener Körper. Ein sanftes Lächeln lag auf seinem Gesicht. Es glättete die Sorgenfalten, die ihn all die Jahrzehnte, die Phine ihn kannte, stets gezeichnet hatten.

Endlich stand sie auf und humpelte den einen Meter, der sie trennte, herüber und kauerte sich auf den Teppich vor Ferdinands Füßen. Sie nahm seine Hand und drückte sie fest — irgendetwas in ihr hatte tatsächlich die winzige und überaus absurde Hoffnung, dass Großvater vielleicht den Schattenmann aufs Korn genommen haben könnte, um noch im allerletzten Moment zu springen ... sie wartete quälende lange Minuten und wünschte sich so sehr, dass er gleich die Augen aufschlug ... doch Opa Ferdis Hände erkalteten bereits.

Er war nicht mehr da.

Nicht in dieser Welt und auch in sonst keiner.

Es grämte Phine, dass sie sich nicht hatten verabschieden können. Alles war plötzlich so schnell gegangen. Phine würde Zeit brauchen, um all das zu verarbeiten, denn noch herrschte in ihrem Kopf ein wildes Chaos aus bildgewaltigen Erinnerungen.

Sie versank im wilden Treiben ihrer Gedanken, als sie ein plötzliches Poltern über ihrem Kopf aufschreckte. Im ersten Moment rechnete sie mit einem Verlorenen, der in die Waldvilla gedrungen war und ...

... MAMA!

...

So schnell es ihre Krücken und ihre malträtierte Hüfte erlaubten, eilte sie die elendslangen Treppenstufen bis ins Dachgeschoss hinauf.

„Ich bin gleich bei dir, Mama!"

Wie hatte Phine sie nur vergessen können!

Elisa donnerte heftig gegen die verschlossene Tür, als Phine endlich den Flur erreichte. Die Wut und die Frustration in ihren Schlägen waren deutlich zu vernehmen.

Wie sollte sie ihr den ganzen Schlamassel erklären?

„Mama? Ich bin es. Ich komm jetzt rein."

Das Poltern erstarb.

Phines Herz klopfte wild, als sie den Schlüssel drehte und die Tür öffnete. Elisa stand vor der grünen Couch, auf welcher sie Tochter und Schwiegervater vor — ja wie lange war das denn her? Vor Minuten? Stunden? — gefunden hatte. Ihr dunkles, sonst fein säuberlich frisiertes Haar war durcheinander und ihrem Blick haftete etwas Wildes an.

„Deine Erklärung sollte schon verdammt gut sein", fauchte Elisa und starrte Phine an, als wäre sie das Übel, das über ihre Mutter hereingebrochen war.

„Vielleicht solltest du dich vorher setzen. Bitte."

Elisa wollte sich sträuben, doch dann gab sie seufzend nach. Phine nahm neben ihr Platz.

„Mir tut schrecklich leid, was passiert ist", begann sie nach einem tiefen Atemzug. „Dass wir dich einsperren mussten ... aber wir wussten uns nicht anders zu helfen."

„Ich verspreche dir eins, Josephine. Das war es für Ferdinand. Nach dieser Aktion landet er für den Rest seines Lebens-"

„Großvater ist tot."

Die Worte ließen Elisa augenblicklich erbleichen.

„Was redest du da ... wie meinst du das?"

Phine wunderte sich darüber, dass sie nicht erneut in Tränen ausbrach, als sie sagte: „Er sitzt unten in der Bibliothek. Er ist ... er ist im Schlaf gestorben. Ich war bei ihm, als es geschah."

Elisa war sichtlich geschockt. Damit hatte sie nicht gerechnet. Ihre Wut verrauchte, sie war nun bereit, Phine wahrhaftig zuzuhören.

„Das tut mir so leid, mein Schatz", sagte sie sanfter und griff nach der Hand ihrer Tochter. „Ich weiß, ihr beide wart gute Freunde, auch wenn mir das nie gefallen hat ... aber ich versteh nicht ... was ist denn passiert?"

„Ich will dir alles erzählen, Mama, so wie ich es dir versprochen habe, aber dazu musst du versuchen, mir zu glauben. Zumindest mir zu vertrauen."

Sorge blitzte in Elisas Augen auf. Phine konnte sich gut vorstellen, was in ihrem Kopf vorging. Was sie nun zu hören bekommen würde, war alles andere als leicht zu verdauen, geschweige denn, leicht zu glauben. Phine konnte nicht sagen, wie sie selbst an der Stelle ihrer Mutter reagieren würde. Doch diese Geschichte musste erzählt werden. Elisa hatte das Recht, es zu erfahren.

„Ich vertraue dir", sagte Mutter schließlich. „Und ich höre dir zu."

Phine nickte und lächelte dankbar.

Was folgte, war nicht leicht, doch Elisa hielt sich an ihre Worte und hörte geduldig zu. Phine erzählte ihr alles. Angefangen mit ihren Albträumen, die Verfolgung durch den Schattenmann, ihre Zeit in der Schattenwelt ... einfach alles. Auch davon, dass Großvater den Schattenmann ein Leben lang gejagt hatte und dass auch Viktor ein Gefangener des Schattenreichs gewesen war. Sie endete damit, wie Linda und Ferdinand das Schattenreich auflösten.

Es folgte eine lange, bedeutungsschwere Pause, in der beide Frauen ihre Gedanken sortierten. Phine hatte wirklich Angst davor, wie ihre Mutter nun reagieren würde. Denn sie würde darauf reagieren *müssen*. Auf welche Weise auch immer.

Sie hielt das laute Schweigen nicht mehr aus. „Ich weiß, wie verrückt das alles klingt", sagte sie. „Ich an deiner Stelle würde mich wahrscheinlich sofort einweisen lassen." Phine lachte gequält auf. „Doch wenn Linda tatsächlich alle befreit hat, bevor sie das Schattenreich zerstört hat, dann sollten Papa und Darian endlich aus dem Koma erwachen. Und dann werden sie dir dieselbe Geschichte erzählen."

Elisa sah ihre Tochter an und sagte nichts. Dass ihre Mutter sprachlos war, machte Phine überaus nervös.

Es läutete.

Der unerwartete Ton ließ beide Frauen zusammenzucken. Wie in Trance fischte Phine ihr Handy aus der Hosentasche und wischte über den grünen Button.

Neue Tränen füllten ihre Augen, als sie die Worte des Anrufers realisierte.

„Wir kommen sofort." Sie legte auf.

„Was ist? Wer war das?“

„Das war das Krankenhaus“, antwortete Phine und strahlte. „Papa ist soeben aus dem Koma erwacht.“

Viktor

„... *ein Wunder!*“ ... die Worte hallten noch lange in Viks
Kopf. Seit er die Augen geöffnet hatte, schwirrten ein Dutzend Menschen in Kitteln und Kasacks um ihn herum. Alle
sichtlich aufgeregt und ihm immer wieder ein zuversichtliches Lächeln oder eine nette Floskel zuwerfend.

Vik war vollkommen überfordert ob all der fremden Leute. So viel Bewegung. So viel Leben. Er fühlte sich desillusi-
oniert und wie in einem Traum. Dabei war der wahre Traum
— *Albtraum!* — endlich überstanden. Dies hier war die Realität. Die Realwelt. Er steckte in seinem echten Körper - der
nebenbei so schwach und ausgemergelt war, dass er kaum einen Finger rühren konnte.

„Herr Koenigs?“

Es dauerte einen Moment, bis der Reiz von seinem Nervensystem verarbeitet wurde. Er wandte sich der Stimme
zu. Eine Ärztin mit Klemmbrett und einem breiten Grinsen
stand vor ihm. Sie wartete geduldig, bis er so weit war, ihr
seine Aufmerksamkeit zu schenken.

„Ich weiß, das ist alles sehr viel auf einmal ... wir werden
die Tests deshalb für eine Weile unterbrechen, denn da ist jemand, der Sie unbedingt sehen will.“

Viks Herzschlag beschleunigte sich. Das sah auch die Ärztin auf dem Monitor. Er nickte und versuchte, sich ein Stück
weit aufzurichten. Eine Schwester eilte ihm zur Hilfe.

Eine Tür öffnete sich, die Ärztin trat beiseite. Zwei Frauen
betraten das Zimmer, während es die Schar von Kittelträgern
verließ.

Wie oft hatte er sich diesen Moment nur ausgemalt?

Die Realität war durch nichts zu übertreffen.

Es bedarf keiner Worte, als ihn seine Familie in die Arme schloss.

JOSEPHINE

Überwältigt von der Freude, die das Stationszimmer erfüllte, trat Josephine ein paar Schritte zurück. Sie gab Elisa und Viktor den Raum, den sie brauchten. Sie hatte ihren Vater erst vor wenigen Stunden in der Schattenwelt gesehen, doch ihre Eltern hatten sich über ein Jahrzehnt nicht mehr in die Augen geblickt.

Phine konnte es kaum glauben, dass sie noch vor Kurzem in einer düsteren Parallelwelt gesteckt hatte, gegen fürchterliche Schattenwesen kämpfend, dem Schattenmann die Stirn bietend.

Die Vorstellung war derart abstrakt.

Nun existierte kein Schattenreich mehr. Keine Verlorene. Kein Schattenmann.

Keine Quendoline. ***Kein Opa Ferdi.***

Ihre Verluste trübten die Freude über ihren Sieg und die Rückkehr in die Realwelt — und doch überwog die Freude in ihren Herzen.

Leise verließ Phine das Krankenzimmer und überließ ihre Eltern ihrer langen vermissten Zweisamkeit.

Es gab noch jemand anderen, den sie dringend sehen wollte. Welch Glück, dass dieser Jemand nur wenige Meter weiter zu finden war.

Phine klopfte an die Tür und betrat den Raum nach einer kurzen Wartezeit. Darian saß bereits aufrecht in seinem Bett. Sein Grinsen hätte breiter nicht sein können. Phine erwiderte es und setzte sich zu ihm ans Bett.

„Scheiße, wir haben es tatsächlich geschafft", krächzte er mit einer Stimme wie ein Reibeisen.

„Scheiße, ja", pflichtete ihm Phine lachend bei.

Langsam wanderte Darians Hand über das weiße Laken, wo sie Phines Finger fanden. Sie umfasste seine Hand und hielt sie fest.

„Es tut mir sehr leid um deinen Großvater ..."

„Mir auch. Und um Quendoline."

Darian nickte und einen ausgedehnten Moment gedachten sie den Menschen, deren Opfer ihre Rückkehr erst ermöglicht hatte. Sie würden sie niemals vergessen.

„Ich danke dir", flüsterte der Bursche mit den wilden blonden Locken und sah ihr in die Augen. „Du hast mir den Arsch gerettet."

Phine schmunzelte. „Dann sind wir wohl quitt."

Darian schien plötzlich etwas nervös. Phine wunderte sich darüber. Dieser Kerl hatte mit einem Baseballschläger gegen Ungeheuer gekämpft, die den schlimmsten Albträumen entsprungen waren ... was könnte ihn denn noch bitte verunsichern?

Er deutete ihr, ihm näher zu kommen. Sie leistete seinem Wunsch Folge und neigte ihm ihr Ohr zu. „Wenn ich nicht so verdammt schwach wäre, würde ich mich jetzt zu dir vorbeugen und dich küssen."

Bei diesen Worten wurde Phine siedend heiß und gleichwohl überkam sie der drängende Impuls in alte Verhaltensmuster zu verfallen und die Flucht zu ergreifen. Doch dann entsann sie sich der Tatsache, dass auch sie gegen eben jene Ungeheuer gekämpft und gesiegt hatte. Nichtsdestotrotz drehte sie sich mit hochrotem Kopf zu ihm und sah ihm in die grünen Augen.

Ehe sie doch der Mut verließ, beugte sie sich herab, schloss die Augen und küsste ihn.

EPILOG

„Darf es schon etwas zum Trinken sein?", fragte die Kellnerin und griff nach ihrem Notizblock. Phine gefiel, dass es in dem gemütlichen Frühstückscafé noch etwas so Altmodisch-Analoges wie Notizblöcke gab statt Tablets.

„Ja gern, einen Mochaccino für mich bitte und ...?"

„... Kaffee schwarz für meine Wenigkeit", ergänzte Darian und grinste Phine an. „So schwarz wie meine Seele", flüsterte er verschwörerisch und zwinkerte. Phine verdrehte die Augen, erwiderte dennoch sein dümmliches Grinsen. Dann sah er sie eindringlich an, beugte sich vor und drückte ihr einen sanften Kuss auf die Lippen.

Sie konnte nicht anders als krebsrot anzulaufen. Dass sie sich in der Öffentlichkeit küssten, war noch neu und Phine bekam das Gefühl nicht abgeschüttelt, von allen angestarrt zu werden. Darian amüsierte sich köstlich über die Ampel in ihrem Gesicht.

„Ach halt doch die Klappe!"

„Ich hab doch gar nichts gesagt!"

„Da sind sie ja!" Sie deutete auf das große Fenster, das zur Straße zeigte.

Phine und Darian erhoben sich, um Elisa und Viktor zu begrüßen. Nach einigen Umarmungen und den üblichen Begrüßungsfloskeln setzten sich alle an den Tisch, woraufhin die Kellnerin herbeiflog und die Bestellungen aufnahm. Wie jeden letzten Sonntag des Monats seit fast einem Jahr.

Vieles hatte sich seither verändert.

Während Vater und Darian daran arbeiteten, wieder auf die Beine zu kommen, hatte Phine ihren Job in der Werbeagentur an den Nagel gehängt, — das Gesicht ihres Chefs würde sie in tausend Leben nicht vergessen! — um sich ein Sabbatjahr zu genehmigen. Sie hatte nicht nur den Job gekündigt, sondern auch ihre winzige Wohnung. Sie hatte ihr altes Leben hinter sich gelassen und alle Brücken abgerissen. Eine Ausnahme stellte Frau Hellrich dar, jene quirlige Nachbarin, die sich stets auf ihre großmütterliche Art um Phine gesorgt hatte und welche — wie der Zufall es wollte — auch Darian von seiner Beschäftigung im Supermarkt kannte. So erfreuten sich nun beide hin und wieder dem kulinarischen Hochgenuss aus Frau Hellrichs Tupperdosen, während die alte Nachbarin zur inoffiziellen Großmutter der Familie wurde.

Zusammen mit Darian war Phine in die Waldvilla gezogen. Großvater hatte ihr das alte Familienanwesen hinterlassen, zusammen mit einer nicht unbeträchtlichen Summe. Einen Teil des Geldes hatte Phine bereits in die Hand genommen, um die Villa auf Vordermann zu bringen. Doch im Grunde wollte sie alles so lassen, wie es war — bis auf ein paar kleine Details.

Das Portrait von Linda beispielsweise, hatten sie abgehängt und in dem alten Behandlungszimmer ihres Großvaters verstaut. Stattdessen hing über dem Kaminsims ein Dutzend neuer Fotos. Familienfotos von Elisa, Viktor und Phine. Alte Fotos von Ferdinand, ein Hochzeitsbild von ihm und Linda, sogar ein recht passables Bild von Arschi und jüngst auch ein paar Fotografien von Darian und Phine als Paar.

Darian hatte vor Kurzem eine Lehre als Schreiner begonnen. Die Arbeit mit Holz gefiel ihm gut und darüber hinaus schien er ein gewisses Talent dafür zu haben. Das hatte er bei den Renovierungsarbeiten entdeckt, bei denen er tatkräftig mitgeholfen hatte, sobald er wieder halbwegs bei Kräften gewesen war.

Auch Phine hatte etwas entdeckt: Eine ungeahnte Begabung mit Worten umzugehen.

Anfangs war sie genug damit beschäftigt gewesen, die Villa umzukrempeln, ihr altes Leben aufzuräumen — sie hatte so einiges getan, um sich von der Trauer um ihren Großvater abzulenken —, doch irgendwann hatte sie nicht mehr davonlaufen können. Vater hatte sie schließlich auf die Idee gebracht, zu schreiben. Erst hatte Phine ausschließlich für sich geschrieben. Hatte Trauer und Wut in Worte geformt, um sie sich wortwörtlich von der Seele zu schreiben. Sie hätte es nicht gedacht, doch jene Gefühle auf diese Weise loszuwerden, hatte sich gut angefühlt. Verdammt gut sogar. Schließlich war ihr die Idee gekommen, *alles* aufzuschreiben.

Eines Tages hatte sie Vater davon erzählt und ihn gefragt, ob er ihr bei diesem außergewöhnlichen Projekt zur Hand gehen wolle. So hatten sie gemeinsam begonnen, zu schreiben.

Eine Geschichte über die düsteren Geheimnisse einer Familie und ihre finsteren Verbindungen zum Reich der Schatten.

Phines Mutter hatte den Rohentwurf des Manuskripts als Erste gelesen. Die anderen hatten ihr im Vorfeld bereits so einiges erzählt, doch nun wusste sie auch um die allerkleinsten abscheulichsten Details.

Phine war froh, dass Elisa nun Bescheid wusste. Sie war froh, dass sie alle, die hier am Tisch versammelt waren, über alles Bescheid wussten. Das machte es nicht nur einfacher, es ließ sie als Familie näherrücken. Es hatte ein Band zwischen ihnen geknüpft, das auf seine Art einzigartig war.

Sie alle waren Überlebende.

„Erzähl schon, Vik", forderte Elisa ihren Mann auf, als sie mit dem üblichen Smalltalk durch waren. Dass ihre Mutter so durch den Wind schien, war man von ihr nicht gewohnt. Phine tauschte mit Darian einen verwunderten Blick.

„Nun spuck es schon aus!", sagte Darian.

Viktor liebte es, Leute auf die Folter zu spannen. Typisch

Schriftsteller eben. Er lächelte, doch erreichte dieses Lächeln sein rechtes Auge nicht, das trüb und von einem milchigen Schleier erfasst war. Phine würde sich niemals an dieses Überbleibsel aus der Schattenwelt gewöhnen können.

„Nun gut, ich red nicht lang um den heißen Brei herum … Mein Agent hat unser Manuskript weitergereicht und *Trommelwirbel*! — der Verlag will unser Buch!"

Der kleine Tisch brach in Jubel aus — eigentlich war es überwiegend Darian, der lauthals Beifall klatschte und seine Freude mit einer Reihe gut gemeinter Schimpfwörter ausschmückte. Phine wurde erneut puterrot, als ihnen diesmal tatsächlich alle Blicke im Café galten. Sie war so überwältigt, dass sie sprachlos blieb.

„Wir sind stolz auf dich, Josephine", sagte Elisa, stand auf und gab ihrer Tochter über den Tisch hinweg einen Kuss auf die Wange. Noch etwas, das sie sprachlos machte. Wow. Was für ein Tag!

Davon würde sie Großvater erzählen, wenn sie später am Nachmittag noch sein Grab besuchen ging. Und Quendoline — die Gute ruhte auf demselben Friedhof, wie sie vor einem halben Jahr herausgefunden hatten. Phine wusste, was die alte Dame im rosafarbenen Bademantel getan hatte, damit sich Vater und Darian in Sicherheit bringen konnten. Auch sie wurde in Viktor und Phines Roman gebührend geehrt. Das hatte sie sich verdient.

Sie stießen mit einem Sekt an und sprachen eine Weile über das Buch, als Elisa eine Frage stellte, die sie alle für den Moment verstummen ließ.

„Warum Linda? Warum wurde sie zu einem Schattenmann und nicht zu einer Gefangenen wie all seine anderen Opfer?"

Darüber hatte Phine lange nachgedacht. Sie hatte Lindas Tagebücher studiert, ein Dutzend Mal hatte sie diese gelesen.

„Wir werden die tatsächliche Wahrheit wohl niemals erfahren, aber ich denke, die Antwort darauf liegt in ihrer Reaktion auf den Schattenmann."

Sie erntete fragende Blicke.

Sie setzte zu einer Erklärung an: „Für uns war der Schattenmann ein Feind. Wir kämpften gegen ihn an, wollten seine Realität nicht akzeptieren. Großmutter war anders. Sie hatte keine Angst vor ihm, mehr noch, sie ließ ihn zu einem Freund werden. Während der Schattenmann uns andere *holte* ..."

„ ... ging sie freiwillig mit ihm mit", beendete Viktor den Satz.

Phine nickte. Schweigend dachten sie darüber nach.

So viele Fragen blieben unbeantwortet.

Vielleicht war dem auch besser so.

Hinter manche Mysterien sollte der Mensch nicht schauen.

„Und? Wirst du es uns endlich verraten?"

„Hmm?" Phine wühlte sich aus ihren Gedanken und sah ihren Vater an, der sie über den Tisch hinweg gebannt musterte.

„Unser Buch ist bisher titellos geblieben ... Das sollte es wohl nicht mehr länger bleiben."

Phine lächelte. Ja, auch darüber hatte sie gründlich nachgedacht. Viktor hatte diese ehrenvolle Aufgabe von Anfang an ihr zugeteilt. Sie hatte lange Zeit keine anständige Idee gehabt, doch vor einigen Tagen waren ihr die Worte wie selbstverständlich zugeflogen.

Die Familie Koenigs — inklusive Darians, der ebenso ein Mitglied dieses speziellen Clubs war — starrte sie erwartungsvoll an. Phine musste kurz lachen, doch dann nahm sie sich zurück und verkündete feierlich: „Josephines Albtraum."

ICH SAGE
Danke

Einen besonderen Dank gebührt dir, liebe **Sonja**, für deine intensive Auseinandersetzung mit Phine und Co. Deine Anmerkungen und Ideen haben das Buch erst so richtig vorangebracht. Du bist für mich nicht nur eine tolle Kollegin — du bist ein wahres Vorbild. Ich erwarte deine Werke mit wachsender Spannung!

Lieber **Jan**! Ein großes Danke an den Meister der Worte. Keiner blickte so tief wie du zwischen die Zeilen. Ich war gerührt von deiner Sicht der Dinge. Sie beflügelten mich und schoben mich ein ganzes Stück voran auf diesem langen, steinigen Weg.

Liebe **Felicia**! Danke! Danke für das größte aller Komplimente. Du weißt, wie wahnsinnig ich mich über deinen Vergleich gefreut habe. Dieses Gefühl bewahre ich in mir, wie Darian seine Oase im Herzen. Es wird mir in Zeiten des Zweifels ein weißer Bergkristall sein.

Liebe **Mairi**! Danke für deinen Arschtritt! Ich bin stolz und erleichtert, dich harte Nuss trotzdem geknackt zu haben. Deine Anmerkungen haben mich angespornt, es besser machen zu wollen. Ich kann nur hoffen, dass es mir gelungen ist ... mein Gargoyle zwinkert dir im Zwielicht zu.

Liebe **Patricia**! Dein analytischer Blick ist einmalig. Ich danke dir für all deine Tipps und Anmerkungen, du warst mir eine wertvolle Testleserin.

Liebe **Sara**! Ich danke dir für deine Zeit und dein akribisches Auge. Du hast meiner Geschichte noch die nötige Hochglanzpolitur verpasst. So kann sie sich jetzt sehen lassen!

Danke auch an alle anderen, die sich die Mühe gemacht und die Zeit genommen haben, meine Manuskripte durchzukauen. Es ehrt mich, dass sie euch Vergnügen bereitet haben — euer Rat ist Gold. Goldstaub, der durch die Schattenwelt schwebt und die Dunkelheit zum Leuchten bringt.

Danke auch an dich, **Affe**! Danke, dass du mir die Zeit gewährst, die es braucht. Für deine Unterstützung und deinen Glauben an mich. Ich weiß, dass es ohne dich nicht möglich wäre, mir diesen Traum zu erfüllen. Ich liebe dich.

Danke an mein **Schwesterherz** — für deine Begeisterung, deine Leidenschaft und deine Unterstützung. Danke, dass du immer da bist, wenn man dich braucht. Ich hab dich lieb.

Lieber **Max**! Ich will auch dir ein großes Dankeschön aussprechen. In meinen Anfängen warst du mir ein wichtiger Begleiter, dessen Meinung und Rat von größter Wichtigkeit für mich war und immer noch ist. Ich liebe es, wie du selbst kritischste Kritik humorvoll einwickeln kannst. Deine Feedbacks sind mir jedes Mal ein Schmaus! Ich danke dir für deine Freundschaft und deinen Intellekt.

Auch Dir danke ich, lieber **Leser**. Ohne dich ist eine Geschichte nichts als Tinte auf Papier. Erst durch dich wird sie zum Leben erweckt. Ich hoffe, meinen Figuren ist es gelungen, dich aus deinem Alltag zu reißen und für eine Weile zu entführen. Jetzt bist du wieder frei ...

DANKE

ÜBER
die Autorin

„Mit 12 las ich zum ersten Mal Stephen Kings ‚ES' und bin seitdem ein großer Fan des Schaurigen und Spannenden. Ebenso liebe ich die atemberaubenden Welten epischer Fantasyliteratur. Diese Vorlieben spiegeln sich auch in meinen Werken wider, die auf die eine oder andere Art eine Hommage an die Helden meiner Kindheit sind.“

Nach dem Abitur absolvierte A.E.Schikora, geboren 1989, eine Ausbildung zur Mediengestalterin und arbeitete 10 Jahre in der Medienbranche. Nach dem Umsatteln in das Gesundheitswesen wagt A. E. Schikora nun ihr Debüt. Mit Mann und Kind lebt die Schriftstellerin im Herzen des schönen Hegaus, liebt die Natur, Wanderungen und Rockkonzerte. Darüber hinaus interessiert sie sich für Psychologie und menschliche Abgründe und ist ein absoluter Hundefreund.

DIR HAT „JOSEPHINES ALBTRAUM“ GEFALLEN?
Dann folge A. E. Schikora in Kürze auf den epischen Pfaden einer High-Fantasy-Saga! Dämonen, Götterkinder, etwas andere Engel und mutige Krieger erwarten dich!

HIER FINDEST DU A. E. SCHIKORA
Instagram: @a.e.schikora

DU WILLST MEHR?

DER KUSS DES MONDES

von Sonja Tornefeld
Romantasy-Kurzgeschichte

1986. Der schüchterne Werwolf Adrian arbeitet in der Wäscherei des Luxushotels „Bethlen Plaza" und bestiehlt seinen Boss, Unterweltgangster Tamás Bethlen, als er sich in dessen Tochter verliebt. Am Abend des großen Werwolf-Käfigkampfes überschlagen sich die Ereignisse und Adrian muss sich seinem Wolf und seinem größten Feind stellen: Sich selbst.

„Der Kuss des Mondes" ist eine turbulent-witzige Romantasy-Kurzgeschichte mit 80er- und Mafia-Vibes. Sie bildet den Auftakt der Kurzgeschichtenserie „Bethlen-Wölfe".

Sie ist kostenlos als pdf-Ebook abrufbar unter https://phantastopia.de, auf Wattpad und Inkitt.

LESERMEINUNGEN

*„Deine Geschichte ist absolut großartig. Dein Stil ist locker, leicht, ungekünstelt und doch malerisch und bildreich. Du schaffst es mit wenigen Worten alles zu sagen. Das ist unglaublich wertvoll — ich weiß das, da ich es selten schaffe. *lacht*"*

„Schon vorbei?? Ich hab jede Sekunde geliebt!! Bin noch nicht bereit, sie einfach gehen zu lassen … Adrian ist so ein toller Charakter, ich brauche mehr von ihm :((. Du hast da wirklich eine großartige Geschichte geschrieben<3"

Über die Autorin

Sonja Tornefeld, geboren 1980, lebt mit ihrem Mann und vier Kindern im ostwestfälischen Paderborn. Die studierte Literatur- und Medienwissenschaftlerin arbeitet als Online Marketing Managerin für eine IT-Firma im B2B-Bereich und beschäftigt sich seit Jahren mit Geschichte, Mythologie, Mystik, Schauerlichem und Fantasywelten. Sie liebt Fantasy, Metal und Mittelaltermärkte. Aktuell arbeitet sie an ihrem Debütroman und weiteren Büchern aus ihrer Welt, dem Darkadium.

Hier findest du Sonja Tornefeld

https://phantastopia.de/
Wattpad: https://www.wattpad.com/user/Phantastopia
Inkitt: https://www.inkitt.com/Phantastopia
Instagram: @phantastopia.de
Pinterest: @phantastopia
TikTok: @phantastopia.de

DU WILLST MEHR?

INRIMI / INITIUS / PERFECTUS
von Jan-Patrick Wiezorek
Fantasy-Reihe

Eine Fantasy-Reihe der besonderen Art. Bücher, die dich berühren, Geschichten, die dich fortführen zu einem Ort, an dem das Scheitern der Triumph Erfüllung, das Verfehlen und die Freude mit Tränen gebracht. Ein Leseerlebnis für Geist und Seele.

Fantasy mit Herz, Hirn, Humor und Härte.

Ein naiver Junge vom Lande, der in sich die Kräfte der alten Haranen hat; eine junge Frau, die ihr Gedächtnis verloren hat und dafür Freund und Feind findet; ein Spion, der aus der Kälte des Nordens kommt und mehr als Wärme im Süden findet. Sie alle führt ihr Weg durch eine Welt voller Tragik, Dramatik und bizarrem Humor. INRIMI ist eine phantastische Reise, ein Mix verschiedener Elemente der Fantasy-Literatur. Ob verzauberte Momente voller Poesie, ob harte Kämpfe oder geschliffene Dialoge voller Spott und Humor, INRIMI führt sie alle zusammen und macht Appetit auf mehr.

Über den Autor

Jan-P. Wiezorek lebt und arbeitet im schönen Duisburg. Geboren wurde er 1970 im noch schöneren Bochum. Die Fantasyliteratur hat ihn schon seit den Kindertagen verfolgt, wobei er die wunderbare Vielfalt des Genres schätzt. Gefallen findet er außerdem an Shaolin-Kung-Fu, Bogenschießen, Schlagzeug spielen und an Bildern und Malerei.

Hier findest du Jan-Patrick Wiezorek

https://jan-wiezorek.de
Instagram: @jan_patrick_wiezorek

DU WILLST MEHR?
Meine wärmsten Empfehlungen

REQUIEM FÜR EINEN REAPER
von Mairi Carlsson
Mystisch-dunkle Fantasy

Nach dem tragischen Verlust ihres Vaters reist die junge Nora Quinn erstmals seit ihrer Kindheit in ihren Geburtsort zurück. Sie möchte mehr über ihre Herkunft erfahren. Anfangs zweifelt sie an den Geschichten über Geister, die das irische Küstenstädtchen heimsuchen.

Doch als sie dem geheimnisvollen Reaper begegnet, führt dieser sie in eine düstere Zwischenwelt ein. Dort erfährt Nora eine verstörende Wahrheit: Über dem Ort liegt ein Fluch, der eng mit ihrer Familie verwoben ist. Ein Fluch, der die Toten nicht zur Ruhe kommen lässt. Reaper ist der Hüter der verlorenen Seelen, ein Auserwählter, der das fragile Gleichgewicht zwischen der Welt der Lebenden und der Toten aufrechterhält. Noras Rückkehr bringt dieses Gleichgewicht in Gefahr und zwingt Reaper und Nora zwischen die Fronten. Denn nur ein schreckliches Opfer kann die Seelen erlösen und das Dorf vor dem Untergang bewahren.

Wird es den beiden gelingen, den Fluch zu brechen und ihrer dunklen Bestimmung zu entkommen?

ÜBER DIE AUTORIN

Mairi Carlsson ist Fantasy-Autorin mit einer Vorliebe für düstere, mystische Themen und tiefgründige Heldenfiguren. Ihr Mystery-Erstlingswerk »Zeitläufer: Der Verborgene Raum« bescherte ihren Lesern spannende und genussvolle Schmökerabende. Sie schreibt, weil sie fasziniert ist von antiken Kulturen, Magie und verlorenem Wissen. Das verdankt sie unter anderem ihrem Studium der Altertumswissenschaften in einem früheren Leben. Wenn Mairi gerade keine Fantasy-Welten erschafft, dann arbeitet sie als E-Commerce-Managerin in Hamburg. Nebenbei ist sie Dienerin eines verwöhnten Perserkaters, trinkt zu viel Kaffee und philosophiert mit einer freifliegenden Hexe namens Madame Mercer über den Sinn des Lebens und darüber hinaus.

HIER FINDEST DU MAIRI CARLSSON

https://mairicarlsson.de/
Instagram: @mairicarlsson

BITTERE SCHATTEN - EINE GOTHIC NOVEL
von Felicia Th. Grey
Schauerroman

Rumänien, West-Karpaten
Fliehen, einfach nur fliehen! Angéla Moreau ist in blinder Panik durch halb Europa gehetzt – denn auf keinen Fall darf der Mann sie einholen, den sie vor drei Jahren leichtgläubig geheiratet hat. Aber an den Abhängen der Trascău-Berge kommt ihre Flucht zu einem jähen Ende – und der Wald schließt sich um sie wie eine riesige Hand. Sie findet Unterschlupf im zerfallenden Gutshaus von Lucas Colaciescu; die altersschwarzen Tore fallen hinter ihr ins Schloss und sie glaubt sich sicher. Doch die Leute unten im Dorf meiden das Anwesen mit abergläubischer Furcht. Sie raunen, dass sich irgendetwas zwischen diesen Mauern verbirgt.
Trotzdem setzt Angéla zögernd ihr Vertrauen in Lucas. Nicht ahnend, dass sich ein Verhängnis immer enger um sie zusammenzieht.
Und dieses Mal kann sie nicht weglaufen.

„Gothic Literatur zieht ihre Leser – seit Jahrhunderten schon – in die kühle Kluft zwischen dem, was real ist und dem, was in den Schatten lauern mag. Was wir schon immer fürchteten …"

Über die Autorin

Felicia Th. Grey wurde unter dem weiten Himmel Norddeutschlands geboren und ist schon in Jugendjahren der Liebe zur Sprache erlegen. Magisch angezogen wird sie von der Finsternis: von Höhlen, von Friedhöfen, von alten Kirchen in jedem Stadium des Verfalls. Sie lebte sogar, für eine kurze Weile, in einer Templerburg.

Felicia webt ihre Geschichten aus dem Spiel von Licht und Dunkelheit – und aus dem, was in den Schatten warten mag. Wenn sie nicht schreibt oder liest, dann gräbt sie, jenseits hoher Kiefern, in der duftenden Erde ihres Blumengartens. ›Bittere Schatten‹ ist ihr erster Roman.

Hier findest du Felicia Th. Grey

https://felicia-the-grey.com
Instagram: @felicia_the_grey